献给我的太太 JXX

人偶

杨时旸 著

南京大学出版社

人間

目录

引子 / 3

第一章　欢爱 / 5

第二章　坠落 / 23

第三章　失魂 / 40

第四章　胎心 / 52

第五章　母亲 / 67

第六章　娃娃 / 87

第七章　见鬼 / 105

第八章　注射 / 124

第九章　录像 / 142

第十章　宝宝 / 162

第十一章 **2057 - 308 - M** / 181

第十二章 **丈夫** / 202

第十三章 **伦理** / 220

第十四章 **剧痛** / 244

第十五章 **普度** / 261

第十六章 **告解** / 281

第十七章 **攻击** / 327

第十八章 **K13467** / 361

第十九章 **深流** / 381

第二十章 **火光** / 399

终章 / 422

2099 年 G 国

引子

雨还在下。天空晦暗。

我站在密林深处,到处都是树,高大的树。我已经无法辨别方向,方向也不再具有意义。我穿着雨衣,这雨衣由一种用于野外战斗的特殊面料制成,原本应该透气又轻薄,但此刻我只觉得黏腻、湿冷、滞重,雨滴从我的兜帽边沿慢慢滴落,掉进脚下的泥土,和无数雨点汇聚在一起,发出沙沙的声响。

雨雾蒙蒙中,我觉得眼前的一切都似真似幻,但我能听到一切,清晰无比。孩子们就在我的周围。一定是这样。他们都藏在那片树林后面,藏在那片雨雾后面。他们都在看着我,等着我倦怠,等着我放弃,等着我露出破绽,然后,他们会完成伏击。我在明处,他们在暗处,永远如此。孩子们在交头接耳,他们在笑,在叫,在闹,声音断断续续,犹如这飘摇雨雾,那是婴儿特有的呆萌的奶声奶气,而后瞬间变得凄厉。像兽。我迅速扭头,只看见一片虚无,只有雨雾和密林。一切突然变得静谧,只有雨水的沙沙声以及我的喘息和心跳声。突然,又传出了孩子的笑,欢闹搅拌着狰狞。我右手使劲攥住雨衣下面的长柄战斗斧,CR-2级轻型钢材质，很轻，但用力挥舞足以砍断一棵大腿粗细的树干，我吸了一口气，做足一切准备，再次尽可能迅猛地转身……

我仰躺在地上，能望见遥远的树梢，能看见无数雨点像子弹一样朝我的眼睛飞射而来。我的脑袋嗡嗡作响，我还记得钝器和我额头碰撞时的声响。那个碰触的瞬间，让我恐慌失措，但没有痛感，只有轰鸣，口鼻里有一股生冷的气息，像铁锈味，涩、苦，犹如咬碎杏仁，一点点咸腥慢慢涌上来。我被呛住了，剧烈的咳嗽让我弹起来，随后又重重地摔落在地。我睁开眼，看见孩子的脸。肉嘟嘟的脸蛋，弯翘的小鼻子，一头蜷曲的头发已经被雨水打湿，紧紧贴着头皮，即便是黑夜，我仍然能看到孩子的眼睛闪烁，好奇、呆萌、不知所措，但突然，他皱了眉头，抖动着一侧的唇角，脸变得凶恶又扭曲。"你们为什么要杀我们？为什么？"他张口说道，奶声奶气的音色伴随着成年人的语气，"是你们制造了我们，现在为什么又要杀了我们？为什么？！"

天空闪过一道闪电，照亮万物又旋即让万物掩进黑暗。我看见闪电消失时那一瞬的光耀在斧头刃上，我看见孩子狰狞的表情，我看见斧头落下，伴随着所有雨滴一起，向我落下……

第一章　欢爱

1. 闻以达

我开始慢慢回魂。

一切都渐渐重新显露出事物原初的样子,之前那层雾霭般的隔膜像被风一点点吹散。周遭开始和我的感官重新建立联系。我听见自己的喘息,贪婪得如同想吞吐世界,呼气——吸气——呼气——吸气,逐渐变得均匀。我睁开眼睛看见枕头,上面套着灰色的亚麻枕套,一团褶皱;看见了床头一根一根竖立的柱子,蜂蜜色,有涟漪般的木纹;我看见床头挂着的画,画面黑白,一潭静谧湖水,薄雾盘旋其上;我听见窗外汽车发动机的轰鸣,然后有不耐烦的喇叭声迅疾穿过,驶向远方。然后,我看见了米雪的眼睛,犹如画中的那潭深水,幽黑却明澈。她翘翘嘴角,咬了一下自己的下嘴唇,笑了。"你压着我的头发了。"她对我说,然后使劲推我。我长舒了一口气,从她的身上翻下来,躺在一边,扭头冲她笑笑。

米雪歪过头,右手绕过脑后把长发归拢到右侧肩膀,然后靠在我的胸口上。她的头发湿漉漉的,洗发水的栀子花香时隐时现。直到此刻,我才重新感觉到自己身体的存在,汗水慢慢冷却,身体有些许寒意,脚趾尖有一丝酥麻在渐渐退却。床对面的墙壁上悬挂着电视,屏幕幽黑,映着我和米雪的裸体。

米雪伸手把安全套从我疲软的阴茎上褪下来,我感到一丝黏腻和湿凉,空气中浮动着淡淡腥气。她把套子举到高处,灯光柔和,套子淡粉,内容乳白,反射着暧昧的光泽。她左右晃一晃,扭头坏笑着对我说"都是你儿子",然后熟练地把套子系了个扣儿,扔到床边的地板上。"啪"的一声。

我努力把上半身从床的一侧歪出去,从床头柜上摸索半天,费劲地够了一根烟,又把身体挪回床上,点了烟,深吸一口,缓缓吐出。烟雾层层递进,像风吹过的云朵,然后胡乱化作一团,静止在半空。

"还有几个?"米雪问我。

"啊?什么?"我一时没反应过来。

"套子啊。还剩几个?"

"不知道,刚才哪有闲心注意这个。"我说。

"那现在有闲心了吧?你现在不是贤者时间吗,思考思考大事。"

我在心里叹了口气,把烟叼在嘴角,烟雾升腾,撩得我眯起眼睛,我打开床头柜抽屉,拿出了那个盒子。盒盖撕破了一侧,盒身上还裹着玻璃纸包装,间或黑色和烫银,上面印着:冈本003,极薄。我晃了晃，里面哗哗响，我朝盒子里看，厚厚的说明书中间躺着一个尚未拆封的安全套。

"还有最后一个。"我把盒子扔到床头柜上，对米雪说。

"那以后怎么办？"

"再说呗。"我深吸了一口气。

"再说。再怎么说？"

"总有办法买到吧。"

"去哪买？"

"不是说网上有卖的吗？过街天桥上，地上，花坛边，不还贴着那么多小广告吗？"其实，我也不知道以后去哪买，我也根本不知道网上是不是有渠道买得到，那些到处乱贴的小广告，我也并不相信，我只不过想尽快结束对话。我不想在这个原本温柔的晚上讨论这些棘手的问题。

"还小广告呢。你敢信吗？抓着怎么办？拘留啊知道吗，弄不好还判刑呢。"

"大活人还能让套憋死吗？"我冲着天花板说话，没敢看米雪的眼睛，我吸了一口烟，然后把烟蒂捻灭在烟灰缸里。有些冷场。我扭头看看窗外，窗帘拉上一多半，雨一直在下，窗玻璃的角落里积攒起一点水汽，深秋的夜晚看起来冷了很多。

"别想了，我先去冲个澡。"我起身向卫生间走去。

2. 米雪

我听见闻以达的喘息越来越重,越来越急,气息撞在我的鼓膜上,热,痒,愈显轰鸣。我偷偷睁开了眼睛,看见他忘我地冲刺,我被他压着动弹不得,我能感觉到膨胀的极限和喷薄的到来,但我毫无快感,他似乎无法察觉这些,只要我稍稍伪装,就能骗过他,让他觉得我也在全情投入。

可我又怎么能够全情投入呢?刚才,他随手拿过安全套,我说:"别戴了吧?今天没事。要省着一点。"他理都没理我,用牙咬着撕开包装。他一直小心。以前,我也小心,可现在不一样了,安全套还剩下最后一盒,这让我无比恐慌。我和闻以达提过这事,可他不怎么接茬,总顾左右而言他,我不知道他到底怎么想的,是根本不在乎,还是不想和我讨论这件事,似乎认真讨论就意味着承认我们终究还是掉入了一个绝境。而他想尽可能假装那个绝境并不存在。

他趴在我身上,从坚硬变得柔软,身体也一样,渐渐不再紧绷。我感觉到他身体的重量,我听着他在我耳边缓缓呼吸,吸气,呼气,吸气,呼气,慢慢均匀,然后他抬起头,目光从涣散渐渐聚焦。他看我眼睛时,我冲他笑了笑,我脸上应该有一种倦怠神情,我从他瞳孔中的反光确认了这一点。

他翻身到一边,开始抽烟。我把安全套从他身上拿下来,举在空中,然后在他鼻尖前晃了晃,套子前端那个小小的凸起蹭到了他的鼻尖。他笑着扭头:"别闹。"我把套子打了个结,扔了出去,套子划过一条抛物线,越过闻以达的身体,落到他那一侧的地板上。

"还有几个?"我问他。我故意问的,我知道他根本不知道还剩下几个。但我心里有数,还有最后一个。我每一次都数着,每一次。做卫生的时候也经常打开盒子看看,这成了我古怪的强迫症,但这份焦虑我并没有对他说起,虽然我希望他也能分担一点我的焦虑,因为毕竟,这焦虑关乎我们两个,而不只是我自己。

我提醒他,看看盒子里还剩下几个安全套。他费了半天劲才够到,朝盒子里看了一眼,对我说:"最后一个。"语气不深不浅,不轻不重,不急不缓,就真的是在回答我的问题,没有什么附加的情感波动。

我其实已经有点生气,却故意平和了语气问他以后怎么办。

他说,再说。

再说,就是现在不想说。遇到任何他不想讨论的话题,他都说"再说"。我有点赌气地问他,再说,是几个意思,用完以后到底准备去哪买。

他竟然告诉我,网上总有渠道,还有那么多小广告。那个瞬间,我一度想发火,但我忍住了。发火也没用,因为我也回答不了这个问题。与其说我是在提问,不如说我是在发泄和纾解烦闷。我也根本不知道去哪能买到安全套。

"生育大停滞"成为全球性问题之后,各国纷纷出台了自己的新法规。说不出是什么原因,全世界的生育率和生育意愿都在断崖式下跌,年轻人就是不再想孕育孩子。一开始,有些国家还装作若无其事,到了后来,各国政府逐渐认识到了事态的严重,甚至出台一系列极端的政策。我们这里,《生育促进法案》出台之后的短时间内,药店、超市、网上还能买得到安全套,只是价格翻了一倍,后来翻了三倍、五倍。我们囤了一些,但也就止于此,又能怎么样呢?再后来,就彻底买不到了。安全套和避孕药被禁止贩售,但这只是开始。一切真的严峻起来。晚上7点半的新闻播出了不少关于地下贩卖安全套被抓的案例,从拘留五六天到判刑三五年的都有。去年三月份,还播出过一个摧毁特大制售安全套和避孕药网络的新闻。电视里,安全套和药物的盒子被堆在空地上,军警严阵以待,手擎火把,领导讲话完毕,他们走过去先浇汽油,然后把火把扔到那一堆套子上。具体执行者看起来都是二十出头的年轻人,肤色古铜,面无表情。屏幕上火光熊熊。当时,我和闻以达正在吃饭,看着这一幕,不知道该说些什么,只能继续埋头吞咽。他喝汤的声音大得惊人,似乎可以盖过电视中令人心惊胆战的解说词。有时候,我也挺理解闻以达的做法,不去讨论那些无法更改的事情,不给自己平添一层不开心。

  他抽完一根烟,起身去洗澡,我看着他趿拉着拖鞋踱去卫生间,腰间有一丝赘肉。我扭头看看窗外,冷雨瓢泼。

3. 梁朗

一切已经成为一种程式,都是肌肉反应和肌肉记忆。我可以迅速从一种状态进入另一种状态,刚才还激情澎湃,马上就变得异常理性。我从秦梦身上下来,她不太敢动,用一种别扭的姿势稍稍起身。"别动。"我说。我把她腰部下面的枕头慢慢抽出来,放到一边,她夹紧双腿,团起身,蜷缩成婴儿睡觉时的样子。我帮她慢慢调转位置,让她的头冲向床尾,双脚伸向床头,然后,她自己慢慢地伸直双腿,把脚靠在了床头的墙壁上。她拽过被子的一角,盖住腹部。

秦梦的双腿笔直、丰盈、光滑,床头灯光暖黄,映在她的腿上,有一层凝脂般的奇妙光晕。我顺着她的大腿望上去,右侧小腿上有一个小小的伤疤,足尖指甲上还有尚未完全剥落的指甲油,浅色橘红,间杂闪烁的星星。她的脚尖上方挂着我们的结婚照,我穿着黑色燕尾服,她穿着洁白婚纱,头上戴镂空头纱,我在左侧,她在右侧,我们彼此牵手,奔向远方,以一种喜悦的姿态一边奔跑一边回头。我还记得当初拍这幅照片时费尽周折:我不喜欢拍照,摄影师和他的助手囿于那几万块的拍摄费一次次启发我,而我只祈祷一切快点结束。

现在,我看着那幅照片,突然想起了五年前的一切。那一天的气温、阳光、周围人对我说的话,以及我的不耐烦。从照片上倒看不出我的表情僵硬,其实什么都看不出,甚至也不太看得出照片中的男人长得像我。时间的流动过于残忍,突然就到了现在,到了现在这样的地步。

秦梦拿着手机,无聊地点来点去,两个大脚趾像在指挥乐曲一样来回舞动,不知道是表达放松和开心,还是掩饰尴尬。她仰着头,倒着看我:"你觉得能行吗?这次。"脸上一副俏皮的表情,一点坏笑,一点满不在乎。就因为这副表情,我当年义无反顾地爱上了她。可我知道,现在,她不过是硬撑出这副表情,用以自我解嘲,用以稀释横亘在我们之间的微妙气氛。

"应该……行吧!"我还能说什么呢?我俯下身,吻了吻她的鼻尖,"你再坚持一会儿吧。我去给你倒杯水。"她点点头,然后说:"你把窗户关上。有点凉。"

我从床尾绕过去,拉开窗帘,风从半开的窗子里泻出一丝寒意。我看看外面,不知道哪来的一条土狗蜷缩着尾巴在一棵银杏树下躲雨。雨下得不小,打在玻璃上,嘭嘭地响。远处,能看见那幢耸立在城市中心的地标大楼,楼顶上有"普度集团"的巨大招牌,猩红色的灯光彻夜不息。那栋高楼上每一层都有示廊灯,明灭闪烁,舒缓,悠长,像心跳,像呼吸。

4. 秦梦

说真的,我不知道该如何避免尴尬。刚才,我们还互相亲吻,如胶似漆,瞬间,我们就要转换成例行公事的样子,像一对合作多年、技术娴熟的流水线工人,冲刺般地完成一项庄严的工作,丝毫怠慢不得。梁朗从我的腰下抽去枕头,我们一起合力把我倒转过来,我的头会朝向床尾,我再自己把脚高高翘起,靠在墙头,这一系列动作会在40秒之内完成。真的,我掐过表,好像不尽快完成就会有炸弹爆炸一样。这过程中,我俩配合默契,不言不语。

怎么说呢?最开始,我觉得前面做爱的部分是激情的,后面的一系列动作不过是出于实用主义的后续,为了让我更大概率受孕而做的必要步骤,是例行公事。但是,一次次失败之后,我已经不知道到底哪部分算是例行公事了。做爱,还有多少比例关于爱,多少比例关于性,又有多少比例关于怀孕这个终极目标。有时候,那过程中,我没办法抑制自己的尴尬,我们的舌头相互交缠,我看着梁朗一副迷醉的表情,我不知道他是真的醉心于此,还是无可奈何地配合演出。我觉得他应该也有同样的疑惑,那疑惑指向我,也指向他自己。因为我能感觉得到,当我闭上眼睛的时候,他会偷偷看我,经常,以一种审视和揣度的目光。只不过,我们从未向对方验证过,彼此心照不宣地封存一个秘密。

每一次,我把脚靠在床头的墙上,都会下意识地支撑住同一块地方,以至于墙面上有个地方颜色比其他地方深一些。最初,我跷着腿,梁朗还会靠在床头看我,含情脉脉的样子。我右侧小腿上有一块小小的伤疤,小时候骑自行车摔的,梁朗经常会轻轻地吻一下那块伤疤,后来,这个亲昵的小动作被他放弃了。床头挂着我和梁朗的结婚照,每一次我跷起腿,都不可避免地看见它。画面中,我左手牵着尚未发胖的梁朗,向前奔跑,向后回头,右手举在空中,擎着一捧白色玫瑰。拍下那张照片的时候,我们风华正茂,没有任何负担,我只想着我们结婚了,要在一起生活,生两个宝宝,一个男孩一个女孩。但是,五年过去了,这所房子里仍然只有我们两个人。我们养过猫,养过狗,养过鱼,还养过两只仓鼠和一只乌龟。现在只还剩下一个鱼缸,飘满深绿色的水草,五六只瘦小的红绿灯在其中梭巡,换气泵里不时冒起一串气泡。至于仓鼠,不到两周就死掉了。因为下定决心备孕,猫和狗也都陆续送了人,但直到如今,我们仍然在"备孕"。

房间里安静得能够听得见床头灯电流的微弱声响。"你觉得这次能行吗?"我想说点什么,打破或者填满这沉重的虚空,但我又不知道该说些什么,这句话莫名其妙地溜出口。那一瞬间,我觉得虚空中更显虚空。我只能摆出一副满不在乎的表情。我看着梁朗回过神。"应该……行吧。"他说。他站起身,说着要给我倒水。我知道,他不过是想逃避这场根本无法展开的对话。这对话如果硬要展开和继续,一定会充斥着无尽的省略号,那些沉默与留白会将我们淹没。于是,我也只能让这一切尽快结束,引领话题驶向安全的海域。我让他去关窗,他站在窗口,望向窗外。

我顺着他眼神的方向望出去,囿于角度只能看见夜空,雨雾在路灯下急速喷洒,像无数精子奔赴卵巢。

5. 曹望

我用脚尖敲了几下门,皮鞋碰撞门的声音有点发闷,屋内没有任何反应。不知道是李冬还没回家,还是根本就没听见。我右边肩膀背着一个鼓鼓囊囊的双肩包,挺沉,手里捧着一大束百合,还拿着一把正在滴水的雨伞,实在懒得倒开手自己开门。但现在没别的办法,我只能把雨伞靠在一旁,把花放在地上,蹲下来在包的深处翻找那串钥匙。

我在玄关换鞋,发现客厅的灯亮着,有点生气,喊了一声:"李冬?"还是没人应。我换了拖鞋,向里走,书房的门开着,李冬坐在书桌后面,对着电脑敲键盘,他侧脸对向我,眉头紧蹙,耳朵上戴着耳机,墨绿色的Beats,我送他的生日礼物。原本是想督促他跑步,买来之后,他戴着去跑过一次,然后就成了他工作时用来隔绝噪音的装置。其实,家里根本没有什么噪音,他只是随便放一点交响乐或者爵士,并用这种方式告诉我,别打扰。

我倚在书房门口故意咳嗽了一声,他还是没听见。我叹了口气,盯着他看,他还穿着上班时的白色衬衫,挺括、修身,有暗暗纹理,几年前我们一起去伦敦旅行时在皮卡迪利广场杰明街一家店里订制的。他把袖子挽到手肘,领带摘了,挂在椅背上,打字的时候,他会不自觉地伸长脖子,好像要把头扎进电脑。

我走过去,把百合轻轻放到书桌上,他吓了一跳,然后扭头冲我笑了。"你什么时候回来的,我都没听见。"他摘下耳机对我说。他站起来伸了个懒腰,把我抱住,干裂嘴唇浅浅蹭过我的面颊,他的胡茬刮擦过我的胡茬。

我问他晚上吃没吃饭,他说没有。雨还在下,毫无停歇的意思。我们决定叫个比萨。李冬仍盯着电脑,我瞟了一眼屏幕,是他近来一直在忙的那个人造子宫的项目,手边的纸上满是数据,屏幕上旋转着一个 DNA 双螺旋结构。有时候,我会问问他工作的情况和进度,他做的工作我多少也算懂一些,但更多时候,我们在家里尽量不谈论那些,我们一起看看电影,翻翻书,什么都不说。几年了?有八年了吧。度过了激情也克服了厌倦,如今的这种状态,我很珍惜,我觉得李冬也一样,说话时能理解彼此的意思,沉默时也绝不会感到尴尬。这座房子是我们的城堡,隔绝了外界的一切。

我把花瓶抱进厨房,把蔫掉的向日葵扔进垃圾桶,认真刷洗花瓶内壁,再把百合插进去,擦干花瓶外面溅出的水珠,小心翼翼地端回客厅的餐桌上。我愿意做这些琐碎的事情,这让我感觉安心,这让我觉得我活在真实的生活里。我愿意一直陷于这样的安稳,挑选一款比萨,认真给花换水,但我越来越担忧,担忧不知道哪一天,这一切就会彻底瓦解。李冬不再能穿上考究的订制衬衫,不再能躲进降噪耳机建构起来的封闭环境安静地做研究,我们也不能在这所大房子里依偎在一起看看电影、喝杯红酒。我们或许会被送去矫正所,甚至被投入监狱,我们的脸将出现在每一个电视屏幕上,自己陈述那些"罪行"。这些传言已经有一段时间,愈发真切。《生育促进法案》的修正案正在征求意见,网络上对不育者的指斥和辱骂声一浪高过一浪,都叫嚣着要严厉惩处。而我们的罪行是什么?我们的性与爱被浪费了,没有产生生育价值。说实话,对于未来,我有说不出的焦虑与恐惧,很多次,我都想和李冬谈谈这些,但终究不知如何开口,我能做的,只是紧紧把握现在的生活。或许,有一天,这一切都将成为记忆,在我最孤独的时刻拯救自己。

门铃声响起来,我走过去看视频对讲。"您的比萨到了。"一个年轻的声音急促地传来。

6. 李冬

我到家的时候,天已经黑了。白昼短了,一下起雨,黑夜降临得更早。

曹望还没回来,晦暗光线从百叶窗缝隙间渗透进来,在地板上映出几何图案。客厅有一扇窗子没关,雨滴从纱窗溅进来打湿了窗台,窗台上绿萝的叶子随风晃来晃去,旁边摆放着一个小小的猫头鹰摆件,黑色,木质,精巧的镂空工艺,从镂空的部分看进去,肚子里还套着一只更小的猫头鹰。几年前,我和曹望一起去日本旅行,他在浅草的一家小店里买下了这个小小的雕塑。在日语里,猫头鹰和不受苦是同音,所以在他们的文化里,这是一种喜鸟。回家后,它就一直站在客厅的窗台上,将我们两人的起居尽收眼底。在这个世界上,似乎只有它能够洞悉我们两人的一切秘密。有几滴雨打在它的头顶,慢慢滑下来,看起来像在流泪。我从旁边抽了几张纸巾,把雨水擦干,关上窗子。

项目进行得不顺利,这些天,公司里几乎所有人都在加班,我每天回到家还会继续工作到深夜,好像已经很久没能和曹望聊聊天,好好吃一顿饭了。但他从没表达过不满,就像他忙起来的时候,我也会理解他,我们在一起的这些年,彼此间的默契让我安心。

我把领带摘下来挂在椅背上,打开电脑,桌上摆放着我和曹望的照片,我俩戴着太阳镜站在烈日下傻笑,身后蓝绿色的海水在岸边卷起白色泡沫,大洋中间伫立着十二门徒的石头。照片里,我们看起来非常年轻,也非常开心。不知道为什么,如今我们总是一副心事重重的样子,时常在彼此的瞳仁中照见对方拼命想掩藏的焦虑。但我们很少认真谈论那些焦虑,仿佛不去讨论,所焦虑的事就永远悬置而不会成真。工作,成了躲避一切事情的最好堡垒。我戴上耳机,钢琴声响起来,莫扎特钢琴协奏曲 No. 23 A 大调的二乐章柔板,作品号 K. 488。我点了一下回车键,电脑屏幕上,那条 DNA 双螺旋结构又开始旋转。有时候,我会盯住那条双螺旋出神,它旋转得如此悠然近乎傲慢,充满挑衅,各种参数在它的周围浮动闪烁,我觉得自己可能永远也无法参透,而它早就看穿了这一切,只无所谓地讥笑着看我。

不知道过了多久，突然有个白色的东西在我右侧一闪而过，我吓了一跳，身体本能地缩了一下，抬头看见了曹望故作嗔怪的笑脸。我看看桌面，摆着一大束百合。我站起来吻他，他没刮胡子，脖颈有淡淡古龙水香气，尾调是橙子的气息，清爽又凛冽。他让我接着工作，拿着百合转身走出了书房。他去厨房喝水，大声问我吃没吃饭，我才突然觉得饥饿。曹望在客厅里说要叫个比萨，我应了一声，就没再去费心。我想继续专心工作，但心思却总难以凝聚，不停地慢慢洇开，余光里，曹望走来走去，好像在摆弄花草。我没有扭头去看，只装作聚精会神。如果没有他，我的生活会是什么样子？我想象不出来。我不能没有他，决不能。这是结论。

7. 詹明远

我站在厨房里热鸡汤。鸡汤是昨天晚上炖的，里面放了火腿、蘑菇和冬笋，炖好后，肖爱喝了一碗半，剩下的半碗说什么也不喝了，死活推给我，我只能仰头灌下。汤寡淡无味，肖爱一再要求我要少放盐。她说，盐会让她浮肿。"本来怀孕之后就胖了这么多，再肿了还怎么看啊。"她总这样嘟囔。

我把煤气炉的火苗拧大，锅盖微微跳动，在冰箱里放了一夜又一个白天，现在稍一加热，锅身上裹满一层细密水珠，又旋即蒸发不见。肖爱在床上，穿着帽衫还裹着一床被子，好像在看小说，我守着一锅隔夜的鸡汤享受片刻宁静。窗外的夜已经黑透，雨水从玻璃上漫下来，让世界显得虚幻又温柔。

我即将成为爸爸，直到最近，我才敢对身边的人说起这件事。我本来以为自己是个坚定的无神论者，这和我的职业有关，作为一个常年面对命案的警察，见惯了太多生生死死和命运转折，哪还会相信什么神明与报应，但是，我到现在才明白，那只不过是因为没有遇到真正在意和害怕失去的人与事。自从肖爱怀孕之后，我突然变得有点迷信，很长一段时间里，我都不敢去谈论那件事，我觉得，在一切都确凿无虞之前，每一次谈论都算是一种风吹草动。所以，很长一段时间里，我都绝口不提，直到三个月后，我才能正常而欣喜地谈论。

"嘶啦"一声，吓了我一跳，我赶紧收神回来，把火拧灭，慌乱地找抹布擦拭台面。"锅沸了是吧？"肖爱抬高的声调从卧室里传出来，"你又走什么神呢？最近你是不是有什么情况啊？"

"没事。"我干脆地回了一句。

我盛了一碗汤，又打开了厨房窗户，想散一散潲锅后的味道。雨水的凉和尘土的腥味扑面而来，让我顿觉清醒。我抬头看了看，"普度集团"的大楼伫立在遥远的地方，暗红色的大字像灼灼火焰，即便黑夜也能看出那幢建筑的巍峨。

我端起汤走去卧室。

肖爱把手机扔在一边，一脸嗔怪地看我："你脑子里想什么呢？就站旁边，汤锅还沸了。你是不是趁着我怀孕有什么情况啊？啊？"她一边笑一边用手指戳了戳我的肋骨。"别闹，别闹，汤洒了。"我一边躲,还得一边保持汤碗平衡。她撑着身体坐起来,接过碗吹了吹:"没多放盐吧?""就一点点。"我说。她撇撇嘴,开始吸溜吸溜地小口喝汤。

说实话,现在,一看到她喝汤我就有点反胃,但肖爱似乎没问题。或许,她觉得那是一种信仰和牺牲交织起来的宏大使命,自己的感受已经无足轻重,重要的是可以储存营养,让另一个生命快速生长。

8. 肖爱

每天,到了晚上这个时候,我最安心。詹明远在厨房煲汤,我躺在床上随便刷刷手机,孩子在我肚子里,房间里没有什么声音,汤的香味一点点飘荡过来。踏实。

自从我怀孕之后,詹明远变化很大,每天尽量早回家,然后就一头扎进厨房。我从没对他提过什么要求,这改变是他自发的。怀孕之后,我就不需要再工作,有专门的补贴每月定期打到我的账户,比工作时的薪水还要多20%左右,而且全部免税。我每天要做的事只是出门走走。

雨从下午开始变大,一直下到现在,以一种稳定又强烈的势头,好像急于把天气拽进更深的冷寒。我套上了一件套头衫,胸前的图案是一只打盹的肥猫,尾巴和头拼命卷向身体,看起来像一只牛角面包,我倚靠在床头,那只牛角面包就趴在我肚子上打盹。我低头打量它,也打量着隆起的腹部,嘴角不自觉地上翘。

以前,詹明远每天都很忙,他是刑警队长,很多事情都需要他处理,他也是没办法,他总这么说。有时候,我觉得这不过是借口,用以逃避某种更加琐碎的真实。毕竟,哪又会有那么多非要他亲自处理不可的案子。有一段时间,我们之间好像总横亘着某种看不见的隔膜,那隔膜并不坚硬,真的就像一层膜,柔软,让居于两侧的人若即若离,但又确定无疑不可穿透。我们就在那张柔软的隔膜两侧维系生活,像敬业的主演担纲着一出永不完结的长剧。直到那一天,我拿着验孕棒和化验单,递到詹明远面前,我看见泪水从他粗糙的面颊划过,那个瞬间,我几乎看到了那层柔软隔膜像个气泡一样骤然破裂。

我听见水把煤气炉扑灭的声音,然后有锅碗瓢盆的碰撞声,好像还有勺子一类的东西掉到地上的声音。"你干吗呢?锅又沸了是吧?"我冲着厨房嚷。过了几秒钟,詹明远回了一句:"没事儿。"声音倒很轻快。他的脚步越来越近,每一步都很慢,我知道,他手里端着一碗汤。

第二章 坠落

1. 闻以达

作为记者,我和米雪都不用坐班,对于我们来说,有时这是好事,有时也会造成一点麻烦,两个成年动物在一个洞穴里待得久了难免滋生嫌隙。

今天是周一,米雪上午9点要开例会,我虽然不用出门,但是也被折腾得很早就醒了。一大早,米雪起床洗漱,翻找衣服,衣柜的抽屉打开又推上,叮叮咣咣地响,我用被子堵住耳朵想继续睡,窗帘却被她拉开一大半,我一赌气干脆坐起来。

"你怎么不睡了?你今天也开会吗?外面天都没亮呢。"她问我。

"你觉得呢?我怎么睡?你动静那么大。"

"你自己有起床气,别赖我啊。"她左手拿着一件棕色开衫,右手提起一件浅灰色的小西装,问我,"哪个好?"

我随手指了指那件开衫:"不就选题会嘛,至于这么隆重吗?"

"至于啊,现在还有机会穿出去,有人看,就得隆重,像咱俩这样誓死做丁克的,不一定哪天工作就没了。尤其是我,我是女的!好吗?总是我们先倒霉。"她瞥了我一眼,把开衫挂回衣柜,套上了那件小西装。

说这话时,米雪的语气很轻快,我却突然觉得像是有什么东西压在了胃里。她说的没错,像我们这样的人,不一定哪天就会命运翻覆。几乎每隔一两周,就会有一些耸人听闻的新传言出现,喧嚣一段时间,讨论传言的网页又都渐次无法打开,一切归于平静,过两周,再卷土重来。如果说,这样的传闻对我们的生活毫无影响,那肯定是假话,即便一切尚没有真的发生,也总让人感觉危机四伏。可生活还是得继续,我们只能努力维系小范围内生活的如常运转。我只能强迫自己尽力不想未来,很多时候,活在当下不是一种潇洒的生活态度,而是一种被逼无奈的生存策略。对我们而言就是如此,只是很多人并不懂得。

我去洗手间撒尿,大声问米雪:"你还来得及吃东西吗?"

"来得及吧?"她心不在焉地回答。

给自己沏了杯茶之后,我开始做早餐。油烟机轰鸣,平底锅在炉火上冒烟。我专心致志看着油烟变成一团旋风被吸上去,米雪突然从门口蹿起来拽我,皱着眉头冲我说:"快点快点,过来。"

我把煤气炉关掉,跟着她去客厅。电视开着,画面里是一栋大楼,无人机正在绕楼航拍,主持人语气紧张,好像不知道该说些什么,无人机绕过大楼半圈,楼顶的字显露出来——第一中心医院。我跑去厨房,把油烟机关掉,周遭骤然清净,衬得电视里的声音大得惊人。

"现在……嗯……我们看到的屏幕里红色标记的那个窗口,就是事发地点。"主持人断断续续地做现场直播,"今天早晨 6 点左右,一名即将临产的孕妇从该医院 18 层的病房坠落,当场死亡。具体情况还在进一步调查中,我们将持续为您报道。"声音渐弱,只空留下画面,无人机还在徒劳盘旋。

"叮——"的一声,我回过神,才想起厨房的面包机里还烤着两片吐司,我去厨房把早餐拿到餐桌上:"快吃吧,你要迟到了吧?都凉了。"

"没道理啊这事情。"米雪还在盯着电视屏幕。

我的手机响了,主编打来的。我们主编比我大五岁,右脸下颌骨的位置有一道挺长的疤,没人知道是怎么留下的,我们都管他叫刀哥。"刀哥,您什么吩咐?"我叼着一片吐司问。

"知道了吗?孕妇坠楼那事。"刀哥在电话里问我。

"正看呢。"

"来一趟办公室吧。这新闻咱得跟啊。事儿太大了。"

"行吧。"我说。

2. 米雪

我看过一份研究报告,里面说,当你必须早起却看到周围的人不需要早起时,就会产生很强烈的不开心。现在,我就是这种感受。我得赶去开会,而闻以达还在睡觉,时不时打几声呼噜。

他蠕动了几分钟,坐了起来。我有点窃喜,但也没表露出来。"你怎么起来了?"我问他。他嘟嘟囔囔地抱怨我把他吵醒。我没接茬,把两件衣服披在身上,让他选。他没头没脑地胡乱指指。我就知道,他会选我不太想穿的那一件。然后,他说我过于隆重,语气里间杂轻蔑和嘲讽。

说真的,他说的不是没有道理,以前我不这样,开会也好,出门也罢,也就随便穿穿,没必要兴师动众。但是现在不一样了。现在,我突然有了紧迫感。任何事情都是如此,在即将失去的时候,才会真的在意。

就像衰老从不会轰然而至,那些事情发生的时候也都有一个过程,这过程缓慢、细碎,慢慢渗透,逐渐蚕食,几近无声。但方向与苗头都清晰无误地指向一处——我的未来,我和闻以达的未来,以及与我们一样的那些不想成为父母的人们的未来——应该会十分晦暗。我们将会被剥夺很多东西,财富也好,权利也罢,总之,我们将会受到惩罚。其实,近乎惩罚的东西已经降临,比如五花八门的税,比如我工作的被迫改变,比如办事时生育史审核带来的门槛。但那一切毕竟是相对柔性的,至于传言中刚性的惩罚什么时候降临,又以怎样的力度和节奏,我并不清楚。有时,我想,或许这是一种高超的战略和绝妙的战术,让威胁悬而不发往往更加奏效。压力会自动压垮对手。而相比庞大的系统,我们又都如此脆弱。

所以,我就只能享受尚可以享受的:和闺蜜们一起吃饭、逛街、K歌,以及工作。即便以后真的坠入晦暗,我也有过往赖以慰藉。

闻以达已经翻身下床。我走去客厅打开电视,新闻里正播送物价涨幅、大气污染治理情况之类的消息,然后又是老生常谈的"生育大停滞"在世界各国引发的社会问题云云。突然之间,节目被打断,电视里出现了一栋大楼的航拍画面,屏幕右上角显示"突发新闻"。我家是开放式厨房,吸油烟机的噪音很大,我听不清电视里主播的声音,我到处找遥控器,终于在沙发垫的缝隙里翻出来。我把声音调高,好像是一所医院发生了什么伤人事故,但我纳闷到底什么案情才能引发这么大的阵仗。我去厨房,拽了拽闻以达的袖子,冲他招了招手。他跟了出来,站定在电视前和我一起看,然后才想起好像没关吸油烟机,又跑回厨房。

电视的声音陡然升高。我终于弄清,是一位孕妇从住院的病房坠楼。我非常错愕。孕妇,怀孕的女人,在当下犹如珍宝,被人们奉为榜样,她们被悉心照料,满足任何要求,不需要工作,有高额的补贴,人人称颂,赞美,羡慕。怎么会坠楼?自杀还是他杀?这实在匪夷所思。

闻以达的手机响了,他接起来,和电话那一端聊了几句,好像是他们领导。"我得去一趟办公室。"他挂了电话,把一片吐司都塞进嘴里。我在餐桌前坐下,看着盘子中间的两片培根,煎得焦黑,油脂已经在盘子底部凝结成白色的圆点。

3. 梁朗

我站在中心公园的滑梯下面,一群孩子正排着队陆续攀上滑梯,再咯咯笑着滑下来,他们的父母站在一旁,翘着嘴角为他们拍照。

"爸爸!"有人在不远处喊,我一扭头就看见秦梦抱着宝宝朝我走过来。我冲他们使劲招手,蹲下来张开双臂。宝宝挣脱了妈妈的怀抱,向我奔过来。突然之间,他一脸惊恐,我们之间的地面裂出一条巨大的口子,孩子叫嚷着跌落下去。我大声喊叫着,向那条深渊狂奔过去。

"梁朗!梁朗!"我听到有人叫我,睁开眼睛,看到秦梦有些浮肿的脸。晨曦透过窗帘,让她的脸部轮廓显得有些朦胧。"没事吧你?"她问我。

"没事。"我说。

"梦见什么了?"

"忘了。反正挺可怕的。"

秦梦没再追问。

这不是我第一次梦见这样的情景,每一次都稍有差别,但每一次都关于孩子,我的孩子。我不知道这梦是不是真的反映着我的焦虑。如果说我如此害怕失去一个孩子,那我理应先得拥有一个孩子。可我们根本就没有。一直都没有。无论我多么渴望。

我看看手机,快7点了。我扭头对秦梦说了一声:"7点了,起床吧?"她轻轻答应了。我去冲澡,拉上浴帘,把水开到我能接受的最热的程度,雾气很快就弥散在整个浴室里。

没过几分钟,秦梦在门外催我。"怎么了?"我提高声调,压过水声。

"快出来看新闻。"

我心里纳闷,什么新闻让秦梦这么着急。

我找了条干毛巾使劲擦头发,身上的水珠从我身上滚下去。这种天气,洗完澡已经有一丝凉意。我走去厨房,看见秦梦一手扶着微波炉,另一只手正在拿着手机聚精会神地看。

"你看你看。"秦梦把手机摆到我们俩眼前。屏幕上正在现场直播,镜头绕着一栋高楼旋转。"恐怖袭击?"我歪过脑袋问她。秦梦摇摇头:"不是不是。你看着这楼不眼熟吗?"

"不眼熟啊。这是哪啊?"我话音刚落,就看到楼顶的招牌:第一中心医院。"哟!"我有点惊讶。画面时不时有些卡顿,秦梦晃了晃手机,说:"去客厅看吧,这信号不太好。"

我们坐在沙发上,脑袋凑到一起,举着手机继续看直播,得知了第一中心医院有孕妇坠楼的消息。我俩都僵在沙发上,我抬起头看见对面黑着的电视屏幕中映出我们俩的姿势,看起来像一个大写的A。

"这不是曹望主任的那个科室吗?"秦梦把手机放在茶几上,对我说。

我也很震惊,还没回过神:"弄不好曹望主任认识这个产妇。

咱不是还预约了曹主任吗?"

"对,就在今天啊。"秦梦说,"也不知道这事会不会影响到曹主任。要是真影响到,咱怎么办?"

秦梦扭头看我,眼神里涌出一点无助。

4. 秦梦

我很早就醒了,那时候,天应该还没亮,没有一丝光从窗帘透过来。梁朗睡得很熟,胸口一起一伏。我睡不着,我还在想,昨天晚上的那一次,会不会成功。从理性和概率上讲,应该不会成功,但是每一次,我都心怀侥幸。有时候,我也恨自己,为什么这么软弱,不能大大方方地承认现实。但是,承认了现实之后呢?我们就此放弃吗?

梁朗和我,我们都想要个宝宝,并不是外部压力变得有形之后我们才想如此的,我们无法理解那些不愿生育的人到底是怎么想的。我和梁朗决定彼此分享生活,然后孕育孩子,有一个完整的家庭,每天能听到孩子们的欢闹,也会遇到孩子们带来的小小烦恼,这样的生活不才有温度吗?这间房子里太安静了,有时我觉得我们像两只悄无声息的猫,蛰伏在一个空洞的盒子里。

梁朗好像醒了,开始来回翻身,接着又抖动身体,像是在哭,又似乎没有,过了几秒钟,他开始含混地叫嚷起来。他又在做噩梦。我晃了晃他的肩膀,他的声音渐渐低下去,但仍然眉头紧蹙。

我叫他,他迷茫地睁开眼睛,我看着他的眼神逐渐聚焦,表情恢复平静。

"梦见什么了?"我问他。

"挺可怕的,一醒过来就想不起来。"他眼神里有点躲闪,我似乎知道他梦见的内容。以前,他无意中和我说起过几次这重复出现的噩梦,后来就绝口不提。

我没再问,拿起手机刷刷新闻。梁朗已经起床,径直走去洗手间。新闻大都无聊,推送页面有一条老人横穿马路出车祸的消息,画面截取了人被车撞飞的瞬间,反复播放,无限循环。左上角突然弹出了一个标志着"突发"的对话框,我点开看,一眼就认出了那栋大楼。这几年来,我一直频繁地出入那里,最近一年尤甚,我看到褐色的砖石外墙,那些茶色玻璃,这里就是第一中心医院。飞机在盘旋,我本能觉得有大事发生。

我拿着手机走去洗手间,在门外喊梁朗,催他快点,然后去厨房给自己热了一杯牛奶。镜头从空中聚焦地面,一群人围拢在一起,镜头突兀地拉近几次,地上露出一点猩红痕迹,很快被马赛克盖住。

"看什么呢?"梁朗的声音突然从我身后响起。我把手机递到他眼前,他接过去,神情迷茫地看了看,说:"这是什么?有恐怖袭击?"我就知道他记不住,即便他陪我一起去过很多次那所医院,他仍然记不住,或许这就是男人和女人的不同。那地方于我意义非凡,某种程度上说,那不只是医院,更像是神庙,相较于治疗肉身,不如说是安抚心灵。这是去过多次之后,我才总结出的感受。

但对于梁朗而言，一切或许没那么复杂，去那里无非就是就医，也许还带着一点羞涩。直到镜头里出现了"第一中心医院"几个伫立在楼顶上的大字，他才恍然大悟地"哦"了一声。

我们挪去客厅，在沙发上拿着手机看完了全部直播，确认了这个令人无法理解的消息，面面相觑。我们在对方的眼神中看到彼此的疑惑和惊惧，这个时候，孕妇为什么会跳楼？或许不是跳楼，是被人推下去的？可谁又敢做出这样的事？谁敢呢？又出于怎样的动机呢？

梁朗问我："出事的应该就是曹望主任那儿吧？"我点点头。

其实，从刚才开始，这件事就盘旋在我脑海里，我们和曹望还有预约，我不知道这个突发事件会产生怎样的后续影响。我隐隐有点自责，觉得出了如此大的事故，我却还考虑着自己的计划是否会被打乱。

5. 曹望

我们卧室的窗子上装了一组自动升降的百叶窗。按钮就在窗框边上，按一下，银灰色的铝质百叶就会慢慢升起或者降下，过程顺滑伴随电机轻声嗡鸣，另外一个按钮，按一下，可以调整百叶的角度，有时候阳光从缝隙间穿过，映在床单和地板上，光暗交错，有超脱现实的梦幻质感。

这个小区紧邻森林公园，居住密度很低，从卧室窗子望出去能看见大片树林以及小区内部的一片湖水,更何况还有一个不小的露台。这里距市区其实不远,但是从高速路拐下来就突然安静了许多,加上周围植被很好,看着像个正儿八经的郊外。看房的时候,我只来过一次,中介是个看起来很职业的女孩,带着我一个一个空间看过之后,我自己走上露台,突然望见那一片葱绿树林和湛蓝湖水。那天,天气很好,阳光透过树梢映在湖面上,树冠最上面的一层变得极浅,像一层新生的细嫩绒毛,湖水晶莹闪烁,炫耀着自己的璀璨。就是那个瞬间让我决定将它买下来。

房子买下之后,我一直很忙,又一个人生活,提不起精神装修,我还住在医院旁边的老房子里,房子不大,但也算舒适,这里就一直空着。闲暇的时间也偶然动过念头想好好折腾一番,搬过来享受满眼翠绿和夜晚的湖景,但最终不了了之。只有两三次,我开车去附近和同事一起烧烤,经过这里,特意上楼到露台上站上一会儿,看看那片湖。

时间就这样流过,直到我遇到李冬。

现在,我就望着他,能看到他的侧脸,百叶窗没有完全闭合,光从缝隙中透过来打在他的脸上和身上,像柔软的栅栏。他还在睡,显得那么平静又那么孤单。我靠过去,从他身后环绕着拥住他,那些柔软的栅栏也将我囊括在内。闹钟响起来,我转身按掉,扭头对他说"你再睡会儿",然后下床。

我在厨房做咖啡,望着咖啡一滴一滴落到杯子里,有些出神,却听到放在床头的手机响起来。我跑过去拿,是医院值班总机。我刚接起来,对方急切地问:"曹主任,你在哪?"

"在家啊,怎么了?"

"出事了。有病人跳楼了。24床那个孕妇,临产的那个。"

我原本站着接电话,却下意识地坐到了床边。李冬也感受到了异样,困惑地看我,眼神里满是疑问。我冲他摇摇头,听着电话那头说话,又好像什么都没有听懂。过了一会儿,我挂了电话,听到客厅电视的声音。我走出去,李冬已经站在电视跟前,一只手拿着遥控器,另一只手放在嘴边,一直在咬指甲。他一焦虑就会如此。电视画面里是我供职的医院大楼。

我俩并排站在那里望着屏幕,谁都没有说话。

6. 李冬

我知道,曹望已经醒了,他已经辗转反侧好一会儿了,只不过动作很轻,不想吵醒我。

他很体贴,有时候,他的那种体贴甚至让我有些于心不忍,他似乎一直在小心翼翼地维护某种自认为易碎的东西。

这个季节的清晨和夜晚是最舒适的,有独特的沁凉和静谧,夜晚有些萧索,反而让人心神宁静,不像夏天,每个人似乎都不知所措,风风火火想要奔赴什么却又不知所终。现在是个让人重新感知到自我存在的季节,天空回到它应有的高度,不会再压在我们头顶,让人难以呼吸。曹望从背后拥住我,这清冷的早晨,升腾起一丝切实的暖意。

这房子是曹望买下的,但对于这里,我的感情或许比他还要深,我倾注了太多心血。那天,也是一个和今天一样的秋天,周日的下午,天空有点阴沉,薄薄的云彩堆积在天空的几处角落。我们坐在一个咖啡馆的露天座位上,彼此沉默了一阵,一起抬头看着一群鸽子悠然飞过。曹望举起杯子,把杯底的咖啡一饮而尽,用一种莫名豪迈的语气说:"走,我带你去看样东西。"

他开着车上了高架,向北驶去,在森林公园东门附近,他拐入一条单行岔路,车道两侧大片车矢菊毫无人工痕迹,随意开在各处,不久后拐进了一个小区。停了车,他大步朝前走,我要努力才能跟上。按电梯,上楼,打开房门,他径直走到露台。"怎么样?"他扭头问我,脸上挂着一副孩子向别人展示自己珍爱的玩具时的表情。在此之前,来的路上,他一言未发。直到此刻。我顺着他的眼神望出去,看见了那片湖,深蓝与浅蓝间飘着一些落叶,云朵倒映其间,四处是望不尽的树,在这片傲慢城市里,犹如神迹下的飞地。

"这是你的房子?"我问。

"我们的。"他轻声说了一句,语气里有点胆怯却又有无限勇气。

在此之前,我们到彼此家里过夜,他住的那个小房子距离医院不远,方便又舒适;我家在东边别墅区,那个独栋也刚刚买下不久,他去过几次,只说不像个家。我也承认,那房子就是个不动产,是我在公司走上正轨后送自己的礼物。我们并没有向对方提起要真的在一起生活,直到曹望带我来了这里,我才明晰他的决心。

装修的事几乎都由我来定夺，每次问曹望的意见，他就笑着说都好。语气里毫无敷衍，是真心的满足与放心。他给我的感觉是，他一直在等待这一刻，一个完全可以放心、放松、放手的时刻。那时候，公司一切顺遂，生意蒸蒸日上，我作为创始人终于得以喘息，享受生活。我觉得眼前一片光明。

我听见厨房里咖啡机轰鸣，香气飘过来，曹望放在床头的电话响了，但现在还这么早，不知道是不是有什么危重病人。他小跑着过来接，应了两句，然后就沉默下来。他背对着我，但我能从他的身体语言中看到一种难以名状的惊恐。我下床，绕到他那一侧，看看他，他对我轻轻摇头，示意我别说话。我本能地知道应该发生了一些可怕的事，我走到客厅，打开电视，几乎每个频道都在播放同一条消息，有即将临产的孕妇在第一中心医院坠楼身亡。而我的曹望是产科的主任。

直到他走到我身边，我才发觉，他拍拍我的背，我意识到自己刚才一直在咬指甲。我看着他，那眼神里有我从未见过的内容，深邃，寒冷。

7. 詹明远

我从来不关手机，这是刚上班的时候师父要求我做的。刚进刑警队的时候，我有点吊儿郎当，有时候出去喝酒，顺手就把手机关了,省得队里有事烦我,更别提睡觉的时候。有一次,我早晨照常上班,刚进办公室的门,突然飞来一脚踢到我肚子上,我被踢得后背撞到墙上,鼻子和嘴里涌出一股血腥味。我晃晃脑袋扶着墙站起来,抬头看见师父的脸,深邃的抬头纹和法令纹,眼睛通红,眼袋乌黑,鼻头上的毛细血管迸溅出血色。周围的同事愣了一会儿,开始战战兢兢地过来和稀泥,有人拽住师父,有人把我拉扯到一边。听他们讲我才知道,昨天半夜出了个案子,杀人,一个人拿刀砍了七八个,跑了,我们队里到处布控,后来给堵在一条小路里。堵住他的是我的搭档白毛,这个一头少白发的兄弟和我一年进警队,比我敬业得多,我本该站在他的旁边作为掩护,但队里一直联系不到我,所有外勤都出了现场,除了我。白毛怕他再跑了,没等增援,自己踹开了门,没想到对方还有把土枪,直接把脸轰掉一半。

我坐在那一言不发,猛地开始抽自己的嘴巴,有人拦我,我就跟他发疯,直到我师父走过来,把我的手拽住。他告诉我,干我们这一行,只有一种情况下才能关手机,就是死了。然后扭头出去了。在那之后,我的手机永远开着。

我平时会把闹钟定在6点,但通常我会在5点45分醒来,然后就躺在那静静地等待闹钟响起来,再迅速把它按掉。我扭头看看肖爱,她蜷缩起来,睡得很沉。我拿起手机,看着右上角的时钟,等着闹钟响起,突然之间,手机响了,我下意识地按了一下侧面的按钮,声音消失,但屏幕还在闪烁,我觉得有点奇怪,才明白过来这不是闹钟,是有电话打进来。我回过神看了一眼电话号码,是警队的总值班室。

"詹队,第一中心医院出事了,赶紧出现场,大家都在现场集合待命。"电话那头说。

我觉得自己是从床上弹起来的:"具体什么事?命案吗?"

"孕妇坠楼。"值班警员回答我。

我也不知道自己是什么时候套上了上衣,穿上了裤子,反正回头看肖爱的时候,我已经穿戴整齐可以随时出门了。她被我吵醒,疑惑地看我。"没事,有任务。你再睡会,早着呢还。"我尽量放轻松,但我脸上的表情早就泄露了一切。这种事,换了谁谁又能藏得住?这是多大的案子啊?孕妇坠楼?孕妇他妈的怎么可能坠楼呢?这他妈的是发生了什么?

8. 肖爱

以前,我睡眠一直不好,一度需要依赖安眠药,后来,因为备孕,只能停药,那段时间,睡觉对我而言犹如刑罚。失眠带给人最大的问题在于挫败感:睡觉,一个多么基础的行为,可我就是做不到。大脑的机制真的很神奇,白天昏昏沉沉,沾了枕头却突然思绪万千。变化是从我怀孕之后发生的,自从确认了怀孕,我的睡眠突然间就好了起来,几乎没有任何过渡,我也不知道大脑发生了什么变化,只觉得犹如神明点拨。

我迷迷糊糊醒过来,是因为听见詹明远在打电话,语气很焦急。窗帘的缝隙间透过一点点灰色的微光,我知道,时间还早。我倒是不困了,头脑清醒。我用胳膊肘撑起身子,看着站在床尾的詹明远,他歪着头,把电话夹在左肩和脸之间,与此同时,他还在努力穿裤子,左腿已经套进去了,他正费力地保持平衡,想把右腿也揣进裤腿,但似乎不怎么奏效。他摇摇晃晃,差点摔倒,右手及时扶住五斗橱的边沿。看得出来,他不想一屁股坐在床上,可能是怕把我闹醒。

我已经习惯了,案子要报到他这里,还是这么早的时间,肯定是大事。

他回头看我,然后冲我挑挑眉毛。"有个任务。你再睡会吧。太早了现在。"他挂了电话,故作轻松地对我说。他终于把裤子穿上,一边说着话,还一边扣上了皮带。

再没来得及说什么,詹明远就走出了卧室,我听见他在玄关打开鞋柜又关上的声音,听见他把拖鞋踢到了一边,然后是钥匙哗啦啦的声响,之后,门砰地关上。

房间里安静下来。我下意识摸了摸肚子,重新躺下。我不知道到底发生了什么。我只知道他如今会小心,他说过他现在最重要的事是每天安全回家,因为他要做爸爸。

第三章　失魂

1. 闻以达

我的车前两天在一个地库门口拐弯时,右后门撞上了一个花坛,现在还在修理厂。我出门打车,怎么也打不到,干脆走去坐地铁。从我家到地铁站大概八百米,要路过一条小河,河边花草繁茂。平时,我挺喜欢这条路,经常故意走得很慢,但是今天,我毫无流连的兴致。

天空清灰,点染一点几乎看不出颜色的蓝,植物的叶梢上还垂挂雨滴。我低头看着路面,地面上贴着很多小广告,太阳暴晒、雨水冲刷、鞋底摩擦之后,已经面目模糊。但仍能大致看到小广告的内容,穿着暴露的女孩,一副魅惑表情,一旁写着"一夜欢爱,无惧后患",后面是一连串手机号码。谁都知道,那是贩卖安全套和避孕药的招贴。这样的小广告铺天盖地,天桥的栅栏上,路肩的地砖上,一些老旧小区楼内的墙壁上,到处都贴着这些颜色鲜艳的不干胶。像所有人一样,我早就对这些铺天盖地的骗子广告视若无睹了,但是,昨天晚上,米雪趴在我的胸口问我安全套用完了怎么办,我还是随口说了一句,马路上那么多小广告呢。其实,我又不是傻子,我难道不知道这些小广告是骗子?现在,安全套也好,避孕药也罢,管制得这么严格,谁会这样明目张胆地贴出来广而告之呢?不过,我听说,东边酒吧街那几家夜店里,有人偷偷在舞池里卖套和药,现场交易,一手钱一手货。实在不行,我可以问问门路。

地铁站台上的人已经开始多起来,我走到车厢中部,倚靠着扶手杆,掏出手机想看看事情的进展。所有网站都开了专题,声称实时更新追踪进展。我刷了几次,发现根本没有进展,更新的内容都在复制粘贴医院的历史、科室主任和主治医师姓名,有记者采访了几个同住在这家医院的孕妇家属,大多表示震惊、害怕,摇头摆手地慌张离开。

我把手机放回口袋里,跟着地铁来回摇晃。有商家买下了地铁车厢通体车身广告,画面里有个女人自信地笑,牙齿洁白,酒窝深邃,她踩在一片草地上,手里捧着一盒药,旁边一行醒目大字:"今天,你吃叶酸了吗?"

我从广告上错开眼睛看车厢内的壁挂小电视,一个60多岁的穿着白大褂的女医生,盘头,微胖,戴黑框眼镜,怀里抱着一个娃娃,正对着医生的是一个30多岁的女人,穿橘黄色开衫,长发过肩,聚精会神看着医生摆弄娃娃,她时而拍拍后背,时而抚摸娃娃的脸颊。一个人脸上满是告诫,另一个一脸虔诚。车内噪音太大,听不清电视的声音,但我知道,那应该是教育大家如何照顾婴儿的专题宣传片。现在,到处都在播放这样的宣传片和公益广告。宣传片结束,换成了另外一个,屏幕上,几个脸熟的明星笑意盈盈地出现,他们都挽着孩子的手,望向镜头。"孩子,孩子,孩子,我们的未来,世界的未来,人类的未来。"明星们轮流说着这几句话,被剪辑切碎重新组合,像宣誓、像忠告又像恐吓。

车到站,我走上楼梯,涌入人群之前扭头看了一眼车身,发现连车厢外部也都包裹着那家叶酸的广告。每节车厢的右下角用黑色大字写着"普度集团荣誉出品",右上角有个小小的专利标记。

2. 米雪

等闻以达出门以后,我到厨房把早餐的碗和杯子刷干净,放到沥水篮里,看了看表。其实时间还早,但我还是想提前出门,在外面走走。

天空有云,薄且蓬松。我用手掠过路边绿植的叶子,手上沾满晶晶亮亮的雨水。

我和闻以达是同行,几年前采访的时候认识的。那时候我们都跑突发,供职于不同的媒体,经常在一些车祸和火灾现场相遇,但并没有变得很熟。我们真的熟悉起来,是因为那场大地震。

那场前所未有的大地震吸引了全世界媒体的关注。我和闻以达都被派往一线采访。多天的摸爬滚打,我们都脏得累得不成样子,到处都是坍塌的房屋,残破的尸体,哭声不绝,我渐渐难以忍受周遭的一切。

有一天傍晚,我们等着冲锋舟来接我们。闻以达可能看出了我的挫败,他坐在一块足有四层楼高的石头旁默默地说:"吃咱们这碗饭的,就得嗜血,没有这种本能,干不了这行。这和道德无关。你明白我的意思吗?"他使劲嘬了一口烟,然后用中指和大拇指把烟头奋力弹了出去。当时已近黄昏,山坳里人迹稀少,薄暮降临,烟头的火光像一小朵奋力升腾但终究失败的烟花,挣扎一下掉落到三米之外的地上。我没说话。他说的没错,好记者必须喜欢咸腥、血和死亡,他们是理性的变态,或者反过来,他们有着变态的理性。在此之前,我一直认为自己可以成为一个好记者,但那次大地震让我第一次认真审视自己。

冲锋舟把我们载到一片平地,换了一辆重型挖掘机带我们下山。回到镇上的路途太远,而我太累,一直绷着的弦瞬间断了,我把脸埋在安全帽里哭,闻以达抚了抚我的背。我靠进了他的怀里。路面颠簸,上坡下坡,我觉得世界翻覆,他一直不发一言,任我哭得颤抖。哭过之后,我终于轻松很多,抬起头从我们所在的地方望下去,能看见震中几个村子里星星点点冒起细小烟柱,灰白相间,扭转着飘向空中。有人冒死回到房前给亲人烧纸。余震不断,但他们似乎对可能到来的死亡满不在乎。真切降临的死亡给每个人带来了完全不同的影响,让有些人视死如归,而让另一些人只想苟且偷生。我,是后一种。

又一周后,我从灾区撤离,总结表彰大会一次次开过,领导请吃饭,我还拿了奖状。之后,赶上改版,我顺势离开了突发部,去往人物组。在那之后,我在人物组一直做下去,资深记者,高级记者,首席记者,直到后来,周遭环境急转直下,我莫名其妙又毫无悬念地失去了工作。也是在人物组工作的那段时间,我和闻以达结了婚,婚后继续看着他出入杀人放火的现场,不知疲倦。

3. 梁朗

今天,我要和秦梦一起去做检查,或者说,我陪着她去做检查。说真的,我根本就不想去,没什么意义,最大的意义似乎就是"检查"本身,这过程像是一种心理治疗,真正想解决的问题根本解决不了。不断地去医院,似乎像是一种表演,表演给旁人,也表演给自己看,我们用一次次地向医院的出征营造出虚无的希望,越到后来,这希望就愈发稀薄。我觉得,秦梦也知道这一切,只是,我和她都对此避而不谈。

我开着车拐上三环。秦梦坐在副驾,一副还未从震惊中完全恢复的表情。挡风玻璃下摆放着一个摇头晃脑的小人偶,脖子是一圈圈粗壮的弹簧,车身颠簸,他一脸贱笑地摇头晃脑。秦梦盯着它看得出神。

"想什么呢?"我问她。

"没事,没睡好。"她揉了揉太阳穴说道。

前方的车开始陆续挪动,我听见后面有警笛在响,开始声若洪钟,几声之后也偃旗息鼓。有人毫无意义地使劲按喇叭。我从后视镜里看了看,后面跟着一辆崭新的奔驰SUV。我把车窗降下去,胳膊肘搭在车窗下沿,尽量放松地坐着。着急也没用。这个时候按喇叭无非是替代骂人发泄。其实,谁都一样,总会做些徒劳的事情,不为了实用只为了缓解焦虑,比如这些司机困在驾驶舱里鸣笛,比如我和秦梦一次又一次去医院治疗这永远不见好转的不育症。这有什么区别吗?没有。真的。

突然之间,前方突然变得畅通,车辆从右侧出口鱼贯驶出环路,加速消失在远方。我打了一把轮,跟在车流后面,向前驶去。

4. 秦梦

梁朗先出了门,站在门口扭头催我。我还在确认所有的化验单据、病历和身份证是否落下。对于去医院检查这件事,我早就习以为常,提前把该带的东西带好,把要问的事项梳理一遍,这样能够有效地避免慌乱。其实,也没什么可诊断的,久病成医。不过,我这算不算是病呢?我不知道。但我知道,在很多人心里,这确实不是病,是罪。

直到现在,我的脑子还是蒙的,我被孕妇坠楼的新闻搞得心神不宁,我有某种不好的预感,觉得这件事将会成为一个转折点,让某些我不愿面对更无力抵挡的事情加速降临。比如那个悬于头顶的《生育促进法案》的修正案,那些关于对我们这些人进行处罚的议题会不会真的通过。

我坐在副驾,听着窗外此起彼伏的鸣笛声,渐渐出神。我想起曹望主任,每次见到我,这个男人的眼神里总涌出无限哀婉。我不知道他到底想说什么,但我大致可以猜测,他想说:"别再来了,根本没用的。"

每一次,我们三个人坐在那间狭小、整洁的诊室里,都像完成一次又一次心照不宣的排练。排练进行了无数次,但我们还都能保持适度的投入,没有人笑场,也没有人忘词,大家兢兢业业地投入自己的角色,扮演一个担忧的丈夫、一个焦虑的妻子以及一个敬业的医生。

直到梁朗的右手越过变速箱抓住了我的左手,我才把飘散的思绪拽回来。他问我在想什么,我应付着说,昨晚没睡好,有点头疼。梁朗没再问,打开了天窗透气,却发现喇叭声大面积入侵,他又旋即关上天窗。前后左右都是被困住的汽车,大家有着共同的命运,却彼此憎恶。我看着梁朗翻出半瓶矿泉水,喝了几口,然后松弛地靠在了椅背上。

5. 曹望

我几乎完全不记得过程,比如我是什么时候穿上衣服,怎么奔下楼,又怎么发动了汽车,最后又怎么堵在了这动脉粥样硬化般的环路里的。我只记得一件事,我接到了医院总值班室的电话,告诉我24床的那个孕妇坠楼了。一切到此为止。在那之后,我的耳朵里升腾起一股锐利的嗡鸣音,持久、稳定、有金属质感,这声音渐渐向内、向上延伸,钻进大脑,停留在某个暧昧不明的区域。我记得李冬在叫我,我也记得好像去客厅看了电视新闻,之后,我就发现自己坐在这个驾驶室里神经质般地按喇叭。

这辆奔驰SUV是李冬送给我的生日礼物,车刚提不久,驾驶室里还有一股祛除不掉的塑胶味道。我低头看见方向盘上的双手,血管在手背上爆出字母Y的形状。深呼吸,再深呼吸,我得让肾上腺素回归正常,我把头埋在手臂之间,对自己说,我必须冷静下来,必须。我知道抵达医院后,自己将面对什么。我不能崩溃。

我看了看调整到静音的手机,17个未接来电,不只是医院的,还有来自朋友和其他医院的同行的,我不想被打扰,更没时间去和旁人解释这件事,更何况我根本无从解释,我莫名其妙地被裹挟进了风暴里。我也不知道为什么一个临产的孕妇会突然坠楼。

我把手机扔在副驾驶上,开始认真回忆那个孕妇的情况:梁珊,31岁,如果没记错,预产期在两天后,最后一次体检时一切正常。是啊,她太正常了,胎位正常,心态正常,预产期正常,记得最后一次查房,我问她:怎么样?她笑着冲我比画出剪刀手。在众多产妇中,她是最不需要被我关注的那一个。可为什么会是她?

前方突然出现了空档,我抢着并线,有一辆警车从我后面窜上来,按响了警笛,我一脚踩住刹车,又使劲按了两下喇叭,看着那辆警车从环路出口闯了出去。

6. 李冬

我站在窗口,看着曹望的车疾驶而去,轮子碾过路边积水,溅起巨大水花。直到这会,我才感觉到冷,我把睡袍裹好,给自己做了杯咖啡,趁热喝下。原本一个温柔的早晨,怎么就突然成了现在这样?

这么多年来,我第一次见到曹望露出这样的神情,悚然、惊恐、失魂落魄。他是那种不太让情绪外露的人,遇到任何事似乎都能平静对待。但今天一早,我站在曹望身旁,我们近在咫尺,但我能感到他早就魂飞九天。

我记得曹望临出门时,鞋带系了几次都系成一团疙瘩。我走过去,拍拍他的背,只觉得他肌肉僵硬,像一只受到过度惊吓的小动物。

我决定不再盯着新闻,从沙发上站起来,把卧室、客厅和书房的窗子都打开通风,凉意沁进来。我深吸了一口气,空气湿润,有淡淡泥土气息,腥味混杂一丝甜味,从鼻腔经喉咙,在肺部满溢,咖啡开始起效,我似乎才真的彻底醒过来。

我坐在书桌前,看了看手机,公司的工作群里都在讨论一早的新闻,财务部门发来公司股票的走势预判,他们觉得可能会有连续涨停。财务总监@我,我没回复,看着群里的消息一条一条顶上去。一个女人死了,连带她腹中的孩子,这是一桩怎样轰动的悲剧,何况在这样的时代,我们却在冷静地讨论股票的涨跌。财务部门没做错什么,这是他们的本分,他们敏感于此,做应对预案,作为老板,我应该表扬他们,但是,在这个早上,我却说不出口。或许是因为这事和曹望有关,或许与一切都有关。我知道,高层一直在那个《生育促进法案》问题上争执不下,生意做到如今的规模,我也肯定有几个内部的朋友。《生育促进法案》的修正案要不要出台,以怎样的方式和强度出台,更重要的是,那些传言已久的对不生育者的惩处是否真的会落地,这一切都会牵扯太多。我隐约担心,这个当口,这起神秘莫测的产妇坠楼事件,会变成那条法案的催化剂。

7. 詹明远

手台一直在响,吱吱啦啦的电流声伴随时断时续的现场报告和大家混乱的讨论,我转了半天手台旋钮,毫无意义地拍拍打打,听到好像有谁开了个什么玩笑,一帮人嘻嘻哈哈,然后王局还是谁发了脾气,气氛突然安静下来。我把手台扔到了副驾驶座上。

我距离出事医院十多公里,按说不远,但堵在半路,无计可施。我把警灯打开,又按了两声警笛,声音大得把我自己吓了一跳,周围突然跟着响起了几声喇叭,前面的一辆大众努力闪转腾挪,似乎想给我让出点地方,扭怩了几下车身之后还是决定放弃。

第一中心医院我去过,有一次急性肠炎我开着车直接去了那里,新装修的大堂犹如酒店,地面铺满黑白相间的波点大理石,到处是石砌拱廊和象牙白的罗马柱,挑高极高如广场般空旷,行走间顿觉自己的渺小。后来,肖爱怀孕,几次孕检都在那做的。那里的产科是全市最好的。产科主任好像姓曹,我陪肖爱做检查的时候见过两次。人长得斯文,戴眼镜,身材瘦但结实,留着利落短发,好像每次见他,白大褂里都穿着板正的衬衣,我记得第一次陪肖爱做完孕检出来,肖爱还对我说起过:"你看曹大夫是不是很像电视剧里医生的那种样子?"当时,我好像有点心不在焉,后来又去,见到他,突然就想起肖爱的话,他确实太像那种电视剧里医生的设定了,有专注眼神,态度不卑不亢,声调不高不低,对人和蔼但似乎又总有种与生俱来的威严。这一次,我可能不得不以另外的身份和他打交道了。

手台又开始响,电流声之后传来呼叫,问我在哪。"马上到,马上到。"我拿起来回复了一句,然后把音量拧小。前方的车流裂开了缝隙,我赶紧向前窜,突然看见一辆崭新的奔驰SUV向我这条车道并线,我吓了一跳,按了好几声警笛,看那车停住,我给了脚油,超过了它。

8. 肖爱

今天早晨,詹明远走的时候,房门拍得震天响。我本想再多睡一会儿,但醒了之后也就睡不着了。之前,詹明远半夜和凌晨被叫起来直接出现场的情况多得是,但这一次,我总觉得有什么地方不太一样。具体是哪里不太一样,我也并不清楚。

直到起床吃早餐,我才看到孕妇坠楼的新闻,那时候我才终于明白詹明远是去处理这个案子了。第一中心医院的产科有口皆碑,这城市大半产妇都会去往那里,我也一样。我记得那个产科主任曹望。他给我的印象很好,斯文、认真、清清爽爽,真希望他不会受到什么牵连。

我算是显怀早的,所以,周围的朋友们从很早就开始问我的情况。如今,我的预产期也快了,但我一点都不紧张,反而越临近那一天,我越平静。真的,不知道为什么,只是觉得平静,像一切纳入正轨,像齿轮严密咬合,我只是一步一步朝着一个既定的终点慢慢走去,心无旁骛。这感受很奇妙,但我没和詹明远提及过,我不知道该如何表达。我像保守着一个秘密般,保守着这种独特的心理体验,关于"孕育"这件事情终究是一件私密的事,很难和别人分享那些细微的感受。

电视里传来警笛的声音,航拍画面里,好几辆警车驶进医院大门。詹明远应该到了,我想。我走到窗边,拉开窗帘,天空泛白,间杂一点点似有似无的浅灰,空气湿润,让人觉得舒爽。我慢慢踱去玄关把詹明远的甩脱的拖鞋收进鞋柜,然后走去厨房,用一杯牛奶吞下三种颜色鲜艳的维生素片。

第四章 胎心

1. 闻以达

我从电梯出来,迎面墙上粘贴着紫红色大字——"深流",是我供职的媒体的名字,我在这里已经工作了12年。我一边按门禁密码,一边往玻璃门里瞧,办公室空荡荡的,有一半办公区还没亮起灯。

会议室里坐了七八个同事,大家嘻嘻哈哈地聊天,有人掏出手机念:"最新消息啊。说是因为这孕妇想剖腹产,医院说按照现在的法律规定,已经禁止剖腹产了。由于太疼又太恐惧,孕妇自己跳楼了。"一片喧哗,间杂窃笑。"这不扯淡吗?! 这有逻辑吗这个? 哪的消息啊这是?"经济组的编辑把脚跷到会议桌上,一脸鄙夷地问。"就是一帖子。我也看见了。都他妈阴谋论现在。"摄影部主任在旁边一副掌握一切的样子。话题突然散了,开始朝着奇怪的方向延展出去,几位女同事各自念叨起自己生孩子时候的感受和待遇,以及对于第一中心医院的印象,七嘴八舌,乱作一团。

持续了三五分钟,刀哥抬起头,说:"好了,好了。别说那些没用的了。闻以达,你说。"我听见他叫我。

"虽然我们是做深度的,但我觉得我还是现在就过去一趟,看能拿到什么料。你们在后面把外围采访做了,看看背景资料和案头能发现什么。我就先看看现场吧。"我低着头说完,扫视了一圈,大家也都点头。"你现在去一趟现场,核心突破你来努力吧。其他人,以前和第一中心医院打过交道的,也贡献一下资源。"刀哥接过话说。会议又持续了半小时左右,大家把觉得有用的采访对象的电话陆续发给我。

打车上了三环,拥堵已经散去,一路上,广播不停地播送产妇坠楼的相关消息,但实际上根本没什么真的进展。

医院门口还是医院门口本该有的样子,只是更加混乱一点,车辆堵在入口,车里的人都一脸厌烦,两个枯瘦的老头晒成棕色,穿着大两号的靛蓝色制服,毫无章法地指挥交通。便道上被各色小贩的摊子铺满,售卖气球、快餐和癌症特效药。我堵得不耐烦,提前下了车,自己绕过人群走进了医院。无论如何,医院是不能关门停业的,毕竟生老病死由不得人。

我往里走,在院子里撞见几个电视台的同行正煞有介事地做现场直播,他们三五人一堆,有的聚在台阶下,有的站在台阶上,都以医院主楼为背景。我站在一旁点了根烟,爬上台阶,看了看情况:院子里熙熙攘攘,车开进院子后,会分东西两股车道驶向后面的停车场,医院主楼坐北朝南,南面向街,北面窗户属于住院部,孕妇就是从北面也就是大楼的背面坠落的。我正想着这些,就看见一辆救护车闪着警笛停在楼前,一群医生护士把一个人推进楼内。我看了一会儿,把烟在垃圾桶边沿碾灭,转身走进了大楼。

2. 米雪

我不知道如果我还在做记者,会不会像以前一样,打了鸡血般冲去第一中心医院。不好说。那会儿,我还在报社工作的时候,在人物组干得久了,有时也会技痒想去跑跑突发,但后来也都自己主动作罢。现在,已经彻底没机会了。我现在的身份算什么呢?算是半个媒体人,或许,连半个都算不上,算地下媒体人吧。我现在要去参加那家网站的选题例会,但是我不是那家网站的正式员工,我类似于编外顾问,在任何文件、合同之上都无法证明我与那家网站的关系,报酬用现金结算,没有任何其他保障。即便如此,我们也彼此约定好,对外不提及我的这个工作身份。我和那些正式员工一起开选题会,出谋划策,插科打诨,帮他们的作者修改稿件,每个月还要完成四篇专栏——用笔名。最初,我觉得这样的状态很屈辱,但后来也渐渐适应,不然能怎样呢?我毕竟需要钱。

事情是一点点变成这般田地的。辞退不生育的女性最初也不过就是传言。传言都是没头没脑地突然出现,然后像菌丝分裂般迅速扩张，一天一个样子，变得言之凿凿，变得不容否认。但仍旧只是传言，真实生活未曾改变，只是有时刷刷手机，看到那些传闻就会打个寒战，然后回过神继续生活。几个闺蜜在群里讨论讨论，互相调侃调侃，发泄一番，很快，话题就转向了男朋友、老公、包和化妆品。

现在回想起来，如果说哪天真的算是个转折点，或许就是那一天。但具体几月几号，现在我竟然也已经忘了，大致是春夏之交，我记得空气中还飘着漫天杨絮。那天我休息，正歪在沙发上无聊地看电视，手机震动了两下，我拿起来看，发现工作群里的人力资源总监@了包括我在内的几个女员工，她写道："各位，什么时候麻烦来办公室找我一下哈，有事。多谢啦！"后面还有个小姑娘撒花鞠躬的表情包。我回复说好。然后就忘了这件事。那时候，我任职的那家媒体叫《聚焦》，在行业里也算排在前列。收到那条消息的时候，我以为是要大家去领生日购物卡。

第二周的周五，人力资源部的同事给我打了个电话，怯生生问我，为什么还没去找她。我说下周二就去。对方在电话那端支吾着说，恐怕不行，来不及。我问她到底什么事，对方说，电话里不方便，还麻烦您跑一趟。

到了单位，我径直去了人力资源部。小刘坐下来招呼我，有一点手足无措的样子："问几个问题哈。可能涉及隐私，不好意思。"她不看我的眼睛，然后伸出右手食指指指天花板，"上面要求的。"我们的办公室在顶层，我知道，她说的"上面"是别的意思。小刘比我小不少，已经是两个孩子的妈妈，办公桌上的照片里，她站在草地上，牵着两个小男孩，一高一矮，矮的那个手里攥着一支蒲公英。我看着那张照片，想，该来的总会来。

她问我结婚几年，有无其他婚史，家族有无遗传病，我和丈夫双方是否有不孕不育诊断，无子女的原因，等等。她拿着一份表格，大多数时候听完我的答案迅速打√或者打×，有时也写一些文字。

半小时之后，她把表格扣放在办公桌上，如释重负地说："好了，没事了，就是例行的登记。"她长舒一口气，像个终于答完试卷的学生。那个瞬间，我几乎泛起一丝同情和心酸。我站起来，准备离开，刚拉开门就听到她在身后对我说："还是尽早要个孩子吧，不然会很麻烦的。孩子多可爱啊。"语气里明明是闺蜜般的亲昵，我却莫名从尾音里听出一丝命令和威胁的冰冷。我没回头，也没说话，从身后关上了门。

3. 梁朗

医院里似乎也没什么变化，只是多了一些摄像机。我们到得挺早，院内还有不少车位。门卫指挥着我把车从东侧车道绕到楼的后面。停车的时候，我远远看见了事发现场。地上有一摊棕红色印记，周围用白石灰画上了人体轮廓的标记。我无端觉得，人坠落地面的时候应该是面向地面的。"你看。"我下意识地叫秦梦。秦梦看了一眼，迅速把头偏向了另一侧。"看这个干什么啊。"她语气里满含怨怒和厌恶,我扭头看到她拧起来的眉头。

我们想从平时熟悉的后门上楼,但走到跟前才发现上了锁。链子粗大,一环扣一环,表面锈迹斑驳,我晃了晃,发现拴得结实。我们只能绕去正门。

楼前楼后,朝南朝北,却似乎像两个世界,前方阳光透亮,人头攒动,加上临街的熙攘,平添一丝勃勃生气,不像后院无端端一股阴沉潮气,植物胡乱疯长,从高处的什么地方还不时坠下水滴,可能是出了命案后的心理作用,更觉得那地方不可久留。

我和秦梦从楼前走上楼梯,小心翼翼地以一种刁钻的角度躲过两台摄像机以避免入画。走到门口,正要进入,正巧赶上救护车送来一位急救病人。医护人员推着轮床鱼贯而出,一起从救护车上往下抬病人,病人被白色被单遮盖大半,好像是个中年男人。我和秦梦都躲到一边,我帮着扶住门,那群医生又呼啸而过地回到了楼内。我进门的时候,回头看见大门旁边有个男人正站在那抽烟,神情冷漠,似乎一直在观察周遭,我和他对视了一眼,然后闪身进门。

4. 秦梦

我就知道会是这个样子。医院里能看见架起来的摄像机,头顶上应该还有无人机在盘旋拍摄,我没特意去看。在医院门口,很是堵了一阵,车辆横七竖八地插进来,像强硬插到一起的乐高玩具,拆都拆不开的那种。

梁朗开到后院的那一刹那,我突然就意识到,那个坠楼的女人应该就是从这个方向掉下去的,我去过产科太多次,很清楚诊室和病房的位置与朝向。或许,也不是因为这些,而是因为某种感觉,说不清的感觉。果不其然,车辆向前,我的余光瞥到了警戒线,黄黑相间的塑胶带缠绕在四根黑色的塑料棍上,围成一个长方形,有一截塑胶带耷拉下来,时不时随风舞动几下。我突然有点发冷,故意把头别过去,然后却听见梁朗叫我:"快看,快看。"医院后院背阴,墙边遍布各种生命力顽强的植物,叶子大都有锯齿形边沿,像努力保护自己不被拔除的虚张武器,它们无人打理,在这冷寒天气里却还一副浓绿。

梁朗小心翼翼地倒车,就在这个时候,我看见了那双闪亮的眼睛,警觉,明澈,甚至有淡淡哀愁,通过杂草望向我。"小猫。"我说。梁朗有些迷惑,四处乱看,一副生怕压到它的样子。那只猫早就窜出草丛,站到了车前,转过身坐下,尾巴盘到身前,像个端庄的姑娘,它和我对视一会儿,迅疾跑远。我眼睛追着它,却无端又撞见那块被警戒线围起来的不祥之地。这才发现,那旁边还有两个男人,分别坐在折叠椅上,两个人都穿着白衬衣,套深色夹克,盯着每一辆拐进来的车。

后门锁了,我走过去,想透过玻璃朝里面望望,楼道里人影幢幢。梁朗拍拍我的肩膀,说:"咱绕过去吧。"我和他一起慢慢向前院走,我能感觉到,那两个男人在盯着我的脊背。

5. 曹望

杆子抬起来的瞬间,我的车已经闯进去半个身子。我把车停好,奔上楼,掠过一台又一台摄像机。记者们不认识我,当然,这只是暂时的,很快,我的电话就会被打爆,也许还会有记者闯进我的办公室里,把话筒杵到我面前逼问我到底发生了什么。我有这个心理准备。但我怎么知道发生了什么,人又不是我推下去的,我比谁都更想知道到底发生了什么。

我在办公室门外就听见屋里的电话铃声,进屋,看见内线电话的指示灯闪个不停,接了,是院长,让我直接上楼开会。我往电梯间跑,想起没锁门,又折返回去锁门。平时,我办公室的门基本是不锁的,但是今天不同,记者们要是真的闯进来,翻查到什么病例和资料可不是小事。

会议室里坐着不少同事,院长拿着一根烟放在鼻子下嗅,我知道,他正在戒烟。我绕过去,找了把离他近一些的空椅子。"讲讲,直接点。"他说,说话时,他侧着头,并没有看我。

我讲了产妇的情况:梁珊,31岁,本市人,婚内生子,预产期在两天后,产检一切正常,每次检查,都有丈夫陪同,怀孕离职前在一家普通商贸公司上班,丈夫在一家工厂工作,技术工人。"夫妻关系很好,我觉得没有任何异常。"我说完,拧开面前的一瓶矿泉水,喝了一口,像表达终结的句号。

会议室里安静了好一会儿。

"公关部呢?"院长扫视了一圈,远处,一个扎着马尾辫的小姑娘举手,我认出来是孙蓉,刚来不久,每天的工作不过就是更新一些日常动态信息,我觉得她绝对想不到自己会摊上这样的危机公关。"你们主任呢?"院长问。"在写通稿呢。"孙蓉战战兢兢地回答。院长点点头,说:"媒体都在楼下,一会儿肯定会来更多,这件事到底什么情况,什么性质,要由警察做结论。我们的工作是配合警方,是维护既有的医疗秩序。曹望,你直接回办公室,警察会去找你了解情况,有什么说什么,我们没什么隐瞒的,明白吗?"我点头。他继续和所有人说:"任何人都不要接受采访。"大家点头。

会议散了。我站起来,等着大家陆陆续续往门外走,顺手把敞开的一扇窗子关上,从窗子望下去,正好能看到主楼的入口,像什么都未曾发生,患者和家属进进出出,一辆救护车从坡道开上去,有个男人站在垃圾桶前面抽烟,过一会儿,他把烟头按灭在垃圾桶上,垃圾桶上方墙壁张贴着巨大告示,上面写着:禁止吸烟。然后,我看见了梁朗和秦梦的背影。对这两个人,我太熟悉了。

6. 李冬

离得很远,就能看见公司的名字,在那栋 CBD 最高的写字楼的楼顶,竖立着"普度集团"几个大字,深红,夜晚亮起来的时候,像暗火。我创立这间公司的时候,就曾暗暗发誓,我要让整座城市都能看见它的名字。

我走进办公室,坐下来,翻了翻桌上的备忘录,今天没什么迎来送往的事务。我把备忘录合上,厚重的牛皮封面发出"啪"的一声。我站起来,直接走进了设置在里面套间内的小实验室。相比于外面那间三面有窗的豪华办公室,我其实更喜欢这里。这间实验室像我的暗房、禅室或者堡垒,我在这里更放松,有时候甚至觉得,待在这里比在家里还要放松。不只是因为实验室本身厚重的墙壁和隔热隔湿恒温带来的静谧感,更多的是某种难以名状的精神上的安全。其实,我早已不再做什么实验了,只是这里还保留着实验室的样子,用来提醒我,曾经我也算是个科学家。

工作台的右侧摆放着我和曹望的照片,原本,这照片摆在外面的办公桌上,生育大停滞之后,舆论对我们这些人越来越充满恶意,我就把照片拿了进来。照片里,我们并排坐在京都鸭川岸边,面前流水淙淙而过,漫天飞鸟,身后樱花烂漫。

我和曹望是在一次研讨会上认识的。生育大停滞之后的第二年,全世界都已经坐不住了,各国政府的生育激励政策层出不穷,但都未见成效。挪威、冰岛、芬兰、丹麦都长久地陷入了负增长,日本更不用提,拒绝生育的思潮像悄无声息的瘟疫。

作为生育科学领域的著名学者,曹望属于低调务实的那一派,在圈内备受尊敬但极少在媒体上显露头脸,他并不喜欢记者。我也不喜欢记者,但我的公司需要曝光度。那一次的研讨会汇聚了全世界40多个国家的60多名顶尖学者,"世界生育促进问题研讨会"的条幅用英中法日德五种语言书写,悬挂在东京品川王子酒店的入口处。走廊两侧和电梯门口的指示牌上都印着我们普度集团的 logo，毕竟，我们是那场研讨会的赞助方。

曹望做了主旨发言，内容好像是关于建立心理沟通长效机制之类的。说真的，我对他的发言不感兴趣，但我突然对这个男人产生了兴趣。我当时站在台下的一个角落里看着他，舞台上的灯光从不同方向打到他的脸上，他的表情柔和又坚定。

当天晚上，我组织了一场酒会，邀请了所有前来参加研讨会的科学家，我致辞表示感谢，并且传递了希望和大家合作开展研究的意愿。冷餐会开始之后，气氛松弛下来，我端着一杯香槟四处寒暄，就在那时，我注意到了曹望，他站在露台上，和一个穿礼服的女人说着什么，女人的神情里满含春色，但曹望看起来八风不动。几分钟之后，女人离开了，我拉开门走上了露台。我说："曹先生，您好。"他回头看看我，说："幸会。"那是我们说的第一句话，我看见他眼中闪烁一下，像盛夏星辰。

7. 詹明远

小李抬起手使劲比画，那意思让我直接开到医院后院去，我点点头。法医正在勘查现场，有人陆续过来和我打招呼。我想四处看看，一扭头发现远处角落里坐着一个人，女性，50多岁，花白头发在脑后扎成发髻，穿着蓝色坎肩，里面套一件灰色衬衫，仰着头斜靠在旁边的石柱上，躲在一小片阴影里，旁边还有一个我们的人陪着。我走过去问:"这什么情况?"陪同的应该是别的部门新来的年轻警察,战战兢兢站起来喊:"詹队。"后院寂静,气氛肃穆,突然显得他声若洪钟,我看了他一眼,冲他摆摆手:"说情况。"

他说,这人就是最早发现尸体的目击者,医院的清洁工。当时,她正好在后门里面的楼道打扫最后一个死角,因为平时很多人在那偷偷抽烟,所以领导吩咐过,那个地方要着重清扫。她蹲在地上用小铲子铲已经腻在地面上的烟灰,突然听见外面一声巨大的闷响。推门出来看,发现院子地上堆着一件病号服,她也没太过脑子,走近了,看见一摊鲜红一点点从病号服下面扩展着渗出来。之后的事,基本上记不住了。

我朝他点点头,说:"她不要紧吧?怎么不找个病房休息休息?"年轻警察说:"开始一直说腿软,走不了,法医刚看了,说就是惊吓过度,也可能还有点低血糖,我们的人出去帮忙买吃的了。"

大姐渐渐睁开眼,看看我,冲我摆摆手,意思好像是叫我别担心,也可能是让我别再说话。我问她:"您怎么样?能讲话吗?怎么称呼您?"有警员一路小跑着过来,递给她一盒牛奶和一盒饼干。她把吸管插进牛奶盒,吸了一口,低声说了句什么。"什么?"我弯下腰问。"王冬梅。"她抬头看着我说。

我让医院协调一间安静的办公室用来当临时办公地点,院方安排了一个储藏室,房间很大,里间堆放着办公用品,外间空着,特意拉来一张桌子和几把椅子。

王冬梅文化程度不高,又受了惊吓,说话颠前倒后没什么逻辑,问了半天才问出一点信息。她不是本地人,在这家医院做清洁工已经三年半。据她说，孕妇坠落地面之后是趴在地面上的。她渐渐回忆起之后的事，她喊叫着原路返回了楼里，别的清洁工叫来了当天的医院总值班，急诊的人迅速下楼。发现人已经没有了呼吸。我的同事已经对当时值班的急诊人员进行了问讯，他们当时已经明确判断肚子里的孩子不可能成活。医院决定还是不挪动尸体，等着警察到场。

　　再问不出什么，我就把她送出了房间。后面要做的事情还很多，要找院长，找科室主任，调监控录像。我听见楼道里有人尖利地大喊大叫，我问了问门口同事，他们说是家属。我说："让他们控制一下情绪，带进来吧。见见。"

8. 肖爱

　　我在家闲着看新闻，越琢磨越无法理解那个坠楼孕妇的案子。我也是个孕妇，所以，我知道一个女人在怀孕时期所要经历的一切。我也清楚一些关于孕期抑郁症的常识，我想，如果那个孕妇有抑郁情绪，医生不会发现不了。

　　其实，对于孕育一个生命过程中所经历的心理起伏，我比谁都更清楚。某种程度上说，我所经历的比大多数怀孕的女人要多得多，虽然我现在很少对旁人提起这些。

　　如今我这即将临产的宝宝并不是我第一个孩子。我的第一个孩子没能降生。

保胎，听起来是让一切安稳下来的意思，但实际上那是一场主动出击的战役。保胎针90针，肝素70针，免疫球蛋白40瓶，孕吐、见红这些都不值一提，医生要求我卧床三个月，把运动幅度降到最低，任何风吹草动都可能导致流产。那个过程中，詹明远一直不知所措，他只是一次次陪着我去医院，办理各种手续，然后无助地看着我被推入一个个不同的诊室。最终，我回了家，遵医嘱躺在床上几乎一动不动。医院可以为我这样的孕妇专门派出护工，费用当然无须我考虑，但我接受不了有个陌生人在我家里走来走去，还是拒绝了。我坚持让詹明远正常上班，走之前在我床头摆好水和方便的食物，那段时间我一直穿着成人纸尿裤，最大幅度的动作就是翻身。我做到最大程度的虔诚，希望能感动神明。四个半月的时候，回医院产检。检查完毕，医生没和我讲话，却把詹明远叫了进来，我们两人并排坐好，然后，我看见医院里的各级主管鱼贯而入，围在我的主治医师跟前，共同盯着那份刚刚出炉的报告，表情严肃。过了一会儿，人群散尽，医生低头说："胎心停跳。"

可能是一种大脑的自我保护机制，也可能是我刻意想去忘却，那句"胎心停跳"的判决之后发生了什么，我一点都不记得。我的记忆是从引产手术之后开始被重新衔接上的，我回到家里，看见摆在床头的那些针筒第一次痛哭失声。那些针筒是我特意保留的，我想着等宝宝降生，我要把那些针筒围绕在他的周围拍一张照片，我想告诉我的孩子，妈妈可以为他付出多少牺牲。但现在，一切都没有意义了。我把一切和孕期相关的东西都扔进了垃圾桶,除了一张超声照片之外。我还是想给自己留下一个证明,我想忘记那一切,但我也害怕真的彻底忘记那一切。

所以,至于那个坠楼的孕妇,我不知道詹明远作为一个警察能从蛛丝马迹中分析出什么,但作为经历过苦痛,且现在又一次有孕在身的女人,我觉得那不可能是自杀。绝不可能。有哪个妈妈会带着肚子里的孩子决绝一跃?

第五章 母亲

1. 闻以达

我从医院主楼的1号电梯上楼,从电梯里走出来,楼道里好几个男人一起抬头看我,眼神里满是审视和揣度,他们穿着衬衫套着普通夹克,但我也知道,他们是警察。

病房一翼的楼道狭长,窗子在尽头,过道被遮蔽在阴影里,有病房的门开着,从里面的窗子透出一些光。我向前走,看见远处1805病房门口坐着两个穿制服的警察,没什么表情。那就是出事地点,我肯定进不去。我径直走过去,放慢脚步,歪头看了看,一位警察抬起头,冲我摆手。我唯唯诺诺地点头但又不甘心地张望,表演得像一个爱看热闹的病人家属。

病房的门关着,上面的玻璃窗没有遮挡,望进去,能看见屋内正对面的窗子,白色纱帘拉到两侧,窗子保持开启状态,狭窄的窗台上摆着两个黄黑相间的警方标识牌,上面印着数字1和2。那就是孕妇坠楼的窗口。

我折返回去，去往另一侧的行政楼，相比于病房那翼的人头攒动，这里似乎连温度都低了几度。我往前走，快到尽头的时候，看见一间办公室门上镶着一块铭牌，写着"主任室"，下面有一个透明塑料卡槽，里面的卡片上印着——曹望。我敲了敲门，没动静，转了转门把手，拧不动。

即便不跑这条线，我也听说过曹望的名字，知名的产科专家，约翰-霍普金斯大学医学院博士，多所医科大学的讲座讲授。他很低调，鲜少接受媒体采访，但这几年，在生育大停滞的背景之下，他在一些活动中所发表的任何观点，都会被媒体大肆引用。

几年前，有过一次声势浩大的电视辩论，心理学、法学、医学等各领域专家均有参加，曹望是医学专家组成员之一，辩论双方中的一派坚决否定各种"非自然""反人伦""违人道"的生育激励措施，另一派坚决认为科技必须强力介入现实，且法律必须重点惩处身体健康但拒绝生育的育龄男女，他们声称"这种惩处和强迫是为了人类普遍价值，是站在更高的高度上着眼于更远的未来，在这种背景下，个体牺牲是必须的，这是一种战时管控"。曹望一直属于理性派，他只对自己专业领域内的技术问题发表观点，至于什么"克隆是否合法化""拒绝生育是否入刑"等公共议题，他闭口不言。那场辩论持续了五天，网络观看量超过三亿次，大家在社交媒体上彼此攻击，几乎撕裂。有一次，曹望被媒体堵在会场门口，话筒围拢成一圈将他困住，他无奈地沉默了一会儿说："不要逼我表态，我是科学家，不是政治家。"说完，拨开话筒径直走了。也是在那次大辩论之后，《生育促进法案》开始逐步实施,每年都有微调的版本,直到不久前,《生育促进法案》的修例工作再次提上日程。相关人士提议,法案经过几年的温和期,应该向强硬转轨,攻坚克难。网络上一度又涌起纷扰恐慌,但修例一直在征集意见,悬而不决。就在这个当口,第一中心医院竟然发生产妇坠楼的离奇事件,确实火上浇油。

当年那次大辩论期间,关于曹望的个人情况,网上也流出一些传言,说他一直单身、未育,也有流言怀疑他的性向,但鉴于他的地位和身份,那些指责和流言的网页很快无法再打开。他也从未有过任何回应。

我找跑科技口线的同事要来曹望的电话,站在他办公室门口拨了一个,响了几声后被挂断。我不想给他发信息,以免他确认了我的记者身份之后就把我的号码拉黑。我决定先缓一缓。我回到病房区,坐在休息区给主编刀哥打电话,对面一个男人一直在偷偷看我,我把声音低下去又背过身。挂了电话,对面那个男人迟疑了一会儿,凑过来,问我:"您是记者吧?"我看他一眼,未置可否。他接着说:"我老婆跟她隔壁病房,给我们吓得呀。你说,这医院该不该给我们赔偿?你们不给反映反映吗?"

我问他:"你老婆跟谁隔壁病房?"他撇撇头:"跳楼那个啊。"我转向他,笑了笑:"我给你反映反映,你先和我说说情况吧。"他换了种语气:"你们的费用一般怎么算啊?"我看看他,明白了他真实的意思。我说:"你觉得呢?"他不说话。我打开钱包,现金并不多,拿出五张递给他。他揣进口袋里,开始讲。

这个男人的妻子住进来三天了,他也一直在陪床,他老婆和隔壁关系一直不错,他说那个坠楼的孕妇叫梁珊,他老婆管她叫姗姗姐。梁珊看起来一切正常,老公陪着,婆婆有时也来看她,薯片、酸奶、水果等等各种零食不断。梁珊总会拿些吃的来到隔壁病房聊天。平时说说笑笑,看起来也挺开朗,每天两次到楼道里爬楼锻炼。

"爬楼锻炼?不是快生了吗?"我有点好奇。

男人说:"哦,医生建议的。医生说,每天适当运动一下,对于生产有特别多的好处。跟我老婆也这么强调了,我老婆懒,每天就躺着。"我点点头,示意他继续讲。他顿了顿,眼神有些左顾右盼,好像周围真有谁在监视他的样子。

他凑过来,下巴几乎快抵到我肩膀,说:"有一次,我听见她在楼道里偷偷打电话,还哭。"我扭过头,却看见他瞪着的眼睛里布满血丝。我往后挪挪身子,问他:"你能听出了她是在和谁打电话吗?"

"老情人儿吧,估计就是前男友。"他向后靠了靠,一副大局在握的表情。

"你怎么知道的?"

"听啊,语气,她在电话里说,我不需要你管,你根本不爱我什么的。"他说。

我想了想,问他,还有什么其他奇怪的细节,他拧起眉头盯着地面好一会儿,坚决地说:"没了。"

我说:"你怎么知道她是跳楼的?"他表情有点疑惑。我接着说:"你刚才不是说,你老婆和那个'跳楼的孕妇'是隔壁吗?你怎么肯定她是跳楼的。"

"哦哦。我也不能肯定。你说现在这个状况,对孕妇保护得跟什么一样,谁还敢对孕妇怎么样啊。再说,谁下得去手啊。哎?怎么?有消息是他杀?"男人的眼神里有点兴奋。我没接茬,谢过他,起身要走,他拽住我的手腕说:"我们赔偿那事,您记着给提一下啊,出这么大的事,到现在,医院也对我们没个说法。"我开始有点烦他,因为我看见了曹望。

2. 米雪

选题会照旧无聊,每个人都有点心不在焉,纷纷低头刷手机,毕竟第一中心医院出了这么大的事,大家说不上是焦虑还是兴奋。主编要求我这周完成一篇书评和一篇专栏,加起来四千字左右。我点点头,在本子上记下。

我这样偷偷摸摸地做临时工,已经一年。一年前的那个周五晚上,我正在和闻以达吃火锅,餐厅里人声鼎沸,我烫了几片肥牛,用筷子搅散,满怀期待地等着肉片变白,然后看着闻以达把它们都夹进了自己的碗里。我刚要抱怨,电话响起来,人力资源的同事在那头说,让我周一上班的时候直接去找她。我把一截油豆皮塞进嘴里,问:"什么事啊?"对方说见面说吧,然后祝我周末愉快,客气地挂了电话。此前,人力资源部找我去填写过那个奇怪的调查问卷,把我的婚育情况搞得一清二楚,我就知道,那不过都是未完待续,靴子总会落地。

周一一早到办公室的时候,人力资源部的小刘已经在门口等我。她朝我笑一笑,然后我们一前一后去了她的办公室。一进门,就看见人力资源部的总监坐在里面。

她站起来,问我:"喝点什么?"我摇摇头。她朝着小刘抬抬下巴,示意她关上办公室的门。她清了清嗓子,低头看着自己交叉的双手,两个大拇指绕圈打转,一副拿捏不好如何开口的样子。"嗯,是这样啊,从下个月起呢,报社就不再和你续约了。"可能是看我皱起眉头,她摆摆手示意我先别说话:"该赔偿的,一律按照最高额度赔偿,比如说 N+1 的 N,我们决定不用基本工资,按照你每个月全部所得的平均数计算。然后,再给一笔额外的津贴。"她说这些的时候几乎没抬头。我问她,到底以什么理由把我解雇。她叹了口气:"政策。上面的政策。其实……我们也很无奈。不只你一个……""什么政策?"我问。她抬头,似乎为我的无知感到惊奇。过了一会儿,她低声说:"你没有生育嘛。"

我知道,那些传言终于还是成真了,但仍然不甘地问了一句:"我没看到任何官方消息。"总监笑一笑说:"很快就会公布的。从一些行业先开始。你的赔偿也是领导特批的,非常照顾你,大家都没办法……"

说真的,对于这一天的到来,此前我有过心理准备,毕竟,各种传言似真似假地飘荡许久,对我完全没影响,那是假话,但这一刻真的在眼前发生时,感觉却如此虚幻。直到如今,我也难以描述那到底是怎样一种感觉,不是悲伤,也不是无助,我只觉得自己轻飘飘的,像个即将破碎的气泡。

"冒昧问问,你和你先生是不能生育还是……"

"能生,不想生,犯法吗?"我觉得自己不会生气,却莫名拍了一下沙发扶手,这失态让我更显虚弱,我有点后悔。总监沉默了一会儿说:"你没必要对我发泄。"

我知道她说得对,但我不想再继续对话,只觉得这狭小房间愈发憋闷,我站起来对她说:"文件拿来,我签字。"

我毕竟还有一些朋友,这些年自己在这一行里做得也不算差,很快我就找到了现在这家网站的编外工作,我答应这里的主编先做一段时间。主编是个四十多岁的女人,人很好,说他们正缺人。有时,我不知道我应该对她的收留感激涕零,还是应该只表现得像个称职的员工那样不卑不亢。

我从这回忆的思绪中被叫回来,看见主编对我说:"你那稿子能早就尽量早一些交。现在我们这边也在追第一中心医院的那个事,我担心会挤压别的版块。"我点点头。会议就此草草结束,大家收拾东西往外走,主编经过我时感慨了一句:"如果你还能正常工作该多好,我肯定派你去医院跑这个突发。"然后冲我无奈地笑笑。

3. 梁朗

我和秦梦坐在休息区长椅上等了一会儿,我很担心由于这个突发事件,曹望会推掉我们的预约,就去护士站问了问情况。一位年轻的护士对我说,一早就看到曹主任来了,被院长叫去开会,刚刚还特意交代,让今天预约的三对病人等一下,可能会迟一些,但不会取消。

走廊上的人逐渐多起来,看起来一切如常。有孕妇在慢慢散步,双手反剪在后腰两侧,像在傲慢地炫耀。秦梦坐在塑料椅子上刷手机,旁边的空椅子上放着装有病历的塑料手提袋。她一直低着头,在一群显怀的孕妇中间,像是承认了自己的罪孽深重。

我站起来伸了个懒腰,来回溜达了几步,我能看见对面楼道深处坐着几个年轻男人,一副严阵以待的架势,我知道,他们守着的那个房间就是出事地点。我想过去看看,但还是忍住了。

我从自动贩卖机买了两瓶矿泉水,秦梦还在盯着手机,头发散落在肩上,挡住两侧脸庞。我递给她一瓶水,她接过去,没抬头。我拧开瓶盖,望着窗外的天空发呆。

过了一会儿,我对面的一个男人绕过我身边,挪到我身后的一排。我听见他对着什么人说:"您是记者吧?"我回头看了看,发现那个男人身边坐着一个年轻人,头发乱糟糟地盖住耳朵。那个年轻人歪过头,对中年男人没好气地回:"您什么事?"男人看看四周,又看了我一眼,警惕着没继续说话。我有点尴尬,只能回过身坐好。过了几分钟,我看见曹望风风火火地从另一侧走过来,他看见了我,和我笑着打招呼。我碰一碰秦梦,她才抬起头,朝曹望笑了笑。

已经说不清楚,这是我和秦梦第多少次来这里。记得第一次来的时候,我和秦梦刚刚开始计划着要孩子,但一直没能成功。在经历了一段时间的犹豫之后,终于找了个时间,一起来了一趟。那时候,我们没什么压力,来之前还嘻嘻哈哈地开玩笑。我听说,查验精子活力还得自己打飞机射到一个小杯子里,一次不行,好像还得接连来几次。我对秦梦说:"这可以让护士帮忙吗?"她使劲踹了我一脚。

第一次问诊,是一位年轻医生接待了我们,一系列常规问诊之后,就吩咐我们分别去做检查。

果不其然,检查室是一间狭窄的小房间,散落几本杂志,封面上有裸露少女,墙壁上镶嵌一个电视机,用来播放成人视频。桌上放着一个小小的白色塑料杯,磨砂质地,上面有一个带有卡扣的盖子。我看着这一切,突然觉得好笑,竟然需要这么郑重其事地打飞机。

一切比我想象得要困难,因为总觉得别扭,你说这环境不私密吧,这里隔音和遮挡都很好,但又明明知道打开门就是医院里熙熙攘攘的走廊。一阵折腾之后,我把盛放着精液的杯子放回桌面,躺在那张单人诊床上,双手枕在脑后,床单和枕套雪白,我突然遁入了某种难以名状的虚空,荒诞感在四周浮动。这一切到底意味着什么？我怎么会莫名其妙地来到这里，做了这么一件事，还要等待着各种仪器对我的精液进行侦测之后对我做出最终判决。我知道，这一切不会是结束，只会是开始。

4. 秦梦

我一次一次告诉自己，我不需要感到羞耻，但每次去医院的路上，我通常会变得很沉默。自己做的那些心理建设，随着距离医院越来越近而逐渐瓦解，就像被太阳晒化的冰棍一样令人沮丧。

我现在坐在候诊区等待，周围有很多孕妇走来走去，看起来不可一世。我总忍不住去想，那个从18层坠落的孕妇是否曾经也有如此的表情。眼前的这些女人被悉心照料，妥善陪伴，她们在无声地鄙夷我的无能和失败，我可能永远也没有反败为胜的机会。渐渐地，我又像触动了某个开关一样开始低下头，尽量让头发垂落到脸颊两侧遮住自己。

我和梁朗第一次去医院之前，一路上都在开玩笑，不知道是真的满不在乎还是故作轻松。我想，我还是后者的成分多一些，因为我一直担心，我们要不成孩子的原因在我。那天，我们被要求分开各自去做检查。梁朗捏着一个白色塑料杯，冲我坏笑一下，扭头走进了走廊尽头的一间屋子。我则去往另一侧。那间诊室门上有个玻璃窗，但挂着淡蓝色的帘，褶皱柔和，像被小心翼翼地熨烫过。我敲门之后进入,一位正在埋头写什么东西的女医生抬头,推了推眼镜,对我说:"进来吧,坐那等会儿。"然后继续低头写字。

屋子中央摆放着一张轮床,床尾的地方有两个金属托,不锈钢材质,闪闪发冷光,我歪歪头,看见上面映出我走形的脸。我在电影里见过,待会儿,我就要把双腿岔开,分别放在那两个不锈钢的金属托上,任由大夫对着我的下身指指戳戳,像待宰的动物。

两三分钟之后,我听见脚步声从外面传来,由远及近,一个温和的男声说:"患者呢?"那个一直写字的女医生说:"曹主任来了,患者在里面。"然后,我见到了他。

"您好,我叫曹望。"他看了我一眼,冲我微微笑一笑,然后就避开了眼神,检索床边小推车上的各种设备。我心里感激,他没有多看我。但他毕竟是个男医生,我一会儿还必须要面对更大的尴尬。曹望扭头,说:"别紧张啊,没事,常规检查,不疼。"我应了一声。女医生让我平躺到那张床上,脱下裤子,把两腿放到两个托架上。不锈钢和我想象中的一样冰冷。

"有一点凉啊,做点心理准备,可能不适应,但是尽量放松,一分钟就好,好吧?"是曹望的声音。我偷偷抬起头,从我自己的双腿间,看见了曹望,他戴着一顶淡蓝色的医生帽和一个淡蓝色口罩,但我仍然能从帽檐和口罩之间露出的部分看出他是个清秀的男人。我感到一股寒意刺入我的身体,我咬咬牙把头贴紧枕头,祈祷这一切赶快结束。

过了一会儿,我听见一次性手套被摘掉时的清脆声响。"好了,起来吧。"曹望说。那声音里满溢自信,似乎,他能解决一切。

那是我和这座医院发生关联的第一天。而如今,我仍然困在这里。

5. 曹望

对于接下来要发生什么,其实我一点都不清楚,只是大概能猜到,警察应该会找我例行问话,记者们应该会找我采访。刚才开会的时候,我把手机调成了静音,会议结束,出门一看,七个未接来电,六个是陌生号码,十有八九都是媒体打来的。

从行政楼侧翼回到门诊楼,气氛一下子大不一样,从冷清突然撞见热闹,算是回到人间。快到办公室门口的时候,我瞥见了一旁在候诊区坐着的梁朗和秦梦,秦梦依然垂着头,梁朗冲我笑了笑,我隔着很多人对他说:"抱歉啊,我准备准备,马上。"然后和秦梦也问了声好。她抬起头,冲我微笑,然后错开眼神。我听到后面有人叫我:"曹主任?"我下意识地回头,看见一张陌生的脸。男性,30岁出头,和我一般高,瘦,长发乱糟糟的。

"曹主任吧?哦,我看见那边公告栏里有您的照片。"他抬起右手指指身后。我突然意识到他的身份。我还没张口,他先做了自我介绍:"《深流》的记者,我叫闻以达。"他语气平缓,似乎是为了一件什么日常小事而来,和楼下遇到的那些举着话筒的记者们似乎有些不太一样。我和他握了握手,说:"您好,采访的话请您联系我们公关部,办公室就在行政楼三层,门口有牌子。我和你知道的其实一样多,早上刚到医院不久,我还有病人。你多体谅。"我扭头走了,他并没有跟上来。

我走进诊室,靠在门上长出了一口气,我套上白服,给自己泡了杯茶,热水从喉咙落到胃里,我才想起来,今天一早什么都没吃,现在胃部有点隐隐作痛,我从抽屉里翻出了两块苏打饼干,就着茶吃了几口,然后用内部分机通知值班护士开始叫患者就诊。

秦梦和梁朗走进来。

"坐。"我冲他们抬抬下巴,"不好意思,早晨出来得着急,到了又去开会,一直没顾得上吃东西,抱歉啊。"我吞下了嘴里的最后一口饼干。怎么说呢,我和梁朗、秦梦的关系,似乎已经不太像医生和患者,走到如今,更像是老友。如果非要说我是他们的医生,我觉得自己更像是他们的心理医生。这一点我从没和他们谈起,但我总隐约觉得他们也心照不宣。每隔一阵,他们就会准时赴约,来我这里看病,或者说坐坐,我们按照程序聊聊病情,也聊聊其他。每次看到秦梦,我都会心疼,在候诊区,她永远低头坐着,像个心怀愧疚的孩子,而她又做错了什么?走进我的诊室,她才会慢慢还魂,脸上渐渐恢复血色,眼神慢慢透出光泽。每到这个时候,我都会生出一点古怪的成就感,我至少可以让秦梦在这栋冰冷的大楼里得到短暂的慰藉。

我翻开他们递过来的病历本,刚要说话,有人敲门,我应了一声,门被推开,刚才那个记者毫不迟疑地走进来。"如果您想说点什么,给我打电话,随时。抱歉打扰。"他把一张名片放到我的桌上，扭身对梁朗和秦梦点了点头，带上门出去了。我看了看名片，左上角印着深红色的大字"深流"，右下角有黑色小字：闻以达。下面是电话和地址。我把名片推到一边，抬头对秦梦说："最近怎么样？"

6. 李冬

我开了电视一直看新闻直播，电视记者们都堵在曹望医院的门口不得入。按照我对曹望的了解，他不可能接受采访，他现在应该忙着开会，然后继续出诊。

如果问我，最初是曹望的什么特质吸引了我，或许应该说是他的专注和正直。对，找不到什么比正直和道德感更准确的词汇去形容这个男人了。在那场学术会议上的第一次聊天，并不如我想象的那样顺利。

研讨会开了一天，专家们轮流发言，时有争论，有时还很激烈，大家都有点疲倦，晚风和美酒拯救了所有人，让大家得以喘息。我想，曹望也不例外。我从他的眼神里看得出，他当时很放松，和会议时判若两人。我走过去和他寒暄，不只是因为社交需要，我有私心，这个男人有一种说不清的魅力。之后，我多次回忆过那个夜晚，企图定义那种魅力，最终得出了一个结论，或许是我从未见过那样的气质，谦卑之下有着不可撼动的坚定。我不知道这算不算一见钟情。

我的公司业务专注于人类生殖领域，当然绝不只是什么叶酸、免疫白蛋白和试管婴儿相关的最新技术，从很早开始，我就着力于将公司的未来寄托在更具未来感的生育替代技术之上。生意其实是一种寻求时机的艺术，太早或者太晚都会导致失败，所以我一直小心翼翼但从未放弃。生育大停滞之前，我公司的科学家们已经开始研究生育替代技术，只是一直秘而不宣，等到大停滞开始变成全球性的、不可回避的问题之后，在国内已经没有哪个公司可以与我竞争。有个专家开玩笑说："赞助这次会议的公司叫普度，很明显嘛，人家干的就是普度众生的事。"语气里满含嘲讽，他说完这句话，还不忘瞟我一眼。我冲他大方地笑笑。这没什么，我不需要所有人理解我。那时候，我们公司已经开展了人造子宫的项目，项目的名称就叫"母亲！"。这是一门生意，没错，我认为它是公司的未来，但我也认为它同样是人类的未来。这是我们献给人类的福祉，听起来或许太过狂傲，但这是事实。我们委托了全国八所顶尖大学的社会学系做过一次问卷调查，探讨生育率持续走低的原因。排在第一位的是生育痛苦。这种痛苦是广泛意义上的，不只是肉身上的痛楚，换句话说，是因为更多的人认为生育是对自我价值的一种剥夺与交换。对于我们来说，针对性地解决这个困境，问题自然就不存在了。人造子宫是最终答案。在技术上，我们一点点进行实验，但是在伦理上仍然时有障碍。但我相信，总有一天，一切会迎刃而解。

那天晚上，我和曹望谈到了这个敏感问题。他认真地说："这不是技术问题，甚至不是医学问题，而是哲学问题。我们被定义为人,不只是因为 DNA 的序列,而是因为一种环境,父母,家庭,文化,同伴。人造子宫的本质是制造,而不是繁育,制造出来的永远只能是物品,繁育的结果才能是人类。如果'母亲!'和类似的项目彻底替代了繁育,可能确实会解决眼前的问题,但它制造出的新的问题可能将是不可挽回的。"他说这话的时候,手中的香槟只剩下一个杯底,他双手交叉靠在护栏上,眼睛望向前方虚空的夜。他语气轻柔,但无比坚定。

那个晚上,曹望说完那些,把杯子中剩下的香槟一饮而尽。身后的房间里开始表演四重奏,人们渐渐回到房内,露台上只剩下我们两个,他回过头,看着我微笑起来。

7. 詹明远

两个年轻警察把一个老太太和一个男人送进房间,其中一个警察凑到我耳边说:"这就是死者梁珊的家属。"然后递给我一页资料,上面是同事刚刚初步询问的个人信息。我点点头,示意我们的人先出去。我站起来,对家属说:"我叫詹明远,负责这起案子,有什么话,你们可以和我讲。"男人一直沉默,老人突然开始号啕大哭,几乎无法站稳,男人一边过去搀扶一边也开始跟着啜泣起来。

我给他们每人泡了一杯茶,放到桌上,然后打开了一扇窗子。让温度降低,有助于使人冷静。我看着手里的资料,死者的丈夫叫胡博，老太太是死者的婆婆，叫王蓉，死者的父母几年前死于一场车祸，那还是婚前的事，所以丈夫和婆婆算是死者为数不多的亲人。

过了一会儿，男人情绪平稳了一些，站起来，掏出手机，递给我："你看看，现在的人怎么心都这么坏，他们什么都不知道，就能胡说吗？"

我接过手机划了几下，看到了那些讨论的留言。无数人在指责、辱骂是婆婆害死了这个即将生产的儿媳。原因是有人将医院的一份监控录像发到了网上，画面中，坠楼女子在大厅跪倒在地面，婆婆却一副置之不理的样子，女人拽着老人的裤子，但老人挣脱之后离开了，画面到此为止。

"这监控里的情况，是怎么回事？"我问。儿子刚要张口，被老人抢过话头："那是出事前几天发生的。当时我陪着珊珊出去散步，回来的时候，她突然说肚子疼，我吓坏了，不知道该怎么办了。我年纪大了，腰又不好，扶不住她，她就一点点向下歪到地上了。我对她说，你等着，我去叫医生。就是这么回事。没两分钟，我就和医生一起回来了。后来就没事了。"

"这些情况，我会去核实。"然后问死者的丈夫胡博，"视频里的那段时间，你在哪？"

胡博说："我当时去买菜了。珊珊想吃辣的东西。其实医院不允许我们自己从外面带饭进来，但是，珊珊说医院的饭实在太清淡，不好吃。我就想给她做一点，偷偷带进来。我回来的时候，珊珊已经没事了，她还和我说起她疼得坐到地上呢。"

我点点头,说:"今天凌晨出事的时候,你在哪?"

"在家。医院不允许家属在病房陪伴过夜。"

"你一个人在家?"

他语气有点急:"是啊。你不要怀疑我啊。"

"你不要着急。这是例行程序。"

这确实是例行程序,但我也知道,如果这是命案,我不得不先把死者的丈夫列为首要嫌疑人。那些悬念迭出的谋杀是极其罕见的,绝大多数死亡都因为亲近的人,残酷且缺乏戏剧性,丈夫杀害妻子,妻子杀害丈夫,75%都是如此。情人、男友、女友、朋友甚至父母,都会成为凶手,这就是现实。统计学不骗人。

我继续问:"梁珊最近有没有什么反常举动?说没说过什么比较奇怪的话?比如说,有没有提过轻生的念头?或者,有没有提过,有谁会做出对她不利的事?"

胡博满脸惊悚地拼命摇头,然后慢慢说:"我开始觉得可能是意外,后来明白,意外是不可能的,那么高的窗台,怎么会是意外呢?可是她也根本没有自杀的理由啊,我们一切都很顺利,生活得很好啊,孩子马上就要出生了,她特别开心。你要说是他杀?这我没想过……我们是普通人,没有仇人啊。"

我站起身,递给他们一张名片,说:"手机开着,最近不要去外地,我们随时会找你了解情况,你想到什么,随时给我打电话,任何细节都可能有帮助。"

8. 肖爱

天阴下来。这季节就是这样,太阳一旦被云遮住,就感觉冷了许多。我披上一件绒衣,去厨房给自己热些饭菜。我准备下楼散步的时候,顺便买些面包饼干什么的。詹明远遇到这样的案子,肯定顾不上按时吃饭,我得为他准备一点吃的东西。

其实,詹明远真是个细心的人,只不过很少有人能体会得到。我和詹明远是相亲认识的。我读大学的时候交过一个男朋友,像所有陷入恋爱的女孩一样,觉得余生就是他,但最终也像所有女孩一样遭遇分手。毕业后的那段时间,初入职场,一切崭新又陌生,有时跃跃欲试,更多的时候是不知所措。分手给我带来的打击是不言而喻的,很长一段时间里,我都有些抑郁,甚至有些愤恨,愤恨他更愤恨自己,但愤恨的内容到底是什么,也并不清晰,仔细想想,或许是恨自己的幼稚,曾经那些大言不惭的情话,隆重的承诺,都让我满心羞愤。后来,渐渐也就淡了。时间像个雨刷器,看起来徒劳地蹭来蹭去,最终将一切擦拭干净。家人开始劝我相亲。我意兴阑珊地应付着见了几个,直到我遇到了詹明远。

家人对詹明远满意是因为他是个警察,他们觉得这职业稳定又能带给人安全感,我对这一切不置可否。见过一次之后,我竟然没有像见其他相亲对象时那样反感。

我们开始慢慢相处,那时候,詹明远还没当上队长,工作也远没有后来那么忙。看得出来，对于那份工作，他是喜欢的，有了什么案子，他反而比平时闲暇的时候更快乐。那情绪也能感染我。

　　快要结婚的时候，我们曾经聊起过孩子，他说他喜欢孩子，我也一样。那时候，新生儿出生率已经持续走低，问卷显示生育意愿也愈发颓靡，网络上到处都是相关的讨论。人们都觉得境况可能会愈发不可收拾，刺激生育的法规试探性出台，有时也人心惶惶。但无论别人怎么想，我和詹明远仍然本能地觉得一个完整的家庭就应该有孩子的欢笑和哭闹，那是其他任何事都无法替代的乐趣。命运无法揣度。我本以为一切会顺利向前，按部就班，结婚生子，但婚后，我一直没能怀孕，直到几年后，艰难孕育的孩子，在历经痛苦的保胎战役之后，还是离我而去。而那时，外部氛围已经愈发压抑，对于无法生育的人们而言，犹如乌云压境。我也感觉内忧外患，而詹明远一直是我心里的压舱石。

第六章　娃娃

1. 闻以达

我对曹望的第一印象还是很深刻的,他有一种非常特别的温和的坚定。看得出,这个人是那种边界很稳固的人,不会被旁人左右和说服。在我的经验里,这样的人拒绝了采访,任凭你想什么办法,都是没意义的。我很清楚这一点。

所以,我决定先去研究研究孕妇坠楼的那扇窗户。

出事的病房进不去,但我可以用其他病房作为参照。这栋楼病房一翼的结构非常简单,东西向的楼道,两排病房门对着门,一排的窗户朝南,另一排的窗户朝北,格局完全一样。出事的那间病房窗子是北向的,我沿着楼道走了走,发现一间病房的门开着。我大大方方地走进去,一个孕妇正斜靠在床头认真地吃一个橘子,她的丈夫站在一旁,背对着她焦虑地打电话,好像在谈一桩不怎么顺利的生意。看我进屋,他们从橘子和电话中同时停顿一秒,看了看我,我冲他们笑着点点头,什么也没说,径直走向窗户。

窗户是断桥铝材质,银灰色磨砂窗框,分成两扇,都可以平开,每一扇的宽度有将近80厘米,双层玻璃,外侧玻璃有星星点点的泥渍,窗台上镶嵌大理石板,白色板材中间有两道细微裂缝,裂缝里有些污脏,窗台进深十厘米,但也足够让一个成年人轻松地踩踏上去。我用自己的身高做比例尺丈量窗台高度,大约一米二。

窗子周围并没有扶手,我抬脚试了试,倒是可以直接踩到窗台。但是如果想攀爬上去,就很费劲,即便我拽着窗子的把手往上爬也很困难,更何况一个临产的孕妇,挺着巨大的肚子,根本不可能把脚抬到那么高的位置。窗台外沿很窄,我探身出去,向左相隔两间就是那个孕妇坠落的窗子,再顺着往下看,后院地面上还用白线勾勒出的尸体轮廓。

我把身体收回来,关了窗,掸了掸衣服下摆蹭到的灰尘,转过身,看见屋内那个孕妇和她丈夫正盯着我看,表情大惑不解。

"你找谁啊?"男人问。

"没事,我就随便看看。"我笑着回答。和他说话的时候,我的腰正靠在窗台上,那一瞬间,我突然明白,那个孕妇可能根本不需要攀爬,如果她真的想一跃而下,她只要反转身体,以腰为轴,随便在脚下踩些什么东西,就能向后仰倒着坠出窗外。

我慢慢向外走,房间里的那对夫妻仍然大惑不解地目送我离开房间。我走到走廊里,望着不远处那个有人把守着的病房门,觉得自己洞悉了一个巨大的秘密,但又觉得这似乎毫无用处,它并不指向结论,也并不构成线索。我转过身,看见走廊另一端的大厅里有人拿着化验单忙忙碌碌,有挺着肚子的孕妇信步闲庭。从这个微小的局部来看,即便经历了如此巨大的震动,这里仍然保持着平静,我知道,暴风雨终究会来临,只不过现在还集结在我看不到的地方,但我能嗅到气味。

我走到长椅上坐下来,整理思路,拿出手机,看见米雪给我发来的信息。

2. 米雪

我开完会回家,在家门口的餐厅吃了饭,然后给闻以达发了个信息,但他一直没回复,我知道他应该在忙,就买了些水果上了楼。

我开始强迫自己静下心来写主编新布置的专栏,但是写上几百字,就又走神溜去刷刷关于孕妇坠楼的新闻。那新闻让我的心情变得很差,更加难以专心眼前的工作。说真的,不知怎么,我的生活愈发如履薄冰,日甚一日。这一次莫名其妙的孕妇坠楼,让我生出特别糟糕的预感。我觉得这事件将会让公众悬于一线的理性彻底崩解。

我不知道闻以达是否有同样的预感,毕竟,不要孩子这件事是我们俩共同的选择,压力不只悬停在我一个人的头顶,虽然责罚通常先降落到女人身上,但像闻以达这样的情况,他也是逃不掉的,或早或晚。

从那次大地震的前线撤回来之后,我休假两周,补了几天觉,就开始无所事事,有时和闻以达在网上聊天,有一搭没一搭。后来,我们约了几顿饭,慢慢走到一起,顺理成章又别无新意。

那段时间,我很黏着闻以达,不知道是震后PTSD尚未恢复还是怎么,总之对他生出一种莫名依赖。第一次在他家过夜,我们几乎彻夜未眠,用疯狂的欢爱和漫长的聊天填满长夜,不知怎么,我们聊起了孩子。闻以达突然说:"我是不会要孩子的。这是我对待婚姻关系的底线。"我听后一怔,我有点判断不好他是用这样的方式拒绝我们的关系更进一步还是真心流露。更重要的是,我和他有着同样的想法。但我不知道该如何开口,如果我说我也一样不想成为一个母亲,那意味着什么,或许他会觉得我是在用这个蹩脚的理由缠住他,但我没道理在这件事上撒谎。我沉默了一会儿,还是对他说了实话。他惊讶地看着我,没再说话。

我不想要孩子这件事,可能和我的家庭有关。我的父母关系很糟,他们与我也不亲密。人,终究是一种习得动物,要从最亲近的人身上模仿生存法则和生活技能,但我从我的父母那里无法模仿到和一个孩子亲密相处的方法。当然,原因不只这些。母亲这个身份是个没有期限的枷锁和强迫性的前缀,和任何其他身份都有所不同,职业、出身甚至性别,都有可能更改,但一旦成为母亲,你就永远被定义为母亲。首先,你是一个母亲,然后才是其他。我接受不了这样暴力性的框定。孩子是一个无法撤回和更改的抉择,对我而言,这太恐怖。我们时常生出悔意,对于某个决定,与某个人的关系,我都总想抹去重来,而让另一个人类降生这样重大的事情却不可撤销。我难以承受这样的重压。这就是我内心深处的想法。那个夜晚,我依偎在闻以达的怀里,第一次对旁人吐露这一切。

闻以达听后,对我说:"你知道我为什么不要成为父亲吗?"我摇摇头。

他继续说:"因为只有神有权造人,人无权造人。你能明白吗?"我有点迷惑,但又似乎能理解他的意思。

"我们都是'被'降生在这世上的,没有人是主动要求出生的,所以,从这个角度而言,每个人都是'被迫'开始了自己的一生,然后再把'被迫'转嫁出去。成为父母是一种对'被迫'的还手,带有一点沾沾自喜式的、自以为是的小胜利,我不想成为把'被迫'带给他人的人,甚至还要用爱、无私这样的概念去修饰那份'被迫'的暴力色彩。这太荒诞了。"

平时,在日常生活中,闻以达不是那种严肃深沉的人,更多的时候,他不愿意暴露内心,但那一段话,他说得很动情,望着天花板,眼神一片虚空。我不知道这是怎样的概率,在茫茫人海中将我们两个联结在了一起。

3. 梁朗

房间门窗紧闭,有点憋闷,头顶上有一个白炽灯管一直在发出低微嗡鸣,持续不断,曹望背后的窗子外面有一只飞虫,拼死撞向玻璃,一次又一次,似乎被什么恐惧催促,想赶紧躲进安全地带,逼催它的或许是这个即将变得寒冷的季节,但它注定要死于极寒。

曹望一直在说话,对着秦梦,我看见他的嘴唇一张一翕,细碎皱纹就堆积在眼角,微微隆起的肌肉把眼镜腿向上推起几毫米。我太熟悉这个表情了,每一次,我们坐在这里,他都会时不时露出这样的表情,温和、体贴,表示出对患者高度的理解,如此真诚,哪怕已经见过无数次,你仍然会觉得他的一颦一笑都没有任何敷衍。他的笑容有一种奇妙的魔力,可以安抚人心,让你觉得你所诉说的症状,你所经历的折磨都即将过去,他对一切胜券在握。即便已经过去这么久,一切仍在原地踏步,但只要坐在他的对面,只要在他的诊室里,只要他戴上眼镜,微微偏过头开始倾听,周遭的一切就都会变得柔和起来。所以,后来我非常理解秦梦,理解她为什么一次次地来这里,不厌其烦,即便徒劳无功。

他问我:"最近怎么样?""怎么样"具体指什么?他肯定是在询问我们之间是否遵照医嘱精准测算排卵期和基础体温,是否按时服药,但又可以理解为彼此熟识的老朋友之间毫无压迫感的问候。我说:"还行。一切正常。"还能说些什么呢?该交流的都已经交流过,该了解的也都已经了解过,双方坐在那里,一方无计可施,一方一筹莫展,彼此又不能始终沉默以对,只能用这样的对话填充之间的虚空。

我和秦梦无法生育这件事,原因不在我,也不在秦梦,更无关曹望的医术,如果非要追究一个原因,应该担责的是老天,是基因,是奇怪的进化史。

4. 秦梦

免疫性不孕不育症。

不知道多少人听说过这种病。当年,我第一次从曹望口中听到这一长串称呼的时候,我毫无反应。我记得,当时,我和梁朗就坐在这间诊室里,两个人都沉默了两分钟,曹望也沉默着望向我们。在我粗浅的常识里,不孕不育一定由某一方造成,男性的精子问题、女性的卵巢疾病等等,所以,在沉默之后,我不解地问曹望:"那……这个病,是……谁的问题呢?"曹望低下头,摘下眼镜,从抽屉里翻出一块擦镜布,仔细地擦了擦原本就很干净的两个镜片。

"嗯……这个事情呢……你们谁都没有问题。"他说,语气意味深长。事后,我多次回想起他说那句话时的语气,可以理解为一种无力感,也可以理解为对我们夫妻俩宽慰的开释,这区别存在于微妙的尾音里。

而在当时,我还没有觉察到这些细节,而是完全沉浸在巨大的不解之中。房间里陷入了更长久的沉默。"什么……意思?"我听见梁朗在一旁问到。曹望一直低着头,很认真地望着桌面,我们的病历本被他合起来放在一旁,他望着的地方其实空空如也。

"免疫性不孕不育一般是指患者排卵及生殖道功能正常,无致病因素发现,配偶精液常规检查在正常范围,但有抗生育免疫证据存在,从而造成的不孕症。"曹望有些机械地背诵完这些句子,然后抬起了头,"能明白吗?"他眼神里甚至莫名有些祈求的神色,似乎祈求我们能自己悟出这些医学术语之中的况味,不需要再由他做出注解。

可能是梁朗比我先摇了摇头,曹望似乎发出了一声几乎听不到的叹息。"就是说,你们夫妻两个人,每个人的身体都很健康,完全可以怀孕、生育,但是呢,女性对配偶的精子有免疫性,直白点讲,你的身体排斥你先生的精子。所以导致精子无法形成受精卵。"他说这话时,盯着我,讲完后又看了看梁朗,如释重负。

房间里又安静下来。迷茫重叠迷茫。我不知道该说些什么。这太超出我的预判,也太超出我的经验。我想,梁朗也和我有同样的感受。

"那我们怎么办?有什么解决办法?"不知道是过了多久,应该也没多久,但我觉得沉默过于漫长了,我问曹望。曹望变得有点支支吾吾:"你们还是坚持服药。还有一些生物疗法……效果呢,因人而异……"他没说完,房间里的呼叫器响了,产房有产妇大出血,紧急呼叫曹望去支援。他像听到特赦令一般,弹起来,往外走,一边头也不回地对我们说:"今天先到这,具体的情况,我们下次再说。好吧?"然后就消失在楼道里,留下我和梁朗面面相觑。

5. 曹望

现在,我坐在诊室里看着梁朗和秦梦,他们已经放松多了,远不是最初几次到我这里时露出的那份拘谨,我知道,他们已经接受了现实,他们要面对的是一个长期的、难以解决的困境。

免疫性不孕不育。我记得第一次我对他们说起这个术语,也是在这间房间。当时,我对他们讲清情况之后,他们问我这病应该怎么治疗,我其实应该说,这病没治,或者更准确地讲,我应该说,这病根本不用治,你们离婚,各自再分别找一个人结婚,马上就能分别当上父母,抱着孩子过上你们梦寐以求的其乐融融的日子。可我能这样讲吗?这不太符合一个医生的身份,但是,如果不这样讲,就是撒谎,是不是更不符合医生的伦理?我不知道在生育大停滞的背景之下,作为医生,称职的医嘱到底应该是怎样的?

这么说吧,这根本不是病,是一种身体内部的相互冲突。直白点讲,这就是基因意义上的不般配。众所周知,受孕是一件奇妙的事,说容易也很容易,说不容易也并不容易。精子大面积进入女性体内,经过漫长的奔跑和争斗,死走逃亡之后最终竞争成功存活下来的那一个与卵子结合,形成受精卵。而秦梦的身体会在梁朗精子进入体内的那一刻发送一道指令,认为这是一场入侵,需要将异物绞杀殆尽。有没有可能绞杀得不那么彻底?有。

但概率趋近于零。这又有什么实际意义呢？

我不是没接触过这样的病人。据我所知，后来他们都离婚了，100%，尤其在生育大停滞之后，外部压力大起来，有几对夫妻会扛得住？又有几对夫妻愿意扛？内外交困几乎不可抵挡。但是，梁朗和秦梦好像不太一样。已经过了这么久，他们仍然没有分开。我从他们对望彼此的眼神中就能分辨出，这件事成了他们二人共同的敌人，这甚至加固了他们的关系。

我不知道他们的未来会怎样，毕竟，外部压力越来越大，《生育促进法案》的修例一直在争论中，终有一天会真正落地，只会加码不会松懈。等到那时，这对夫妻还能如此顽强团结地和命定的基因宣判对抗到底吗？有时，我看着他们却会想到自己，我理应比他们更加绝望，不是吗？他们还有最后的办法，大不了咬咬牙一拍两散。而我和李冬呢？

问诊快结束的时候，秦梦和梁朗站起来和我告别，秦梦小心翼翼地说："曹医生，那个孕妇坠楼的事不会对您有什么影响吧？"我笑着摇摇头，说："不会的。目前还在调查。"秦梦点头，笑得有点不好意思。

6. 李冬

公司的主实验室在楼下，从三层往下，一直到负二层，其实这才是普度的核心区域，一般的访客是不会有机会进入这里的。现在,连我来这里的次数都越来越少,因为我发现,只要我出现在这里,员工们就会本能地变得紧张。

无论从哪个角度讲,我现在都应该来实验室看看,毕竟,这个项目已经开展了这么长时间,却又陷入停滞。隔着玻璃门能看见所有人都沉浸于工作,他们从头到脚被罩在生化防护服里,走起路来很笨拙,像是在月球上。我走去更衣室也换了衣服,消毒之后,推门进去。墙壁高处涂写着巨大的字——"母亲!"。

从远处看,人造子宫像一个硕大的灯泡,悬停在一千多平方米的试验大厅中央,只不过"灯泡"的表皮是柔软黏稠的薄膜,由于供血和给养,"灯泡"内部看上去散发着一种接近透明的暗红色。

人造子宫的项目讨论了很久,从当初我和曹望相识的那场研讨会上,各方人士就开始为了这个议题大肆争论。这种事,永远也不会达成共识。那次会议之后的半年多,生育大停滞的情形不见任何好转,甚至急转直下,几个有实力的国家都开始将人造子宫的项目提上正式的议事日程,只不过大都对外语焉不详,既想给自己留出进退余地,也不想让外部舆论影响实际进展。在这个领域内,我的公司当仁不让,这一点,我很自豪,普度集团就是唯一的选项,国家医学伦理道德委员会签署了一份限制性框架方案,允许我们普度集团在实验室内展开人造子宫项目的科学研究和实用可行性研究,并协调相关部门为我们公司进行了部分税费减免,研究资金由我们自行解决。对我而言,足够了。

我站在那个"灯泡"跟前看了一会儿,周围的几位同事透过面罩认出了我。我比画着问他们:"进展怎么样?"他们摇头,隔着塑胶面罩,我看见他们撇了撇嘴角。

人造子宫最大的障碍在于,目前模拟的自然子宫环境,无法使胎儿在中—晚孕期,也就是怀孕 13—40 周的那段时间里,达到与自然子宫中同样的健康状况。此前的大量研究已经表明,在中—晚孕期,母亲的子宫以及母体环境是婴儿生长发育不可替代的唯一选择,但这个唯一选择中具体包括哪些要素,实在太过复杂,直到现在,我们也无法彻底分析清楚,更谈不上进行人工复制。从基因组、环境发育和环境暴露的共同作用去看,从表观遗传学的角度分析,母体环境和母体子宫会最终影响胎儿的基因表述,我们的人造子宫迄今无法模拟那么复杂的环境。所以,人造子宫制造出的婴儿存在潜在的基因严重缺陷的可能。

另外,人造子宫需要拥有或模拟子宫内膜的生物学性质,至少要具有黏膜上皮细胞,并且受性激素和孕激素的影响而有周期性变化。现在的研究也发现,子宫、卵巢、输卵管以及睾丸和前列腺等器官都有程序化细胞死亡——PCD,又称凋亡。子宫内膜也有凋亡小体存在。这表明,程序化细胞死亡的周期性发生对女性的子宫孕育胎儿有重要调节作用。人造子宫如果要担负起孕育胎儿的重任,也需要有这样的生物特性。但这样的生物特性,我们至今无法模拟。

人体是个谜团,我一直认为自己参透了一个个谜底,但实际上,我连谜面都未曾真正理解。

同事们仍然在周围忙碌,记录数据,调整参数。我站在大厅中央,和那个悬吊起来的"灯泡"彼此沉默不语。我说过,我认为人造子宫是解放人类的终极选项,我现在依然这样认为,只不过现在我如此孤注一掷的原因愈发变得私人化,我是为了拯救我和曹望。生育大停滞之后,我和曹望这样的人每天生活得愈发战战兢兢,不知道什么时候,暴风雨就会将我们撕成碎片。人造子宫只要能够成功,将会缓解这一切。它是我的赌注,而我压上的筹码是我和曹望的下半生。

7. 詹明远

和科室主任曹望见面的时候,时间已经不早。从目前的现场勘察和走访情况来看,这件事和医生、医院没有多大关系。不涉及医疗纠纷,也没有什么医患矛盾。所以,我和曹望的谈话也就算是了解一下情况。

我们聊天的时候,窗外开始阴天,房间内遮上了一层清冷的影子。曹望对我讲起医院大致的情况,主要还是他负责的产科的事项,对于病房数量、待产人数、病人情况,他如数家珍。他很有分寸,涉及患者隐私的,他会告知我这部分他无法提及,必须要有相应的法律手续,不涉及隐私的,他都直言不讳。慢慢的,我们聊起了坠楼的孕妇梁珊。

曹望站起来,打开了窗子,冷风吹进来,我有点纳闷,就听到他说:"你抽烟吧,没关系。"我有点惊讶,他怎么知道我一直在忍着。他像看出了我的心思，微笑着说："你的手一直抖，那是因为尼古丁含量急剧下滑，大脑在提醒你。"我有点尴尬地点点头，点了一根烟。

"梁珊这件事，根本不可能想得到，"曹望扶了扶眼镜，说，"真是莫名其妙的一件事。"

我看了看他，他的脸上密布着一层真诚的迷惑。"当时，消息刚刚出来的时候，我看了网上的那些传闻，什么医患矛盾、家庭失和之类的，都是假的。第一，这个产妇没有任何与院方的矛盾；第二，她没有家庭矛盾，至少从我的层面看不出来。"

我点点头，说："这些我们都已经核实过了。有没有可能是抑郁症？"

"孕中抑郁和产后抑郁都是非常好识别的，但是对于坠楼的这个梁珊而言，完全没有任何相关症状，她一直很温和，如果她有抑郁症，她的丈夫肯定会向我或者护士询问，但是完全没有过。"

我点点头，没再说话，只是低头抽烟，曹望递给我一个纸杯子让我当烟灰缸，杯子上印着一颗红色的心形图案，后面连着一根红线，蜿蜒成心电图的样子，旁边是第一中心医院的名字。

曹望开始收拾东西，规整了文件、病历、几本书，他拿起一张不知是谁的名片，看了看，随手插到书架的两本书中间。

"平时除了家人之外，还有没有朋友来看望过她？"我问。

曹望偏过头想了想，说："我每次查房，看到的都是她丈夫或者婆婆陪伴。她家里没有什么别的人，好像没发现其他人来看望过，这毕竟也不是生病。"

我点点头。

雨开始大了起来,曹望回身关上了窗子,我自觉把烟掐了。

"詹队长,您看还需要我做什么吗?"曹望问我。

"没什么了,耽误您这么长时间,感谢。我们都有对方电话,随时沟通吧。以后可能还免不了要麻烦你。"

"别客气。我送您。我也下班了。"

下班时间已经过了有一阵。楼道里已经没有人,日光灯不太亮,让走廊里的气氛发闷。窗户还能听见雨点拍打的声音,我一直往前走,沿着狭长走廊。曹望帮我按下电梯按钮,我看着猩红的液晶数字一层层升上来。我想说点什么驱散这份沉默带来的尴尬:"我妻子也在这做过产检。我陪着来过两次,但是是别的医生做的。"

"是吗?我们这里医生的水平都还是信得过的。怎么样?预产期是什么时候?"

"都挺正常的。预产期也很近了。"

他点点头:"有什么需要帮忙的,尽管和我讲。"

电梯门在我们面前打开,我和曹望一起走进电梯,轿厢下降很快,有点失重感。

曹望突然说:"我想起一个人。有一个男人,和这个梁珊年纪差不多,我见过他两次,每一次,那个男人离开之后,梁珊的情绪都有一点低落,但是也没什么特别大的影响。不久前就来过。"

"你问过梁珊那个男人是谁吗?"我问。

"当然没有,这不是我们该问的。他也没有引起任何麻烦。"

他顿了顿,说,"但是,我听两个护士曾经偶然说起来,那个人好像是她的前男友。当然,可能是小姑娘之间随意八卦,不一定准确。"

电梯停在一层,我和曹望握了握手,谢过他。他撑起伞,钻进雨雾里。我站在大楼入口处,宽大的屋顶挡住了雨,但仍能感到扑面而来的水汽,我点了根烟,深深吸了一口,慢慢地吐出来。烟雾缓缓升腾,我顺着烟雾的方向望上去,18层的病房一翼有近一半的房间亮着灯。

8. 肖爱

今天一直不饿,晚饭也没怎么吃,我打开了一袋坚果,挑了两颗开心果吃掉,然后躺在沙发上等着詹明远回家。饭菜在冰箱里,宝宝在肚子里,丈夫在回家的路上,我想,没什么比这更令人安心了。当初,我保胎失败之后的那段日子,如果不是詹明远的陪伴,我是挺不过来的,我从未告诉过他,那一阵,我每天都偷偷在网上搜索自杀的方法,是詹明远一点一点把我拉了回来。他那时候默默承受了很多,忍受我的沉默与暴躁,忍受我的恶语相向和歇斯底里。他慢慢柔化了我,让我回归到一个正常人的维度之内。更重要的是,他接纳了我的那个要求。

其实,我现在肚子里的宝宝,是我的第三个孩子。我在心里偷偷这样认定的。第一个没能和我见面,第二个,包括詹明远在内的大多数人其实都拒绝承认他是我的孩子,但我自己要承认。那时候,我的精神状态很糟糕,所以詹明远经常带我去医院的心理科就诊。后来,我一点点恢复,就坚持着自己去。一次,在常规问诊之后,医生对我说,思念那个没能出生的孩子,是一种再正常不过的情感,但是这种情感需要一点点转移、纾解和释放,不然就会成为一个精神上的障碍物,永远无法逾越。她看我点头,就问我:"你听说过诱导娃娃吗?"我有点迷惑,我不知道她说的是什么。她笑着递给我一份印刷精美的小册子,第一页内侧粘着一个信封,里面有一个U盘。小册子里大都是图片,一些可爱的萌宝宝,有的弓着身子在熟睡,有的戴着小兔子耳朵的绒帽笑嘻嘻地伸出双手,再往后翻,是一对爸爸妈妈模样的男女,一起抱着一个胖嘟嘟的婴儿。

"这是什么?一种疗法吗?"我抬头问医生。

她笑笑说:"看你怎么理解吧。"然后,她给我讲述了关于诱导娃娃的事。在生育大停滞之后,很多学者做了联合调查,发现了一个有些令人惊讶的共同点,那些不愿意生育的人们之中,有很大一部分其实是喜欢婴儿的,他们喜欢那些肉嘟嘟、胖乎乎的可爱小朋友,但是这份喜爱只能持续到婴儿四岁左右。基于这样的调研结果,有公司研发出了一种人工智能婴儿。这种婴儿需要采取和真正的婴儿一样的养育方式,喂他们奶粉,给他们换尿不湿,要和他们讲话,教他们走路,他们会一点点长大,但长到四岁就会停止。这些娃娃的所有状况都和真正的婴儿一模一样,更绝妙的是,他们不需要充电,这些小东西凭借自己做动作时所产生的生物电就足够支撑自己。经过科学家的论证,与可爱的婴儿相处会激发和改变女性体内孕激素、雌激素的分泌水平,也会改变男性大脑的血清素和内啡肽的比例,有助于人们产生"幸福"的感觉,从而提高生育意愿。所以,这些人工智能婴儿被称为"诱导娃娃"。这些娃娃在设计的时候已经特意筛选了绝大多数人最喜欢的样貌特征,比如大眼睛、酒窝、翘起的小鼻子等等,除此之外,在性格设置上除为了模拟真实而保留的哭闹情绪之外,在编辑程序时特意设定为"低需求宝宝",他们易哄,爱笑,对成人的要求可以快速理解。

"其实,诱导娃娃上市以来非常受欢迎,很多夫妻和情侣都领养过——哦对,我们一般不叫购买,叫领养。我觉得这个娃娃对于帮助你渡过心理危机,缓解思念情绪和焦虑非常有好处。"医生说,"这个项目是公共医疗保险覆盖的,所以你自费的部分很少很少。费用方面你不用担心。我建议你回家和先生商量一下。"

我拿着那份小册子和医生告别,离开了医院。我记得非常清楚,我走到街上,天色暗下来,有些冷,我第一次感觉到似乎有什么东西把我一直向下坠的心打捞了上来,牵引着我向前看一看。

詹明远拧开房门的声音把我从思绪里拽回现实,我从沙发上坐起来,看他在玄关换鞋,走过来,满脸疲惫。他强作笑颜地说:"怎么样?饿不饿?我给你做饭去。"

第七章　见鬼

1. 闻以达

梁珊的家并不难找,消息一出,这一家人的信息基本就成了透明的。她和丈夫胡博住在这座城市的东边,小区庞大,分成一、二、三区镇守住几个路口。她家在二区20号楼5门503。楼下的门禁徒有其表,按键周围贴满贩卖避孕套的小广告。我直接拉开门走进楼内。这栋楼一梯四户,503是上楼梯右手的那一户,紫红色防盗门,周围墙壁有些污脏。

我敲了敲门,没动静。我又敲了几下,把耳朵贴在门上,里面依旧毫无声息。我站在楼道里踌躇了一会儿,决定试探着问问邻居。两家没人应门,另一家有个中年男人开了门,一言不发地听我报完家门,又慢慢把门关上,过程中没有发出任何声音,也没有流露任何表情。

我只能下楼,到一楼的时候,正巧碰到一个老大爷拿着两大袋日用品要进楼门,那扇门的合页很紧,打开之后两秒钟内就会反弹着自动关闭,他拎着东西,艰难地和那扇门搏斗,我走过去帮他撑住门,他看看我,弓着身子说谢谢。我说:"我帮您拿上去吧。"他有点惊讶。我拎起一个袋子走在前面。他说,自己住在403。我先走上去,站在门口等他。过了几分钟,他才气喘吁吁地上来,然后热情地邀我进屋喝口水,又问我住几楼。我说:"我是楼上那家男主人胡博的朋友。您认识他吧?"他突然叹了口气,很惋惜的样子。我决定趁热打铁:"我和胡博是老同学,之前还说过几天就请我们喝酒,没想到出了这种事。他的打电话打不通。我们这帮朋友都非常着急,我就想着过来看看,好像没人在家。"老人凑过来,神秘地说:"这两天好几拨记者来。所以早搬走了。"

老人的屋子陈设老旧,墙上挂着照片,一家六口,老人和老伴,一对年轻夫妻,应该是儿子和儿媳,还有两个年幼的孩子,大人都笑得端庄,小孙女三四岁,表情有点茫然,另一个孩子还是婴儿,被妈妈抱在怀里,露出一个头发稀疏的小脑袋。我和老人寒暄了几句,知道他自己独居在这里。我有些明白,他为什么愿意和我说话。

他对我大致讲了讲对胡博和梁珊一家的印象,说他俩人都很和气。我说:"出事之后,我看网上有人说,梁珊和婆婆不和?我们平时作为朋友也不好问这些。"

"没有的事,"老人皱着眉,摆摆手,"小姑娘怀孕之后,婆婆在这住了一小段时间,总看见一块儿遛弯,要是吵架,我这楼上楼下的,还能听不见?"

我点点头,又陪着他聊了会家常,然后问他:"大爷,您知道胡博现在搬去哪住了吗?"

"他们家还有个以前的老房子。可能是去那了。"大爷喝了一口茶,不急不缓地说。

"您知道地址吗?"我问。

"知道个大概。"他说,"以前他家老太太和我提起过,那边房子空着没人住,总惦记。就在七里桥的华庭小区。"

老人还在唠叨自己的事,我站起来,道谢,离开。

出了楼门,站在门口,我点了一根烟,长出一口气,看着烟雾层层叠叠缓缓上行,天空颜色发青,有浅灰色乌云稀疏排布。两个神色匆忙的年轻人背着双肩背,拿着相机,一路慌张地奔向这个楼门,我躲到一旁的树下继续抽烟,听见他们站在房檐下议论,"是503吗?"然后看见他们按下了503的门禁,铃儿响叮当的电子乐声走完了两个循环,仍然无人应门。我把烟头捻灭,然后离开。

2. 米雪

闻以达昨晚回家后,煮了一碗方便面,呼噜呼噜吃掉,然后歪在沙发上刷手机。我问了问他一天下来的采访情况,他大致和我说了一些,进展不是很大。他说晚上还要写篇短稿,我睡觉的时候,他还在忙。今天我起床后,发现他已经走了,昨晚听他讲,拿到了坠楼孕妇家人的住址。

我愈发有点羡慕闻以达,羡慕他还能够左冲右突地去四处采访,而我只能坐在家里,用笔名胡乱写点糊口的故事。我过了30岁,没有生育,下场就只能如此。成为母亲,是很多事的充分必要条件,是敲门砖,是许可证,或许也是墓志铭。

多年以前,我无论如何也不会想到,自己将面对的是如此的未来。

我大学毕业的时候,一心想做个作家,功成名就,环游世界,演讲,签售,在海边或者山上买下一栋豪宅,灵感降临,就在巨大的落地窗前写作,灵感飘远,就肆意狂欢开起派对。当然,这一切都没能实现,那不过是我心底深处一个小小的疯狂梦想。我成为记者,过上疑似作家的生活,我仍然感觉很开心,周围都是光亮,将我笼罩其中。

但光芒褪去的速度有些超出我的想象。

记得那时候我和闻以达已经在一起了,我退掉自己租的房子,搬到他家,这个两居室是他几年前买下的,在东五环边,既不远离繁华,也不会过于热闹,对于他和我的性格而言,这里足够合适。那时,我们两个人经常面对面坐在一张大书桌上赶稿,我们还在热恋,性爱频密,有时,我犯了拖延症,就凑过去和他腻歪,我坐在他腿上撒娇,要他帮我写稿,他就问我有什么好处,我说:"肉偿呗。"然后我俩谁都没能在截稿时间前完成稿子。

直到有一天,我去药店买长效避孕药,终于亲自撞见了变化。我一直吃优思明,每盒145元,乳白色小小药片,和米粒差不多大小,按照日期排布在塑料壳子里,看着就让人安心。

那天晚上,我去买水果,拎着一袋香蕉和一盒车厘子往家走,路过楼下的药店,就顺便进去买药。药店白炽灯耀眼,地面铺大型水磨石方砖,柜台四合,像一桌码好的麻将牌。一个50多岁的妇女坐在收银台后面,听见声音,抬起头,眼镜几乎挂在鼻尖,问我:"需要什么?"语气里有一种物质极大丰富的自信。"优思明。"我说。我把水果放在柜台的玻璃台面上,准备付款。听见她说:"你多大了?"我一愣,心里有点拿不准她问这些话的意思。

"你是育龄吧?"她又问。

"我不是育龄,我买优思明干吗?"我笑着说。

"你是育龄,买优思明干吗?"

我愣住了。

"你已婚吗?有几个孩子?"她继续说,如讯问和审查。

我有点生气,厉声问她:"你什么意思?"

她把眼镜摘下来,插到白大褂的胸襟上,说:"这是规定。优思明是管制药物,你以为买维生素片呢?"

那个瞬间难以名状,惨白的灯光照射在药店每一个角落,我觉得自己正在被无数人审视和鄙夷。此前,我在网上偶而看到传闻,说避孕药马上就会变成非法药物,但很快就被辟谣,我和同事、朋友曾经聊起过这些,也没有太多人当真。所以,当我听到"管制药物"这几个字的时候,我突然觉得自己像是闯进了某个巨大的梦境。

"那我如果需要优思明,该怎么买?"我压制住自己的情绪,尽量平静地问。

"去医院开证明，任何一个医院的产科都可以，证明你已经生育两个或者两个以上的孩子，由于身体原因不适宜怀孕，拿了证明和处方，就可以买了。"她顿了顿，"我看你啊也甭费劲了，你们这样的我以前见多了，不就是不想负责任吗？你看看新闻，看看咱们国家，看看全世界都成什么样子了？你们这帮年轻人可倒好，整天就知道享受，但是不想生孩子。"

我瞪着她，对她说："你可以自己生。"然后拎起水果，扭头出了门。我觉得她应该已经绝经，这句话或许能为我扳回一局。我气鼓鼓地回到家和闻以达说了情况，他也很惊讶，也就是从那之后，我们开始大量囤积安全套。那时，安全套还没被管制，毕竟相较于药物它还有别的用途，直到后来，那个乳胶套子也被列为禁物。我们就这样慢慢滑落到今天。

3. 梁朗

今天我得去公司，一堆事情需要我去定夺，原本以为自己开了公司，走上正轨后就自由了，没承想，上了船却彻底下不来了。

昨天见了曹望之后，秦梦的心情似乎好了一些，可能是确认了曹望并没有受到太大的影响，她放了心。今天一早，还起床给我做了早餐。吃过之后，我开车出了门，留秦梦一个人在家。其实，秦梦应该找个事情做做，整天闷在家里，没有什么好处。我和她提过,但她没什么回应。无法怀孕这件事让她对于做什么都意兴阑珊。

记得我第一次从曹望口中听到"免疫性不孕不育"几个字的时候,那感觉难以言说,相较于悲伤,更多的是困惑,像是听到了某种荒唐至极的宣判。

那天正在下雨,我和秦梦从医院走出来的时候,空气变得湿冷又黏腻。秦梦一直没说话,她走在我前面,仿佛要赶去哪里,我知道,她只不过是急于逃脱。

我开车驶出医院,故作轻松地问秦梦:"咱吃什么?"

"家门口吃烤肉吧。"秦梦看着窗外的一团虚空说,"饿了。"

"好!"我没想到秦梦会有吃饭的兴致,听到她的回应,心里稍稍踏实。

那是我们常去的一家韩国烤肉店,两人座正好还剩最后一桌,我们靠窗坐下,点了五花肉、鸡腿肉和辣白菜炒饭。烤盘上刷油,五条五花肉平行放上去,吱吱啦啦地渗出油脂。我正看着渐渐卷起边角的五花肉出神,就听见秦梦问我:"我们怎么办?"

"嗯?"我抬头,望见她幽深的瞳孔,混杂着恐惧、悲壮、绝望,这些情绪渐次闪烁又混于一处,突然之间,我觉得有一股热流涌向鼻腔。"没事。咱治不就得么。总有办法。这有什么。你我都健康,还怕解决不了?"我笑了笑。看见她似乎也微微牵动了一下嘴角。窗外一个三四岁的小男孩拽着一只气球唱着歌走过,他的父母跟在身后用手机拍视频。秦梦的眼神追着小朋友直到他消失在远处。

"您的五花肉可以吃了。"服务员凑过来说了一句,然后弯腰调整火力开关。

"吃饭!"我说。

4. 秦梦

我在阳台拾掇我那几十盆花花草草,有些需要搬进房间,有些需要支起一个防风罩,这些事足够我忙活大半天。这很好,聚焦于眼前一件具体的事,我就不会胡思乱想。我决定不再去看那个孕妇坠楼的新闻。其实,那件事和我好像也没什么直接关系,但我总有些不好的预感,这诡异的案子会成为最后的那根稻草,让悬而未决的重压彻底倾塌。这些年来,那些不好的预感都在一点点应验。

紫茉莉开败了,散落一地黑褐色的坚硬种子,我把它们一粒一粒捡起来扔进花盆,用土细细掩藏,明年它们就会发芽长蔓开出花朵。我也有种子,但为什么我的身体就无法孕育出花朵和果实?

当初,从曹望口中得知诊断结果后的很长一段时间,我都像处在梦游之中。直到很久之后,我才慢慢地闯出了那层魇住我的雾霭。

没有任何犹豫,我开始进入疗程。

多荒诞。用曹望的话说,我们没有"病",却需要"治疗"。确诊之后的第三天还是第四天,我有点忘了,但差不多就是那个时候,我接到一份快递,拆开,发现里面是一张通知单,上面列明我和梁朗的结婚时间,并写明我们免疫性不孕不育的医疗判断,左下角是曹望的签名和盖章,右下角要求当事人双方——也就是我和梁朗——签字盖章,之后要寄送给附件中的地址,地方生育促进委员会的办公室。此文件一式三份,一份自己保留,一份递送委员会,另一份在开始治疗的复诊日交回主治医师保存。我拿着那张纸,看见正上方粗体黑字写着:孕育生命是公民的基本义务……

治疗的第一步是药。

直到如今,我仍然每天都要服药。我把一些小型花草搬进屋里,洗手,准备先吃药。站在镜子前,我看着自己的脸,我的颧骨附近看起来像是被冷冻过的梨,斑斑点点沉淀下来的污脏被覆盖在半透明的皮肤下面,显出一种凝胶状。那是药物的副作用。

肾上腺皮质激素类药物,具有抗炎、干扰巨噬细胞对抗原的加工及降低补体对精子的细胞毒作用。常用方法有低剂量持续疗法、高剂量间歇疗法及阴道局部用药等三种。这一切我原本根本听不懂的东西,如今我倒背如流。强的松、地塞米松和甲基强的松龙,这三种是最初尝试的常用药物。刚开始的时候,我得先吞下一把药片,再把一个个栓剂艰难地推入体内,推入的时候,干涩、疼痛,伴随着羞于出口的巨大耻辱,我从未向旁人——包括梁朗提及——每一次我把那个乳白色的栓剂推入下体的时候都觉得正在遭受强奸,而施害者的身份暧昧不明,让我更加愤怒。

当我一点点消化掉心理层面的障碍，生理层面的痛苦又挑衅般地浮现。

一切是从皮肤变薄开始的。我最开始服药后一周，早上刷牙的时候，抬起头，被镜子中的影像吓了一跳。我战战兢兢地抬起手碰了碰我的脸，看见镜中女人的右颊凹陷下去，犹如一个小小漩涡，很久才恢复平整。我不敢再碰触，生怕再按一下，脸就会被戳出一个洞。直到下午，脸上的皮肤才渐渐看出一点血色和白皙。我去翻药盒里的说明书，发现所用药物的副作用包括皮肤变薄、色素沉淀、水肿、无力、尿糖等等。又过几天，即便梁朗再粗心，也看出了异样，问我到底什么情况，我支支吾吾，最终还是说了实情。他沉默了几分钟，然后把我抱住，没再说话。

孕育最终需要在我的体内完成，所以"治疗"终究要落在我的身上，梁朗无法替代我完成那些治疗，也无法分担任何一点痛楚。他只能凝视这些痛楚，反复确认它。谁能想到，我们的不离不弃原本应该佐证彼此相爱，如今却成了互相伤害。是谁反转了这一切？

我一口吞下五颜六色的胶囊，又喝下一大杯水，好像这样就能稀释一切。我深吸一口气，缓缓呼出，然后走去阳台，我要打起精神。

5. 曹望

昨晚回家的时候，李冬已经睡了。一整天，我开会、出诊、查房、躲避记者、接待警察，很累，大脑中某个区域却又十分兴奋，直到凌晨2点多才缓缓睡去。乱梦袭扰，但醒来却又完全记不起内容。

今天上班的时候看见医院门口的记者不减反增。又一整天忙忙碌碌，到了晚上，有些病历录入的工作还没处理完，我又想避开晚高峰，就决定加会儿班再离开。不知不觉，天就彻底黑下来，我忙完手里的工作，已经快9点。我站起来活动活动身体，感觉有点饿，想先去自动贩卖机买点零食。

走廊里的感应灯维持在最暗的亮度，尽头的护士站亮着两盏台灯，自动贩卖机在楼道的顶端，我选了一条士力架，剥开包装纸，吃了两口，想起从出事之后，我还没有真正去看过那间涉事的病房，于是决定过去看看。

病房门上十字交叉贴了两根警戒线，值班警察认得我，冲我点点头。我站在那里看着那扇门，孕妇梁珊的身影在我头脑里模糊浮现。从门上的小窗望进去，黑洞洞一片。

我把最后一口士力架塞进嘴里，攥着包装纸去扔垃圾，垃圾桶在窗边，我朝窗外看了看，马路上车灯亮成一片，街角伫立巨大的广告牌，上下两排射灯映得牌子灯火通明，上面画着一对父母，母亲牵着一个孩子,父亲抱着一个婴儿。大字猩红:孩子是希望的源泉。不知道在梁珊从这里坠落的时候,这巨大广告是否倒映在她的瞳孔中。

"曹主任,麻烦您让一让。"有人在身后说话,一个女人的声音。我回头,看见保洁阿姨穿着深蓝色制服,拿着墩布正在看我。我看她面生,就问她:"王阿姨呢?"

"嗯,好像……不干了……"她有点支支吾吾。见我挪开了脚步,她开始低头猛拖花盆四周。

负责这层楼的保洁阿姨叫王卉,50多岁,老家是外地的,人很客气,她已经在这里工作了很多年,和我们医护人员彼此很熟。

我有点惊讶,问:"辞职了?什么时候的事?"

"哎呀,具体的我也不清楚,反正……"她欲言又止,眼神躲闪,"要不您还是问后勤李主任吧。"

"您直接说,没事的。"我突然意识到,王阿姨的离职是不是和孕妇坠楼有什么关系。

"她好像……好像看见什么了……"

这位保洁阿姨好像变得非常恐惧,一边说,一边紧张地向四周看,两只手抱在胸前,下意识地使劲攥着墩布的木杆。

"看见什么了?"我追问。

她沉吟了一会儿,小声说:"她说,看见了……鬼……"

说完,她推着车,匆匆顶开防火门,走了。我一个人站在楼道尽头。三秒钟之后,刚刚亮着的感应灯突然熄灭。

6. 李冬

昨天一天,在新闻里都没见到曹望的名字,这让我放心。没消息就是好消息。我没给他打电话,我知道,他会很忙。果然,曹望很晚才到家,我已经上床睡觉,但我还是听到了动静,醒了,我听见他坐在沙发上叹气,还听见易拉罐打开的声音,我没去打扰他。

今天一早,他又急着出门赶去医院上班。我把曹望的咖啡杯刷了,开车去公司。直到如今,我仍然一周五天每天早上准时抵达公司,我比大多数员工到得更早。谈不上自律,我只是很享受这个过程——在每一个早上从懒倦变得清醒,这让我觉得生活在顺畅如常地运转。我珍惜这份如常。

其实,我最近的状态很不好,人造子宫的项目卡了壳,资金大笔大笔地烧掉,不见任何成效,更糟糕的是,到底哪里出了问题,我们谁都搞不清楚。在此之前,我的公司一直顺风顺水,我坚信自己生物医学的专业能力和对生意与生俱来的敏锐感觉。但在那条坦途之上,却突然出现了一个始料未及的深坑。我原本以为自己即将抵达巅峰,然后像以往一样迎来欢呼,但定神看看才发现,自己站在坑底,四面楚歌。

我本想找时间和曹望聊聊,我压力太大,需要纾解,除了曹望,我没有任何可以倾诉的对象。我不能对公司的员工流露出负面情绪,在股东面前我必须斗志昂扬,只有在曹望身边,我才能允许自己出现破绽,展现脆弱。可就在这个时候,曹望的医院里却出了这么大的事故,我确实无法张口。

我坐在自己硕大的办公室里,盯着电脑上关于人造子宫的那一堆数据、公式和图表,每一个步骤都看不出问题,集结在一起却导向确定无疑的失败。

我也不清楚自己执着于人类胚胎和人造子宫研究到底是否与自己的取向有关。我承认,我没事的时候也会上网搜索人们对我公司甚至对我自己的评价,毁誉参半。有人隐约地提到过我的取向,但语焉不详。

其实,我没想到曹望真的能和我走到一起,因为以他的价值观去判断,我的一些研究项目毕竟走在伦理的边缘。但人与人的缘分总是如此奇妙。

曹望的工作是作用于人,是修补和修复,而我的工作,有时候,从本质上接近无中生有的创造。没错,我研发人造子宫最终当然会导向商用,但我从最初至今,都一直觉得人造子宫是解放女性、解放人类的最终途径。这是造福,也是利润。生育的结果是有用的,但孕育的过程是痛苦的,伴随着巨大的代价。如果我能把代价消弭,而只留存有用的结果,谁能说这不是福祉,不是拯救?

生育大停滞之后,这世界的运转规则已经变了。对于未来的恐惧激发出了人们心里的暗面。美国南部的一些小镇兴起了对不孕女性的私刑,《纽约时报》曾用一万多字的长篇报道对其进行了细致的描写,标题叫《新猎巫运动》。欧洲和俄罗斯有人砸了自己不孕邻居的窗子,有公司开除了一些丁克员工,有极端组织在网络上叫嚣着,所有男性都要强制捐精,女性要强制受孕。他们把自己命名为"人类生存阵线",在有些国家,他们被列为新生的恐怖组织;而在另一些地方,这组织的头目却成为各大媒体的座上宾。有历史学家说,在时间长河中,同性关系一度被歧视,大多数时候因为某种意识形态上的原因,而"这一次则更多的出于实用主义的原因"。所有无法生育的人被看作废人,而不愿生育的人被看作罪人。

所以,如果"母亲!"这个人造子宫的实验项目成功,只要人们脱离了危机,一些人就会赦免另一些人。对吧?

近一两年,曹望已经不再与我争论我公司那些项目的伦理问题,我觉得,他可能也感受到了与日俱增的压力,他明白,我的抉择或许是拯救我们二人的逃生梯。但我眼看着这逃生梯在我眼前一点点破碎,却又无计可施。

7. 詹明远

我又在医院里忙活了一天,对保安、保洁、周围病房的孕妇、家属进行询问做笔录,然后把事发病房又仔细勘察一遍,直到天黑,我才回到队里。

"人都回来了吧?"我坐在会议室里,清清嗓子问。

大家互相看看，纷纷附和。

"咱们梳理梳理案子的情况吧。"我说。

所有人都拽着自己的椅子，围着那块大白板挤挤挨挨凑成一圈。我突然想起来什么，说："忘了，都还没吃饭呢吧？小李，给食堂打个电话，让他们送一趟吧。咱边吃边聊。"

先是最初抵达现场的警员复述现场情况，然后是现场勘查人员和法医开始讲述具体分析。饭送到了，都是剩下的，稍有余温，有些菜糊在一起，也看不出到底是什么。本来不觉得饿，饭吃到嘴里才意识到，整整一天基本上水米未进，身体早在抗议。一时间，房间里都是吞咽食物的声响，竟也有些震耳欲聋。饭很快就吃完，法医站起来抽了两张餐巾纸抹了几下嘴，直接走到幻灯机旁，把现场照片投影到了墙壁上。坐在门口的同事扭身关了灯。墙壁上一片猩红、惨白交织的色块。有人咂咂嘴，不知道是谁在说："刚吃完饭。太突然了这个。"有人低声笑。

法医开始讲，经尸检证实死亡原因就是坠亡，由于坠楼楼层很高，尸体破坏程度很大，目前没有发现勒痕，也未见其他锐器、钝器伤口。体内有尚未消化完全的食物残留和药物残留，经过检验，没发现异常，未见中毒表征，药物为医院开具的处方药物和维生素。

基本情况汇报结束。我说："我在和医院产科主任曹望了解情况的时候，他和我讲起，曾经有一个男人到医院看望过死者梁珊，之后发现梁珊情绪有点低落。他听护士讲，那男人可能是死者梁珊的前男友。目前死者社会关系的摸排有什么线索？"

年轻的刑警李子明站起来说:"目前排查出来的情况是这样的,在死者结婚前,她曾经有一位交往了多年的男友,后来分手。事发之后,有人在网上爆料说了这个情况,我们跟了一下,做了核实,发帖人确实是死者的一位同学,最后查到那个前男友叫张天,没想到身份比较特殊,是咱们的一个重点人口。"

"什么情况?"我有点惊讶。

"这个张天啊,以前参加过一个组织叫'身体自由联盟',有一些小青年参加,有的是不婚主义的,有的是拒绝生育的,还有几对丁克夫妻。后来,这组织总惹事,咱给取缔了,基本上就散了。这人现在也正常工作、生活,没再参与过什么事,至少咱还没发现他惹过事。"

"他具体有什么疑点?"我问。

"发帖人,就是死者的这个同学啊,声称死者梁珊和张天当年分手是因为生育理念不合。这男的呢,不想要孩子,女的开始觉得没问题,后来,越来越觉得不行。反正因为这个事情两个人闹得非常僵,分手的时候,男的威胁这个女孩,说让她这辈子都做不了妈妈。而且,在梁珊的手机里,我们发现死者在死前八天,也就是入院之后的第二天和这个张天通过一次电话。"

周围有窃窃私语。房间里一片黑暗,零星几个烟头明灭闪烁。我问:"这小子现在在哪?"

"在家。我安排人盯着呢,没看出什么动向。"

我想了想,点了根烟,深吸了一口,说:"今晚盯住了,先不动,看看会不会和什么人联系。明天先把他摁了。"

8. 肖爱

我热了菜和汤,坐下来慢慢吃。我给詹明远打了个电话,他没接,刚刚给我回了信息说还要开会,不用等他吃饭。热气弥漫厨房,玻璃上结一层霜雾,水珠从上方滚落下来,我从迷蒙中看见窗外的天空黑得结实,看不见任何星光。

最近这段时间,宝宝愈发活泼,我能感觉到小手从左划到右,又从右划到左,每次运动,我的肚皮上就会出现一个尖尖的凸起。第一次感受到这些的时候,像灵魂出窍,我小心翼翼地把手放在肚子上,感受他的手和我碰触的一瞬,暖流从脊骨泛起渐渐弥漫至脑后,然后我就觉得眼睛里溢出滚烫的液体。

现在,我已经习惯了这一切,会和他说说话,我对他说:"爸爸去加班了,今天晚上只有妈妈陪你,你要乖哦。"我用手轻轻抚摸腹部,我觉得他可以听懂,真的。房间里很静,冰箱发出微弱电流嗡鸣,墙上的挂钟有细密齿轮响动,我好像听到了腹部中的呼吸声,像潮汐,宛若催眠曲。

突然有人敲门,声音很轻,满是试探的战战兢兢,敲了三四下,就停顿下来,然后再敲三四下。开始,我还以为是詹明远回来了,但他说他带了钥匙,让我先睡,那又会是谁?我站起来,走到门前,从猫眼向外看,楼道中的声控灯亮着,但没有人,几秒钟之后,灯暗下去,我正纳闷,有些紧张,突然敲门声又在我跟前响起来,楼道灯随即又亮起。我觉得心跳加速,血液划过鼓膜,耳朵里嗡嗡作响。

我问:"谁啊。"我故意很大声,但声音里是连自己都欺瞒不了的虚弱。我听见门外传来幽幽的回应,满是委屈:"妈——妈——"

突然之间,一切倒悬,血液在颅骨里沸腾,整个身体却开始冷到僵硬,我颤巍巍地打开门,门外刚刚还亮着的灯瞬间熄灭。

我惊慌失措地大喊大叫,却看见詹明远布满胡茬的脸。"醒醒,肖爱,醒醒。"我听见他大喊,渐渐感觉到两只胳膊被他的手钳住。我彻底醒过来,向后倚靠在沙发背上。"你做噩梦了?梦见什么了?"詹明远问我。

"没什么,乱七八糟的。"

"怎么在这睡着了?这样在沙发上睡,容易压着心脏,再说,也容易压着孩子……"

"没想到会睡着。"我抬头看看表,已经 11 点 40 分。

詹明远往洗手间走去,扭头对我说:"我先去洗个澡,你赶紧去睡觉。"我坐起来慢慢还魂,脑子里一幕幕闪过刚刚切实的梦境,我清楚地记得,我梦见了他,我的第二个儿子。如今,我不能在詹明远面前提起的那个儿子。

第八章　注射

1. 闻以达

胡博家的老房子不太好找,在城市西边的郊区,周围很多地方都已经拆迁,残垣断壁一片荒凉。说是住宅区,实际上只有平行的三栋楼。胡博的样子我认得,照片被扩散到网上,到处都是,但我不清楚他家在这三栋楼里的哪一间。

我站在楼下点了根烟,遇到出门的人,我就上去问一问,接连问了三个人,都说不认得。我只能继续等。又过了大概 40 分钟,我看见一个穿着土黄色夹克的男人慢慢走了出来,等他走近,我仔细看了看,即便头发蓬乱,胡茬满脸,但仍然很容易认出他就是胡博。我想了想,没去打招呼,而是看着他过了马路,进了对面的一家小超市。几分钟后,他提着几听啤酒和一条香烟走了回来。我拉开一点距离跟着,看他进了第二栋楼的一个门,楼门没有门禁,我等在下面,抬头看,过了一会儿,看见一个窗子的灯亮起来。我把烟头踩灭,上楼。

屋内有窸窸窣窣的动静,我敲了几下门,房内静下来。几秒钟后,门开了一条缝,屋内昏暗,只能看清男人大致轮廓。"找谁?"他问。门开大了一些,相比于戒备,他眼神里更多的是好奇,他或许没想到自己的这个地址会有人找到。更何况我看起来根本不像警察。

"我是《深流》的记者。"我说。他低下头,顺手要关门,我抬起胳膊把门撑住。"我有些关于你太太的消息,想和你核实,你可以不回答我的问题,但你不想知道你太太死前到底发生了什么事吗?"

话一出口,我就有些后悔,我应该说"去世之前","死"字却本能地蹦出来,但他好像无心在意这些。他的表情柔和了一些,愣了几秒钟后,他把门彻底打开,探出半个身子,向楼梯口扫视一眼,再退回屋里,给我让路。

玄关很暗,我径直向里走。"右边。"胡博僵硬地说。我向左看了一眼,左手边的房间放着一个衣柜、一张单人床和一张小小的书桌,上面都蒙着塑料布和床单,一层灰尘,看起来确实很久没人住过。右边的房间更大一些,里面摆着两个沙发,沙发老旧,扶手处的布面已经起球,茶几上散乱堆着外卖餐盒和尚未刷洗的两只碗,周围堆着几只啤酒易拉罐。

胡博在其中一张沙发上坐下来,朝另一张沙发抬抬下巴向我示意。他从口袋里拿出烟,抽出一根叼在嘴里,在茶几上翻找打火机。我掏出自己的打火机,递到他跟前。烟雾被肺泡滤成鳞状,停顿在空中。他拿起烟盒向我抬抬手,我拿了一根,点着。我们两个并排坐在那间被旧家具挤满的房间里,安静地抽烟,几分钟之内,除了吞吐的喘息,没有任何声响。

过了一会儿,他把烟蒂塞进一个易拉罐里,我听见"嘶啦"一声。"你想说什么,说吧。"他说。眼睛并不看我。

"你看网上的那些传言了吗?"我问他。

"看了,都是胡说。"

他的声音很平静。

"你妻子在此之前有过什么不愉快的事情吗?有没有和你提起过……轻生的念头?"

"没有。从来没有。"他有点生气,"你不是说有我妻子的信息吗?什么信息?"

我停顿了一下,说:"你有没有想过,她挺着那么大的肚子是怎么从那个窗户掉下去的?"

他怔怔看我,一脸迷茫。

"警察必须严谨,但我不一样,你明白吧。我觉得只有一种可能,就是她背对着窗子,腰部靠着窗台,向后翻下去的。"

他大张着嘴,眉毛拧起,似乎在想象那个画面,我突然觉得有点残忍。他又点了根烟,长长吐出,手有点抖。

"冒昧问问,你妻子的那个前男友,你……知道吗?"

他歪过头看了我一眼,打量里意味深长。

"你怎么知道的?"他问。

"现在网上传得很热。"我说。

"那都是以前的事了。"他低声说。

胡博像自顾自陷入回忆里。他说,那个男人叫张天,和自己的妻子梁珊是大学同学,而自己是因为公司业务上的联系和妻子结识的。他们在一起之后,梁珊对他讲起过前男友的事:两人恋爱时都还很年轻,没有想那么长远的计划,只是到了后来不得不面对现实生活,才发现了巨大分歧,那个男人不想要孩子,但是梁珊渴望成为妈妈。当时,外部环境已经改变了很多,那个男人的想法已算是禁忌,梁珊很苦恼,两人谈过、吵过,也陷入过冷战和拉锯,最终不欢而散。

"网上说分手的时候闹得很严重?"我问他。

"梁珊讲,有一段时间,男人变得很极端,每天去她家楼下和公司去闹。"胡博说,"这件事对梁珊影响挺大的。"

我点点头没再说话,看着烟雾慢慢填满整个房间。过了很久,我们再度聊起来,他对我讲述了他们二人的生活。他说,他们是最普通的那种人,没有仇家、没有生活压力,感情很好,梁珊怀孕并不容易,所以,他们二人都很珍惜这个孩子,对未来有无尽期盼,但现在却落入无底深渊。相较于妻儿死亡带来的悲痛,对他而言,无法克服的似乎还有巨大的疑惑与不解。

2. 米雪

闻以达又是很早就走了,他要去郊外采访梁珊的丈夫,不一定能找到,要碰运气。

我冲了澡，喝了一杯咖啡。现在，第二杯咖啡就摆在我的案头，煎的鸡蛋只吃了两口，盘底汪起一层冷油，让人更觉腻烦。昨晚睡前，我已经把专栏交给了编辑。交稿之后，我照例把所有资料一股脑拖进垃圾箱，彻底删除了事。

我一边喝着咖啡，一边用手机刷新闻，满屏都是关于坠楼孕妇的消息。有人采访了她不具名的前同事，有人采访了化名的隔壁病房孕妇，有人声称拿到了医院核心人士的分析：看起来热闹非凡。

相比于那些模棱两可却还得装作严肃的新闻，论坛和几个社交媒体上的帖子倒是更引人入胜。我把那些帖子翻了一遍，看到了一条耸动的消息。有个叫 black sun 的 ID 发帖子称，这个女子怀孕有可能是"德奸"的结果，精神压力越来越大，最终选择了带着孩子一起终结。虽然也有人对此嗤之以鼻，但很多人纷纷附和。

我明白，这事情不可能和"德奸"有什么关系。但这条帖子还是引起了很多人讨论"德奸"这件事。原帖相关链接里有个需要申请才能进入的私密小组，我只能浏览而没有发帖权限，里面都是一些"德奸"受害者的发言。"德奸"是个外来词，两年前，太平洋的一个小岛国修改了法律：凡是在未经女性同意的情况下强行与女性发生性关系的，如果致使对方怀孕，可以不被判刑。因为这行为本身虽然是强奸，但后果却是增加了人口数量，那个国家认为这其中的德行大于罪行，所以被媒体命名为"德奸"。最初，这新闻在一些国家引发轩然大波，但很快，一些认同的声音开始占据上风,又过一阵,东欧和南美的几个国家声称在考虑修改法律的可行性。那时,再也没什么人提出反对,甚至没什么人去关心,或许只是那些反对和关心的声音再也无法被外人听到而已。

讨论热烈的那段时间,晚上,当我走在一些没有路灯的隧道、路口,我也偶尔会神经质地四处看看,但一直没遇到什么危险。我想,可能在我们这里,也就是一些人在网络上随便喊一喊罢了。没想到,真的有这么多人成为"德奸"的受害者。在我们这里,法律尚没有真的修改,但据发帖的这些女人的说法,那些施暴者都会被处以很轻的刑罚,或者一拖数年进入调解。更糟糕的是,由于堕胎在很早的时候就被视作非法,医生只有在判定胎儿有严重疾病或者死亡等严格条件时才可以实施堕胎和引产手术,所以,一旦真的因被施暴而怀孕,那些女性将毫无办法。

这些发言里充满各式缩写符号和他们自创的俚语以规避算法筛选。我用搜索引擎搜索几个关键词,一无所获。

我对着电脑发了会儿呆,剩下的少半杯咖啡已经彻底冷掉,失掉香气之后更显苦涩。窗外天空雾蒙蒙的,砖石路面上泛起一层湿气。我叹了口气,决定还是出去走走。

3. 梁朗

医院的那扇大门,对我而言似乎并非实体,它像是一道通往异度时空的通道,柔软、闪光,我踏进去是一个世界,踏出来又是另一个世界。其实,我根本分不清楚,哪个世界更真实。

生活还得继续,无论发生什么。我们都在由巨大惯性传动的链条上,身不由己。今天一早,我照常开车去公司,电台里还在播放孕妇坠楼的新闻,几个嘉宾和主持人却吵作一团。我把广播转到音乐台,不想再听那些人叽叽喳喳。

我的公司是做物流的,最近大环境很糟,生意不好,全世界都有点乱套,几个经济体都吵吵嚷嚷地声称要彼此提高关税,几个老牌移民国家大肆招徕育龄人口定居生活,大多数国家对于自己公民的出境限制愈发严格。人就是这样的动物,在越需要团结的时候,却变得愈发戒备。

物流业总能首先感知到经济的寒意。我这家公司规模并不大,但创业最初那几年,生意确实不错,单子源源不断,根本不劳我费心。那段日子,秦梦也很开心,我们大笔赚钱,大笔花钱,我买手表,买成了劳力士和积家的VIP,秦梦的首饰盒里,两克拉以上的钻戒,我能记得的就不下五只。

虽然一直很忙,但我们依然急于想要一个孩子。为人父母,也是快乐的一种,更何况那是金钱无法买来的快乐。我们愈发频繁地做爱,每个月拿着验孕棒兴奋地等待直到慢慢气馁,外部气氛也变得越来越令人不安,我们才真的如临大敌。

我把车停在地下车库,穿过长长的走道进入电梯间。办公室里只有四五个内勤人员,其他人都出去跑业务了,我已经把提成涨到了22%,但收效甚微。我走进自己的办公室,顺手把杯子里的水倒进旁边发财树的花盆里。桌子上放着几张报销单,我翻了翻,签了字,放到一边。

敲门声很轻,然后,我看到了秘书叶菲走了进来,端着一杯咖啡,小瓷盘上摆着两块饼干。"梁总,您的咖啡。"她把咖啡放到我桌上。我点点头,对她说:"报销单我签了,你拿走吧。"我抬手递给她,其中一张散落到了地上。我刚要起身,她说:"我来捡。"她手掌抵住我胸口,回头对我笑笑。我看着她弓下腰,小腿笔直,臀部撑满裙子。

4. 秦梦

我跑不动了。

我抬手看看智能手表,跑步距离 4.9 公里,心律 139,运动时间 67 分钟。我扶着膝盖调整呼吸,放眼望去,周围并没有人。这是我们小区后面的一条健走路,路线蜿蜒,周围种满韭叶兰、梧桐和银杏。我倚在一棵巨大的梧桐树干上休息,地面上散落着铃铛般的干枯果实。有一个上了年纪的女人慢吞吞地踱过来,偶尔双腿倒换重心,小心翼翼地跳一跳,然后继续向前走,又过一会儿,有个二十出头的姑娘一脸慵懒地遛狗。我等到呼吸均匀,慢慢走回家。

梁朗起床的时候,我其实已经醒了,但我仍然把头扭到另一侧继续装睡。我不太想面对起床后横亘于两个人之间巨大的尴尬和不知所措。昨天晚上,我们又试了一次。是的,如今,在心里,我把做爱简称为"试",一个暧昧、模糊的动词,直接指向言辞含糊却心照不宣的目的,又完美剔除了感情色彩,准确,中性,像个科学实验或者医疗过程。最初,我还小心翼翼,怕下意识把"试"字说出口,但有一次,同样是从医院回来的当晚,我洗过澡,坐在床边往腿上涂乳霜,梁朗从身后环抱住我说:"我们再试一次吧?"听得出,他语气尽量温柔,但我还是心里一惊,想:哦,原来在他心里也早已这样命名。

早上我给自己煎了一个鸡蛋,烤了一片吐司,温度调得有点高,面包的一面烤煳了,我吃了几口,一股焦苦味道。之后我照例出门跑步,这是医嘱。曹望主任对我说,慢跑可以促进内分泌自我调节,有助于受孕。我愿意试,至少这不会像那些奇怪的药物一样,让我变得像个冻伤的水果。

相比于刚刚服药的那段时间,如今,我的状况其实算是好多了,一是逐步适应了药物,更重要的是曹望调整了处方。我记得,当时过了一个疗程我去复诊,曹望拿着一摞化验单,前后比对,然后抬头看我。我知道,他看见了我脸上松弛的肌肉、水肿以及有些透明的皮肤,还有,从我的表情里就能看出环丙异二铜所带来的那种随机爆发的尖锐的疼痛。就在那次复诊之后,曹望从我的处方里减去了一些药物。

药物治疗进行了两个疗程,结束之后,曹望征求我的意见:"可以考虑一下皮下注射的方式。"他说,是一种欧洲技术,一周三次。那次问诊,梁朗也在,他想都没想,当即拒绝了。我问他为什么,他说:"太痛苦。"曹望看见我俩情绪不太对头,就借口先离开一下,让我们先聊。我问梁朗:"我们有的选吗?"他盯着自己的脚尖,不说话。他和我都知道,我们没得选,包括曹望在内也一样没得选,他刚刚的语气听起来像是征求意见,但其实不过是传达某种指令。我们这种患者的名字是录入在册的,每一次问诊、复查的情况都会上报系统,如果到了一定时候,治疗方式没有加码,作为主治医师就需要解释,如果解释不清是要被问责的,而我和梁朗这样的人如果最终被医生放弃,我们的命运会经受怎样的裁决,就难以说清了。人都想本能躲避难以说清的命运,不是吗?所以,在那之后,我除了服药,还得开始打针。

5. 曹望

在旁人看来,我仍然坐诊、接诊、查房,和待产以及陪护的人们微笑聊天,像什么都没有发生。但只有我自己知道,心里某个不明区域一直有什么东西在不停地搅扰。

上午的预约问诊结束之后,我坐在办公室里喝茶。昨晚在病房区楼道里和那位新来的保洁阿姨的谈话,我一直忘不掉。她对我说,原来的那个王阿姨"见到了鬼",她是这样说的吧?虽然昨晚我很累,但这不会错的。

我得把这件事搞清楚,不然,我会一直心神不宁。

中午吃过饭,我决定给保安部主任打个电话。听上去,对方正在吃饭,嘴里还咀嚼着东西。我说:"王主任,我是曹望。"对方变得很客气。

"一会儿您吃完饭,我过去找您有点事,大概几点方便?"我说。

"我在餐厅,现在马上回去了。你直接过来吧。"

我说:"好,不急,半小时后我过去找您。"

保安部在二层,主任办公室和中控室挨着。老王笑着迎出来。

"没休息休息啊?"他一边客气,一边拿了杯子要给我泡茶。

"不麻烦了。有点小事得找您帮忙,完事我就回去了,下午还有一堆预约呢。"

"什么事?您说。"

"我想看看那天我们那一层病房区的监控录像。"

"哪天?"

"就那天。"

"哦哦。"老王恍然大悟地说,"警察都看了啊,还复制要走了一份。您这是……"

"咳,没事,自己科室的事,我得上心看一看。再说,院长也一直嘱咐我,得盯着这件事,万一人家警方问起来什么,媒体报出来什么,咱自己都不掌握,不就太被动了吗?"

老王诺诺地点头,说:"走,去机房。"

机房中控室里坐着两个值班保安,正盯着整整一面墙的监视器发呆,他们在这里的工作也就是为了遇到火灾之类的突发事件时可以及时发现。老王冲他们摆摆手,说:"你们先出去吧。"

我坐下来,等着他翻找资料。他翻出一个盒子,里面的光盘按照时间线索标记好。"现在看?"他问我。

"看看吧。"我说。

老王把一张光盘放进机器,把时间轴调到事发前 20 分钟。病房区楼道平静,只有夜灯亮着幽暗的杏黄色光芒,地面有荧光色的逃生指示标,10 分钟之后,一个值班护士径直走过楼道,声控吸顶灯渐次亮起来。事发之后几秒,楼道内仍然一片平静。过了 2 分 30 秒,才有值班护士慌慌张张地奔向屋内,几秒钟后,又大惊失色地跑出来。然后陆续有其他工作人员慌慌张张地奔向出事的病房,又陆续出来。

我问老王:"这盒子里是多长时间的录像?"

"事发前一周到事发后的第二天中午。"他说。

"给我复制一份吧,我回去抽时间再慢慢看,还得上班,来不及。警察拿走的是哪天的录像?"

"事发前 24 小时到事发后 24 小时。"他说。

他拿着光盘犹豫了一下,还是开始帮我复制。我站起来在这个 20 多平米的房间里转了几圈,看看操作台上的各种按钮和手柄,等他拷贝完,拿上光盘,道谢,离开。

6. 李冬

我们的技术总监李啸然辞职了,辞职报告现在就放在我的办公桌上。我有心理准备。一个月之前,李啸然就找我谈过一次,说了自己的困惑和无力,并且在最后提出了辞职的想法,言辞恳切。那一次,我没有答应,推心置腹地希望他能留下来一起完成"母亲!"。我记得那天晚上,我开车带他去一家我常去的雪茄吧喝酒,坐在吧台上,他一连灌下三杯威士忌,表情恶狠狠的,像对着虚空赌气。很快,他就醉了。我靠在洗手池旁等着,他在隔间里呕吐,隐约传来低声啜泣,然后,我听见他在里面大吼:"我们做的这些实验都是没意义的!根本不会成功,不会的……"洗手间里没别人,灯光暗淡,墙壁被涂成暗棕色。我从镜子里看见自己的眼睛,暗淡无光、布满血丝。我隔着门劝他。过了半小时,他才走出来,酒已经醒了不少。

告别时,我对他说:"你休息一个月吧,什么都不用想。如果回来还是想离职,我不会阻拦。我们走到今天这一步并不容易,你也知道……"他点点头,走了。夜色中有大团的雾,昏黄的路灯照到他身上,然后,将他吞没。

其实,李啸然并没有真的休息一个月,一周之后他就回来上班了,像什么都未曾发生一样,整日泡在实验室里,很少对旁人讲话。但是今天一早,他还是交了辞呈。辞职报告寥寥数行,没什么感情色彩。

我决定去实验室看看,也算换换心情。下楼穿过办公区,远远就看见李啸然的位子,他坚持不要独立办公室,只有一张很大的桌子,桌面基本上已经空了,只留下一个深蓝色的马克杯,上面印着普度的 logo。

那个大灯泡形状的人造子宫依然悬挂在实验室正中,深棕中泛出一点紫色,犹如琥珀。一切卡在最后一步,女性生产前最后一个月的子宫环境,我们无法完成基本拟态。其实,这看起来只是最后一步的停滞不前,宣告的却是此前工作的功亏一篑。就像在马拉松赛道上眼见着终点线就在不远处招展,自己却突然岔了气,无论如何都找不到节奏。

大家当然已经知道总监李啸然离职的消息,这无异于雪上加霜。我冲着大家挥了挥手,示意他们到休息室。休息室就在隔壁,被一面玻璃幕墙分割。我坐在长桌一端的椅子上,等着大家走进来,他们陆续摘下面罩,扯开防护服的拉链,大口喘气。

"大家不要沮丧,进展到现在这一步其实已经是超过预期的。此前我们可能误以为成功就在眼前,只不过还有一段路需要走完而已。现在只是暂时的困难。李啸然付出了很多,他想休息一段时间。我非常理解,也非常尊重,你们不要有任何心理压力。"我对大家说,语气尽量平静。房间里很静,光线并不太亮,隔壁人造子宫的幽暗色彩透过玻璃映到墙壁上,碎裂出万花筒般的幻象。

悄无声息。大家都在低着头摆弄手套或者衣角。"大家休息休息,不要那么紧张。有时候放松一下,效率更高。"我说。房间里开始有一些窸窸窣窣的声音,有人站起来倒咖啡。

我站起来走出了休息室。

7. 詹明远

昨天晚上,队里的人先去布控了,七个人分三组去了死者前男友张天家楼下蹲点。张天,本地人,31岁,自己经营了一家小汽修公司,自从那次被处理之后,一直安守本分,至少从记录上看是如此。

今天早晨6点40分,我就到了张天家附近,在便利店给熬夜的兄弟们买了点面包和咖啡。我往前走,远远地就看见刑警队副队长老向倚着一根灯柱抽烟。他冲我歪歪头,示意我直接上车。我拿着一堆早餐钻进了不远处的一辆面包车,车打扮得很不起眼,半旧,车门处有几条划痕。车厢里一股已经凝住的烟味。

"把窗户打开。"我说。

前面的车窗降下去,我把手里的一堆食物和饮料交给老向。老向扒开袋子往里探,自己挑了个面包叼在嘴里,把其他的东西四处传。

"怎么样?"我问。

"昨天一晚上都没人来找他。我们这儿对着的是他们家厨房和阳台的窗户,阳台连着卧室。厨房的灯昨天晚上9点多关掉的,卧室10点多拉上了窗帘。现在人还在家。"老向说。

"家里就他自己吗?"

"按照我们掌握的情况看,应该就他自己。"

"那就等他下楼吧。"

张天所在的这个楼门外一共有三条路,像个叉子。我们的几辆车停在每个叉齿快到尖端的地方。

7点多,楼里的居民陆续出门。差五分8点时,老向推推我说:"出来了。"我抬眼看,一个男人,穿着深蓝色牛仔夹克,里面套着一件黑色帽衫,迷彩束脚运动裤,一双球鞋,没有背包。老向拿起手台:"小董,你们方向啊。"听筒里交织着电流声回复:"收到,收到。动吗?"

老向看我。

"摁了。"我说。

"动!动!"老向冲着手台说。

一切都很迅速,没什么声音。我看着张天走到我们的一台车旁边,瞬间,车门被猛地推开,他正低头,车门上沿差点磕中他的下巴,他被我们的几个人围在中间,反剪双手直接按进了后座,车门关上,调头开走。

"妥了,妥了,队里见啊。"对讲机那边传来报告。

8. 肖爱

　　我要去做例行产检,很早就定好的事。但这两天出了这么大的事,闹得我心慌,总无缘无故地担心,担心詹明远,也担心我自己,更担心肚子里的孩子。有时候我也觉得自己莫名其妙,詹明远办过的恶性案子太多了,哪个不比这个危险?这次的案子只不过是太特殊罢了,但我总有点心神不宁。

　　到医院的时候是 9 点 50 分,我走上电梯,等着它升到 18 层。胶囊电梯悬挂在楼体外,楼下的人们逐渐变小,轿厢轻微晃了一下然后停住,门打开的瞬间,我突然想起,那个女人就是从这么高的地方摔下去的。我透过电梯玻璃墙,瞥了一眼地面,稍稍有些眩晕。

　　我径直去了咨询台,咨询台旁边有四个排号机,我输入手机号码,取了预约卡,坐下来等待。过了一会儿,一位年轻护士过来叫我,我跟着她去往检查室,她穿着软底鞋,走起路来毫无声息。诊室的墙壁被漆成淡粉色,贴着一些卡通人物和花花草草的图案。

　　医生让我躺下,把上衣褪到胸前。"有一点凉。"医生轻声说,她把检查液涂抹到我的肚子上,我扭过头,看着屏幕。超声波呈现扇形,底色漆黑,有灰白斑纹浮现其上,我的儿子在扇形区域的中间,面部朝上,膝盖弯起,看起来像一个小小的√。我不由自主地笑起来。"挺好的,很健康。"我听见医生这样说,语气里也有笑意。我想,这个工作应该很好吧,每天都看到希望,祝福他人,也被对方回馈笑容。

我坐起来,整理衣服。医生在单据上签字,并且告诉我,要多晒太阳,补充维生素D,每天要坚持一定量的运动,轻微爬一爬楼或者徒步。我答应下来,拿着单据走出检查室,看见产科主任曹望正从对面走过来,腋下夹着几个文件夹。我等电梯的时候,扭头看看楼道,曹望正在按自己办公室门锁的密码,他推开门,刚刚探进半个身子,又退出来,抬起头看看楼道一层对着病房区的摄像头,然后进了房间。

第九章　录像

1. 闻以达

　　昨天采访完死者梁珊的丈夫胡博，我赶了一篇稿子，忙到很晚才睡，但意外睡得很沉，一早醒过来，有许久未曾感觉到过的清爽。

　　到编辑部之后，我和主编刀哥、副主编还有其他三四个人一起开了个会。楼上正在装修，电钻和敲打墙壁的声音交替传来。我们只能扯着嗓子互相喊叫，有时候噪音突然消失，大家就显得很滑稽，只能调整成正常音量，但噪音很快又覆盖过来，循环往复，弄得所有人都很疲惫。于是，会议变得很简短。毕竟，关于下一步的追踪，他们也帮不上什么实际的忙。

　　散会之后，刀哥示意我去他办公室。他进屋关门，自己抽出一根烟，然后把烟盒扔给我。我们沉默地坐在一团烟雾的两端，相对无言，过了几分钟，他问我："米雪最近怎么样？"我说："还行吧，用笔名给几个媒体写点专栏，瞎对付，挣点稿费。自己好像也在写东西。"他点点头,说:"如果需要帮忙,就说话。"

我使劲嘬了一口烟,听见手机震动了一下,提示我收到一封新邮件,没有任何寒暄地写道:"我们聊聊。"我回复了一封邮件,问对方的身份。对方很快回:"你的报道我看过很多;这一次的我也看了。你和胡博谈到的梁珊的前男友,我认识,他是我的现男友。"

可能是看见我皱眉,刀哥问我:"怎么了?"

"有个人给我发邮件,可能是知情人。"

"谁啊?"

"自称是张天的现任女朋友。"

刀哥从那把椅背都快仰成躺椅的转椅上弹起来,努力去够烟灰缸,说是烟灰缸,其实就是一个马克杯,杯身上印着我们《深流》的 logo,烟头密密麻麻地斜插在里面,像烤肉摊子前收集竹签子的垃圾桶。他把烟头按灭,对我说:"约着见一面,万一是真的呢。"

我回了信,一直没有动静,我也一直在忙别的,网上信息真真假假,过于纷乱,我得捋出思路。不知不觉天就已经黑透了,我伸了个懒腰,准备下楼吃东西。我站起来,端起杯子走到窗前,不知道什么时候开始下起了雨,雨丝细小如雾,仔细看,才能在路灯的光亮下照见星星点点,犹如蛛丝银线。我穿上外套,手机震动一下,信息来自一个陌生号码:"8 点半,对岸咖啡。"

我抵达咖啡馆的时候是 8 点 15 分。雨还在似有似无地下,我紧了紧外套,站在门外朝咖啡馆里面巡视了一圈,人不多,吧台坐着两个人,相互隔着三个座位,一男一女,各自低头喝东西,还有两桌有客人,一桌是一个男人,一桌是一对年轻男女。我走进去,在一个靠近角落的临窗座位坐下来,点了一份"猎人三明治",全麦面包夹着切碎的煎培根、鸡蛋、奶酪和一些青椒、生菜。面包有点干,只能就着柠檬水慢慢吃。吃到一半,一片培根掉了下去,落在了我的裤子上,我赶紧抽了两张餐巾纸擦油,抬头的时候却看见对面椅子上坐着一个女人。她穿着一件深棕色帽衫,身材偏瘦但很结实,眼睛黑亮有神,嘴角上翘,有一丝嘲弄似的笑。

"你好。"我说。她笑了笑,抬手把兜帽拢到后颈,一头浓密的黑发在脑后绑成一个短短马尾。她抽了两张抽纸,递给我,然后看看我的胸前,我低头,才发现,还有一片菜叶掉在了前襟。

"你比网站上的照片胖。"她笑着对我说。

我笑了笑,等她继续。

"我叫靳欢,是张天的女朋友。"她说。

2. 米雪

其实,以前我是个很宅的人,自从没了正式工作之后,我反而越来越愿意出去走走,愿意和人见面、聊天,但我以前的朋友们却都慢慢疏远了。闺蜜都做了妈妈,忙于料理琐碎,忙于沉溺于幸福,再说,外部舆论对我这样拒绝生育的人愈发苛责,那些朋友不愿意和我亲近,我是可以理解的。

后来，我新认识的一些女性朋友都是像我差不多的情况，单身的、不育的、不想生的，我们成了畸零人俱乐部。后来，我们不定期地聚会，最初就临时约在不同的地方，一起吃饭、喝下午茶，再后来，大家有点担心这样过于张扬，毕竟总会聊到某些敏感话题，群里一个朋友有一家美甲店，提议大家去她的店里聚会。店面是由一座老厂房改造的，营业的面积仅占了一小半，后面还有一大间空置的库房。在那里的第一次聚会，我们大家一起动手布置了一下，把几个桌子拼起来，铺上桌布，把椅子擦洗干净，换了光色柔和的灯。大家站在一旁观看自己的劳动成果，觉得还真像那么一回事，围在桌子前一起自拍了一张合影，发在群里，算是定下了一个据点。

我们这些人里，有的此前做生意，现在生意已经转手，有的闪转腾挪地维系自己的生存之道，比如给我们提供场地的那一位，公司的名字已经过户给了一个信得过的闺蜜，但自己还是幕后老板。我们都是偷生者，现实中，我们也得套上一层ID。

今天，是我们聚会的日子，我有些盼望，这里像是我的氧气泵。直到天黑，大家才散。以前，我喜欢夜晚，但今天，我在网上读过了那些关于"德奸"受害者的帖子之后，在这黑暗中走路，总生出莫名恐惧。在聚会上，我还向姐妹们提起了这件事，一时间气氛变得有点紧张，虽然这地方很私密，但大家还是本能地放低声音讨论了一会儿。讨论只能是以互相嘱咐小心和无奈的叹息告终，又能怎么样呢？

拐出小路，街灯已经亮起来，车逐渐在路口塞住，鸣笛声此起彼伏,下班的人们低头疾行,像是要迅速穿过这眼前黑夜。我路过了一所小学,看见一些家长牵着小朋友的手慢慢走上自己的车,脸上的表情幸福又慌张。我站定看了看,拐了个弯向地铁站走去。

3. 梁朗

公司所有管理人员都到了,会议一直在进行,大家汇报了近期的业务情况,叹气声一片。以前抢都抢不到的货船现在都停靠在码头,犹如将死的巨兽,大批工人和船员都已经上岸谋生。

中午,我让办公室人员为大家叫了外卖,继续开会,最后,问题落实到很具体的层面:要不要收缩规模,要不要裁员。

销售部经理突然说了一句:"销售部的兄弟们到现在都还在外面卖命,要裁员,我看应该从我们这屋里的人开始裁。这时候,我们才多余。"

喝茶的声音突然停下来,人力资源部副总把杯子摔在桌子上,扭过身子冲向销售部的副总裁,刚要说话,就被我制止了。"没到那一步。本来我们人就不多,没必要现在弄得人心惶惶。"我说,"眼前没收益的业务拓展就算了,把老客户维系好,今年可以过得去就行了。经济不可能一直这样。"

下午3点半会议才散。大家陆续离席,没一个人说话。会议室里安静下来,我站起来,把灯关上,会议室窗子朝北,整日都没什么阳光,灯一闭,房间里整体暗下去,我把头靠在椅背上,只想放空。

不知过了多久,我听到有人叫我,声音很轻,我醒过来,看见叶菲站在我面前,弯着腰看我。"我去给你拿个毯子?"她说。我摇摇头。她的脸距离我的脸很近,我能看见她面部细嫩的绒毛,能闻到她身上的香水气味,如初冬湖泊般凛冽。我看见她咬着自己的下嘴唇,然后慢慢荡开笑意,红唇开启。那舌头如此柔软,让我顿时陷入虚空,我从椅背上挣扎起身。叶菲向后挪了挪,安抚我说:"大家都已经下班了,放心……"

这件事,谁也不知道,我瞒着所有人,当然也必须瞒着所有人,尤其是秦梦,我觉得,在有些时候,我甚至也瞒住了我自己。我一次次地问自己,我为什么莫名其妙地落入了这样一个无聊的俗套之中?有时,我心里也会冒出一些答案,比如,这会不会是我内心深处潜意识的试探:我如果离开秦梦,和叶菲在一起,是不是我就解放了自己,也解放了秦梦?

叶菲在距离公司不远处租下了一套公寓,60多平,陈设简单但干净舒适,不知道为什么,我在那里会感到由衷的久违的放松。每次去我都不会过夜,待上几个小时,然后彼此告别。

每一次和叶菲做爱,我都觉得是真的在做爱,沉溺于一个无所谓结果的过程里,屏蔽整个外部世界。今天,不知道为什么,我和她都显得格外疯狂,我冲刺的时候,叶菲手脚并用地环绕住我的腰,贴在我耳边喊:"射在里面!射在里面!"我用手撑起身体,抚着她的脸问:"你怀孕了怎么办?""那就给你生下来!"她搂住我的脖子,把我按倒在她怀里。

最终，我还是没有射在里面。叶菲躺在我的怀里，头顶拱着我的下巴，她用手指绕着自己的发梢，一圈又一圈，我正看着出神，听到她说："为什么啊？"

"嗯？"

"我都不怕，你怕什么。"

我知道她在说什么，我没说话，有一种难以名状的东西在我心里氤氲开。我拼命想让秦梦怀孕，又拼命避免让叶菲怀孕，我到底是在干什么？我也经常会想，如果我真的让她怀孕了，生活会不会就此翻覆，又会扭转向何方？我会和秦梦离婚，再和叶菲结婚吗？是不是秦梦也得以松一口气，很快再婚，顺利生个孩子。我们从此都不用再提心吊胆，不用再去做无谓的治疗。她不用吃药，不用打针，不用在医院走廊上把头低低埋下，不用整日考虑着那个《生育促进法案》的修例会不会变得强硬起来，我们会不会被严厉责罚。如果我真的这样做了，对秦梦到底是伤害还是拯救？我到底是背叛还是牺牲？又或者什么都不是，这一切都只不过是我给自己破败的道德找出的借口。

我去冲澡，然后准备离开。每一次告别，叶菲的眼神中有些明亮的东西就会慢慢熄灭，我觉得自己就像一个匆促离开案发现场的罪人。

外面开始落雨，空气中有一种准确无误的寒意。四处沉默下来，繁杂都消退，热闹都冷场，人们躲进各处，空留苍黄街灯和湿润的路。我打开车门，抬头看看叶菲家的窗，她剪影般站在窗口，我冲她挥挥手，剪影没什么变化，窗帘闭合，和天空黑成一色。

4. 秦梦

  从我被确诊为免疫性不孕不育的那个时刻开始，就越来越不愿意见人，尤其是陌生人，我总觉得旁人在悄悄审视我、议论我，眼神里有藏不住的蔑视与厌恶，但我回头盯着他们，他们又都错开眼神，变换面色。我不知道是我多疑还是周围人多变，所以，我宁可把自己藏在那栋冷清的房子里。我让阿姨不用再来，自己包揽了家务。

  我发现拖地、擦洗这种活动特别有利于减压，可以给我直接的成就感，哪怕这成就感微不足道。过了很久，梁朗才有所察觉，有一天晚上，他躺在沙发上刷手机，突然问我："好像很久没见过阿姨。"我说："我给辞了。以后家里的事，我来做。"

  "为什么？"

  "开心。"

  他嘴唇翕动了几下，终究没有说话。

  说真的，我和梁朗不是没讨论过分开，在刚刚确诊的那段时间，我提出过很多次，有时是赌气，有时是真心。但梁朗想都没想就拒绝了。每一次他都对我说："以后不要再提这个。"语气平静。我冲他发脾气，我也不知道那气愤是指向他还是指向我自己，或者指向什么别的看不见的、高高在上的东西。我到底希望梁朗怎样做呢？我不知道。他对我说"以后不要再提这个"的时候，我心里总会一紧,有某种羞于出口的暖意,然后就会遏制不住地流泪,我也分不清泪水里伤心和感念的比例。从现实角度衡量,我们分开是最经济的解决方案,但那意味着被打败,认输,向那些外部力量俯首称臣。我能接受也做好了准备面对我们亲密关系从内部滋生的嫌隙、厌倦和腐败,但不愿意被外部那些莫名的力量强制拆开。那是一种羞辱。事到如今,我已经分不清想成为母亲到底是一种内生的欲望还是被外力和恐惧催逼的结果。一切都变得混乱。

今天下午,我收到梁朗发来的一条信息,说晚上他想请公司的几位副总吃饭,生意不好,给大家打打气,晚饭不用等他。

我自己叫了外卖,一份意大利面和一份沙拉。电视上静音播放一个关于北极还是南极的纪录片。我给自己倒了杯红酒,盯着画面里空无一物的澄澈冰原。我爱喝酒,以前喝得更多,后来戒过一段,因为备孕,再后来,备孕毫无结果,我干脆重新喝起了酒。最初,我还下意识地躲着梁朗,趁他不在的时候喝上一两杯,后来,有一天晚饭,他拿着一瓶赤霞珠和两个杯子放到桌子上,给我俩分别倒了半杯。碰杯声音清脆,余音袅袅,在我们空旷的客厅里久久不散。直到如今,我仍然觉得玻璃碰撞那"叮"的一声像赦免我们彼此的铃。在那之后,我们有过一小段轻松的时光,不去想备孕,不去想未来。直到我开始接受治疗,开始服用药物,不得不又一次戒酒。但今天,我无论如何都想喝一杯。

直到晚上 8 点半,我把最后一口酒饮尽,收拾了桌子,去洗澡。我把水温调高,雾气很快填满浴室,我看不清任何东西,甚至也看不见自己的身体。

5. 曹望

下班之后,我没回家,去医院餐厅吃了晚饭。回到办公室之后,我泡了一杯很浓的茶,坐在座位上等着走廊里的脚步声一点点退去,直至寂静无声。我出门巡视了一圈楼道,只有远处值班站的灯还亮着。我把门反锁,拿出中午从保安室拷贝的监控录像。

我先要看的这段视频从孕妇梁珊坠楼前一天的傍晚5点整开始,最初,画面里人流熙熙攘攘,病人、护士、医生川流不息,有人抱着婴儿在楼道里溜达,还有一个三四岁的孩子茫然地在楼道中走来走去,像是在找爸爸妈妈。5点30分,梁珊第一次出现在屏幕里。她从自己的病房走出来,像所有大月份的孕期女性一样,双手反向叉腰拖住笨重的身体,一个护士走过去,她笑着和护士打招呼。镜头在她的斜上方,所以表情清晰可见,她看起来心情不错,应该是要出门散步。在门口站了两分钟,她摇晃了几下胳膊,然后往楼梯的方向走去。她从画面中消失,我撕了张便签,记下她去往的楼梯间的位置和时间,准备回头去保安室再问问有没有楼梯间的监控。

快进,过了差不多40分钟,梁珊又出现在画面中,她背对着镜头,慢慢踱回病房。我按下暂停键,靠在椅背上,想,这一天是她坠楼的前一天,如此泰然自若,说明什么?第一,她自杀的概率很低;第二,即便是他杀,她到这会儿为止也并没有感觉到危机降临。

这个女人是坠楼前十天入院的,我手边的这一叠光盘,涵盖了这全部的时间。我比警察更熟悉这座医院,更熟悉这一层病房,更熟悉自己的科室和自己的患者,我觉得自己可能会发现一些谁都不会注意到的细节。

我端起茶杯,水已经变得冰凉。我站起来添了热水,给李冬发了个信息,告诉他别等我,然后坐回椅子上,扭动几圈僵硬的颈椎,找出梁珊入院第一天的录像,开始重头看。

第一天,上午10点5分,女人在丈夫和婆婆的陪同下进入病房,三个人有说有笑,他们都在期盼一个新生命的降生。差不多半小时之后,婆婆离开,又半小时后,她的丈夫也离开。那一整天,只有隔壁床的家属进进出出,还有护士的几次正常查房,除此之外,没有任何异常。

第二天早上9点,孕妇第一次出现在画面里,她站在病房门口,活动身体,然后向不远处的窗口走去。那个窗口位于楼道一侧的尽头,因为楼层很高,可以远望到半个市区。她背对着镜头,在窗前驻留许久,饶有兴致的样子。当天下午,梁珊的丈夫给她带了一些水果和零食。再无其他值得关注的事。

我重新给自己泡了杯茶,强迫自己沉下心继续看第三天的录像。人们进进出出,来来往往,表情各异,我渐渐生出偷窥的快感。几次,我都从屏幕中看见自己,穿着白大褂,拿着病历夹,从一个个病房走进走出,我按下暂停键,端详自己,哦,原来我自己每天是这副模样,嘴角下沉,眼神茫然,深色眼袋从鼻梁两侧开始蔓延。

梁珊入院的第四天,我发现了一些情况。早晨,天刚刚亮起来,楼道里的窗子透进一层曦光,让视频画面看起来有一层雾样的质感。早班保洁工人已经开始工作,我认得出,这就是那个离职的王卉阿姨。她推着保洁车,慢悠悠地移动到楼道尽头,开始倒退着拖地,拖把从左到右,再从右到左。

阿姨每拖到一个病房门口,都小心地用拖把将门框凹进去的那一小部分也擦拭干净。等她移动到梁珊的病房门口,照例低头擦地,完成后,用双手撑住腰慢慢后仰,她在努力缓解腰肌劳累,然后,她怔住,像是在张望。我们病房的每个门上都有一个探视窗,差不多10cm×30cm的长方形。我想,王卉阿姨正是从那扇窄窗中向里望。她定定地看了十几秒,又蹲在地上系鞋带或者干些什么,然后她抬起头看看那扇门,站起来拽着保洁车快速离开了,车上涮拖把的水桶里还溢出了一些水,洒在地面上,映得画面一角一片反光。

那个新来的保洁阿姨对我说过,王卉声称"看见了鬼",如果没有搞错,屏幕里的这一幕就是所谓"见鬼"的现场。她到底看见了什么?我继续看了隔天的视频,梁珊一如往常,出房间,散步,进房间,毫无变化。这一幕出现在她坠楼六天前,保安部主任对我说警方拷贝走了她出事前后各24小时的录像,显然,这一幕距离事发太远，警方不会发现。其实，即便警方看到了这一幕，也不会重视，因为如果不仔细分辨，如果不了解王卉以往每一次打扫楼道有多么认真，任何人也不会生出多少疑问。这个清洁工无非就是拖地中途休息的时候，愣了一会儿，然后拉着保洁车离开了清扫现场罢了。这又能说明什么？

我在便签上记下了几个要点作为备忘。已经是夜里 11 点多，房间里有点冷，我站起来关上窗子，把所有光盘和自己的笔记一同装进包里。关灯，下楼。

6. 李冬

在实验室和同事们谈完话，我回到办公室，把百叶窗都降下来，给自己做了一杯咖啡。咖啡滚烫，热气逼迫眼睛，我把眼睛闭上仰靠在沙发上。

回想这些年的创业历程，从未有像眼前这样如此艰难的一刻。这一次让我感觉犹如浓雾缓缓下降，笼罩住周遭的一切，我踏出的每一步总是走入歧途。更令我恐惧的是，我总觉得有什么崭新的、从未经历的庞大力量要从茫茫雾霭背后逐渐显形，但我不知道那到底是什么。

我从未和旁人提及这样的恐惧，包括曹望，可能因为根本无从谈起，又或者觉得谈论本身会让恐惧附身。孕妇坠楼的那天清晨，曹望接到电话的那个瞬间，我看着他大惊失色的脸，恐惧又偷偷地冒出了一个新芽。

原本,我和曹望没想对任何人隐瞒我们的关系,当然也没想大张旗鼓炫耀我们的感情。我们有心知肚明的甜蜜,也有心照不宣的谨慎。后来,慢慢地,我们很自然地开始出现在对方的社交生活中,和彼此的朋友一起吃饭,在和旁人谈及自己的时候,也渐渐提及对方的存在。我们同年出生,相识的时候38岁,可能因为年纪,也可能因为性格,我们对社交媒体都兴趣寡淡:我们注册账号,看看新闻,然后退出,没有痕迹。我们无须隐瞒,也无意张扬,像大多数普通的亲密关系一样。那时候,对于各种取向的伴侣,早已没有什么苛责和刻薄,我们当然也就不需要抗争和表态,我们从书中了解我们这些人曾经经历过的苦难,但那只是飘远的过去。我们栖身于当下生活的褶皱里,从未想过自己会重蹈覆辙。但后来,一切开始变化,原本以为稳固的东西以肉眼可见的速度崩塌。

社交媒体开始出现了一些尖锐的观点,指向我们这些人,设立了标签话题,把我们的取向和生育大停滞挂钩,叫喊着责罚、清算和矫正。终于有一天,这个标签话题被推上了热门,引爆舆论。当时,我和曹望还谈论过这些,我问他怎么看,他接过我的手机,歪着头刷了几下,然后递给我,说:"每过一段时间就会有这么一次,再过一段时间就又平息了。"嘴角还挂着似有似无的笑,云淡风轻。我没说话,但觉得曹望未必真这样想,只是不想多说。再后来,一切慢慢失控。我和曹望开始有意地在社交中淡化我们的关系,亲近的朋友主动得体地避讳,对不太熟悉的人,我们有意识避免谈及。

我胡乱回忆着,端着杯子抿了一口咖啡,余光突然瞟到门口有个人影,我仔细看,发现是曹望站在那里。"出什么神呢?"他笑着问我。

"你怎么来了?"我说。

我看见他的笑意从脸上一点点淡下去,然后说:"我来和你道别,我得走了,我不想走,但是……没办法。"

我大惊失色,站起来,向他走过去,他却不断向后退,我急着伸开双手想去抱他,咖啡却撒了一地,小半杯倒在手上,烫得我扔了杯子。

我猛地醒过来,发现自己歪斜着靠在沙发上,咖啡真的洒了,手上和裤子上到处都是,只不过已经彻底冷透。我站起来抖抖裤子,又抽了几张纸巾擦手。抬头看看门口,办公室的门紧闭,没有任何人站在那里。光线从百叶窗的缝隙间顽强地钻进来,房间里只有新风系统换气的轻微声响,让房间更显寂静。

7. 詹明远

我们这几辆埋伏用的普通车辆跟在最后,前面有两辆警车,一路闪着警灯但关了警笛,天空灰霾,落下细雨,街上行人不多,过路口时,有人停下,举着伞默默注视着我们驶过。

我吩咐把张天先带到隔离室,磨一磨他的性子,昨晚执勤的兄弟们也可以睡一会儿,今天弄不好又得通宵。有个入职不久的同事刚刚得了个儿子,正给大家分发巧克力,大家传着手机看婴儿照片。我剥了一块巧克力放进嘴里,听见有人说:"詹队,你也快生了吧?"有几个人笑起来,说:"他生不了,他老婆快生了。"我也跟着笑,说:"快了。到时候请兄弟们喝酒。"

有人推门进来,向我汇报说,审讯室准备好了,随时可以开始。我说,不去审讯室,先把人带到小会议室去。那人愣了一下,然后说,好。

小会议室平时很少用,屋里空气不太流通,窗子打开很久,还是若有若无地飘着一股霉味。我们几个围坐在桌子一侧,让张天坐在桌子侧面的一把椅子上。他低着头,不说话,但看不出有任何恐惧。我面前摆着他的档案,知道他被捕过三次,一次是因为架设生育自由联盟的网站,一次是因为到做试管婴儿的医院门口抗议,还有一次是在著名的普度集团的大门上泼了一桶红油漆。他被拘留、罚款,也判过时间不长的刑期。我知道,对于眼前的一切他有经验,也是有准备的。

"知道因为什么事吗?"我的同事先开口了。

摇头。

"好好想!"同事声音高了起来,"你笑什么呢?"

我看见他嘴角抽动了一下。"抬头!问你笑什么呢?"同事拍了一下桌子。

"就觉得你们在这装模作样的,挺有意思。"他叹了口气,抬起头说道。我这才看清他的长相,鼻梁高耸,浓眉,薄唇,轮廓清晰,眼神清澈,头发很短,看起来很清爽,比照片上要瘦很多。

"抽烟吗?"我问他。

他扭头看看我,摇摇头,笑一笑,但这次不是刚刚那种讪笑,而是矜持和礼貌的笑。我知道,他想用这样的方式让我们感知到自己的粗野。

"梁珊是你什么人?"我问。

"不是什么人了。"

"'不是什么人了'是什么意思?"

"前女友。"

"你知道她死了吗?"

"知道。这么大的新闻,怎么可能不知道。"

"知道怎么死的吗?"

"跳楼。"

"你怎么知道是跳楼?"我问。

他看了我一眼,皱起眉头,满脸狐疑,然后又低下头去。那个眼神让我突然很确定,这件事和这个人无关,至少,如果有凶手,他不是凶手。我见过太多凶犯,狡诈的、凶残的、聪明的、愚钝的,他们都有自己的花招,但这一次,我面前这个男人的表情不是花招,那是真正的震惊,虽然很快他就把表情抹掉了,但是我知道,当下的情况和他心里想的完全不符。

"你们怀疑这不是自杀?是他杀?"他突然问道。

"现在是我们问你问题,不是你问我们问题。"我的同事在旁边说。我冲他使了个眼色,让他别太冒进。

我接着问张天："你最近见过死者吗?"

沉默。

"医院有人看见过你。"我说。

过了差不多一分钟。他张口："见过一次。"

我示意他详细说说。他讲,自己和梁珊交往了三年,后来的分手并不是因为感情破裂,而是因为生育理念的不和。这一点和我们掌握的情况一致。分手之前,他已经在积极地参与一些拒绝生育的行动,警察也找过他几次,弄得梁珊非常担心,几个因素叠加在一起导致了最终的分手。他说,自己和梁珊谈起未来生活的时候,对于是否要孩子这件事,梁珊不置可否,甚至有时也赞同自己的观念,但分手后很快就结婚怀孕。最开始的时候,他觉得梁珊是被周围的人洗脑所致,但后来也想通了,觉得确实是自己陷入了极端。去医院只是想看看梁珊,没有别的意思。他给梁珊打过一次电话,聊了一会儿,但聊着聊着,梁珊情绪有点激动,对他说"你根本就是爱自己,不爱我"之类的。第二天,他就去医院和梁珊在院子里见了一面,只聊了不到 20 分钟。他说,看到她之后,心态就变了,梁珊已经不是他认识的那个梁珊了,无论是样子还是言谈,确实变化很大。他知道,自己曾经不过是一厢情愿罢了。

"就这些。"他说。

"你见她是哪天?"我问。

"她刚刚住院的第二天。出事前的七八天了。"

他把头低下,再没说话,仿佛地面上的某处有个神秘的旋涡,吸走魂魄。窗外雨声大起来,盖过屋内的沉默。

8. 肖爱

实在是太尴尬了。

我醒过来的时候,刚刚给我做检查的护士正直直望着我,关切地问我:"你没事吧?还好吗?"我赶紧摇摇头说:"没事没事,就是睡着了。不知道怎么搞的。人家都是怀孕早期的时候嗜睡,我到现在还是嗜睡,太丢人了。"我做完了检查,在等结果,还要做一次心理健康咨询。我就在这里等,结果却出了糗。

护士笑一笑说:"这有什么,很正常,激素变化造成的。刚刚做噩梦了吧?"

"好像是。"我有点不太想聊这个话题。

"梦见什么了?"

"突然醒了就忘了。"

怎么可能忘呢?那个梦太可怕了。我梦见自己从高处不停下坠,永无尽头,在空中翻转,一会儿背向地面,一会儿朝向地面,只能任由引力摆布。我觉得是自己看了太多相关的新闻,詹明远又处于案子之中,搞得我有点应激障碍。

"最近遇到什么事吗?家人有什么事吗?"心理医生问我。我像被人突然戳穿了什么心事。说实话,这两天我总担心詹明远,此前有案子的时候我也担心,但这一次的担心似乎和以往都不尽相同。我一直觉得有些说不清的东西在心里蠕动,从我知道这个案子开始,这种感受就一直萦绕着我。这案子实在太过诡异,我也不知道该如何对詹明远开口说起这些。

我想了想,想张口对医生说说自己刚刚的那些疑虑,但话到嘴边又咽了回去。

"其实,你也不用多想,什么事都没有,什么事也不会发生,只是荷尔蒙在作怪。孕期,大脑分泌的各种胺类失调,会让我们产生各种幻想、担心、恐惧、焦虑。想想也挺奇怪的,好像都是负面情绪是吧?"心理医生安慰我,然后她拍拍我的胳膊,递给我一瓶水,说,"好了。喝点水吧。"

第十章 宝宝

1. 闻以达

"张天被抓了,你知道吧?早上的事。我中午过去找他才知道。"靳欢问我,她仰起头直直望着我,眼睛乌黑,头顶吊灯的光笼罩下来,在她眼中反射出晶莹光芒。我突然意识到,这透彻的眼神似乎许久未曾见过。

"不知道。"我喝了口柠檬水,说。

"消息还没对外公布。但是,公布的时候,不知道会公布成什么样子,也不知道会被外界解读成什么样子。"她说。

"你为什么找我?"

"你不是一直在做这件事的报道吗?"

"不是。我是说,这么多家媒体都在追踪报道,为什么选择我?"

"你不一样。"她说。

我笑了笑:"我写的也没有多好,你看过的那些所谓代表作都是多少年前的事情了。"

现在轮到她笑了:"不要自作多情,我选你不是因为你之前的报道如何如何。我选你,是因为我知道你是什么样的人。"

"我是什么样的人?"

她沉默了几秒钟,缓缓开口:"和我们一样的人,你们也不要孩子。"

我环顾四周,咖啡馆的桌子摆放得比较稀疏,房间里飘荡着爵士乐,贝斯和鼓声时大时小,并没有人注意到我们的谈话。我向前探过身:"你小点儿声音。"她却大笑起来,笑声毫不遮掩。她收起笑容,说:"我知道你能感同身受,从感情上你在我们这边,所以更愿意听我们说话。"

"这又不是战争,哪有什么选边。"

"现在,就是战争。"她说这话时一字一顿,每说一个字都用食指使劲戳一下桌面。

她开始给我讲述张天和梁珊的情况,与梁珊的丈夫胡博告诉我的差不太多。她之所以知道这些,是因为她和张天走得比较近的时候,张天和梁珊还没分手。那时,两人已经出现了不可弥合的裂隙,外部大环境的逼压让他们的关系更加陷入僵局。

有时候靳欢和张天下班之后会一起去喝一杯,谈谈彼此的生活,靳欢渐渐发现这个男人对于生活的看法与选择和自己非常相近。在此之前,靳欢并不敢向外界透露自己不想生育的想法,张天第一次让她得以袒露心声。也是张天让靳欢一点点知道了更多的事情,参与了一些同类人的地下聚会。这让靳欢知道自己并不孤独。在一次非常激烈的争吵之后,张天和梁珊分手。之后,张天开始更主动地参与一些支持拒绝生育者的活动,被抓过几次,丢了工作,之后他自己开了那间汽修厂,也和靳欢走到了一起。

我点点头,问她:"出事时和前一天晚上,张天在哪?"

"新闻说出事的时候是早上五六点钟吧?那时候张天还在睡觉,就在我旁边。这一点我总不会弄错。"靳欢说,"这个时代,张天被认为是危险人物,被怀疑上,我不惊讶,但是他做的那些事情都是为我们伸张权利,他不会去杀人,更不会去杀前女友,尤其不会去杀前女友肚子里的孩子。他只是想要过自己喜欢的生活,不是恐怖分子。这一点你应该理解吧。这也是我找你的原因。"

天色已经很晚,雨还在似有似无地下,路灯照射在湿润的地面上,水洼里泛起微光,店里的客人已经走得差不多了,店员坐在吧台里面百无聊赖地刷手机。我向后仰仰身子,对她说:"好,谢谢你。我们保持联系,有任何事情,互通有无吧。我们今天的谈话,我看一看怎么使用,也许会单独发表,也许我会继续调查一段时间,写一篇更完整的报道,到时候可能还会麻烦你。"

她笑了笑,说:"你现在还能超然事外地做这份工作,已经很难得,可能有一天,你就是某些事的当事人,而不是记录者了。"

我心里一惊,像沉重心事被人看透。头顶的音箱还在放着音乐,我不知道是谁的歌,只听到那个女人在唱着关于离别的哀愁,如泣如诉。

2. 米雪

闻以达回家的时候差不多已经晚上 11 点了，我正歪在沙发上看电影，一部意大利的老片子，讲述一个黑帮如何彼此倾轧又彼此合作的故事。你死我活尔虞我诈，有人退场有人登场，有人逃生有人死亡。这片子我看过很多次，不知道被其中的什么吸引，或许是不可言说的宿命气息，有些我们见不到的力量总在暗中捉弄我们。

闻以达在玄关换鞋，我问他："今天采访谁啊？"

"你猜。"他扭头看我，我已经很久没见到他这样的眼神，眸子里溢满惊喜和兴奋。"我采访到梁珊的前男友的现任女朋友了。"他自顾自地说，"哎，你听明白这关系了吗？"

我想了想，点了点头。"怎么找到的？"我问。

"她主动联系的我。"

"哦？为什么？"

"可能因为我在这圈子里有名吧。"他说完自己笑了起来。

我笑着踢了他一脚。

"真是她主动联系我的。"他说，"我问她为什么选择我，你猜她说什么？"

"她看过你之前出的那几本书？"

他摇摇头，突然站起来说："哎，家里还有吃的吗？"

我问他:"你没吃饭啊?"

"吃了个三明治。我去煮包方便面。"他说完,自己去了厨房。我跟过去,倚在门口看他煮面。他低头搅拌小锅里的面条,表情认真,像个研究玩具的孩子。他挑起一根面条尝了尝,然后关了火,端着锅倚在橱柜旁吃起来。

"她跟我说,'因为我们是同一种人'。"他咽下一口滚烫的面条,对我说。

我有点没反应过来,狐疑地看他。

"你不是问我她为什么选了我吗?我也好奇,也问了她。她说,因为我们是同一种人。"

我问他:"什么意思?"

"我们都不要孩子。"他喝完一口汤,把锅放在桌子上,露出一副难以揣摩的表情。

"哦——"

他给自己倒了杯水,笑着看我:"这么恍然大悟的语气。"

我们两个回到沙发上,电影还在放着,我按下了静音键。屏幕上,两个男人站在一间废旧车库里,灯光昏暗,二人表情肃穆,其中一个人抬起枪对准另一个人的脑袋。

"她和我说了说那个男人张天的情况,事发前后都和她在一起。她没必要骗我,这早晚能查出来。其实这些都不太重要,我印象更深的是她对我讲了一些话,大致是说,我们的时间都不多了。"闻以达说,"她的意思是,对我们这种人,可能随时会面临一些……状况。"

我突然对这个女人产生了浓厚的兴趣,我想,她一定是个聪明人,不是说那种世俗意义上的聪明,而是通透,对这世界已经发生和即将发生的一切看得清楚。

我可能有点走神,并没有发现闻以达凑了过来,他仰头问我:"想什么呢?"

"没想什么。"我笑一笑。我感觉到他的手揽住了我的腰,然后伸进了我的衣服。他吻上来,我笑着往后躲了一下,他再次凑上来。"我们没有多少时间了。"他笑着说。

"所以我们赶紧造人自救吗?"

他没说话,身体压住了我的身体。

3. 梁朗

回到家,把车停到车库,我没直接上楼,在车库门口点了根烟。雨变得很小,但似乎比刚才更密,在杏黄路灯下如无数射出的冰针。小区本来极静,下雨之后,更显寂寥,犹如所有人都突然之间被神秘力量摄走,徒留房屋和树木。

家里一片漆黑,没有声响,我换了鞋轻声慢步走去厨房给自己倒了杯水,然后去卧室,推开门,一丝灯光从门缝泄出来。秦梦正倚在床头刷手机,抬头冲我笑了笑。

"我去洗个澡。"我关上了卧室门,黑暗重新从四面八方笼罩下来。我走去浴室,把衣服脱下来直接扔进洗衣机,只开了一盏镜前灯,灯光幽黄,几乎把我照成金色。我看着镜子里的脸,右侧太阳穴的地方不知什么时候长了一块灰褐色的斑。时间奔涌向前,没有提示与征兆,总觉得每天都是崭新的,但实际上每天都在折旧。

我在花洒下闭上眼睛,脑海里既没有刚刚分开的叶菲,也没有正在卧室里的秦梦,不知道为什么,闭上眼睛就会看到一个女人从楼上坠落的画面。新闻里从未播放过那个画面,最近几天发酵起来的情绪,四周的氛围,或许还有自己对未来的恐惧,糅杂成一些虚实交织的画面植入了我的大脑。

我走进卧室,躺下,秦梦还在对着手机出神,有时,我甚至有点期盼她也遇到什么人,让我们都有个像样的借口如释重负地松一口气,各自成为父母,不需要再担心网上愈发恶毒的言论和未来可能降临的惩处。我承认也憎恨自己的卑怯和懦弱。

我问秦梦:"在看什么?"

她说"没什么",然后把手机放在了床头柜上。她向我靠过来,我张开手臂,让她倚在我的臂弯,心里忽然漾起一丝柔情。我对自己心生厌恶,刚刚从情人的床上下来,回到家里又对妻子泛起爱意。

"我感觉不太好。"我突然听到秦梦这样说道,语气里充满恐惧。

"怎么了?还是副作用的原因吗……"

她摇摇头,说:"不是身体。你说,我们会不会被判刑?"

"你又想什么呢?"

"到处都在传,不能生育的人要被抓了。你没看到吗?现在,这个孕妇莫名其妙地死了,不知道是自杀还是被别人推下去的。这件事让那帮人都疯了,都在说应该乱世用重典。"

我当然看到了,网上到处都在叫嚣。理性在慢慢耗尽,柔软的帷幔被慢慢揭开,露出了刺和刃。

"你的公司不会被没收吧?我们的账户不会被冻结吧?"秦梦抬头看我,眼睛里有泪水。

我拿不准,此前,已经发生了太多意想不到的事,原本坚固的都烟消云散了,不可思议的却都成真,标准和界限已经破碎,很多事无可依傍。

我说:"不会,没到那一步。再说,我们可以生孩子的。谁说不可以?不是一直在治疗吗?我们两个又都没有器质性的问题。"

秦梦没有再说话,抬起头吻上了我的嘴唇,我感受到她湿润的舌头,手攥住了我的阴茎,冰冷无比。

4. 秦梦

我喝了三杯红酒又冲了个很热的热水澡之后,觉得酒精一点点涌到了头顶,这微醺倒是久违的快乐,让我想起很多往昔的日子。我躺在床上百无聊赖地刷新闻,《深流》的几篇文章算是这次关于坠楼产妇的报道中最有增量的。我一点点看完,然后跳去看评论。评论中阴谋论遍地都是,更令我害怕的是,很多人将无处发泄的怒火撒到了那些拒绝生育和无法生育的人们身上。有人说,那些身体健康又拒绝生育的人应该进监狱,剥夺他们的所有财产;也有人说,那些因为生理原因无法生育的人也应该进监狱,他们无法创造新的资源还在浪费资源,难道不该被惩罚吗?!附和者众多,杀伐声一片。

我知道,《生育促进法案》的修例正在征集意见阶段,这个当口,第一中心医院竟然有临产孕妇坠楼,一尸两命,恐惧激发出愤恨,注定指向我们这些人。很多人开始要认真给《生育促进法案》的征求意见稿提出自己的想法,之前摇摆的中间派现在可能都会倒向极端的那一边。我有点害怕。酒精慢慢消散,我觉得冷。

梁朗回来了,直到他推开卧室的房门,我才发觉。他去洗澡,我从新闻里抽身,不再去想那些事,却遏制不住自己。有些东西,你越是担心,大脑就越自动展开想象,生发出最糟糕的一幕幕。

梁朗在我身边躺下,身上有热气,头发上还挂着水珠,我钻到他怀里,我不知道他是否闻到了酒气,总之他没问我。我说我感觉不好,他以为是我的身体不舒服。我对他讲起我的担心,关于我们不确定的未来与命运。他说:"一切都会好的。"但我从他的停顿中听出了迟疑。残存的酒精还在翻腾,热浪从大脑慢慢下滑,停在小腹,我把手伸向梁朗的大腿之间,那慢慢聚拢起的坚硬让我感到踏实。他拼命撞向我的身体,我竭力迎合,我在心里默默祈祷:"让我怀孕吧!让我怀孕吧!这一次就让我们成功吧!"我感到有温热的液体从我眼角滑落。

5. 曹望

路上空旷无人,路灯称职地亮着。

我喜欢在雨天开车。不堵车的情况下,从医院回家其实很快,从市区开出去,穿过一个隧道,上高架,下高架,再开一小段也就到了。如果赶上春夏,最后那段路的两旁开满野花,风吹过,花朵摇曳不定。如今这季节里,下过雨,一路上有别样的萧索美感。

开到小区门口,雨小了,进入内部道路,路开始变得很窄。路过那个小湖的时候,我停了车,把车头正对湖面,车灯扫过去,能看见雨丝射入湖面激起的一圈圈小小涟漪,每个涟漪渐渐扩张,然后连成一片,旋即又破碎开来,变成一个个小圆圈,循环往复,永不停歇。车外有虫鸣忽远忽近,车内能听见轻微引擎噪声,有某个瞬间让我产生这世上只剩我一人的错觉。我望着水面和远处树林的剪影发呆,回忆监控录像中的每一幕:孕妇生前每次走出病房去散步时会遇见谁?在想什么?她坠落的一瞬,头脑中出现过怎样的画面?那个保洁王卉从窗口到底看到了什么?

湖面开始蒸腾雾气,像袅袅炊烟,大片大片横向移动。我发动汽车,绕过那片小湖,调头回家。

房间里飘荡着音乐,我只知道是爵士,李冬经常会放这一段,小号冷峻,每一句的尾声里都潜藏寒意。他在书房,门虚掩着,我从门缝望进去,台灯照在他脸上,从额头到鼻峰再到嘴唇,勾画一条金线,他佝偻着头,皱眉看着放在大腿上的一叠文件。我轻轻敲了敲门,他抬头,冲我笑笑,有点勉为其难的样子。

我推门进去,拉了一把椅子坐到他对面,才看见桌子上摆着一杯威士忌,里面漂着几块已经融化了一半的冰。"我也去倒一杯。"我对李冬说,然后站起来走去厨房。我给自己倒了一点酒,薄薄一个杯底,抿了一口,一股机油和杏仁混合的气味直冲鼻腔,随后晕成一股难以名状的异香,我又倒了小半杯,加了一把碎冰,回到书房。

李冬看着我的杯子,笑了笑,对我说:"你怎么也喝酒了?"我举起杯,他也拿起来,我们碰了一下,各自安静地喝酒,都没有再说话。杏黄色的灯光在房间里笼罩成一个圆圈,我们坐在那个柔和的光圈里。电脑开着,但调了静音,画面兀自播放着新闻:开始在讲美国还是什么地方又刮起了50年不遇的飓风,一些胖胖的男男女女争相在镜头前流泪;然后播了一段类似北极熊流离失所的画面,好像是一个公益广告;之后,主持人出现,正襟危坐地冲镜头说话,底端字幕上写着:"城区东部郊区发现两具尸体,疑似同性恋人,两人头部遭遇多次钝器击打。"我伸手去够鼠标,想把声音打开,李冬抬起胳膊,挡开了我的手,摇了摇头,他扭头盯着屏幕,眼神里有一种淡漠和绝望混杂的东西。

他笑了一下,又好像没有笑,只是抽动了一下嘴角。他向我转过身,举起杯子,使劲与我碰杯,后把酒一饮而尽,将杯子重重放在桌上,然后站起身,又俯下身,吻上了我的嘴唇。

6. 李冬

我把冰箱里的两块比萨扔进微波炉,拿了个杯子,加了几块冰,从柜子里拿出一瓶威士忌,倒了两指高,我端起来摇晃一下,又加了两指。

我端着比萨和酒,回到书房,把杯子放在鼠标垫上,杯子矮胖,冰块开始慢慢融化,杯壁上有点点水珠,像汗。我拿起杯子抿了一口酒,这琥珀色的液体总能给我最直接的慰藉。

喝完第一杯,我又给自己倒了一杯,开了一罐腰果,坐在书房里看报告。实验室把近一年的实验数据整理出来,我一页一页地读,有时候我自己演算验证一下,不知道为什么,一些都按照计划进行,却慢慢地偏离了设定好的航道,那些数据像有了生命和思维一样,躲在暗处偷偷嘲弄我们,经由一次又一次几乎无法察觉的偏差将我们推向毫无悬念的失败。

我相信,是野心成就了我的公司,从最基本的药物和营养素到初阶的生育辅助疗法,再到基因筛查、胚胎编辑,直到现在的人造子宫"母亲!"计划,几乎每一步都伴随着嘲讽、抵制、弹压,但最终呢?事后人们都纷纷赞叹这是解放人类的又一大步,所以,我相信"母亲!"计划成功的那天,人们依然会给出应有的评价。我不能动摇。

已经快到午夜,我又给自己倒了杯酒,推开门走去露台。郊区灯火稀疏,夜幕黑得扎实,我坐在遮阳伞下躲雨,在这样的清冷雨天喝上一杯,是绝妙享受,让我暂时隔绝实验数据的烦扰。我坐了几分钟,听见远处传来车的引擎声,然后看到了曹望的车灯照出前方通路,开去湖边,我以为他马上就要绕过湖水调头回家,但是他却停了下来。车灯的光柱照射得湖面泛起金光,他没有下车,车内漆黑一片,我不知道他在做什么。我拿起酒杯喝了一口,我躲在黑暗里,他也躲在黑暗里,我们之间隔着一片更大的黑暗。

寒气升腾,我开始觉得有点冷,刚刚喝的几杯酒简短地抵挡了一阵寒气,现在我的胳膊上泛起了鸡皮疙瘩,湖面上有烟雾移动,两道车灯光柱像绝望的眼睛凝视虚空。这时候,曹望发动了车,从湖的另一端绕了一圈,看起来要调头回家。我起身回屋,关好门窗,走去厨房再倒一杯,打开音响,回到书房。

7. 詹明远

我让人把张天带走,临走时,他回头看了我一眼,欲言又止,意味深长。我让大家先回家休息,所有人看起来都很疲倦。我自己留在办公室,看了一遍讯问记录,写了一份报告,签字,存档,然后锁门,下楼。已经夜里 11 点,喧嚣退潮,天空中雨丝漫布,闪烁不定。我上车,掏出手机,看到肖爱早先发来的一条信息,问我几点回家。刚刚一直在忙,没顾得上看。我回了一条,马上。

一路上,路边的店铺都亮着霓虹灯招牌,但已经没什么人光顾;饭馆里厨师和服务员穿着工服围坐在一起吃饭;一家24小时便利店门前一对情侣以一种势不两立的架势彼此对峙,像两尊雕塑。广播里两个聒噪的主持人一直在谈论第一中心医院的这起孕妇坠楼案,连线几个专家分析这个案子对后续《生育促进法案》修例的影响,不停有人打进热线电话。

我在路口停下来等红灯,降下窗玻璃,点了一根烟,十字路口的大型广告牌上面张贴着公益广告,醒目的大字写着"孩子是我们的未来,生育是我们的责任",下面是一个胖嘟嘟的婴儿,笑出两个酒窝,广告右下角的画布已经被风掀起来,垂挂在那里,来回晃荡。

我在车里把今天的审讯过程过了一遍,张天的眼神给我留下了太深的印象。他的眼睛里有一种——嗯,怎么说呢——骄傲,对,骄傲,不是傲慢、自大的那种骄傲,而是一种近乎为信仰献身的忘我与自豪。我有多久没见过这样的眼神了?我抓捕的那些罪犯,每个人的眼睛里都流露着淫邪、猥琐、狡诈、凶残,那种类似于老鼠的眼神,浑浊、躲闪又肆无忌惮。但这一次,我从这个年轻男人的眼睛里看见了清澈的东西,有所依傍的无畏,而不是虚张声势的叫嚣。

屋里飘荡一股方便面的异香,我突然感到饥饿。肖爱躺在床上玩游戏,一副投入的表情,我凑过去,她抬头冲我笑笑,然后把三个粉色小猪挪到一排,消掉。"你煮方便面啦?"我问她。她说:"嗯。""不是让你别吃这些吗,都是防腐剂。""想吃,健康的都没味道。"

我走去厨房,发现锅里还剩下一锅底汤和少半碗面条,面条泡得膨胀,挤挤挨挨的一坨。喝了一口汤,汤还温热,咸香诱人。我端着锅走去卧室,肖爱还在玩游戏,我对她说:"今天产检怎么样?真是不好意思,我这边赶上这么个大案,实在走不开。下次我一定陪你去。"

她认真地对着手机屏幕,过了一会儿,按灭手机,扔到一边。"没事,例行检查,能有什么问题。挺好的,就是……"她顿了顿,继续说,"就是,我在人家候诊区沙发上睡着了,还做了个噩梦,被护士叫醒了,特别尴尬。"她说完,笑起来。

我把嘴里塞满的面条咽下去,也跟着她笑,我问她:"做噩梦,梦见什么了?"她摇摇头说:"醒了就忘了。"我突然想起,几天前回家的时候,看见肖爱歪在沙发上睡着,好像也做了噩梦,就问她:"你最近是不是经常做噩梦啊?"她抬头看我,有一丝慌张:"哪有的事。大夫今天还和我说了,孕期内分泌造成的,各种压力什么的。你要注意,不要给我压力,明白吗?"她一边笑,一边用手调皮地指指我。

我笑了笑,把锅拿回厨房,开始刷锅。水槽很久没擦拭,不锈钢被染出深色的斑块,像漂浮在海洋中的一块块大陆,永远无法联结。我把洗洁精倒进去,用钢丝球拼命擦洗,像擦掉心里很多惴惴不安的斑点。

8. 肖爱

身子越来越沉,很多时候像是不受自己控制。晚饭前后,我给詹明远发了个短信,问他什么时候回家。他一直没回复。我实在忍不住想吃一些味道重的东西,就去给自己煮了一包方便面。

临近产期,原本应该安心待产,我心里却莫名地愈发慌乱。怀孕之后,我都睡得很好,除了早期担心翻身时会压到肚子,有些战战兢兢,后来就再没有什么影响过睡眠质量。这两天却接连做噩梦,实在让我不太舒服。第二个噩梦梦到我自己从高处坠落,我想这和那个孕妇坠楼的案子有关,新闻闹得太大,詹明远又在亲自办案,我不可避免会受影响,可第一个噩梦呢?我很久都没有梦到我的第二个宝宝了,这意味着什么?

我看看表,时间还早,我打开电脑,从一排书的后面翻出了那块移动硬盘。詹明远在家的时候,我不敢看这些,他不允许我看,我俩因此吵过几次,我能理解,他是为了我好,为了我肚子里的孩子,所以,我也就答应了他。但我不可能真的忘掉我的那个宝宝。我点开一段视频,看见了我的小蘑菇冲着镜头咧开小嘴笑出了声。

当初,我第一次怀孕保胎最终失败之后去看心理医生,从那看到了关于诱导娃娃的广告。我拿着医生给我的广告资料回家,自己看了一遍,附带的 U 盘里是一段视频,讲述了一个家庭的故事,一对年轻情侣决定将一个诱导娃娃接回家,他们从未想过自己为人父母的样子,没想到这个娃娃给了他们难以想象的乐趣与成就感。那广告中的诱导娃娃实在太可爱了,大大的眼睛、长长的睫毛、肉嘟嘟的小脸蛋,笑起来就吐出小舌头。我把广告册页又认真读了一遍,越来越感兴趣。

那天晚上,詹明远回家,我们吃过饭。我对他说:"我给你看一样东西。"他接过那份广告资料翻了起来,过了几分钟,抬头问我:"哪来的?"我说:"我的心理医生推荐的。还有一段视频,你来看。"詹明远坐在电脑前,盯着那段视频。那个胖嘟嘟的诱导娃娃出现的时候,我看到他的脸上也露出笑容。几分钟之后,他看看我说:"你是想……"

我点点头,说:"我想买一个,在家里可以陪陪我。你也知道,我最近心情一直很不好。我今天看见这个诱导娃娃的时候,是这么多天以来第一次发自内心的开心。"

他有点迟疑,说:"我在网上见过这个广告,我们有个年轻的同事家里好像就有,听他们聊起过,但我总觉得有点奇怪。你不觉得这东西很怪异吗?"

"这有什么怪异的。你们查案不也用 AI 分析检索信息吗,这么多餐厅都有了 AI 服务员,你点菜的时候,我也没看出你有什么别扭的。"我说,"再说,这个诱导娃娃模拟可爱的小婴儿,相处久了可以改善酮体和孕激素水平,我们毕竟还是想尽快有个自己的宝宝,对吧?"

"要多少钱?"詹明远问。

"只需要自己负担一点,医疗保险覆盖报销的。"

他翻来覆去地看那本小册子:"这是可以自己选的吗?像……买宠物那样?"

我把小册子拿过来,翻到其中一页,指给他看:"喏,就是这样,可以自己选择男孩或者女孩,年纪可以选择一个月、三个月、六个月,他们会慢慢长大,但是最大只能长到四岁的样子。都很可爱,你看这小鼻子,有基本款,也可以有一些特殊的细节更改和订制需求,但是要额外收费。"

"哦。"詹明远点点头,"就像普通的婴儿一样喂水喂饭是吧?"

"嗯。没错。和真的宝宝没区别的。"

"这是什么意思?什么叫低需求宝宝?"詹明远指着一行说明问。

"就是很容易哄的意思,不太爱哭闹,可以提升人们做父母的信心。想得很周到吧?"我说,"我们买一个吧。好不好,好不好?你看他们多可爱。"

詹明远看着广告上的那个小男孩,笑了。"看来你研究得挺深入啊?"他说,"你如果想好了,那我们就买。我已经好久没见过你这么开心了。但是我们说好,等你怀孕了,这个诱导娃娃要送走。我看这宣传册上也说了,怀孕后,诱导娃娃需要交还公司。"

我赶紧点头:"肯定的,你放心吧。我们周末一起去挑选好不好?"

詹明远笑了笑说:"好。"

我跳起来,亲了他一口。那个瞬间,我心里堵着的大石头瞬间被什么冲走,那种快乐难以名状。

　　现在,我对着电脑看宝宝的照片,一张又一张,往事又都涌上来。手机震动一下,是詹明远发来的,他似乎才看到我的短信,他回,马上到家。我关上电脑,收好硬盘,调整心情。我决定去冲个澡,然后上床。

第十一章 2057-308-M

1. 闻以达

一早,我就到了办公室,和主编刀哥商量了一下接下来的方向。目前,案子毫无线索,传言众多,人心惶惶,警方没有发布任何权威消息。最终,我们决定:第一,我先联系警方,问一下调查进度,大概率此路不通,但也必须尝试;第二,再去找一趟死者的丈夫胡博,看他平静一些之后,能否再聊出什么;第三,再去一趟第一中心医院,这一点是出于经验,有时,多回几次事发地总会有意外收获,事发地总会被首先遗忘,但那里经常发生奇迹。

我直接打给了詹明远,我们这些做突发的记者,谁没有他的手机号呢。他低声接了电话,语气充满试探。我自报家门,听见听筒那边传来努力隐藏的叹气:"现在案件还在调查中,没有任何要对外发布的。希望媒体……"话没说完,我又听见了一声叹息,这一次没有隐藏,然后电话挂断了,意料之中。我补了一条信息发过去,当然没有得到回复。我给警队公共联络处打了电话,对方回复了几句可以想见的公关套话，没有任何有用信息。

电话是在楼道里打的，这里清净。我推开窗子，点了根烟，天空阴沉，云堆积在远处，灰白相间，静止不动。在这个角度俯瞰整座城市，其实还是很美的，静谧、整齐，楼宇排列起来有一种无法撼动的秩序感，但一旦你深入细部，就会发现那些颓败、糜烂与荒芜，就像这城市里的人一样，不堪细究。

我和死者的丈夫胡博上一次聊得还算不错，事出突然，太过震惊，又无人倾诉，我意外闯入，或许成了他的情感出口，我们互相留了联系方式，说好之后再聊。记者其实是个很荒诞的职业，因为它需要你和采访对象交浅言深，这几乎是不可能的任务，所有人都对陌生人有本能戒备，你又凭什么要求一个萍水相逢的人对你无话不谈。

我给胡博发了个信息，他说自己正在上班，这两天很忙，忙完联系我。我心里有点打鼓，觉得可能时过境迁，未必见得上了。但也没什么更好的办法，实在不行，还得再去登门堵一次。

现在，能做的事就只有去医院了。

医院对面的便道上落满了银杏叶，我仰头看着那栋主楼。外立面被涂成深棕色，辅以黑色磨砂钢架作为装饰，看起来坚不可摧。医院大门前人群川流不息，病人大都表情痛苦，家属一脸厌烦或者麻木。我把烟头扔在地上，使劲踩灭，地上叶子碎裂的声音让人有莫名快感。进了主楼，我直接上电梯，到坠楼那层，走到那个病房前，发现守门警察已经撤了，只门上还贴着警戒线。我从门上的探视窗向里看，屋里落了帘，光线昏暗，病床空着，床架裸露,没有床垫和被褥,应该是被警方拿走取证了。我拧了一下门把手,锁着。

候诊区坐着不少人,女人们挺着大小各异的肚子,男人们看起来都很茫然。我看了看时间,10点45分,我决定等待,等到中午休息的时候,和曹望打招呼或许会更合适。

我坐在椅子上,百无聊赖,刷刷手机,但越来越困,开始打盹。不知过了多久,周围乱糟糟的声音把我吵醒,我慢慢直起脊背,转动僵直的脖子,看看走廊,好像有个产妇大出血还是什么,家属和护士跑过去一大片,几分钟之后,楼道又安静如初。我看看时间,睡过去半个多小时。我站起来伸了个漫长懒腰,很想下楼抽根烟,但又担心会错过曹望,只能忍住。

就在这时,左后方传来个年轻女孩的声音:"曹主任,吃饭去?"我扭头,看见曹望几乎已经站在我的旁边,朝我礼貌点头,然后快步走向电梯。显然,他没认出我。我追过去,在电梯门即将关闭的瞬间按了一下按钮。

电梯里四面金色不锈钢墙壁,照得人影清晰。"曹主任,您好。您还记得我吗?"我尽量放低声音。他抬起头,从电梯门的倒影中望着我的眼睛。"我叫闻以达,是……"

"哦。"他轻声说,"那个……记者。"

他并没有转身,接续之前的平静语气:"我确实没什么可说的,不是推脱,是这件事我知道的应该还没有你们多,后来的消息都是看记者写的。请您多理解。"

电梯到一层,他跨步出去,向餐厅方向走,我追上去,堵在他身前,说:"曹主任,我并不是想让你评价什么。我知道这件事你评价不了,也与你无关,只是这事情实在太过重大,产生的影响可能是你我都难以估量的。你毕竟是医院内部人士,是出事科室的最高负责人。有些事情只可能你们才知情,警察也好,记者也好,都是从外部、从线索入手的,但你们不需要,你们在内部。有些事你可能不方便和警方讲,但我们身份不一样,也许有不同的作用。如果你有什么想说的,随时找我,好吗?"

曹望盯着我,我确认他的眼神中有些东西在慢慢变化。他点点头,幅度轻微,可以理解为答应了我的请求,也可以理解为只是与我告别的一种简便的方式。他没再说话,从我身边绕过去,走进了餐厅大门。

2. 米雪

闻以达出门以后,我冲了个澡,给自己榨了杯果汁。前两天买的菠萝、火龙果还剩下一些,我又切了个橙子,一股脑扔进榨汁机,看着红色和黄色的液体在里面旋转,直到一切搅烂。

我站在窗前,慢慢喝那一杯彩色的液体。人们陆续出门上班,提着各色的包,拿着垃圾袋,或者牵着一个不肯好好走路蹦蹦跳跳的孩子。

闻以达这几天忙得四脚朝天,有时候有些进展,大多数时候无计可施。他发表的那几篇短稿,我都读了,包括下面的大多数评论留言。读着读着就觉得委屈,想,如果自己去做这个报道,不会比这个差吧?

今天我倒是有事要做,有一家出版社找到我,要我把几本书进行缩写。他们和一家多媒体平台合作,准备做一档音频节目,原著都过于厚重,不会有多少人耐心去听,需要我把他们简化,然后再改写成适合广播和朗读的效果。出版社给我列出的书单包括十本小说、五本非虚构故事。我先挑选了三本小说,和对方定下时限,计划今天开始工作。

第一本书是侦探小说,讲一个办案中意外伤人的美国警察从警局辞职,过上浪荡生活的故事。这个人没有侦探执照,仅依靠口耳相传接一点零碎案子,游走在鲜亮城市的背面,成为城市里隐秘的旁观者。我喜欢这个故事,总觉得那个侦探和我很相像,虽然他是男人,但某种内在的气质、与世界的疏离感以及那种故作的冷漠和掩藏的热切,都像极了平行世界里的自己。

我工作了一个多小时,起身去厨房做咖啡,咖啡机叮叮哐哐一阵轰鸣,我倚在旁边刷手机。我一直在追昨天发现的那个有关"德奸"的私密小组的发言,看见有人在"产妇坠楼"的热门话题下面言之凿凿地声称,这件事应该由一个叫作"Girl Power"的极端女权组织负责。发帖人声称,她本人曾经短暂地加入过那个松散组织,和其中几个负责人认识,后来她因为一些个人原因退出。有人追问发言者为什么这么说,但没有得到回应。

我点开这个发帖人的账号看了看,是一个老用户,此前几年发的内容都很正常,不像是故意蹭热点才注册的新ID。我有点心痒，于是把手里的工作放在一边，开始着手查有关 Girl Power 组织的资料。花了三个小时，把那个组织的来龙去脉大致搞清，又对照着看了看网上的那些传闻，这愈发激起了我的好奇心。我想了想，决定借用闻以达所在的媒体的名头给这个组织的官方账号发个私信，我说自己是《深流》的记者，希望能了解一下帖子里的情况。

3. 梁朗

今天日程很满，上午我要去见一个投资人，下午还要赶回家和秦梦一起去医院做例行检查。

去见投资人这件事，我没和任何人说起，无论是对秦梦还是对公司中的任何一个人。我想把公司卖掉，如果可能的话。

其实，卖公司的计划早就出现在我脑子里了，这想法第一次跳出来的时候，甚至把我自己吓了一跳。工作一直能带给我成就感，但是，就在那天下午，在一个漫长的会议结束之后，我回到自己的办公室，看着窗外，黄昏的光线神秘又温柔，我觉得无比疲倦，第一次开始怀疑这一切的意义。一段时间以来，我的脑海里总有个声音对我说：卖了公司，离开这里。

霞光资本在我创业之初曾经三次想要注资，但都被我拒绝了，我不想要风投的钱，不想听命于他人，我承认我的傲慢，但现在一切都变了。前一阵，一位朋友对我提起，霞光资本想要整合几家我们这个行业的公司,问我有没有兴趣接触一下。我想了想,答应了。霞光在资本市场有他们的野心与计划,我其实一点都不关心,我只关心我出售公司后能得到的回报,那将决定我和秦梦此后的生计。

我和霞光资本的人约在新港国际的顶层,一家会员制日料餐厅,环境极其私密。露台上有规模巨大的枯山水,据说是特意从京都一家寺院请的大师级人物来做的,还在远端种了一棵罗汉松,枝丫蓬勃,层峦叠嶂。我坐在沙发上盯着枯山水那一圈一圈干涸的石头涟漪,觉得整个世界都在慢慢地旋转。20分钟之后,对方人员到了,我们寒暄几句,进了包房。

初次见面,对方很谨慎,更多的时候是在试探,试探我的诚意、我的底线、我的价位,以及我想要卖掉公司的真实原因,以便他们杀价。大家聊得云遮雾罩,用问题回答问题,然后引出另一个问题。午餐结束,我们握手告别,约定下一次再谈。我坚持要付账。他们走后,我又在包房里坐了一会儿,喝光剩下的半壶茶,抽了一根烟。我把包房的门拉开,远远地和那棵松树对望,我盯着它,时间久了竟然觉得它开始兀自伸展,树冠愈发庞大,几乎要伸向露台边沿。我挤挤眼睛,它又缩回原初模样。一点半左右,我抓起外套,下楼,开车回家。

秦梦正在阳台浇花,阳台和客厅之间的玻璃门关着,她没有听到我回来的动静。天气渐冷,凌霄已经开败,旧旧的橘红色花朵铺了一地。我站在房间里看着秦梦的背影,突然发现她消瘦了许多,她穿着一件长至脚踝的居家服,有风吹过,衣服就荡漾起来。她抓着一把枯叶走向垃圾桶,一扭头看见了我,吓了一跳。

"你什么时候回来的,也没动静。"她推门进屋,又回身把门关好。

"刚进门。"我说。

"是不是该走了?别迟到了。"

我点点头,坐在沙发上,等着秦梦去换衣服。

到医院的时候,距离预约时间还有十多分钟。我们上楼,到导诊台刷了二维码签到,然后坐下来等待。秦梦先去做常规治疗,等她出来,我们一起去见曹望。他照例抬头对我们笑笑说"坐",但我却觉得,今天,他显得忧心忡忡。

4. 秦梦

梁朗回家的时候,我正在阳台浇花,心无旁骛地摘枯叶,换盆,施肥,回头看见他站在客厅里呆呆望着我。即便抵触,即便觉得有失尊严,但无论如何,医院还是要去的。我特意穿了一件连衣裙,前襟是一排金属按扣,为了便于穿脱,我没有穿牛仔裤,如果穿了那些衣服,被要求脱掉的时候,我会经历更久的时间,在那间诊室里,多待一秒我都觉得无比漫长。

车上,一路无话。梁朗开了收音机,每放一首歌后,一男一女两个主播就合谋插科打诨,让人徒增厌烦。节目中途休息的时候,在一堆商业广告中间插播了一条公益广告,提醒大家去给《生育促进法案》的征求意见稿提供自己的意见和建议。"这事关你我的未来和这世界的未来。"一个铿锵的女声这样说道。

常规治疗的注射已经不需要曹望亲自盯着,我走进诊室,按照常规做了检查,我已经掌握了一套转移注意力的方法,让自己不去想那针头带来的刺痛。

治疗结束后,抽血,验尿,然后我去曹望的办公室,我走在梁朗后面。曹望和梁朗打了招呼,然后,目光才转向我,我看见了他脸上的疲倦。曹望和我们聊了一会儿,然后,梁朗被安排到另外的房间填写问卷,这是例行公事,治疗到一阶段,需要上交一份报告,患者自己填写的问卷是其中一部分,另附医生的专业判断和下一步诊疗计划。

房间里就剩下我和曹望。他摘下眼镜,挤了挤鼻翼两侧,然后又把眼镜戴上,抬起头,刚刚还疲惫的脸又换上了微笑的表情。那表情曾经给过我不少慰藉,但如今,我只觉得他在硬撑,这让我有点心酸。墙上挂着一个石英钟,秒针哒哒作响,像房间的微弱心跳。

曹望开口:"秦梦,最近有一项新技术,一种基因疗法。你愿意试一试吗?"

我抬头看他,他一直低着头:"可能会有点痛苦。"

"我有选择吗?"我尽量翘起嘴角,但我和他都知道,这不是疑问句。

他也无奈地笑笑,对我说:"我这里有一份项目说明,还有一份知情同意书。不着急,你先回去看一看,里面写得很清楚。关于治疗方式、可能产生的副作用等等。"

曹望说起这些的时候,眼神一直聚焦于桌面上的一个信封,信封棕黄色,封口处贴着一张白色的封条,上面有个不太清晰的红色印章。他把信封递给我,我翻转着看了看,上面没有文字。

"你回去和你先生先聊聊看,有任何问题,下次我们见面的时候当面商量。"曹望说。

我点点头,离开了房间。梁朗已经在走廊等我,他正站在窗前往下望,双手插兜,眼神虚无。我走到他身边,他才回过神来,问我:"完事了?"

"嗯。"我说。他往电梯走去。我顺着他刚刚的视线望出去,路边行人如常,树叶落了一地,汽车开得横七竖八,彼此交错,互相按喇叭,一副彼此视若仇寇的样子,除此之外再没什么特殊的东西。我听到梁朗在身后叫我,我转身离开,和他一起钻进电梯。

5. 曹望

午饭吃得很糟糕,没什么心情。我端着一个不锈钢托盘,从队尾走到队首,又从队首走回队尾,眼睛掠过玻璃围挡里的饭菜,脑子里想的却都是刚刚那个记者和我说话时的神情。那个记者叫什么来着?他对我做自我介绍了吧?好像叫闻什么。我做了一次深呼吸,让自己集中精神,拿了一盘炒面、一份烤鸡翅和一罐苏打水,找了个人最少的角落坐下来。

我记得那个记者,这不是他第一次出现在我面前。如果没记错,在事发当天,他还闯进了我的办公室。当时,他好像给了我一张名片,一会儿回去我要找一找。此前,我当然接触过记者,但大都千人一面。怎么说呢,我能感觉得出来,那些人都是在应付差事,但这个男人不太一样,我从他的眼神看出了某些已经很久没有见到过的内容,像烈火。我平日见惯了倦怠的神情,这眼神让我难忘。

我把剩下的苏打水仰头喝下,端起托盘送到餐具回收处,然后出门走回办公楼。等电梯的时候,我四处看了看,没再见到那个记者的身影,我心里竟然有一丝失落。

午休时间,走廊很安静。我回到办公室,泡了杯茶,开始找那张名片。桌面上堆满资料、病例和文件,我记得那张名片被我夹在某份文件或者哪本书页中间了,应该没丢掉。翻了半天,又掀起几本书抖一抖,仍然一无所获。我接着翻抽屉,下面几个抽屉里塞满了书,我应该不会把名片放进去,第一个抽屉里堆着满满杂物,别针盒、自己的名片、折叠雨伞、一个被摔掉把手的马克杯,还有五六个学术会议的胸牌,唯独没有那张名片。我有点沮丧。茶还剩下半杯,已经凉了,我站起来加了热水,坐下来慢慢喝。沙发在办公桌的侧面,我的眼光越过桌面上摆得半臂高的文件夹,看见桌子另一侧抵着的墙壁上靠着一排专业书,一张白色的长方形卡片就卡在两本棕红色的书脊中间。我走过去,把它抽出来,左上角深红色大字《深流》,右下角是地址、电话,中间印着名字:闻以达。

我坐下来，长出一口气，像是完成了一桩心愿。我把它放进钱夹，把混乱的桌面收拾得当，扫了一眼下午的预约登记表，有三对夫妻会来看诊，第一对是梁朗和秦梦。

6. 李冬

曹望已经去上班，走的时候并没有吵醒我。昨天晚上不知不觉喝了不少酒，现在有些宿醉，头疼、嗓子发干，但又很饿。已经很久没有这种感觉了，35岁之后，对于酒精我变得很节制，更何况如今已经过了40岁，和酒精交手，败多胜少。以前，去各国出差都会带两瓶酒回来，如今在厨房里已经占了半面墙。最近不知怎么，总想喝上一杯。

咖啡滚烫，几口下去，胃里熨帖很多，有食物果腹，头疼渐渐弱了。晨间新闻的后半段还在播孕妇坠楼案的追踪，说是追踪，什么踪迹也没追到。记者跑到警局，在门口堵住了一个穿着皮夹克的中年男人，字幕显示这个人是刑警队队长詹明远。男人横眉立目瞪着记者，又扭头瞪了一眼摄像机，转身噔噔噔上了楼梯，使劲摔上了门，记者们被挡在外面。画面切回演播厅，主持人说着一些毫无意义的话撑住节目时长。总之，告诉大家，此案仍在调查之中，他们会持续关注。节目临近结束，主持人提醒观众：《生育促进法案》修例正在广泛征求意见，希望大家多多参与。

我有点烦，换了个台，不知道哪里的足球队正在比赛，我按下静音,让电视亮着,朝气蓬勃的小伙子穿着五颜六色的队服,在碧绿草地上奔跑跳跃。这比那些令人沮丧的新闻好得多。

我看得出来,孕妇坠楼这件事对曹望的影响很大。他是个有责任感的人,自己科室出了如此大的事,不可能无动于衷。更重要的是,这件事所引发的一系列后果正在慢慢显形,比如《生育促进法案》的修例。突然间,站极端立场的人数比例爆发式地增长。民意这种东西,有时不过是可有可无的装饰,而有时却可以拿来锻造成利器。

昨晚,他表现得很反常,酒精之后炽烈的性,我们已经多年未曾如此,对我们而言,陪伴的意义早已大于欢爱。不知为什么,昨晚平息下来之后,我隐约有些不安,但又无从开口,然后我们都昏沉睡去,似乎第二天能迎来系统自动更新,有些东西会化解为碎片,不影响当下的使用,但我知道它们沉积下来终有一天会变成绕不开的 bug。

我把餐盘和杯子放进水槽,然后走去书房,这间屋子总能让我安静下来,或许因为三面墙都是高耸的书架,让人有隔绝于世的错觉,或许因为大大的落地窗能看见那个小湖,水波云烟总能安魂。中间摆放的这张大桌子是我和曹望一起挑选的,黑胡桃材质,风格硬朗简单。当初我们想象着可以坐在对角线上各自伏案互不打扰,但后来证明,这样的日子很少,未来,这样的日子会更少。

7. 詹明远

"詹队，没事吧？"我听见有个战战兢兢的声音从我身后一侧传过来，我扭头看，是个新来的年轻警察。门刚刚被我使劲摔上，警局房子是老楼，挑高很高，回音震荡，可能把他吓了一跳。

"你去和门口保安说一下，该拦的拦住，这帮记者都快把话筒插我嘴里了。"我对他说。他诺诺点头。

一大早就不安生，早晨通知，今天上午有重要会议，不许请假不许迟到。走进办公室，发现人员齐备，都坐在座位上对着电脑敲敲打打或者眉头紧蹙翻阅文件。我泡了杯茶，刚坐下，就有人过来通知刑警队全体到第一会议室开会。我进屋的时候发现，局长、副局长已经端坐在会议桌的一头。

局长宣布会议开始，说了几句问候、鼓励的套话之后，他开始进入正题，说第一中心医院这件案子属于大案要案，在当下，这绝不只是一桩普通的刑事案，而是要以更高的高度、全局的眼光去对待和分析这个特殊的案件。局长说："可以给大家透露一点，这个案子，很多身居要职的人物都在关注，也都在催问我进展和情况。这么说吧，这件事绝不只是我们这个城市的事情，还牵扯到更广、更远、更复杂的事情。国外的一些媒体也在报道这件事，一些组织也开始评论这件事。大家知道，全世界都面临危机，相比而言，我们在鼓励生育这件事上一直努力，并且做得很好，取得了不错的成绩和进步，生育率可以说是稳中有升。我们对育龄男女的相关权益也竭尽全力地进行保护，尤其是产妇这样极其珍贵的资源。可是，就在这个当口，发生了这样不可思议的事情。这背后的原因一定要查清、查实。他杀的要办成铁案，自杀的要弄清原委。"

屋内寂静，窗外渐渐阴沉下来，雨水将落未落，大片云彩由白转灰，向地面沉降。有一群鸽子挤挤挨挨绕圈飞舞。我听见有人叫我的名字，回过神发现是主管刑侦的副局长点名要我发言，看我走神，笑着替我打掩护："最近辛苦，没休息好吧？"我顺势揉揉眼睛，点点头。

我说："现在，我们排查了死者的人际关系，家人已经查过，下一步会着重对死者比较亲近的朋友、同学等等社会关系进行了解。另外，网传的那个有嫌疑的前男友张天，他的情况也已经摸排了，人带来问了话，对于供述的内容呢咱们也做了核实，可以排除。下一步的侦查方向，我们稍后就开会研究。"

领导问我，按照经验和现有掌握情况判断，自杀和他杀可能性哪个更大。我想了想，说："这个确实不好讲，不过，可以说自杀的概率还是存在的，不一定是刑案。"领导点点头，又看看四周，让大家畅所欲言。众所周知，这不是真让大家说话，是一种含蓄地宣布"会议差不多该结束了"的意思，大伙干了这么多年工作，都心领神会，纷纷低头不语，假装记笔记或者喝水。领导对这个局面很满意，宣布散会。

人员散尽，我叫了刑警队的人过来开会，大家聚在长桌的一边。我说:"咱开个正经会啊。下一步,这案子怎么查?大家说说。"

七嘴八舌说了一堆,抛砖不一定总能引出玉,但砖多了也终究能砸出点动静。一个同事说,最近有人在网上议论,说这件事应该由一个叫 Girl Power 的女权组织负责,说得有鼻子有眼。那个组织成员众多,组织庞大又很隐秘,网警那边盯他们有一段时间了,那些女人发表的内容经常擦边儿,但又不越界,也就一直没动,这次看到有人说到这些,给刑警队这边通报了个消息,不一定准。网上消息满天飞,哪个都当真就得累死。但是涉及这件案子,又确实像个样子,我得当真。

最终,我定了几个方向:第一,去查这个 Girl Power 组织,从负责人和骨干入手,查清楚到底是不是流言;如果是,这流言到底怎么传出来的,也许能带来新的线索。第二,要继续查医院,按照我的经验,医院查得远远不够。很多时候,像医院这种机构,我们很难真的深入进去,很多细节是不为外人所知的。我总感觉,医院最终还能算一个可能的突破口。第三,尽快把死者梁珊亲近的社会关系都摸一遍,由于怀孕之后大多数女性不需要再工作,所以社会关系相对比较简单。

我做了分工,宣布散会,自己去天台静一静。有人在天台的四角放了四个玻璃罐头瓶,里面塞满了烟头,烟民们自觉不定期清理,从不随便乱扔烟蒂,算是个默契。这会儿天台上没人,我自己站在角落点了一根烟。我弯腰探过栏杆,看见远处灰色的地面,想,那个女人也曾这样俯瞰过地面吧?在纵身一跃之前,她是否一次一次像我这样试过探身出去的感受？又或者她从未有过这样的想法，前一秒钟还站在窗口剥橘子后一秒就已经堕入虚空？在坠落的过程中，她又想到了什么，想到过谁呢？

8. 肖爱

一早，詹明远接到一个电话，好像是通知他临时要开会，他挂了电话，很无奈地叹气，然后去洗手间刷牙，声音很大，发泄着一股狠劲。

詹明远是个粗线条的人，其实这样挺好，在日常中，这样的人总能顺畅地把时间度过去，轻易把沟壑抹平，把粗粝的部分磨光，这让人羡慕。按理说，每个人都会经历一些事，在大脑深处的某个区域驻留，挥之不去，成为魇住自己的咒；但有些人就是有天然的能力化解那一切，甚至都不需要化解。化解是一个动作，需要主观能动地去做，但是他们就近乎本能，犹如消化食物，在体内自然完成，根本无须费心费力，偶尔有消化不良，但概率极低。我不行，有些东西像血栓，堵在那里，让我时刻感受到阻滞。

比如我的小蘑菇。我确实无法就这样忘掉。

詹明远走后，我又拿出那块移动硬盘，开始翻看照片，一张一张。刚进家门的第一天，他一脸胆怯和犹疑的表情，皱着小眉头，坐在沙发上，沙发宽大，他在上面像个突然钻出地面的无辜的小土拨鼠，直愣愣，慢慢适应环境。我在他旁边，一脸傻笑。照片是詹明远拍的,镜头很高,角度很傻,他拍照片总是这样,但我笑得真是开心。后来的照片中,宝宝出没在家中各处,扶着茶几小心翼翼地站着,一脸不解地对着电视看足球比赛;还有满地乱爬的视频,他从客厅远处迅速爬过来,扶着我的腿慢慢站起来,一笑就露出两颗小牙……

开始的时候,不知道给他起什么名字好。我给他买了几件衣服,其中一件是个帽衫,衣服棕色,有白色斑点,他小小一坨,穿上之后,像极了一个小蘑菇。詹明远和我看着他一起傻笑,我说:"就叫他小蘑菇吧。"他就这样有了名字。

詹明远答应了我想买一个诱导娃娃的要求之后,我们一起做了很多准备工作,考虑了两周,最后决定要一个男孩,年龄三个月,要有大眼睛。我看得出来,詹明远是一直装着冷淡,其实,他也动心。

去挑选娃娃的那天是个周六。正式去之前,需要提前一周通过 App 预约,预约之后有专人和我们对接,一共会打三次电话,确认我们的意向没有变化。我们要提前交一笔首付款,占总款项的30%,购买之后七个工作日内结算其余款项。再过七个工作日后,医疗保险会自动将报销的款项返回到我们的账户,自己只需要负担 11%。

挑选娃娃的地方在郊外。那天,我们一早出发,詹明远开车,跟随导航绕过六环外一个又一个建筑工地,又路过一大片郁金香花海,路上的车越来越少,空气清澈,可以远远望见地平线,导航让我们拐上一条小路。我有点担心,问他:"是不是走错了?"路面坑洼,詹明远一直担心汽车拖底,过了一会儿才说:"应该没错,就这一条路。"又开了十多分钟,远处出现一幢房子。"应该是那。"詹明远朝那个方向努努下巴,对我说。

刚刚停好车,发现已经有人出门迎接我们。一个女人穿着利落的黑色修身西装,踩着黑色漆皮亮面高跟鞋。"肖爱女士吧?我叫小晚,和你们电话沟通过。"她笑着朝我伸出手,阳光之下唇彩闪亮,"这位是您先生?"

"对,他叫詹明远。"我说。她对詹明远点点头,转身往里走,示意我们跟上。

院墙顶端布满爬藤植物,院门是两扇巨大旧木板,深棕色,上面有不少木疤,青铜门环上没有任何装饰,已经落绿,看起来年代久远。我站在院外,环顾四周,周围看不到其他建筑,茫茫一片草地,缓缓起伏的几个小坡,远处一大片浓密树林。

房间挑高极高,显得空旷,四张三人沙发摆放在客厅正中,茶几上有各色饮品和点心、水果,正中摆放巨大的玻璃花瓶,插满白色马蹄莲。我和詹明远坐了一会儿,小晚走过来带我们向房后走去。房子还有后院,比前院更大,中间安放着太湖石,旁边小池塘中不知名的水草开着穗状白花,我们从走廊穿过院子,抵达另一间屋子。

屋内墙壁是淡粉色的,沿墙根画满长颈鹿、小猴子和大象之类的卡通图案,屋顶刷成浅蓝,描着朵朵白云和一片繁星,屋内有两圈围栏,里面各有一个小朋友扶着围栏晃晃悠悠地走路,看见我们进来,盯着我们露出一脸好奇,然后笑起来。

我看见詹明远也笑起来,他走过去,蹲下来,冲着其中一个小朋友拍拍手,说:"抱抱吧?"孩子迟疑了一下,然后伸出了手,詹明远把小朋友抱在肩头,然后蹭了蹭小孩肉嘟嘟的脸,小朋友就咯咯咯地笑出声。

"这个……"詹明远回头看了看小晚,有点疑惑。

小晚笑着点头说:"是,这些都是。"

"都是……诱导娃娃?"

小晚依旧笑着,说:"没错,很逼真是吧?"

婴儿开始自顾自地咿咿呀呀,詹明远亲了亲他的脸蛋,把他放回防护栏里。我从詹明远的表情里读到了欣喜,在此之前,他虽然已经答应了我,但我知道,他心里多少还有芥蒂。但现在,当他亲眼看见、亲手抱过那个粉嘟嘟的婴儿之后,一切都不一样了,他的眸子里开始有了迫切的光。

我们跟随小晚走到里面的一个房间,房间里摆放着一张乳白色的婴儿床,小床正上方吊着一串玩具,正在旋转,发出轻柔乐声。我们凑过去,就看到了他。他躺在一个小枕头上,瞪着乌黑大眼睛轮流望向我们三个人,发出了几句咕哝,又把右手大拇指放进了嘴里。我冲他做了个鬼脸,他旋即愣住,摆出困惑表情,然后荡开笑意。一边笑,一边使劲蹬着两条小肉腿。

"满意吗?"小晚问我们。我使劲点头。

"您和您先生确认一下,和照片上是否一致。"小晚说,"如果确认无误,我们就剪除标签,给您做登记了。"

"没问题。"詹明远大声说。我看了他一眼,他有点不好意思地笑一笑。小晚把婴儿抱起来,交给我,我小心翼翼地捧着,她拿出一个扫码仪,我才发现,婴儿右脚腕上拴着一个标签,那上面印着2057-308-M。小晚扫了一下上面的二维码,然后剪掉了那个标签。"那是型号,M表示男孩。"小晚对我解释,"我去做登记录入,你们等我一会儿。"说完,她走出房间。

我还捧着婴儿,手臂酸疼,詹明远看出我的窘态,把孩子抱了过去。"你还挺轻车熟路的啊。"我对他说。他笑起来:"这还用得着学?"

过了一会儿,小晚回来,帮我们给孩子穿上外衣,然后带我们回到客厅。我们在两份表格上签字,又确认了一遍联系方式,手续就算办妥。之后,她给我们一本书和一份光盘:"这是学习手册。你们回去慢慢读,都是很有用的内容,应该会帮到你们这样的新手父母。总之,他和真的婴儿一模一样,吃东西、喝水、撒尿、开心、不开心,一切的一切都是一样的。"

"除了……他……"詹明远抱着他,嘀咕了一句。

"除了他只能长到四岁。"小晚说,"在此之前,他一直会按照正常婴儿的发育速度慢慢长大,会坐,会爬,学走路,慢慢开始说话。"

"那到了四岁之后……会怎么样?"我问。

"会一直停留在四岁的阶段。"小晚语气很平静。

"直到……永远?"

"直到报废。"

第十二章 丈夫

1. 闻以达

一天下来,采访也没什么进展。晚上到家,客厅黑洞洞的,只有书房亮着一盏台灯,米雪坐在转椅上,伸着脖子,架着胳膊,像个虾米。

"你干吗呢?"我走过去问。

"缩写那个小说吗不是。赚钱吃饭啊。"她扭头看了我一眼,吊儿郎当地说,"你今天进展怎么样?"

我撇撇嘴。

她笑一笑,说:"晚上吃什么?外面冷不冷?"

"冷。"

"那吃火锅去吧?"

火锅店门口满坑满谷的人,我找了个人少一点的地方坐下来等着叫号,米雪坐在一旁一脸严肃地刷手机。周围的食客们看起来都很快乐,这里或者那里时不时爆发一阵大笑,灯影绰绰,让人们的脸变得明暗交错,得以遮盖过一些情绪,提纯巩固出另一些。

"小桌 B85 号客人,请您用餐了。"一个电子合成的甜美女声在头顶响起来。我用手肘碰碰米雪:"走吧。"

小桌都在窗边,紧凑地挨成一排,桌上都燃着炭火,汤水滚沸,人们脸颊绯红,玻璃上蒙一层雾气,水珠不时滚落下坠。服务员开始上菜的时候,米雪突然从手机上抬起头对服务员说"来瓶酒",又顺手在菜单上点一点。

我把酒拧开,说:"你这是遇到什么喜事了?情绪变化这么大。"

"我帮你约到一个采访。"她笑嘻嘻地说,然后把杯子推到我面前。

我给我俩都倒满,火锅摆在中间,气泡把一段葱和两片姜冲到锅的边沿。米雪夹了一筷子肉,放到锅里,肉很快散开,变成灰白。她冲我举起杯,语气欢快:"先碰一个,一会儿告诉你。"

人们似乎都在比赛着大声说话,汤锅和人声同时鼎沸。我和米雪埋头吃饭,每说一句话都得提高嗓门,她喝了两杯,我也一样,酒精让我们暖和起来,我看见米雪的脸色变得柔和,眼神溢出光彩。40 分钟之后,我们结了账,带着没喝完的酒往家走。

推门出去,冷空气先砸到脸上,又钻入肺里,无比清爽,天空细雨纷飞,并不碍事,我们挽手走在路肩上,灯光昏黄。我问她:"你替我约了什么采访?说吧。"

"你知道 Girl Power 吗?"

"耳熟。"

"网上传言就是这个组织里的人把那个产妇推下楼的。"

"哦！对。今天我们主编还给我发了一个链接，说的就是这个传言。我点开看了一下，没记住那个名字。"我说完，掏出手机，找到主编的对话框，点开那个链接，却发现内容已经被删除。

"我查了一下那个组织的情况。成立时间很早了，最初关注的是家庭暴力问题，因为一次闹得比较大的家暴新闻，这个组织算是一战成名，那个一直对老婆家暴的男人被判刑三年半。当时有的媒体认为这是里程碑式的节点，那年年底这个组织拿了很多奖项，她们的领导人叫尤蓝，被邀请到各地做演讲。后来，生育大停滞的讨论越来越激烈，这个组织也开始做很多关于女性身体权的讲座和其他活动。《生育促进法案》第一稿颁布之后，她们的反应非常强烈，组织过一些活动，有的活动被叫停了，她们就这么被盯上了。但是，参与他们的人越来越多，基本上都是女性，占到90%吧。定期不定期地聚会，有各种宣讲会、各种公益慈善活动、到山里徒步净化心灵什么的。现在，她们最主要做的一件事就是倡导生育自愿，她们有一句很有名的口号叫'女孩不是资源，生育必须自愿'。这次，梁珊坠楼的事情出来之后，有传言说死者怀孕之后一直有抑郁症，后悔怀孕了，但又不可能堕胎。Girl Power 的人和梁珊有过接触，有人怀疑是这个组织的人给她洗脑，让她跳楼，甚至是有人把她推下去的。那些组织里的人觉得不是自愿的就不可接受，你知道吧，她们之中有些人后来变得非常极端。"

米雪自顾自地说，不知不觉已经走到了楼下。

"你约到了尤蓝？"我问她。

"怎么可能。我约到的人叫陈可丽,她们组织的首席执行官,二把手,尤蓝是精神领袖,她就是大脑吧。其实,外界很少有人见到过尤蓝,挺神秘的。"

"你怎么约到的?"

"我有我的办法。"

"什么办法?"

"我是女人,我不要孩子。因为这个,我没了工作。"她语气轻快,像在炫耀。

我没再说话。米雪站起来,说:"条件是,我和你一起去,你不答应也得答应,因为她要见的是我,不是你这样一个男人。你不去可以,我不去不行。哦对了,应该说你跟着我去。"说完,她笑起来。

2. 米雪

我给 Girl Power 留言之后,就把这事抛到脑后了。中午 12 点半,我缩写小说的工作告一段落,站起来伸了个懒腰,走去阳台吹吹风,天空显得很高,云彩被均匀涂抹,楼宇间很安静。我往下望,有一个小朋友蹲在自己的脚踏车前,认真地用粉色小铲把沙子铲进一个泡沫塑料箱,然后再从箱子里铲回地面,周而复始乐此不疲。

我回到房间里,打开冰箱,里面还有两盒几天前打包回家的剩菜，用微波炉热了一会儿，吃了几口觉得腻，干脆不吃了，给自己泡了一杯浓茶，喝下两口才觉得舒服一些。我打开手机查了查信息，发现没人理我，无论是闻以达还是以前的同事，或者 Girl Power 的人，都各自在忙自己的事，我像是这世界上的排泄物。我有点沮丧。我最近经常如此，情绪忽高忽低，我需要自己调整，我知道。

我给茶杯添了水，坐在书桌前继续写，小说里的侦探陷入了一团麻烦，到处找不到可以揪住的线头。我在心里安慰他说，别着急别着急，很快你就会遇到一个人，一个女人，帮你解围，我知道后面的情节以及你这半生的一切遭际，别着急。

下午 2 点半，我收到一条信息，我正写到一个章节的一半，不想被打断，也就没搭理。过了几分钟，手机又响了一声，我拿起来看，竟然是 Girl Power 的账号发来的私信。先是简单的寒暄，称呼我为"姐妹"，说对我坚持个人选择不生育子女、面对高压并不退缩的精神表示钦佩和赞赏。又说，她们知道《深流》，案子和她们组织之间关系的传言日盛，她们已经在追查流言到底从何而起，但这件事不是她们所为，她们怀疑有一些力量想借此机会搞垮她们。第二封信中，给我发来了一个人的电话，称此人叫陈可丽，组织的首席执行官。我知道她，查资料时经常见到她的名字和照片，出面的总是她，尤蓝一直深居简出，几乎没人见过她。

久违的兴奋。我拨通了电话，对方的声线和我想的差不多，浑厚，磁性，热情。她在电话那端鼓励我，我应承着，最后敲定时间，这周五上午 10 点，到她的办公室见面。

我本想马上告诉闻以达,但想想,还是准备晚上再和他讲。下午我又工作了两个多小时,效率极高,那个潦倒侦探已经知道谁是真凶,布置好机关圈套,就等人入瓮。

这时节,天黑得早,黄昏变成一刹那的事,暗色刚刚翻滚上来的时候,闻以达正好进门。

我站起来对他说:"走!我们去吃火锅!"

3. 梁朗

从医院离开,我把秦梦送回家,然后,我回了公司。会议室里有人在开会,白板上画满了数字和箭头。我径直走向自己的办公室,关上门长舒一口气。敲门声轻轻响起来,我有点烦,喊了声进来,叶菲露出半个脑袋,然后探身进屋,从身后把门关上。"给你泡杯咖啡?"她问。我摇摇头:"你去忙吧。""怎么了?"我不想说话,就对她摆摆手,她犹豫了一秒钟,然后朝我走过来。我直起身,说:"我要休息一会儿。"我看到她愣在原地,然后点点头,走了。

我躺在沙发上,想周围的人和事,我不是厌恶叶菲,我是厌恶自己。是我自己越过了界,越界之后却又在禁区里虚伪地画出一个更小的禁区,告诉自己还有底线可守。可那底线是什么?我根本不知道。

其实,公司这边没什么事,晚上也没安排任何应酬。但我还是决定来公司。毕竟,时间总需要找一种方式度过,有些方式可以让时间的流逝更简单,而另一些则更难。我不知道如果待在家里和秦梦四目相对,我该如何挨过这多半天的时光。我想,秦梦也怀有同样的焦虑,我躲到公司可以让彼此解脱。

我们从什么时候开始不再说话的?无论如何回忆,我都记不起那个起点,或许根本就没有什么起点,一切慢慢发生,就像一个水果,外皮一直鲜亮,内里却偷偷腐烂,霉点最初在哪里出现,谁又知道呢?秦梦和我最初是无话不谈的,我们都算直率的人,感情炽烈,对彼此没有什么隐瞒。但无法怀孕这件事像个莫名的病毒偷偷篡改我们各自的系统,我们并不因为这件事嫌恶彼此,真的。但是,它慢慢生长又搅拌着外部的压力,终究酝酿成了一个生活里的 bug,使我们慢慢不再兼容。我们不是没有想过认真聊一聊这件事,也不是没有尝试过,但每次开始聊都会很快卡住,卡在那个我们彼此都心知肚明的位置上。

有时,沉默像钝刀割肉。我和秦梦之间笼罩着的沉默有一种巨大的张力,将彼此推向两个方向,我甚至能感觉到那种力量的不可抵挡。

4. 秦梦

还差两个路口就到家了,梁朗停下来等红灯。他拿起手机看了看,放下说:"一会儿你先回家,我得回公司。"我说好,并没有问他有什么事。其实,每一次从医院回家,我们都需要一段时间消化尴尬。尴尬像一种坚硬的食物,需要我们偷偷地咀嚼,再悄无声息地吞咽,然后,我们才能重返日常,直视彼此的目光。

车到小区门口,我说就停在这吧,你方便调头。他说好,要我小心。我把车门关上,他俯身对我说,晚上不回家吃饭,不用等。我慢慢走回家,天空阴郁,光线层次反倒分明,有通透美感。

进门之后,我洗了两遍手,恨不得用去半瓶洗手液,医院让我觉得不洁,即便我去的那一层一切都光洁如新。我拿了几块冰块扔进杯子,倒了半罐汤力水,又倒进小半杯朗姆酒,呷了一口,倚在沙发上长出一口气。酒精是伟大的造物,有时让人镇静,有时令人勇敢,而有时可以同时发挥这两种作用。如果没有这一杯,我可能没有勇气拆开那个曹望递给我的信封。

我望着它,它也望着我。我仰头喝下最后一口酒,一颗冰块滑进嘴里,我狠狠咬下,一股冷硬寒意从牙根呈放射状窜进大脑。

我扯开信封。

两张A4纸,崭新,毫无折痕,没有别针,没有装订,白纸黑字。我一行一行读下去。这份说明声称,这里介绍的是一种新型的生物疗法,由于我们这样的"病患"并非具有器质性病变,所以需要一种基因免疫方面的渐进培养过程,以消除不同程度上的基因排异。在信的中间部分写有一行长长的化学方程式作为解释,让我费解却被震慑,在第一页的末尾写着:"此项目处于谨慎的实验阶段,所有参与者请务必阅读所有条款说明且经由审慎考量。"

我翻到第二页,上面列举了此项治疗项目的形式和主要副作用:形式为定期滴注式血透,副作用包括呕吐、发热以及用黑体字标出的"疼痛管理困难"。最后写着,具体细节请咨询医师,右下角是空白的签名档。

我把信笺放到茶几一边,决定再给自己倒一杯酒。杯子里剩下的冰块化掉一大半,在胡桃木茶几上洇出圆圈印记,像古怪的疤。

梁朗进门的时候已经快9点。等他坐下,我对他说:"我和你说一件事。"

他抬头看我。我把那封信摆在他面前,信笺已经装回了信封。

"这是什么?"他拿起来看,"今天医生给你的?"

我点头。

"你怎么没和我说啊?"他问。我没说话。

他抽出信笺,把身子歪到一旁落地灯的灯光下。他读得很快,眉头紧蹙。他读完两页纸,又重头读了第二遍,然后把信放到桌子上。"你什么想法?"他问。

"想试一试。你也知道,现在不去试,过不了多久,总有一天我们会被强迫去试。我知道,可能会很痛苦,但是……毕竟……"

"毕竟什么?"

"毕竟算一条出路。"

"出路?什么出路?"

我们开始沉默。电视一直开着,调了静音,屏幕里一片混乱:

好像是德国或者奥地利,街头上拥满了人,街边店铺悉数被毁。女人们走在人群最前方,有人举着看不懂的标语,有人举着婴儿的照片,另外的一群人涌过来,两个阵营开始对峙。画面切到空中的俯瞰镜头,人群看起来像个越来越大的漩涡,彼此扭转在一起,一群人用棍子围殴一个女人,镜头切了特写,女人身上沾满了血,T恤上印着"I don't want to be a MOM"。

梁朗也在盯着电视屏幕。我扭过头看着他说:"避免成为这样的……出路。"梁朗沉默了足有十几秒,然后说:"我们问问曹望主任再决定吧。"语气里充满下坠的叹息。他站起来,把衬衣下摆从腰带里使劲拽出来,走去了洗手间。

电视里的新闻结束了,这会儿正在播天气预报,卫星云图上一片宁静的蓝。

5. 曹望

秦梦走后,我有点不安。下午再没有别的病人,查房的事交给两个博士生去做了。我独自坐在办公室里,不太想说话。

这是我第一次把那份治疗方案交给一个病人,那份方案经由层层传达送到我手中。我被告知,对于适合的患者,我有义务向他们提供这份方案,供他们"选择"。但我知道,这不是一份真正的医疗范畴内的解决方案,相较而言它更像某种阴暗的惩罚。以一个医生的身份来看,我厌恶那份方案里所写的内容,那方案荒诞、无稽，只会令人痛苦不堪，但效果可疑。可我有什么办法，我需要向上面汇报我交出去了几份，获得了怎样的反馈，除此之外的一切我都无能为力。

晚饭的时候，我一点都不饿，也就没去吃饭，到了晚上反而觉得很有精神。我在等着周围的人们下班，人去楼空，我好继续观看那些监控录像。

晚上8点，我把光盘拿出来，从新的一天开始看。我看着画面里的一幕又一幕，一日又一日，看着不同的产妇、患者和家属过着同样的生活，看着自己在楼道里进进出出、表情呆滞，渐渐沉浸进去。这种感觉非常奇妙，时间在你眼前回放，像是被提取出的梦境。

我把该看的全都看一遍，从抽屉里翻出眼药水，仰在椅背上滴。眼药水从眼球边缘缓缓渗入，微凉。我慢慢回想，确认了这一层的保洁阿姨王卉在做出那个怪异举动两天后的录像中出现过，此后就换了人。换句话说，她在梁珊出事之前就已经辞职了。

我拽了张纸巾擦干眼睛，拿起电话打给医院的物业公司。铃声响了十几声还是无人接听，挂了电话，看了一眼墙上的表才想起已经是夜里。我决定先回家，明天再找物业经理问问关于王卉的事。

6. 李冬

　　我看见了曹望放在书桌上的那些光盘，出于好奇看了一下，发现是他医院里监控录像的拷贝。看着看着竟然觉得这视角倒也有趣，整整一下午，我都在看那些录像，曹望在画面里出现了好多次，眉头拧得很紧。每次他出现，我都按一下暂停键，端详一会儿。我从未以这样的视角，从屏幕里凝视过他的脸。我平时看他，都距离很近，如今拉开距离，就有了审视的意味。我突然发现了他的变化，脸部的轮廓、线条、眼周和嘴角，都已经不再清晰，似乎也不是单纯的胖，而是被什么东西填充在皮和肉之间。我自己呢？可能这些年也发生着同样的变化吧。桌上放着一张我们二人的合影，多年前的照片，那时候我俩都是轮廓清晰的年轻人，瘦，看着就轻盈，不只是身体层面的轻盈，精神也轻盈。不像现在，无论肉身还是灵魂都那么滞重、笨拙。

　　我认出了那个坠楼的孕妇梁珊，新闻里小心翼翼地给她的照片打码，社交媒体上却到处散落着她各年龄段的照片。她在监控镜头之下的举动都很正常，缓慢地到处走走，看着别人家的小孩子笑一笑。

　　曹望为什么要看这些？想找出线索，解答自己的疑惑？又或者，他潜意识里已经发现了什么奇怪的疑点，想去验证？

　　或许也没那么多原因和为什么，就像生活本身，很多事没有原因的发生,没有原因的消散,没有原因地走着走着就偏离了航路,心里那个导航仪不知道从什么时候开始就不再矫正方向,生活被某种难以名状的力量引导着走向歧途。不久以前,我和曹望还觉得一切顺遂,生活会像一个漫长的破折号毫无波澜地延续下去,但是很快,某些东西就开始变化,甚至反转。梁珊的坠落像是个启示,预兆一切变化的急转直下,也像是个结果,总结此前一切量变的终局。

天空开始变暗,我这一天除了早餐之外,没再吃什么东西。我走去厨房给自己泡了一点麦片,麦片口感很滑,混着坚果和水果干,很快就吞下一碗。我坐在房间里看着窗外的湖水慢慢隐没在黑暗里,远远望去像一块颜色浅一些的平地。

7. 詹明远

我安排手下的兄弟先去查那个叫 Girl Power 的女权组织的背景,摸清情况,再做判断。我自己准备先去一趟医院,然后再去找一趟死者的丈夫。

医院门口的车照旧排成一长串等着进停车场,我没开警车,也没穿制服,到了近前,保安凑近我说:"院子里没地方了,停外面。"我不想掏证件,点点头,打了一把轮,开始在几个路口之间寻找车位。

走进医院,我没上楼,转到楼后,又看了看现场。之前拉起的防护带还在,但有两根立柱已经倒在了地上,最近雨水多,当时画下的白线轮廓被冲刷得浅了不少。我站定看了看,又仰头向楼上望。一个女人从一个窗子里探出头,双肘撑着窗台正在剥橘子,和我对视一眼,缩回了房间。我退后几步,盯着这幢褐色的大楼,窗户几乎全都紧闭,像决定共同进退来保守一个天大的秘密。

护士告诉我,曹望在接诊,现在不方便。我说:"麻烦你转告一声,我等他。"过了差不多40分钟,曹望才出来,对我说:"詹队长,稍等一会儿,有病人。"我起身和他握手,说:不急。大约半小时后,曹望走出来带我去了他的办公室。

我开门见山,问他,最近有没有想起什么。他说,完全没有。最近只忙着恢复日常工作,案子的事归警察管,病人的事才归医生。我笑着点点头,又问:"出事之后,你们科里的同事有什么变动吗?医生、护士、护工都算上,有没有人离职。"他摇摇头说,他们的团队一直很稳定,要知道,这所医院是全市最好的,能够被这里留下的,没有什么道理离开。我问他事发后有什么人一直在打听这件事,表现得对这件事很感兴趣吗?他点头说当然。我说:谁?他说,记者。我说,别人呢。他依然摇头。我们彼此沉默了一会儿,我说:"那你先忙,我再去看看那间病房。"他送我出门,又安排人帮我开门。

由于门窗一直紧闭,房间里有一股消毒水和霉味交杂的气息。我打开窗子,冷空气缓缓填满房间,让一切显得洁净起来。我坐在床上,使劲按了按床垫,不厚,偏硬,但算得上舒适。我躺下来,望着房顶上烟雾探测器闪烁的红点发呆。我仿佛能看到那个女人在这里的起居:她慢慢挪动笨重的身体,接过丈夫递过来的水果,望着窗外出神;然后,她走过来问我:"你为什么躺在我的床上?为什么还查不出真相?为什么?"

我猛地醒过来,看看周围,窗帘轻微飘动,房间静默如谜。

我走去洗手间,用冷水拍拍脸,从病房出来。阴云堆积上来,让光线变得混沌,我开着车,犹如穿梭在一片并不存在的雾中。

我知道,梁珊的丈夫胡博短暂搬离了原住址,去他家的一所老房子住了几天,毕竟出事之后前去打探的人太多。现在,风头过了一阵,他又搬回家。

他家在一个老小区,门边墙壁上贴满污脏的小广告,大都是贩卖避孕药和安全套的骗子贴的。我轻轻敲了两下门,胡博开门把我让进去。室内狭窄,采光不好,加之外面阴天,房间很昏暗,屋内倒算得上整洁。我坐在一张单人沙发上,他自己坐在另一侧的折叠椅上。他给我递了根烟,我谢过他,点燃。我俩吐出的烟雾交汇在一处,像完成了某种确认仪式。

"最近怎么样?"我问胡博。

"好多了。毕竟还得继续生活,就是……"他停顿了一下,抽了口烟,"就是还是想不通,真是想不通……"

"最近想起什么了吗?"我问。

"没有。我把她的东西都打包了,有一部分扔掉了。实在不想看见,那个词怎么说?睹物思人,是吧?"

"这个房间是你们以前的卧室吗?"我问。

他摇摇头,说:"这间是给孩子准备的,本来要放婴儿床的,我都已经组装起来了。现在没用了,拆了。"我看看窗边,发现靠着很多原色的木料。

"我能去看看你们的房间吗?"我问。他用手向外指一指,坐着没动,继续抽烟。我站起来,走去隔壁。大床靠在窗边,右侧是一个梳妆台,衣柜靠墙,墙角放着一把皮质面的椅子,上面有一摞小孩的衣服,最上面一件是个短袖T恤,鹅黄色,我拿起来看,胸前绣着一只浅灰色小象。我拉开衣柜,里面只有几条牛仔裤和为数不多的衣服,都是男士的。我环顾四周,又拉开床头柜的抽屉,发现这房子里没有任何照片。

"我都烧了。"胡博的声音从门口传来。我回头,发现他倚着门框看我,我有点疑惑。他接着说:"你不是在找照片吗?"

"哦。"我有点不好意思。

"不想再看见。"他说。

"我理解。"

8. 肖爱

148张照片,60段视频,这是我对于小蘑菇全部记忆的赋形,就保存在这个半旧的移动硬盘中。一个人对另一个人的思念不能只放在心里和脑中,仍然需要某些承载物,一张照片,一个物件,得以观看,得以把玩。唯有如此,记忆才能一直鲜活,不然,我们的大脑就会自动把那一切过滤、遮盖、掩埋。

詹明远让我删掉小蘑菇的所有照片就是要我忘掉这一切,或者说,他也想让自己忘掉这一切。自从我怀孕,他就再不和我提及小蘑菇,我不知道这是一种坚强还是一种软弱。我们不是没有争吵过,有一次,我记得是我刚怀孕不久,荷尔蒙混乱,我经常哭,我问詹明远:"一个人是说忘掉就忘掉的吗?更何况那也是我的孩子。"詹明远坐在沙发上,慢慢抬起头一字一顿地说:"那不是人,也不是我们的孩子。"

我一直忘不了他那天的表情,有一点凶狠,但也掺杂着虚弱,很久以后我才明白,那句话许是他说给自己听的。那时,小蘑菇还在我家,他呆呆望着我们争吵,然后咧开嘴哭起来。我走过去抱起他,走回了房间。

男人的心思真是令人费解,他们为什么能转变得这么快又这么决绝。当初,我和詹明远一起把小蘑菇接回家的时候,他整日抱着那个小肉团亲来亲去,但一怀孕,他就狠心要求把小蘑菇送还。

移动硬盘里存下的这些照片和视频,我都按照时间顺序排列好了。现在看起来,是小蘑菇的一份小小档案。我点开一段视频,那是他第一天进家门时拍摄的。我抱着他,他的小脑袋蹭着我的下巴,头发软软的,有点稀疏,蹭得我很痒。他脸蛋上的皮肤吹弹可破,面颊肉嘟嘟,充足的胶原蛋白足以对抗地心引力,身上有一股婴儿特有的难以名状的气味,让我忍不住亲他。我抱着他在房间里走来走去,说一些傻乎乎的话,带他看我们的卧室、厨房和阳台，给他看我们买给他的小衣服和一箱五颜六色的玩具……詹明远跟在我后面，拍下了那段视频，他的笑声从镜头后面传过来。

小蘑菇很爱笑，那份宣传册页上写的没错，他确实被设计成一个低需求宝宝，只要我们逗一逗他，他就笑起来，笑的时候还使劲蹬着小短腿。他也会哭闹，尤其刚刚来到我家的那一阵，我和詹明远都缺乏经验，有时候手忙脚乱，他饿了、困了、尿不湿湿透了，或者我们抱他的方式让他不舒服，他就会哭，但我们哄一哄，他很快又笑起来。小蘑菇给我增添了很多信心，他让我觉得等以后我自己生下孩子，也可以这样得心应手。

那段日子，真的令人神往，如今想起来，我都会不自觉地翘起嘴角。我引产之后，詹明远和我之间一度变得非常疏远，责任在我。是小蘑菇的到来彻底改变了这一切，我们重新变得快乐，也重新变得亲密，当然，也又一次做好了准备去孕育一个新生命。

第十三章 伦理

1. 闻以达

按照约定,我和米雪今天要去拜访 Girl Power 的负责人。出租车司机送我们到附近,无论如何都找不到那个门牌号。我们只好下了车,沿着小路来回走了四五趟,依然没找到。米雪正准备打电话问,我突然在一片竹叶掩映之下找到了 4-105 的铭牌。我招呼米雪过来,她歪着头看了看,说,太隐秘了。

这一片没有高层建筑,道路两侧都是二层小楼,每一户都收拾得当,门前花草摆放错落,院子有大有小,大一些的院里种树,从树干判断树龄不低,小一些的,墙壁上端盖满爬山虎和常春藤。房子看起来都很有年头,古香古色,修缮有序,门前道路都被规划为单行路,车辆稀少,没人鸣笛。这些院落大多数看起来不像住宅,应该都是商用,但气质上又不像是急功近利的小公司,连牌匾都十分少见,加上周遭静谧,有一股难以言说的神秘。

我们按了门铃,铃声幽远,如庙宇晨钟。很快就有人来应门,一位年轻女孩探出头,头发齐肩,穿棉布白衬衫,黑色九分裤,踩着一双平底船鞋,笑容可掬:"里面请,老师在等您。这位是?"她目光转向我,问米雪。"哦,算我的助手吧。"米雪语气平静地说。女孩把我们让进院子,院子不大,方砖铺地,两个角落栽了大丛竹子,气温很低,但仍翠绿欲滴。

我们跟在女孩身后三五步的地方,我问米雪:"谁是您助手?"

"那要不你回去?"她看了看我,翘起嘴角说。

"咱要见的这人叫什么来着?"我问。

"陈可丽。"

房内一层地面铺满花砖,表层微微褪色,有一种旧时美感,楼梯是木质的,踏上去噔噔作响。二楼是一巨大开间,水泥地面,光可鉴人,一尘不染,靠窗有三组布艺沙发,光线透过纱帘柔和地洒进房间。

"你们好。"声音从侧面传来。房间太大,左右都超出视线范围,我扭头去看,一位女士笑着迎向我们,留梨花头,灰色衬衫毫无褶皱,衣袖挽到手肘,我知道这位应该就是陈可丽。她一边走一边对着米雪伸出手,米雪和她握手,彼此寒暄,她并没有问起我的身份,似乎早就知道我要一同前来。

"谢谢您见我们。"米雪掏出录音笔和本子,然后指一指我,对陈可丽说,"这位是……"

"这位是您的先生,闻以达老师。"陈可丽笑起来,大方,自然,语气里满是热切。

"您认识我?"我问。

"久仰。"她说,"咱们都时间有限,就不客套了。我们聊聊天。"

我偷偷看了米雪一眼,她低头摆弄录音笔,脸上没什么表情。她把录音笔放在桌子上,对陈可丽说:"那我们开始吧。"

"我请你们来也是想要澄清一些事情。过不了多久,警察就会来找我,他们现在还没来是因为还没做好准备,但准备嘛,总是会做好的。你们说是不是。那个姑娘梁珊的死,网上说和我们有关,这是假的。那个姑娘出事之后,就有传言流出来,指向我们。我很快就去查过,流言是我们内部的一个人放出去的。那个女孩曾经是我们团体的一员,也算是个骨干,但是后来,她变得很极端,无论言论还是行为,她认为我们过于懦弱。其实,我们不是懦弱,我们只是理性,这不是自我辩白,我只是在陈述我们长久以来一以贯之的观念。对于那位前成员的所作所为,我们出面劝阻过,但没有什么效果,最终闹翻了。她离开了我们,走之前在这里大吵了一架,声称要爆我们的黑料。说真的,我们没有什么值得爆的,我们谨小慎微甚至战战兢兢,哪敢有什么黑料。很多人对我们虎视眈眈,我坚信我们所做的事情没什么错。我们只是告诉女性要对自己的身体负责,要自己去思考,不要受人摆布,这有什么问题?但在当下,这被认为是不合时宜的。我们被骚扰过无数次,即便很小心,也没什么用。我们所处的位置非常微妙,岌岌可危。所以,当那个孕妇梁珊坠楼后,一点点火星就会彻底点燃流言,我们随时会被大火吞噬。我现在只是在自救。这些事情很好查,毕竟她曾经是我们内部的人,我们有各种关系可以知道这些情况。我们找到她,她最终都承认了。这个给你。"

她说完,递给米雪一个信封:"这个 U 盘里面有她承认做这些事的视频,还有她如何一步一步去做的很多证据,包括她注册的ID,使用的密码是她家以前的电话号码,这些都能对得上。哎,我们可没刑讯逼供啊。哈哈……是她后来觉得自己做得过了,毕竟我们还有感情,加上事情闹大之后,她也害怕了。所以,问到最后,她就都说了。等警察来的时候,我们会交给警察一份,她也愿意对警方说出实情。"

"既然这样,你们为什么不自己直接发布呢?"米雪问。

"我们没有什么可隐瞒的,但是也不希望再次引爆舆论,引发次生灾害。我想你们应该知道,我们的处境并不是很好,在不久的将来,会越来越糟。"她说到"我们的处境"的时候,用手指指了指自己,又指了指我和米雪,然后她继续说,"所以,我希望能有媒体以独立的身份,不偏不倚地报道这件事。我交给你们的东西,你们可以采纳,也可以不采纳,可以自己去找那个姑娘询问,也可以自己再调查其他任何需要调查的事情。我们是当事方,无论说什么都像是辩解,你们不一样。"她说这话时,看着我的眼睛,眼神里有一种难以名状的摄人魂魄的东西,像火焰般灼人,却如冰山般冷静。

"我们会去查的。"米雪说。

她端起茶壶给我们三人倒茶,自己端起杯子浅浅喝了一口。"您一直在跟踪那起案子,现在进展怎么样了? 我能问问吗?"她轻轻放下杯子对我说。

"没什么像样的进展,警察不说,医院不说,家属完全不知情。卡在那了。也许没什么内幕,就是自杀,为什么自杀可能也永远不会有人知道了。只是这个时候,孕妇这个符号太鲜明,一切都变成敏感事件了。要不然,事情到了这一步,热度也就慢慢低了,人们很快就会忘掉。这一次太特殊,热度越来越高,再加上《生育促进法案》的修例正好在征求意见,人们的情绪被点燃了。"我叹了口气,说完,自己心里一惊,不知道为什么,我对这个第一次见面的女人毫无戒备。

"嗯。也许真的是自杀,但是自杀也有不同的类型,对吧?"她说。

"什么意思?"

"比如,是不是有人怂恿?"

我没说话,等着她继续说。

"我提供一个方向,仅供你们参考吧。医院、家属和警方当然有意义,但是如果挖不动,可以试试别的方向和途径,查一查一些和生育技术相关的公司,比如——普度?"她说到普度的时候,尾音上翘,像个疑问句,又莫名充满确定的重力。说完,她笑起来,恢复成刚刚见面时的样子,温暖而没有心机。她站起来,做送客状,我和米雪也站起来,收拾了东西一起向外走。

最初接我们进来的女孩等在门外,见我们出去就转身引领我们下楼,陈可丽一直陪在我们身边,到楼梯口,她对那位女孩说:"你回去继续工作吧,我来送二位。"她一直把我们送到院子门口,和我们两人握手。

我问她:"你为什么会建议我们查普度?"

她笑一笑,好像我讲了个优质的笑话:"我们有我们的消息渠道。我们做的事情毕竟和这个圈子有关系。好了,再见。"

"谢谢你,陈可丽老师。"我说。

"别客气,以后叫我尤蓝吧。"她说完,嘴角翘起来,形成一个完美的弧度。

门缓缓关上,咔嗒一声。

2. 米雪

离开那座院子后,我和闻以达谁都没说话,一直并排走路,直到汽车喇叭声突然刺入耳朵,我抬头看,已经来到一个大路口,像从仙境坠回人间。

我扭头看看闻以达,他的脸上像蒙着一层纱,似乎仍沉浸于刚刚那次会面,魂魄被困在那院子里。我把手伸到他面前挥了挥,打了个响指,他像刚醒过来一样望着我。

"她叫我们来,根本不是想解释自己的麻烦,真正的目的是告诉我们最后那件事。"闻以达说,"这根本不是接受采访,是传递信息。"

"最后那件什么事?"

"普度的事啊。"

我点点头,听他自言自语:"她才是主动的一方。"

我们在距离小区前一个路口下了车,找了一家饭馆吃饭。等着菜上桌的当口,闻以达问我:"你没和那个女人透露过咱俩的关系吧?"

我摇头。

"那她是怎么知道我是谁,而且我也会去的呢?"

"现在哪有什么隐私。"

"那也不能……"他话没说完又咽了回去,"算了,这人挺神的。"

"嗯。神秘,神叨。"我说。

我和闻以达坐在桌子两边,各怀心事,一直没有说话,菜倒是吃了不少,每人都吃两碗饭,不知道是不是因为刚才的采访过于诡异而消耗太大。我看着闻以达兀自低头扒饭,魂不守舍,也就没惊动他。我在做我自己的计划。尤蓝刚刚提到的普度公司,我当然知道,谁会不知道呢?这公司如今已是庞然大物,触角遍布生活各个领域,我曾经看过很多关于它的报道,但兴趣不大。媒体在报道那家公司的时候,语气里充满赞叹和臣服,没有任何实质性的内容。普度的财报永远光鲜,他们的创始人李冬登上过几乎所有重要杂志的封面。当然,那些稿子千篇一律,就像他在封面上千篇一律的成功人士的造型。我计划去研究一下这家公司,它太完美,太无暇,太不容置疑。我很清楚地知道,一切不容置疑的人和组织或多或少都有问题。

我被剥夺工作以来,一直都郁郁寡欢,这是我第一次感受到力量,一种我能抓能握的感觉。我知道,自己需要一个外力的压迫才能激发潜能，就像抗阻训练，没有杠铃压到你身上，你是不会竭力去推的。可能我没办法自己出面，可能我得成为闻以达的影子，但都没有关系，我知道自己能推动一件有意义的事情，在这个时代，已经足够了。

3. 梁朗

我要把公司卖掉。这是我最后的决定。

如果说前几天我仍然在犹豫的话，昨天晚上，秦梦对我说起那套新的治疗方案后，我彻底下定了决心，当时，头脑中有个声音对我说："逃吧。"当然，这需要时间，但至少我还可以争取时间，我害怕不再拥有时间，这成为我越来越迫近的恐惧。

昨晚，我一夜没睡，躺在床上望着房顶很久，大脑中闪过无数片段，我和秦梦相识、恋爱、吵架、分手、复合、结婚，我们一起把生意做大，也曾意气风发，也曾被众人艳羡，可怎么到了这步田地。早上6点多我起床给自己做了咖啡，吃下三片吐司，没有感觉到一丝困意，然后开车去了公司。

员工都还没到，我自己在办公室里来回走了几圈。把几把转椅推回原位，把一个翻倒的纸篓扶正。我去了会议室，里面有一股陈年烟味，我把白板擦干净，打开窗子，走去别的房间。叶菲的办公室在我隔壁，若有若无香水气味，窗子旁边一棵滴水观音，桌上文件摆得整齐，两双高跟鞋并排摆放在沙发一侧。椅背上挂着一条毯子，驼色，有黑红线条的格子。说真的，她是个很好的女孩，我也想过，如果我们以情侣、夫妻的正常身份在一起，或许会过上不错的生活。更重要的是，我们会生个孩子，如果真是那样，我就不会陷入恐惧，也许我就不会卖掉公司，也许直到现在我还一如既往，也许我就会觉得那些对不孕不育者的辱骂和歧视都理所应当。但我和她莫名其妙地陷入了这狼藉的关系，我对她算是一种负担吗？而她对我能够成为一种救赎吗？

我回到自己的办公室，坐下来，然后给霞光资本的人打了个电话。我问他们最近有没有时间再见一次面。对方说，没有问题，他们也正想约我，现在在外地出差，今晚回来，约定明天中午还在此前那家餐厅见面。

挂了电话，我在沙发上眯了一会儿，醒过来的时候，发现叶菲正轻声向外走，生怕吵醒我的样子，我低头看，身上盖着一条毯子，我认出是她办公室里的那一条。她听到我醒过来，回头问我："昨晚你没回家？"

"我今天来得早。"我说。

她翘起嘴角露出似信非信的微妙表情，说："你再睡会儿吧，没什么事。"然后走了出去。

员工陆续到岗，门外渐渐有了动静。我坐起来，醒醒盹，身上的毯子有一丝香水气味，像甜蜜的水果。

手机的提示灯一直在闪烁，我拿起来看，有一个秦梦打来的未接电话，我才想起，昨晚调了静音之后，今天也没有调回来。她给我发了一条信息:"下午3点我要去医院找曹望聊治疗方案的事,你能一起去最好,直接在医院见吧。"我想了想,回复:好的。然后坐下来,把头靠在椅背上,毯子裹在身上,像拥抱也像纠缠,流苏在我手背上蹭得很痒。

我2点半到了医院,把车停在不远处的一个停车场,坐在车里抽了根烟。路上来来往往的人神色轻松,停车场周围种满银杏,金黄叶子落了一地,很多人停下来拍照。我羡慕他们。我给秦梦发了信息问她在哪,她回说已经在曹望办公室,让我直接进去找他们。我推门进屋的时候,他们正面对面坐在沙发上,像在进行一场庄严的谈判。曹望冲我笑了一下,示意我坐。曹望问我,秦梦是否已经对我讲过这件事。我说,讲过,但不太详细。他说,好,正好都在,我来讲吧。

4. 秦梦

曹望坐在对面,我和梁朗并排坐在一起,听着他开始讲。这种治疗方式是一种刚刚被批准进入临床的生物基因疗法,以一种渐进性适应排异的方式逐渐让女性的身体不再将男性的精子视作需要排异抵抗的入侵物,从而达成受孕的目的。具体形式上类似于透析,将男性血液抽取出来,经过生物基因技术的解析和提纯,再和药物混合为女方做近似透析的循环治疗。目前的实验和前期案例反馈,主要问题在于治疗时的疼痛管理难以解决,呕吐、眩晕等等后期副作用比较强烈。

曹望说这些时,语气显得很机械,一直低着头,犹如背诵。

"效果怎么样?"我听见梁朗突然问道。

曹望犹豫了一会儿,像在考虑遣词造句:"只能说还需要观察。"

"成功率能到百分之多少?"我问。

"专业医生是不会和你讲一种疗法的成功率的。"

三个人都陷入沉默。我想,没人知道该如何继续谈下去。这不是一件需要谈论的事情,只需要决定做或者不做,仅此而已。

"好,做。"我说。不知怎么,在沉默的房间里,这两个字突然显得如此掷地有声。梁朗扭过头问我:"你确定?"我点点头。他直直望着我,说:"好。"那神情我从未见过,悚然,悲壮,决绝。

我清楚无误地听到曹望叹了口气,毫无掩饰。他对我们说:"如果你们二位确定要参与这个治疗实验,就请在这签字,然后我会将二位的情况上报相关部门,这是上面的要求。一切手续办妥之后,我们尽快开始进入实质性治疗。"说完,他把桌上的两份文件递给我们。我翻看了一下,一共两张纸,一份是授权书,一份是保密协议。我签了字,把文件还给曹望。梁朗还在读文件上的内容,他翻到第二页,又翻回第一页,然后签了字。

曹望把文件装进先前的信封,收进抽屉,让我们回家等通知。我们和他告别,走出了医院。我跟着梁朗走过天桥去停车场,近处的天已经黑下来,远处还有一丝墨蓝,灰色的云彩挂在那里,空气凛冽。汽车一辆接一辆排布在路上,车灯连成一条条灯带,夜幕衬托之下,五彩斑斓。

梁朗发动了汽车,广播自动响起,主持人说,迄今为止,《生育促进法案》修例的征求意见稿已经收到超过400万条反馈,相信很快就将进入实际讨论阶段,不久将公布云云。然后,新闻结束,天气预报说下周冷空气会带来降雨,将有大幅度降温。车拐上主路,融入车流,前面压车严重,所有人都挪挪停停。

"去哪吃饭?"梁朗问我。

我想了想,说:"去白沙吧。"那是家居酒屋,很小,也很私密,但味道极好,来的人都是熟客,基本不用菜单点东西,老板带着两个帮手亲自烹饪,从不多话。我和梁朗结婚前后那段时间经常去那里吃饭,我觉得走进那里像是回家,很放松。后来,不知不觉去得少了,开始是因为我俩忙起来,再后来,是因为怀不上孩子而焦虑得忘掉了很多生活中的美好。今天,不知为什么,我突然想起那间居酒屋,我甚至不知道它是否还在,但我感觉它应该还开着,希望它还开着。

门关着,灯亮着,推拉门还像以前一样难拉,走进去,老板笑笑说:"坐。"

我们点了酒蒸花蛤、牛油果鲜虾手卷、三文鱼,还有一份明太子焗土豆。梁朗没问我,直接找老板要了一瓶大吟酿,酒贵得不像话,但我也没拦他。他给我倒满,又给自己倒满,端起杯子对我说:"这算最后一搏,也算孤注一掷,你愿意试,我就愿意陪。如果你不愿意试,我们就放弃,后果无论是什么,我也照样陪。"说完,一饮而尽。我没说话,慢慢把一杯酒吞掉。周围几个座位坐满了人，基本上都是情侣，一男一女，低头吃饭，低声说话。室内灯光昏沉，笼罩一切。

5. 曹望

我一上午都魂不守舍，因为两件事：一件是我的那个患者秦梦给我打来电话，预约下午谈特殊治疗项目的事；一件是我约了物业公司的经理老方晚上吃饭。前一件事，让我从道德上觉得无法接受，但又不得不去做。直白地讲，这项治疗非常荒唐，我作为这个领域的专家，看不出这项治疗在病理学层面上有任何价值。那些方案我看了，会给女方造成极大的痛苦。但我没有办法，这是上面传达下来的要求。院长给我们开过几次会议，叮咛、嘱咐、强调，必须对适用的患者提供治疗方案，尽力说服，并将全部病历、真实姓名、地址、电话报送上级管理部门，如果不这样做，医生会被追责。第二件事倒没什么压力，我只是一直惦记。

我觉得自己似乎正在接近一些事情的真相。

下午，秦梦先到了，她的先生梁朗过了一会儿才来。我问她："考虑得怎么样？"她点点头，说："考虑好了。做。"她抬头看我，笑意里有一种无所畏惧间杂绝望的神情。我低下头，没说话。原本，我还想对秦梦暗示一些什么，但我突然明白，她对于这件事可能想得比我清楚。从某个角度去看，她或许早就明白所谓治疗是无意义的，而早已把这过程看作一种刑期，行刑官在高处隐身，透过一些管道,利用某些方式,将责罚赋形于所谓的治疗手段,我们这些医生成了不着制服的行刑者,那些患者成为看起来自由的囚犯。

他们最终在治疗方案和保密协议上签了字。他们走后,我把那份资料封存,在网上填写了患者个人信息上报单。坐在窗前慢慢还魂,我很想喝杯酒。

熬到晚上并不容易,晚上6点多,我穿了外套出门。进了包间,老方已经在里面等我。菜上齐之后,我把服务员支出去,房间里只剩下我和老方两人。

老方夹起一块笋,放进嘴里:"这菜还可以啊。"他说,"这大老远的,约在这,您肯定有事,您有什么需要我做的,直说。"

我端起杯子和他碰了一下,说:"确实有事,我不想约在医院附近,怕不方便。"他看着我,我继续说:"我之前找保安部要了出事之后的监控录像。"

他有点疑惑:"出事?出什么事了?"

我指指天花板,说:"就是那个孕妇……"

"哦哦,你接着说。"

我点点头:"我看了录像,最初觉得也没什么,后来发现一个细节,想和你核实一下。那一层的保洁阿姨王卉,是不是辞职了?"

"你们那一层的保洁……"他歪过头想,"对,换人了。以前的阿姨辞职了。"

"什么时候辞职的?"

"哟！具体几号可记不清,怎么了？"

"是出事之前还是之后？"

"之前就走了。哦对了,我想起来了。"他拍了一下大腿,说,"那天赶上设备科房顶漏水,副院长急了,把我喊过去骂了一顿,说这房顶漏水好多年了,每年都修不好,他说这次修完要是还漏就让我亲自上去补。那一上午我都在忙这个事。回到办公室,我手底下管人力的小王就来找我说王卉要辞职。我还找她问了问情况。"

"为什么辞职？"

"王卉开始说,岁数大了,想回老家了,什么闺女也要生孩子,回家帮着带孩子之类的。我当时一听就觉得扯淡呢,那个阿姨哪是会撒谎的人啊,都不敢看我。我就问她,是不是嫌钱少。她说不是,然后就低头不说话了。"老方说,"你也知道,现在招人特别难,你别看这种没技术含量的活儿,任劳任怨的,难找着呢。我就说,您要是嫌钱少,咱可以适当涨一点,毕竟也干了这么多年了,对不对。后来阿姨突然开始抹眼泪。我就蒙了,问她,是不是有谁欺负她。她就摇头。"

"最后呢？"

"最后？最后走了呗。她又不是什么专家学者,我还得跪下来求一个扫地的留下来吗？"老方挑起眉毛看看我,"您这是……想起来什么了？有发现？"

我摇摇头,给老方添了茶,说:"你知道,这事情发生在我们科,我想尽力搞清楚到底发生了什么事。当然,咱不是警察,但是有的事情,我们内部的人可能永远比外部的人要更清楚。就算是我个人的好奇心吧,我觉得那个阿姨可能看见了一些事情。你有王卉的联系方式吗?"

老方看了看我,似乎有点不知道该摆出怎样的表情。他拨了个电话,让对方给他找王卉的电话号码。挂了电话,过了几分钟,他的手机震动了一下,他拿起来看,然后对我说:"我现在发你。入职的时候留的,不知道还有没有用。"

我看了看手机,有电话和地址,和一个紧急联络人的电话号码。我端起杯,对他说:"感谢。这件事,希望别让更多的人知道,我不希望给别人、自己和医院带来什么麻烦。"他和我碰了一下杯,说:"曹主任,放心。虽然我们不是很熟,但是你的为人我还是有所耳闻的,我很尊敬你。你这是看得起我。有事随时说话。"

6. 李冬

上午到了公司之后,就开始开会,会议漫长,各部门汇报情况,我听得意兴阑珊,但还得假装兴致盎然。"母亲!"项目的总监李啸然辞职之后,一直没有找到合适的人选。我问人力资源的负责人,招聘进行得怎么样。她说,联系了五个人,其中三个在电话里直接拒绝了,对方说这个项目他们一直有所关注,无论在伦理还是技术层面,都有很大的障碍,他们不太想参与。另外两个已经安排面试,有进一步消息会及时向我汇报。我点点头,鼓励了一下实验项目组,告诉他们,这段时间如果有什么困难和需要,可以直接找我。我问大家:还有什么事吗?公共关系部门的主管对我说:"有一位记者打电话来说要采访您,想做一个您的人物报道。"

"哪家媒体?"我问。

"《深流》。"

我想了想,说:"下午你来我办公室,我们再谈。"

午饭后,公关部的主管带着一个他们部门的年轻姑娘来找我,落座后,他们递给我一份资料,是关于那家媒体和相关记者的资料。

《深流》鼎鼎大名,以犀利报道和评论著称,在此之前,我的公关团队一直尽量避免我和这类新闻媒体正面接触。公关部主管说:"这个人好像对我们了解很多。我们也有点拿不准主意,所以还是想请您看一看。"我点点头,让他们把资料留下。等他们走后,我给自己泡了杯茶,坐下来慢慢读。

那位记者叫闻以达,写过不少调查报道,出版过三本非虚构作品,一本叫《深渊》,一本叫《杀意》,还有一本叫《沉默之海》,前两本是几年前两起引发轩然大波的凶杀案的故事,最后一本是关于一起神秘空难的报道。公关部买了那三本书,现在就放在我的茶几上。我拿起那本《沉默之海》翻了翻,不得不说,闻以达的文笔还算不错,故事引人入胜,我从中间随便翻起一页,都能读得下去。我翻到扉页,望着那张作者照片,清瘦,留半长卷发,脸颊和下巴有一层胡茬,穿着素色衬衫,站在一排书架前,微笑里有一股对一切满不在乎的狡黠。资料夹里还有几篇他追踪第一中心医院孕妇坠楼案的报道，我此前看过，都有印象。

其实，放到从前，这样的采访我会直接让公关部推掉，但是现在，我有点别的想法。最近，因为孕妇坠楼事件的影响，人们对我们这个以生物医学辅助生育为主业的公司极为关注。一些媒体开始爆出"母亲！"项目停摆和总监离职的新闻，也有财经媒体指称我们的资金链危机，这对股价影响不小，有几个重要股东给我打过电话询问情况，搞得我很被动。资金链确实出现了问题，"母亲！"项目的投入太大，周期太长，原本以为可以得到收益，现在却面临窘境，但这个问题一旦被外界坐实，那些做空公司就大有可为，到时候，我的处境不堪设想。我也想借这个机会找一家有公信力的深度媒体聊一聊，从舆论上扭转局面。《深流》确实是个不错的选项，但这需要从长计议。

我晚上有个饭局，几个投资界的朋友很久没有见面，约了好几次，各自都忙，今天好不容易才凑齐了人。我把闻以达的那些资料收进公文包里，离开了公司。那家餐厅在郊外，说是餐厅，其实是一栋私人别墅，专门当作招待朋友的会所，厨师是从洲际酒店挖过来的，平时养着，一个月下不了几次厨。我们来这无非为了可以不被打扰地聚一聚，外面的环境越来越糟糕，我们想找个不用设防的私密地方聊聊天。

饭后有人提议移步书房抽根雪茄继续聊。说来奇怪，这些嚷嚷着养生的人对雪茄倒是不拒绝，我嘲讽了他们几句，老梁在旁边摆摆手，很洒脱地说："雪茄不入肺的。"老梁是我们公司当年的天使投资人,这样算下来,我们认识的年限可真不短。大家围坐成一圈,三三两两聊天,老梁问我:"你们那项目怎么样了?就那个……妈妈,哎不是,母亲?"

我笑起来说:"对,那项目叫母亲,后面还有个叹号。进展不太好。"他抽了口烟,缓缓吐出来:"资金不够?"

"钱是一方面吧,但其实也不是重点,是技术本身的事情。或者是……咳,算了。"

"你别说一半话啊,或者是什么啊?"

"唉,或者说是哲学的事情。"

他脸上的表情变得复杂起来,好奇混杂一点嘲讽:"什么意思?"

"我们的实验数据都没有问题,方向也是对的,但是到了最后一步就是无法推进,胚胎到了大月份,总会莫名其妙地胎心停跳,所以,我觉得,怎么说呢……是一种暗示,神的暗示。"

"暗示什么?暗示你们不要做这样违背伦理的事情?"他笑起来,"你是科学家啊,怎么现在也变得神神鬼鬼的?"

我说:"不是什么都能说得清。"

老梁在一个看起来很沉的玻璃烟灰缸里磕了磕烟灰,说:"你就算为了你自己,也得继续做下去啊。你和曹望的……身份……取向,你知道我说的是什么意思吧,可能让你们越来越不好过啊。人造子宫成功了,你们就解脱了。"

我抬头看看他,说:"你听说什么了?"

他凑到我耳边:"上周和一个上面的朋友吃饭,他说一些严厉政策肯定是要出台的。前一阵不是有消息放出来吗？就是试试风向，最后发现风向是完全可控的，不会遭遇大规模反弹。曹望医院那女的，叫什么……坠楼的那个？那个事情出来之后，风向马上一边倒，这正迎合了某些人的心意啊。你们这些人，还有那些拒绝生育的、不能生育的，哼！早晚的事，你们要早做准备。"

说完这句话，老梁就被另一个朋友叫过去聊天，把我独自留在座位上。这间书房60多平方米，两组沙发摆成对应的弧形，放在房间正中铺有地毯的地方，像一对关系疏远的括号，沙发宽大，我几乎能藏身其中。人们都三三两两低声聊天，时而一起发出会心大笑，烟雾从每个人的手指间升腾，房间充满异香，大家的脸在酒精和烟草的催化下都变得柔和起来，可能只有我一直紧绷。我吸了一口雪茄，发现烟已经灭掉，口腔里空留一嘴苦涩的空气。我把那大半截雪茄扔到烟灰缸里，站起来和大家告别，先走一步。

到家之后，发现房内没开灯，我才想起曹望和我说了今晚要和一个同事吃饭，晚些回来。我给自己倒了杯威士忌，拿去书房，坐下来继续看闻以达的资料。从他的采访提纲中看得出对我的公司做了一番研究，他还着重提及了"母亲！"，他知道这个项目一直停滞不前。在提纲的最后，他说，相关的报道他肯定会继续做下去，无论我是否接受采访，所以，能当面聊一聊或许是更好的选择。不知道为什么，我并没有觉得这是威胁，更像是朋友间的提醒，这并没有触怒我。

我把那些资料推到一边，专心喝我的威士忌。窗外，天地黑成了一个平面，玻璃四周结起了霜。桌上摆着我和曹望的照片，我们笑得炽热又真诚,背后是澳洲湛蓝的海,当时的我们无论如何也想象不到如今会面临怎样的窘境。或许,我们应该再去一次澳洲,或许,我们就应该在那片海边住下来。但如今,那里可能也不再欢迎我们。

7. 詹明远

我看着单面窗另一端审讯室里的两个人,一个叫尤蓝,一个叫李夏,网名"Vivian之夏"。前者是女权组织Girl Power的创始人;后者曾经是这个组织的成员,后来因为意见不合,闹翻了。就是这个人在网上发布了三条消息,声称孕妇坠楼事件应该由Girl Power负责,说该组织一直给这个孕妇洗脑,让她陷入疯癫。

上次开会的时候,警队里有人提过这件事,我们记下来做了调查。关于整个组织的来龙去脉并不难查,有组织犯罪部门早就盯上她们,只不过一直没发现什么出格的行为。它们本身似乎很温和,只是很多观念在生育大停滞之后显得愈发另类。

我本来决定明天直接去它们组织总部传唤尤蓝,没想到今天一上班,尤蓝和那个叫Vivian之夏的女孩就出现在我们办公室里。我们还什么都没问,她们就主动把一切前因后果来龙去脉都说了。主要是那个女孩李夏在说,尤蓝在一旁听,她表情平静,眼神里有一种母亲般的宽忍。

女孩承认此前那些声称组织和孕妇坠楼有关的帖子都是自己发布的，原因不过就是和组织闹翻，出于愤恨，看到新闻突然想到了这个主意，那些内容完全是自己的胡编乱造，她现在很后悔给别人带来了大麻烦，毕竟自己曾经和组织内的每一个人都相处得很好。"尤蓝老师也帮过我很多。"她看着桌面，轻声说道。她带来了电脑，里面还存着发帖的草稿，并且向我们提供了她几个社交媒体的ID和密码。

审讯我只参与了一部分，后来就交给别人去做了，我知道她说的是真话。情绪这东西很微妙，正因为这微妙所以才掺不了假，两个警员在审讯室里录口供，我忙了一阵别的事，又端着茶杯隔着窗子看了一会儿。技术部的同事已经勘验过女孩带来的电脑，根据痕迹追踪和分析，确认了她所说的一切。无论什么罪名，似乎都靠不上，如果算是诽谤、污蔑，也要有人提起民事诉讼，但作为某种意义上的受害者，尤蓝并没有这样的诉求，她一直在说一些关于谅解和宽恕之类的陈词滥调。

核实了一切之后，时间已经不早，我们让尤蓝和李夏离开。她们走到门口，尤蓝扭头看见了我，然后缓步向我走来。甬道挑高很高，四盏明黄的吊灯依次垂挂，在墙壁上投下交错的影子。她从那一头慢慢走向这一头，有一个瞬间我觉得她似乎才是这里的主人。她在我面前站定，向我伸出手，我握上去，她的手温热有力。"詹队长，有什么需要我做的，您随时吩咐。"她说，没等我回答，转身走了。

8. 肖爱

  距离预产期还有十天,按理说,我完全可以住到医院去,那边有专人照顾一日三餐,有医生护士嘘寒问暖,完全免费。詹明远正忙得焦头烂额,也顾不上照顾我,但我还是想再等两天。我还有点事要去做,这事情,詹明远帮不上忙,也不能让他帮忙。

  现在回头去看那些我偷偷存下来的小蘑菇的视频,有时就像是做虚拟实习。我在想,肚子里的宝宝出生之后,我又会经历一次和小蘑菇刚刚到家时一样的慌乱和幸福。

  当初,小蘑菇进了家门后,詹明远变得比我还积极,给他买衣服、玩具、磨牙棒、婴儿饼干、金枪鱼肉泥,一切此前我们听都没听说过的东西慢慢占据了我们所有房间的各个角落,家里变得乱糟糟,但却是那种温馨的乱,乱得生机勃勃,乱得充满希望,乱得让我们觉得:哦,原来这才是我们心目中家的样子。

  小蘑菇开始慢慢探索我们这个家,最初是被我俩抱着,到处看,他的眼睛好亮啊,乌黑乌黑,像块玉石。在探查了所有房间之后,我们发现他显然更喜欢厨房,尤其喜欢冰箱。有一次,小蘑菇被詹明远的一个电话吵醒了,他有点不开心,一直皱着小眉头,眼里噙着眼泪。詹明远很内疚,把他抱起来来回溜达着哄,也不知想起什么,就抱着他去了厨房,然后打开了我家那个双开门冰箱。当冰箱里的灯亮起来的瞬间,我和詹明远看到小蘑菇的眼神也跟着亮起来,他像是发现了一个新大陆,先是愣住,然后自己笑起来,笑到连叼着的安抚奶嘴都掉了出来。我和詹明远也跟着笑,觉得这个傻乎乎的小肉团实在是太可爱了,自那之后,视察冰箱就成了一个常态项目。詹明远比小蘑菇更加乐此不疲。

后来,小蘑菇开始尝试着爬,从他身上我才知道,婴儿都是先学会向后爬才学会向前爬的,因为上下肢力量不均衡,爬的时候总是莫名其妙地朝着前方却向后退。我们在他面前放一件玩具,他就开始使尽全身力气,但眼睁睁看着自己离玩具越来越远,露出一副大惑不解的表情。

那真是我们幸福感爆棚的日子,我们买了婴儿车,带他出去晒太阳,指着小鸟、大树和花花草草和他说话。

有天晚上,把小蘑菇哄睡之后,我问詹明远:"你想过有一天小蘑菇叫你爸爸,是什么感受吗?"他放下手机,认真地想了想,说:"还真说不出来那种感受。可能是……怎么说呢,被依赖,觉得自己很重要,又……又多少有点惶恐吧。"他说完皱了皱鼻子,好像是在自嘲刚刚流露出的软弱情绪。我靠到他怀里,对他说:"你是不是应该感谢我当初坚持着要把小蘑菇接回家?"他看看我,笑了起来,说:"我觉得如果有个我们俩的真正的儿子叫我爸爸,我会更开心。"

他吻上来,然后把手伸进了我的衣服。我们很久没有这样激烈了,最后那一刻我觉得有无数光亮在我头脑中交相闪烁,像一次次爆炸,很久后才归于寂静。我们躺在床上喘息,我歪过头,窗外下起了雨,雨水从飘窗外檐上倾泻而下,像小小的瀑布。

半个月后,我确认自己怀孕了。

第十四章 剧痛

1. 闻以达

一筹莫展。

我窝在家里整理这几天的采访内容和一些资料,都没什么价值。尤蓝所说的一切都被证实了,警方也发布了通报撇清了 Girl Power 和案情的关系,说案子还在进一步调查中。

其实,那天从尤蓝的院子里出来之后,我就已经认定,这件事和那个组织毫无关系,我当然还是会去核实她所说的那些事,但我做过那么多罪案报道,一个案件的"气味"我早就可以凭借本能感知。孕妇坠楼案的味道太怪异了,从一开始就有一种难以言说的邪魅。从始至今,我一直都围绕着这个案子的外围打转,从未真正接近核心。

那天,尤蓝对我说"去查一查普度公司"的瞬间,我突然像被闪电击中一般,说不清到底为什么,只觉得前方的迷雾之中突然闪出一条狭窄通路。

米雪倒是前所未有的兴奋,每天早早起床,胡乱对付一下她要改写的那些小说,然后剩下大把时间都用来检索普度公司的资料,她在电脑上建立了五个文件夹,分别存放找到的内容,关于公司、关于创始人、曾经的报道、曾经的质疑以及她自己的疑问,像个不知疲倦的分拣工。或许,她比我更适合做个记者,她对这个世界仍然抱有纯粹的好奇心,那好奇心不指向某些外部的目的,更多的关乎自己的满足。她渴望了解一些人和一些事,愿意为此付出辛劳,并且乐此不疲地将一切讲给更多的人听。我不是,我越来越发现,维系和推动我从事这份工作的不是好奇心而是虚荣,比如我此前所写的每一本书,相比于那些采访和写作的劳动,相比于被人阅读,我更在意它们为我换得的名声。

米雪盘腿坐在书房的椅子上,对着电脑敲敲打打。我走过去问她:"午饭吃什么?"她没回头,继续盯着电脑说:"你随便叫点外卖吧。我这忙着呢。"

"忙什么呢?"

"给你做提纲。"她说。

"给我做提纲?"

她转过头,不耐烦里又混杂一点开心:"是啊,查查普度的资料,你不是要去采访嘛。我算垂帘听政吧。"

资料其实我自己也查了一些,但看来看去都是差不多的东西,吹捧恭维的陈词滥调,看得我有点意兴阑珊。这公司庞大到这种地步,似乎就不只是一间公司,更像个有机生物,一直在暗暗生长,几乎摄住万物。但米雪有别样的能力和耐心,从那些陈词滥调的缝隙之间看到某些内容。

我叫了外卖,歪在沙发上看一本很厚的小说,讲一个记者和一个美女黑客联手揭起黑幕的故事,但饥饿让我没办法专心。过了差不多半小时,电话响起来,我想,外卖终于到了。我接起来,那端很安静,我喂了几声,刚想挂断,一个男人说:"请问是闻以达记者吗?"

"哪位?"

"我是曹望。"

我从沙发上弹起来,书掉到地上,书脊撞击地面,"砰"的一声,米雪望向我,我冲她摆手。

"你今天晚上有时间吗?我们能不能见一面?"曹望说,"我……我有点事情想和你讲,我觉得你应该也会感兴趣。"

"没问题。"我想都没想就答应下来。等我挂了电话,发现米雪已经站在了我旁边,她把书从地上捡起来,问我:"谁啊?"

"曹望。"

"谁?"她有点疑惑,然后恍然大悟说,"哦!"

"我们约了今晚8点见面。"

"他说什么事了吗?"米雪问。

"没有。肯定是重要的事,不方便在电话里说的事。"

米雪走回书房,拿了两页纸又走回来。"你看一下,提纲。"她说。我接过来,一个个问题读下去,显然,她费了不少功夫,问题看起来都很客气,但背后又都有圈套,像难以辨别的岔路口,无论怎么选择,前面都能堵到你。

"试试吧！我有他们公关的电话。"米雪说完，得意地翘起嘴角。

2. 米雪

我已经很久没有做采访提纲了，这一次，我愿意为这个我无法亲自前往的采访全力以赴。如果真的可以约到采访，虽然出面的是闻以达，但我还是有一种把握航向的隐秘快感。

我还在媒体上班的那段日子，选题会上，每隔一段时间，经济组和科技组的同事就会报一个和普度公司相关的选题，有时是普度又投资或者收购了哪家公司，有时是他们研发出了什么新型的技术，都是光鲜耀眼的内容。其实，我不太了解那间庞大的公司，我只知道，普度集团的创始人叫李冬，高中起就在美国读书，麻省理工的生物医学博士，毕业后回国创业。公司业务从最基础的医疗器械到最前沿的生物医疗技术都有所涉猎，重中之重一直是生育辅助技术的研发，因为赶上生育大停滞，他们公司更是蒸蒸日上。李冬登上过福布斯榜单，排名第 37 位，后来，传言他通过一些关系和公关手段，把自己从那届富豪榜上拿了下去，显然他不想太高调。当然，他不想高调的原因除了财富还有性取向，生育大停滞之后，这件事又重新开始变得重要。有极端人士在网上罗列了一些性少数群体的名人名单，吵闹一阵之后，那些名单就踪迹全无了。

我今天早晨6点多就起床了,自然醒,近期少有的元气满满的感觉,我空腹喝了杯咖啡,就开始工作,先是用一个半小时写完了小说缩写的最后两章,然后就开始疯狂查资料。直到闻以达走过来问我要不要下楼吃饭,我才意识到已经中午12点多,我让他自己去点外卖,别来打扰我。

我做了两份提纲,一份交给普度的公关部,另一份是真的提纲,闻以达会在采访的时候按照上面的问题提问,当然,前提是李冬接受采访。闻以达窝在沙发上看书,过了一会儿,我听见他的电话响起来,房间安静,吓了我一跳,我扭头看见他接了电话,突然坐得笔直,语气严肃。电话很快挂断了,我拿着打印出来的提纲走过去,问他:"谁啊?"他笑起来,对我说:"曹望。"

3. 梁朗

今天是进行新型疗法治疗的第一天。

我起床的时候,发现秦梦早已经起来,正在浴室吹头发。"你起来了?"她看看我,一副不知道该说什么好的样子。我点点头,问:"今天要空腹是吧?"

"对,空腹。不过你应该很快,抽了血你再找地方吃早餐吧。"她说话时,故意错开眼神,装作在桌上找什么东西。

时间还早,我担心这个清晨有大把时间横亘在我们俩之间无法填充,所以走进浴室,尽量缓慢地洗漱。我在镜子里凝视自己的眼睛，我想，人的骨骼大概不会因为年龄渐长而有所变化，只不过肌肉、脂肪和皮肤会慢慢变异，有些萎缩有些膨胀，但我为什么觉得这张脸的骨骼轮廓有哪里变得不太对劲，像原本互相支撑良好的榫卯因为年久失修逐渐走了形，而我对此却无能为力。我对这一切感到沮丧，我对自己无能为力的任何事都会感到沮丧。

直到坐在车上，我才发现，秦梦没戴任何首饰。她穿着浅蓝色衬衫和一条并不修身的牛仔裤，蹬着一双帆布鞋。我调了个头，开出小区，问她："你怎么没戴耳环？"她沉默了一会儿，说："嗯，金属物品，去了还得摘，麻烦。"

我才意识到自己原本想打破僵局的尝试却让车里的空气更显尴尬。我想，她的衣服应该也都特意选择过，是便于穿脱的款式。我把电台打开，天气预报说今天午后阴有阵雨，风力二三级，之后穿插了几个广告。一个女人扭捏地说，一定要吃叶酸，让宝宝更健康云云；一个男声在结尾雄壮地声称，普度集团出品。公益广告照例在播送孩子是未来、生育是义务之类的说辞。我赶忙把电台关掉，连了蓝牙，音乐抚慰灵魂，言辞刺痛人心，我现在不想说话，也不想听到任何人说话。只想听听苍凉小号和低沉鼓声。

4. 秦梦

护士带我们去验血。在这座医院里,我的血被检验过很多次,最初的时候我很抵触,现在我已经习惯,我渐渐习惯了很多事,很多我以前觉得自己绝不可能习惯的事。

我抽了血,用一个棉签按住手肘的针眼上,坐在一旁的塑料椅上等,小窗口里一个冷漠女声喊着梁朗的名字。他走过去,卷起衬衫袖子。楼道里悄无声息,一个保洁工人用一把巨大拖把奋力擦拭楼道,消毒水的气味充满整个空间。

我去查结果,拿着号码牌在机器上扫码,机器吐出一张单据,我示意梁朗过来,他同样操作了一遍,我站在一旁等,看见他左肘窝的袖子上氤出一个小小血点。

曹望坐在老位置上,抬头冲我们露出再熟悉不过的笑容。他拿过我们的化验单,看了看,然后对我们说:"哦,对了,你们空腹来的吧?去吃一点东西吧?"梁朗说:"不用了。"我也摇摇头。曹望对梁朗说:"那你去抽血吧。就在隔壁。"

房间里只剩下我和曹望两个人,沉默在我们之间弥漫,他翻动病历的声音一次一次将巨大的沉默划破一个又一个口子,沉默又将自己修补起来。过了一会儿,他说:"我们走吧。"

我跟着他走出诊室,向另一个房间走去。房间不大,两个护士正在做准备工作,口罩几乎遮住整张脸,看我们进来,她们也没有任何反应，自顾自整理几个搪瓷盘里的针头和针剂。曹望走过去，和其中一个护士耳语了几句，护士走过来，示意我去屏风后面换衣服，然后躺在床上。病号服宽大，把我掩藏其中却又暴露无遗。我躺下来，胳膊上爆起一层鸡皮疙瘩，也许是因为冷，也许是因为怕，我分不清楚哪一个比例更大。

曹望已经去里面的一个房间换好了衣服，走出来的时候，双手小心翼翼地举着，显然已经进行过消毒，两个护士一人拽着一角帮他套上蓝色罩衫。他走过来，俯身看我，这个熟悉的男人被包裹在帽子、口罩和罩衣之中，如此陌生，周遭消毒水的味道挤压着我，让我莫名感到真实刺痛。

"别担心，放松点。我会一直都在。"曹望凑到我耳边，压低声音对我说。声音被口罩过滤，变得扭曲。不知道在房间什么地方挂着的扬声器响起来，"叮——咚——"。两个护士互相看看对方，其中一个推门走出去了，过了一会儿，又回来，手里多了一个橘红色的盒子。另外一个护士从里面的房间缓缓推出一个手推车，推车上摆放着复杂的设备，上面有个巨大的屏幕，四周垂着很多根不同颜色的管线，车体一侧连接一个输液架，高高支起来。一个护士开始连接那些管子和线路，电路连通，屏幕亮起来，我看见一个桃心形状的液晶图案，还有其他一些我不知道是什么的东西一同开始闪烁，另一个护士正在把第三瓶溶液注射进大号的点滴瓶里，然后挂在架子上，之后，将她拿来的那个橘红色的盒子与机器的某个部位做了连接，我能听到锁扣扣紧的声音。整个过程异常流畅，两个护士不需要任何一句对话。那台电子设备终于像苏醒过来，发出嘀嘀响声，曹望走过去按了一下按钮，声音停下来。我躺在那里，被三个忙碌又沉默的人所环绕，不知所措。

轮到我了。

先是左手食指被夹上一个通着电极的夹子，然后是左手无名指连接上另一个。接着，左手背被扎进了吊针针头，可能是因为一直紧张，肾上腺素分泌过量，所以并没有感觉到疼，直到我感到有凉意渗进身体。两位护士退后，曹望凑到我跟前，低头对我说："我们开始吧，要有心理准备，会有些疼，疼的时候做深呼吸，尽量保持呼吸的匀称。这种方式没办法用麻醉。抱歉。"他的声音越来越低，到最后几乎变成自言自语，但我还是都听到了，他的歉意如此真切，仿佛他真的做错了什么。

一根针扎进我的右肘窝，疼、冷，但是还好，我松了一口气，想，哦，原来也就这样。可能是曹望看到了我松弛下来的表情，试探着问我："还好？"我点点头。我看见他的眼角堆满皱纹，口罩被肌肉撑起了向上的形状，他应该是笑了。突然，我觉得一股难以名状的刺痛从右臂开始向躯干蔓延，我本能地想抬起右臂，发现很难做到。我扭头看，那条连接着我胳膊和机器的管子里开始充满棕红色的液体，从机器里一点点向我的身体里流动，液体看起来很黏稠。我惊恐地望向曹望，透过镜片曹望的眼神显得有点躲闪。

疼痛以一种交错变换的节奏袭击我的身体，钝痛、刺痛和憋闷的感觉在我的胸腔和腹腔交替循环，此消彼长，我像是魇住，眼前一切蒙上云翳，屋顶忽远忽近，曹望、护士和周遭一切都开始变形,他们被拉长、挤扁又恢复原状。我应该是叫喊出了声音又或者没有,他们三个人都凑过来看我,曹望拿着一个细小的手电,照射我的眼睛。强光让我觉得畏惧,我闭上眼睛躲避。疼痛像卫星云图上那些扭转围拢的气旋,在我体内旋转移动,慢慢集结于我最后一根肋骨和胃口之间的区域。痛将我撕开又缝合,如此往复,我明明躺在病床上无法动弹,却莫名能从空中俯视自己,我看见自己下半身盖着白色被单,看见自己像个正在充电的机器人般接满管线,看见自己额头上的汗珠,看见周围三个穿着白大褂的观察者。然后,这一切景象瞬间消失。我能感觉到自己像在黑暗中漂浮,然后遁入虚空。

5. 曹望

直到差不多凌晨3点,我才睡了一会儿,心里有事压着,实在睡不着。事情有两件,一件是第二天上午要给患者进行一次新的生物疗法,那疗法注定给女方带去巨大痛苦,我不忍,但别无选择。

另一件事就是关于辞职的那个保洁阿姨王卉。无论怎么想,我都觉得这事情实在蹊跷,无论是视频里那个动作和身体语言,还是后来的仓皇离开都让我觉得这其中有些亟待解释的谜团。物业经理老方给了我王卉的电话和地址,我一直在想该怎么处理?我自己打电话过去吗?我该问些什么?该以什么样的身份去问？我该告诉那个叫詹明远的警察吗？和他们说什么？我感觉这里面有蹊跷？我这样做对医院、对自己到底会产生怎样的影响？我不清楚。我又不可能直接去问院长的意见，我是个医生，院长多次强调过，要在医院内部淡化孕妇坠楼这件事。但这件事我始终放不下，一方面是因为毕竟发生在我的科室，另一方面是因为它发生之后，周遭原本就低沉的气压变得愈发压抑，危险随时都会显形，灾难随时都可能没顶。我想，如果这案子可以早一点拨云见日，或许能有一些回转的余地和空间。

我强迫自己睡了几个小时，起来喝下两杯黑咖啡，然后开车去上班。梁朗和秦梦走进来的时候，我甚至不敢看他们的眼睛。我恨自己，恨自己的懦弱和卑下；我恨他们，恨他们为什么要接受如此羞辱性的治疗；我恨那些我看不见的可以发号施令的人们，他们高高在上从不显形却能操纵众生。我对梁朗说："你跟护士去隔壁吧。"他是去抽血，抽很多血，然后经过提纯并添加一种名为 α5－bp 转化酶的东西，之后，将会混合其他七种药物一起注入他妻子秦梦的体内，参与自身循环。

我带着秦梦走去手术室，让她换衣服，我自己穿戴整齐，等着护士做最后的准备工作。过了一阵，其中一个护士从隔壁拿来一个橘红色的箱子，那里面是处理过的血浆，我把那个盒子接通到循环泵上，低声对秦梦说："如果很痛就尽量深呼吸。"她点点头，眼睛里一片茫然。

那之后的一切或许将折磨我的余生。作为医生，我的天职本应该缓解病痛，如今却在给眼前的健康肌体带去生不如死的刑罚。

秦梦开始抖动,犹如癫痫,然后平静下来,继而又进入不可遏制的抖动状态,在她休克之前,我听到她喊了一声:"梁朗!"

手术结束后,她被推回病房。我像经历了一场大病般浑身瘫软,大汗淋漓。我在办公室坐了坐,下楼去便利店买了迷你瓶的威士忌,揣进口袋回到办公室。我给自己煮了一杯咖啡,把酒全部倒进去,喝下一大口。酒精纠缠热咖啡,效果强劲。我掏出手机想给李冬打一个电话,调出他的号码,看了许久又把屏幕按灭。我只是想说说话,但又不知道该说些什么。我不能失控,不能失控,我对自己说。

我打开窗户,让冷风吹在我的脸上,等我平静下来,翻出昨天老方给我发过来的信息,看着王卉的电话和地址,我突然明白,自己应该打给谁。我抽出那张名片,拨过去。那边的声音有点不耐烦,我顿了一顿,问:"请问是闻以达记者吗?"

6. 李冬

曹望一直翻来覆去难以入睡,我问他:"怎么了?"他在黑暗里摇摇头,没说话。我凑过去,抚摸着他的头发,他把头拱进我怀里,先是安静无声,然后开始低声啜泣。我有点惊讶,这么多年来,曹望极少流露出脆弱的神态,他一直保持着一个医生该有的标准设定,理性、温和、一板一眼。

我记得，很久以前，我们在家吃饭，我照例开了酒，也照例想劝他陪我喝一杯，他还是不太情愿。他对我说："你也是学生物医学的，你不知道酒精是一级致癌物啊？"我笑起来，说："如果都这样想，就没法活了。"我给他倒了浅浅一杯底，他端起来摇晃着，然后突然问我："哎，如果有一种饮料做出了酒的味道，但是没有酒精，你会不会更喜欢？"我刚刚咽下一口，正在回味那股奇异的酒香，有点没明白他的意思。"什么？"我问。他说："就是说酒精造成的晕眩等等症状不是一种副作用吗？如果能制造出味道一样的饮品，但是又不会造成晕眩，会不会很受欢迎？等于一种药物彻底剔除副作用，还能保持效力。"我大笑起来，对他讲："我们爱喝酒就是因为喜欢酒精带来的那种微醺感。那种感觉……怎么说呢，让我们觉得与这个世界若即若离，那是酒精最大的作用，一种柔软的隔绝。"他听后似乎很困惑，然后抿了一口杯中酒，把剩下的放到了一旁，直到那顿饭吃完，也再没碰过酒杯。但最近，曹望也开始慢慢喝起了酒，最初我还有些讶异，后来，自然而然地接受了他的改变。

我们周遭的世界在慢慢变化，变得狭窄，变得乖戾，原本我们可以放松地行走于世间，但如今我们变得谨小慎微。能感受到危机四伏是一种动物本能，你说不清危机在哪里、具体是什么，却能切身感觉到氛围的变幻莫测。我想，曹望终于明白了当初我对他讲的，"酒精是对现实世界柔软的隔绝"到底是什么意思。他终于需要做出一些隔绝和屏蔽，让自己不至于崩溃。

我吻了吻他的脸颊，问他："到底怎么了？"他抽了抽鼻子，缓解了一些情绪,对我说:"我明天要给一对病人做介入治疗。其实他们根本不是病人,就是免疫性不孕不育,你知道吧?但是他们不想分开,他们……他们感情很好,本来他们可以正常地生活下去。但是现在……"他有点说不下去。我才想起来他所说的介入治疗是什么。那天晚上我和几位投资人的聚会上,其中一位专门投资医疗机构的人聊起这个项目,一直摇头:"谁提出的这个项目,谁批准的这个项目,以后是要遭报应的。"他愤愤地说,说完又警觉地看看四周,垂下眼睛。如果不是曹望提起,我都已经忘记了这件事,我忘记了很多事,毕竟我自己还有很多需要操心的事。同情是感情中的奢侈品,而我现在自顾不暇。

我不知道该怎么安慰曹望。"我们会不会出事?"他问我。我笑着摇摇头,没说话。他看看我,又埋下头。我不知道自己的摇头意味着什么,是回答他绝不会,还是告诉他不知道。他又如何领会我的意思?

他轻声问我:"你们的实验怎么样了?"这是他第一次以这样的语气问起这个项目,在此之前,他很少提及,我知道,一直以来他都不赞同这个项目。

"不太顺利。"我说。

"要努力解决啊,可能……我们的未来会如何,都靠你了。"他说。他的语气索然,让我觉得心慌。

7. 詹明远

Girl Power 的调查结束后,一切又陷入僵局。按理说,如果是其他坠楼案件,查到这个程度,我完全可以打一个报告上去,确认为自杀。但是这个案子不行,如果我这样做了,动机那一栏就不能空着,我必须填写一个可以让人们——无论公众还是上级,或许也包括我自己——信服的理由。这案子不只需要给家属一个交代,还有那么多人整日盯着,媒体连篇累牍的报道至今不见冷却,网上的热议和传言愈发离奇,各国政府和相关 NGO 的关注让案子不再只是一个案子。所以,无论如何,调查都得继续,要么找出一个凶手,要么发现一个自杀的理由。我也想对人倾诉,但面对这一团乱麻,我又从哪开始呢?更重要的是,我能对谁倾诉呢?

现在,这间办公室里只有我一个人,队里的警员都出去干活了,我让他们去找找自己熟识的线人问问情况,任何情况都好,聊胜于无。我把门关上,把百叶窗放下来,靠在沙发上闭目养神。最近的事情太过纷乱,我一直忙忙碌碌,但一无所获。我整日奔赴一个个可能的目标但终究无一例外的落空,我觉得自己就像个被逗猫棒指引的猫,看起来伶俐实际上愚蠢。做警察这么多年,见证的死亡不计其数,但像这一次这样不明就里完全摸不到头脑的还真是第一次。邪门,真的是邪门。

肖爱的状态不是很好,我觉得她情绪有点低落,我真要抽个时间陪一陪肖爱。最近,我总想起小蘑菇,那个我和肖爱一起买回家的诱导娃娃。我在想,如果没有把小蘑菇送走,或许他还可以陪一陪肖爱,和她说说话,撒撒娇,缓解一下她的不安和焦虑,至少不会让她终日一人面对空空如也的房间。

有人敲门,我坐起来应门,一个年轻警察蹑手蹑脚地推开门。"大家都回来了,您不是之前交代说,今天要开个会吗?"他说。我这才想起来,说:"我马上来。"他退出去,把门轻轻关上。

8. 肖爱

詹明远一心扑在案子上,顾不上我,我其实也落得轻松。我说过,我需要在正式入院之前给自己留一些时间去处理一件事。那件事就是,我决定再见一见我的小蘑菇。

这一次怀孕后,我变得很谨慎,我测了三次,才最终说服自己相信我真的又怀孕了。那天晚上,詹明远回来得挺晚,进门之后,看我在沙发上还没睡,他有点惊讶。给自己倒了杯水,又点了根烟,坐下来问我:"怎么这么晚还没睡?"

我说:"等着和你说件事情。"

他扭头看着我,有点迷惑。我说:"给你看一样东西。"我把验孕棒递给他。他犹豫了一下,接过去,像不知道那是什么东西的样子,眯着眼看了一会儿,然后他向沙发另一侧挪过去,那边有一盏落地灯,他打开灯,在光下仔细看了半天。我问:"需要看这么久吗?"他转过头,慢慢笑起来。他把验孕棒放到茶几上,凑到我身边抱住我,然后突然向后挪开,把烟按灭在烟灰缸里,站起来去开窗子。我看着他战战兢兢的样子,笑起来,他坐回沙发也跟着笑起来。我笑着笑着却流下眼泪。詹明远把我搂在怀里,很久没有说话。那时候,小蘑菇已经睡了,我们压低声音聊了一会儿,詹明远让我放宽心,说这一次一定会顺利。我点点头,抹去眼泪,说:"我去看一下小蘑菇。"

我俩走进卧室,小蘑菇正在自己的小床上睡得很熟,右手大拇指放在嘴里。我给他掖了掖小被子,亲了他一下,扭头看见詹明远正呆呆望着他。当时,我并没有想到什么,我们刚刚沉浸于喜悦之中,当然来不及切换到理性的一边。如今想来,詹明远应该是在那个夜晚就已经动念要将小蘑菇送走了。

他曾经对我说过,一旦我们有了自己的宝宝,就要将小蘑菇送还。当时,我的答应不过就是顺水推舟,那时候我沉浸于抑郁的情绪之中难以自拔,看见了诱导娃娃的广告如同看见光亮,我根本没有想过日后的事情。但詹明远肯定想到过的,一步一步都想到过。他喜欢小蘑菇,这一点不是假的。但是,我真的又一次怀孕之后,詹明远心中的那个指针马上就自动校正到了原来的位置。我们应该把精力放在自己的宝宝身上,那个"真正"的宝宝身上,所以,小蘑菇成了一个累赘,无论他多么可爱。这就是詹明远的想法,或许,也是其他收养过诱导娃娃的父母的想法。如果不是这样,就不会有那么多家庭在有了自己的宝宝之后,纷纷把诱导娃娃送回那个郊外的基地。

第十五章 普度

1. 闻以达

曹望约定和我见面的那家茶楼距离他的医院差不多 9 公里，显然，他不想被任何熟人看到。

这季节，7 点之后，天空已经黑下脸，冷风也开始帮着塑造气氛。7 点 45 分，我到了那里。这一片地方都是饭馆、茶楼、咖啡厅和酒吧，一大片仿古建筑群，修旧如旧的样子，有的屋顶的瓦片间还长出几根茅草，很应景。

我绕着茶楼走了一圈，没有后门，为了搭配整体风格，所有窗子也都是木质的。我进了大堂，和服务员打了招呼，坐在一旁的沙发上等，屋内地面铺青砖，屋顶房梁榫卯交错，灯光昏暗，各个角落都布满葱茏植物，沙发旁摆着一张黄花梨条凳，上面有个铜制香炉，顶盖镂空处升腾袅袅烟雾，一股白檀清香。正对门的地方有一巨大匾额，上书店名"一壶春"，字写得歪歪扭扭。就在我费心辨认这几个字的时候，电话响了："闻记者，您上楼吧，我在

'静湖'。"说完,电话就挂断了。我才意识到,曹望其实早到了。

这房子外面看着不算太大,但里面曲径通幽,深色木料打造成步道廊桥四通八达,每个房间都藏在深处。拐了三个弯,引路的姑娘抬手:"静湖,您请。"我推门进去,曹望侧身对着门,正在喝茶,他放下茶杯,站起来和我握手,让我落座,然后顺手关上了房门。

曹望给我斟上半杯,然后把茶壶轻轻放到一旁。

"曹主任,您找我什么事?您直接讲。"我端起茶抿了一口,香气极醇,热茶暖身,多少驱散一点寒气。

曹望用两只手捧着杯,来回转动,他一直皱着眉,望着眼前虚空。过了一会儿,他把杯子放下,叹了口气,对我说:"闻记者,说实话,来之前我很犹豫,我也特意查了查关于你的资料,看过你两场演讲的视频,我觉得你这个人很正,写的东西也能看得出你做事的态度,很执着。嗯……我呢……有件事想和你说,但是不知道是否有用,也不知道这件事和梁珊那个案子有什么关系。我也不想给任何人添麻烦,不想给医院添麻烦,当然也不想给自己添麻烦。但是我想来想去,这件事可能只有您出面去做比较合适。"

"我和您第一次见面的时候,就已经说过了,我说任何时候想起来任何事,我都愿意听。您放心,不会影响到你,如果我要在文章里提及,我可以把您的名字隐去。"我从包里拿出笔记本和录音笔。

他看了一眼,摆摆手。我说:"哦,不录音,没问题,我只是习惯了都带着。"他说:"不是我怕,是没有必要。"我等着他继续说。

"我发现了一个……怎么讲呢,嗯……线索。"他一直皱着眉头盯着桌面,"原本我在犹豫是不是应该把这消息告诉警察。"

"你说詹明远他们啊?"我把杯子里的茶喝光,说道。

他抬头看了我一眼,说:"但是,我想这个事情,可能也不算是那种意义上的线索,就是一种……嗯……"他在犹豫着如何遣词造句。

"感觉。"我说。

"对!"

"洗耳恭听,您讲。"我说,我给他和自己添了茶,等着。

"好吧。我们那个楼层有固定的保洁阿姨,其中有一位叫王卉,人很好,勤恳,兢兢业业。但是,就是梁珊坠楼事件发生之后,偶然的机会,我发现那位阿姨不见了。我问了情况,那个案子发生前,她就突然辞职走了。"他说完,喝了口茶,茶水滚烫,他吁了一口气,像冲泡开多日块垒。

"你觉得有问题?"我问。

"她离开得太突然了。我问了我们物业公司的经理,他们这些保洁人员,工资是压着一个月的。这个王卉辞职的时候,她的领导问原因,她什么都不说,据说看起来很害怕的样子。"曹望说。

"就是说,这阿姨宁可那一个月工资不要了,也要赶紧离开?"

曹望点点头,没说话。我想了想,问:"警察来调监控录像,问话,没发现这件事?"曹望说:"警察关注的都是事发当天以及此后的情况。坠楼案子之前,一个普通的清洁工辞职,这件事他们没有道理关注。"

我点点头,问:"你有这个保洁阿姨的联系方式吗?"

他从衣服内袋里掏出一张小纸片,放在桌上,推到我跟前。我看了看,上面有地址和两个电话。

"一个是她本人的电话,另一个是入职时留的紧急联系人,应该是她丈夫。"曹望说,"不知道电话号码是不是还在使用。你试试吧。"

"没关系。如果有必要,我会过去一趟。"我说,"可话说回来,除了你说这个突然离职的蹊跷之外,还有什么别的原因让你觉得可疑吗?"

他点点头,说:"当然。我自己找保安处要了出事那天以及事发前后一段时间的录像,我发现在梁珊坠楼前两天,那个阿姨有一次在梁珊的病房门口打扫卫生,她好像听到了什么动静,偷偷往里瞧,然后好像看见了什么可怕的东西那样跑掉了。后来,出事了,我在楼道里碰到替班的保洁阿姨,问她,王卉去哪了,她告诉我说此前就辞职了。我问为什么,那个新阿姨说,王卉……看见了……鬼。把前后的事情都联系起来,感觉就……很……怎么讲呢?"

"诡异。"我说。

他不停地点头,却并不看我。

谈话到此为止。我给茶壶添了热水,给他和我又倒了茶。我们一人捧着一杯茶,各自静静地喝,房间里回归到我刚进门时的静谧。

2. 米雪

有些职业只是职业，是谋生，你进入，完成，撤出，回到生活，但有些工作不是这样的，比如警察、比如律师、比如记者，这样的职业会变成一个你皮肤上的烙印，会变成你DNA里的一个线段，会变成你大脑里的一个细胞，永远甩脱不掉。你一日是记者，终身是记者。

现在，我坐在家中的书房里深深体会到了这一点。我把那份关于普度公司的提纲交给闻以达之后，并没有停下来，反而对这间公司兴趣愈发浓厚。

我给之前报社经济组的同事姜彤打了个电话，她一直跑科技公司的线，我觉得她对普度肯定非常熟悉。吃过晚饭后，闻以达就出门了，他要去和曹望会面。我收拾了一下，也出了门。

我和姜彤约见面的这家星巴克位于一个新开张的商场的侧翼，位置不太显眼，加之商场刚开业不久，人气不是很旺，咖啡馆里不需要排队。我到得早，挑了个靠窗的沙发坐下来，过了大约十分钟，姜彤也到了。她穿着及膝的驼色风衣，围着一条灰色羊绒围巾，头发染成栗色，妆容依旧精致。我已经三四个月没见过她，她好像稍稍胖了一点。我点了一杯咖啡，她仰着头看着餐单犹豫了一下，要了一杯伯爵茶，又点了一份苹果派，看着就甜腻得不行的那种。

"你怎么样啊最近?"我问她。

"还那样,都没什么正经选题,写点破稿子,混工作量。"她说完,用小叉子把苹果派切下三分之一,端起盘子,送进嘴里,"好吃。"她露出一脸满足的表情,又喝下一口茶,然后把茶包拽出来远远地放到了一边。

"你最近忙什么呢?"她问我。

"接点活儿,给一个公司缩写小说什么的,他们做音频节目。"

"能挣着钱吗?"

"还行吧。和当记者也差不多,就是……"我说,"就是没什么成就感。"

"咳。"她做出一副满不在乎的表情,又吃了一块派,"什么成就感不成就感的,哪都一样。"

"我有个事情想问你。"我说。

她端起茶杯,等着我继续说。

"你之前做过关于普度集团的报道吧?"我问。

"做过啊。做经济报道的记者,谁没采访过普度啊。怎么了?我做过好多次关于他们的报道。其实他们很封闭,那些发出来的消息都是严格把控过的。毕竟这么大的公司,很谨慎的。到底怎么了嘛?"

"我在给闻以达帮个忙。"我啜了一口咖啡。

"哟,晒恩爱呢。"她笑起来,然后压低声音说,"哎,我说,你们到底什么时候要孩子啊?这大环境都这样了,你们还不紧不慢的。你听说了吗?那个什么《生育促进法案》新的修正案快落地了。"

我知道她说的是什么,但也只能装作若无其事的样子,笑一笑说:"走一步算一步吧。哎,我问你,你采访过李冬吗?普度的那个创始人。"还没等我说完,她就开始摇头:"没有没有。那个人接受采访都是公关行为了,时尚杂志封面、慈善颁奖礼之类的,拍照都一副赤子之心的表情,什么爱、奉献的,多无聊。正经事都是他们副总出来说,李冬现在深居简出。"

我点点头。姜彤问我:"干吗?你家闻以达要采访他啊?他怎么了?没听说有什么事啊?我漏掉什么选题了吗?"

"没有没有。"我说,"就是他在做一个别的报道的时候,查到一些线索,想了解了解这个公司。你也知道,他嘛,一直做各种杀人放火的报道,没接触过这么高大上的公司,摸不着门,我替他问问。"

姜彤点点头,说:"我听说普度最近其实也不太好过。外面看起来还是家大业大的样子,实际上,他们的一个叫'母亲!'的项目一直停滞,投入非常大,可能就因为这个会造成严重亏损。"

我问:"你说的那个'母亲!'是不是那个人造子宫的项目?我看到过一些资料。"

"你看到的,都是他们想让你看到的,实际上……"她摇摇头,眼睛透过窗子望向远处,"那个项目到最后一步无论如何都进展不下去。项目的技术总监辞职了,这件事对李冬打击还是很大的。"

"你这内部消息哪来的?"我尽量语气轻松。

"咳。我们家老关不也是做生物医疗这行的吗？只不过是小公司，前几年，人家普度还谈过收购呢！没成，要是成了，现在也财务自由了。老关和普度那个辞职的技术总监是大学同学。他辞职之后，总和老关来喝酒，老关还想给他挖到自己公司呢，人家不去。我觉得人家钱早赚够了。有一次我们一起吃饭的时候，他喝多了，还哭了。他其实对普度很有感情，但是不知道为什么，后来好像有点不太愉快。那次吃饭，他一直念叨说自己做了坏事。"

说完，姜彤轻轻叹了一口气。

我有点惊喜，说："你能帮我约一下那个技术总监吗？"她抬起头好奇地看看我："约他？"

"咱俩的关系，我就实话和你讲，这件事是闻以达在查那个孕妇坠楼案子的时候碰到的线索，现在觉得可能和普度有关系，但至于是什么样的关系，不清楚。还有就是，即便不是因为这个，我也想了解了解那个'母亲！'计划到底是怎么样的。你也知道，这和我与闻以达直接相关，如果那个计划进展顺利，可能我们俩就解脱了，不需要这样提心吊胆，我可能还能回去工作，但如果不行，可能真的就像你说的，得早做准备。你就算帮我吧。"

姜彤把杯子放下，说："我试试吧！回头尽快告诉你结果。我们走吧？"她站起来。我问："你的茶不喝了？"她神秘地说："想喝，不能喝啊。"我有点疑惑，但也跟着站起来，穿上外套，和她走出咖啡馆，外面冷得清爽，她紧了紧风衣，扭过来对我说："和你说个事，我又怀孕啦。走啦！"她冲我摆摆手，融入了人群。

3. 梁朗

再见到秦梦的时候已经是晚上。我当时躺在医院休息区的沙发上,盖着自己的外套睡觉,睡眠很浅,处于梦境和现实的相切线上,周遭有人来来回回走动,我也不想睁开眼,直到我听到有人叫我的名字。

我坐起来,看见曹望正歪着头看我,他对我说:"你可以进去病房看看秦梦。我以为你已经离开了。"我问他:"秦梦情况怎么样?"我明显感觉他眼神有些躲闪,语气顿挫了一瞬,说:"还好吧,稳定。"

秦梦仰躺在床上,闭着眼睛,脸色惨白,头发披散,发根早已被汗水濡湿,贴住头皮,发梢粘在脸上和脖子上,被单被拽到胸口。她的轮廓看起来那么瘦小,右臂露在被单外,插着吊针。我抬头看看,吊瓶里的液体还剩下三分之一,一滴一滴,像倒计时的沙漏。

我拽了把椅子,坐到床边,握住秦梦的手,像攥住一块冰。我低头叫她:"秦梦?秦梦?"她没有反应,我把她粘在脸上的头发拨开,拧开一瓶矿泉水,小心翼翼地倒了半个瓶盖,放到她嘴边,为她润一润嘴唇。她的嘴唇失却血色,覆盖一层白色物质,像是盐碱化的大地,中间裂开一两个口子,水滴到她的唇上,她的嘴唇翕动了一下,然后慢慢睁开眼。她的表情看起来很恍惚,头顶日光灯刺眼,她在努力错开焦点。

"我想喝点水。"秦梦说。

我扶着她慢慢坐起来,为她在背后垫上枕头。她慢慢喝下两小口,又紧接着灌下一大口,然后呛得咳了起来。我慢慢拍着她的背,直到她安静下来,剧烈的咳嗽像是彻底唤醒了她,让她眼神里开始有了一丝亮光。

"感觉怎么样?"我问她。

我拿开枕头,扶着她的肩膀,让她躺平,她慢慢调整成侧卧的姿势。"疼。"她从齿缝间吸着气说,"从小腹到这里……都疼,不呼吸的时候还好,呼吸就像被撕开。"她小心翼翼地抬起胳膊,比画着自己的小腹到心脏的位置。

"他们做了什么?"我问。

她摇摇头:"就是……那些……说不太清。"她的声音低下去。我觉得她说得清,只是不想说清,描述意味着回忆,回忆意味着沉浸,我为什么要让她再沉浸一次呢?

我看看表,已经晚上 9 点多,再过半小时,我必须离开,这里不允许家属留宿。我帮秦梦盖上被子,把床头灯光调暗,握住她的手。灯光打在她的睫毛上,在颧骨投下阴影。我能听见自己紊乱的心跳,也能听见她慢慢均匀的呼吸。我慢慢把手抽出来,把灯关掉,吻了吻她的面颊,轻轻关上门,下楼。

我站在医院门口,回想这一天,觉得一切都不似现实。室外已经很冷,能看见人们呼出的轻微雾气。医院门外一如往常,车队排起长龙,人们奔赴某个目的地,却因于当下和过程,空怀焦急和期待。我决定回家之前先去吃点东西。

4. 秦梦

我和梁朗坐在家里的露台上,秋风凉爽,天空湛蓝,露台上有葡萄架,叶子爬藤,葡萄已经结了果,一串串垂坠下来。梁朗站起来摘下两串,紫色玻璃珠般裹着白霜,他走进屋去洗葡萄,用一个玻璃碗盛着走回来,有水珠从碗沿滚落下来,太阳映射之下晶莹剔透。儿子就在我们身边,刚刚学会走路。我剥了一个葡萄,把嫩嫩的果肉喂到宝宝嘴边,他的表情认真起来,张开小嘴奋力去咬,汁水流到他的下巴上。梁朗在一旁笑,他说:来,爸爸给你拍个照片。我挪到宝宝身后,梁朗蹲在我们对面,挥着手逗宝宝。我走到梁朗身边,对他说:给宝宝自己拍一张,你看,他多认真地在看葡萄。阳光洒在宝宝身上,给他的轮廓镶嵌了一道金边,他转过头的时候,脸颊被照得近乎透明,也像一块果肉。

"看这里看这里。"我和梁朗一起奶声奶气地喊,宝宝先是扭过头,冲我们笑起来,然后挥舞起手里的那串葡萄,突然,他有些重心不稳,开始向后踉跄,他挣扎着维系平衡,却囿于惯性愈发退得飞快。对于成人而言,露台栏杆没有什么问题,但对于孩子来说,每一根和每一根之间过于稀疏,平时有花枝缠绕,我们都未曾注意。我和梁朗向前冲过去,但眼睁睁看着宝宝从栏杆缝隙间消失。

我大喊着,趴到栏杆上往下看,地面显得那么遥远,我无论如何也找不到我的宝宝。我声嘶力竭地呼喊梁朗，扭头去看，身后竟空无一人，我惊慌失措跑进屋，准备下楼去找，房门却突然被猛地撞开，一群身着迷彩服的男人冲进来，我还没缓过神就被其中两人反剪了胳膊按压在地上。我抬起头质问他们，我喊：我的孩子摔下去了，我的孩子摔下去了！然后却感到嘴被什么东西勒住，头上套了一个头套，什么都看不见了。再能看见时，我已经被关在一个监狱里，旁边就是梁朗，我问他："我们的孩子在哪？到底发生了什么？"他几近奄奄一息，对我说："孩子死了。很快我们就会见到孩子了。"我觉得周遭一切都旋转起来，我开始强迫自己深呼吸，吸气，呼气，吸气，呼气，眩晕慢慢消退，我看着眼前一切，打定主意要弄清原委，栅栏前摆放着一杯水，我端起来喝，水很凉，清冽甘甜，我忍不住又灌下几口，却呛住了自己。我大声咳嗽，愈发剧烈。睁开眼睛，我看见了梁朗的脸。我开始疑惑，左右环顾周遭，发现室内整洁，灯光温暖，我抬起胳膊，发现手背上插着针头，我才想起，自己在医院里。

我舔舔干裂的嘴唇，感觉到一点点湿润，看见梁朗手中拿着一瓶矿泉水。他俯下身，问我："你怎么样？"我说："我想喝水。"

5. 曹望

我一直从窗子里向外望，我看着闻以达从车上下来，看着他抬头打量这个茶楼，看着他从茶楼前后绕了一圈，然后走了进来。

事情谈到最后,他只问了几个问题,然后就不再说什么,一心一意喝茶。我知道,他已经笃定心意,他会把这条线索查下去,我对他有某种说不出原因的信任。

快10点的时候,闻以达离开,留我自己在这间茶室里。桌上的点心没人动,水果和干果也都放在原处,只是茶已经淡了,几近没有颜色。这里有时静得让人发慌,我喝掉最后一杯冷掉的茶,起身出门。

没有人知道今天我经历了怎样的内心巨变,那像是一场在我身体里刮过的飓风,风过之处残垣断壁。我努力维系着完整的外壳,实际上内里已经溃烂无余。

当年,在医学院读书的时候,我的导师告诉我,与你的病人谈话时,要看着他们的眼睛。这是你了解他们的渠道,也是让他们信任你的方法。我一直记在心里,自从我开始行医,我一直是这样做的。我坚信,这样的方式让我和病人之间建立起一种精神性的互动。但今天,我看见秦梦的时候,却无论如何都无法做到这一点。

李冬曾经评价我是个边界稳固的人,有一套自我支撑和自我运转的法则,无论外界如何变化,那套内在法则一直是我的基础程序,所以,我一直不太容易出现 bug,因为我很少允许外界篡改我、升级我。但是最近,我自己清楚,我的代码到处都是错漏,我不知道该如何弥补。有个声音一直在告诉我,一些旧有的秩序很快就将被打破,我们将被抛向何处,无人知晓。与其如此,我不如做一些事,趁着还可以做的时候。

我把车停好,下车伸了伸懒腰。小区内极静,草丛里各种秋虫低声鸣叫,我不知道那是在集体狂欢还是集体哀悼,再过不久,这群秋虫就会全部死于冬日严寒。

李冬还没睡。他正坐在书房,面冲着窗户发呆。听到我进来,他转过来,我才看到他手里握着一杯威士忌。我走过去,吻他。"你在干吗?"我问。他冲我举一举酒杯:"你喝吗?"

"我们每天都要喝酒吗?"我说。

"有什么不好吗?"

我笑起来:"确实没什么不好。"

我记得一个很久很久以前的作家曾经写过:如果我带着醉意出生,或许我可以忘掉所有悲伤。是的,今晚,我想忘掉所有悲伤。

我们一人握着一杯酒,并排坐在一起,望着窗外的一片漆黑。

"你还记得我们第一次来这里的情景吗?"李冬说。

"记得。"我点点头,"我们都喜欢那个湖。"

我看见他的嘴角翘起来:"曹望,我想让你知道,我们一起住在这的几年,是我人生中最开心的一段时光。"我扭头看他,他盯着酒杯里的酒,似乎那里面有什么值得凝视的内容。

"怎么突然说这个?"我问。

"没什么。我只是想亲口告诉你,怕以后不再有机会。"他说着,有一种慨叹的语气,"如果有一天,我们必须离开这里,你最想念什么?湖?那些树?这个书房?还是什么?"

"你。"我说,"我会最想念你。我们为什么要离开?我们不离开。"

6. 李冬

早上例会，公关部提交了一份资料。一个人在网上撰写了一份非常详细的分析报告，声称我们公司存在严重风险。文章总结说，普度集团看似光鲜，实则不过是在死撑，其中列举了我们公司的诸多业务线，当然也提及了"母亲！"计划的困境。虽然有一些错漏，但不得不说总体的分析确实精准，在他的分析中，我们公司的利润只能依靠那些基础性的药物和保健品支撑。文章的作者以前是个商业记者，后来辞职，自己创建了一家小型公关公司。那篇文章附带着作者的个人简介就摆放在我的面前。

公关部和法务部的几个员工盯着我，神情肃穆："我们已经准备好诉讼。"法务部总监看着我说。

我拿着那几页纸，来回翻了翻，摇了摇头："这事就算过去了。这个当口，我们的主要工作是研发，推进项目，不是浪费在无谓的口水战里。把外界目光吸引过来，对我们更不利。没有必要。"

"那就发一份律师函，让他把文章撤掉。"法务总监又说。

"什么都不做。"我说。

法务部的人似乎还想说些什么，被我制止了。"这事情就这样办，不再争论。说下一项工作。"我说。

各部门开始轮流汇报，我听到一半就开始走神。明明知道自己坐在这里，却像有个巨大玻璃罩将我笼罩，周围的声音发闷，有莫名其妙的延宕,像半梦半醒时刻的感受。我想,或许是因为老了,或许是因为最近一段时间周围一切的变化。为了解决失眠,我每天喝酒,喝更多的酒,但酒精潜入血液,让身体倦怠,却引来诡异梦境。我只能顾此失彼,进退两难。

直到副总拍拍我的胳膊,我才回过神,我抬起头,会议桌两侧的人都齐齐望向我,我有点尴尬。研发部技术副总监说:"那刚才说的项目的事?您看……"我有点蒙。他应该是看出来我的窘态,又说:"哦,就是刚刚我提到的,'母亲!'资金上马上要面临缺口,是否可以增加投入?"会场安静下来,有人开始翻资料,有人接起电话小声说着什么,走出了会议室,有人端起杯子喝水。

财务总监说:"我们是严格的预算制。去年定下来的预算,到现在,按道理说是不应该增加的,这是制度性的东西。如果必须增加,就要李总亲自特批,要重新启动另一套流程。要不然,从财务制度上讲,是违规的。"

技术总监李啸然辞职之后,位置一直空缺,副总监带队继续干活,进展卡在那里,团队士气备受挫折,眼睁睁看着资金见底,成果寥寥。这个项目的研发最初是严重倾斜资源的,在公司内部本来就备受争议。现在出现这样的问题,很多人说风凉话,只不过项目是我亲自筹备、监督和推动的,这些嘲讽也就都是私下的八卦和牢骚,从未摆上桌面。现在,这个心思单纯的研究人员把事情抛向了大家。就像网上分析的一样,钱,是普度现在最大的问题。我们写字楼楼顶的招牌还那么巍峨,我们的实验室还日夜不休,但我们在座的人都清楚,我们的内部在慢慢干涸。谁都在想着年终的奖金和来年的运转。

"我想一想。"我说。大家似乎松了一口气,一种暂时的解脱,也包括我自己。"还有事吗?"我问大家,众人摇头。我宣布散会,人们收拾东西陆续往外走。公关部总监走到我身旁,俯下身问我:"那个叫闻以达的记者的采访……您看?"

"我还要考虑一下,不用答应也不要拒绝。如果问起来,就说我们还在考虑。"我说。她点点头,走了。

到家之后,我就坐在书房喝酒、发呆,看着天空从深蓝变成墨黑,再看繁星点点透出天幕。酒喝到第三杯,曹望回来了。我扭头看他,他朝我笑笑。我问他:"你喝一杯吗?"

7. 詹明远

会议进行了半小时,听大家汇报得差不多,我开口问道:"还有什么新线索吗?"大家都很落寞地摇头。我说:"那先这样,大家回去早点休息吧。"众人散了,我也跟着往外走,准备回自己的办公室。楼道里刚刚一直嘈杂,好像又抓了什么人,现在正好路过审讯室,我朝窗户里望了望,发现有个年轻男人蹲在墙角,浑身发抖。旁边站着两个我们的人,一胖一瘦,好像是新来不久的警员,我记不清名字。

我推门进去,那两个警员回头和我打招呼:"詹队,是不是打扰你们开会了?"我摆摆手,掏出烟盒,给他们两人一人扔了一根烟,他们接住,凑过来也给我点上。

"这什么情况?"我问。

"治安科那边抓了个小偷。"瘦子回答。

"小偷?怎么治安案子扔你们这来了?"

"嗨!不是,治安科那边抓了之后吧,这人一直自己在那嘟囔,杀人了杀人了。"胖子说,"治安科那边怎么问都问不出来,怕耽误大事,就联系我们了。我们给带过来了。"

我走过去,弯腰看看那个男人,他比刚才蜷缩得更紧了,像个拼命保护自己的甲虫。"你们是不是打人了?"我扭头问。

"没有,没有,没有,绝对没有!我们没必要啊詹队。"他们两个都拼命摆手。

"那怎么吓成这样?我说多少次了啊,办案的时候得注意一点啊,别到时候真出了问题,查你们。"我语气有点重。他们俩显得很无辜,耸着肩膀,一直在摇脑袋。

"他打到这儿就一直这样。我们让他坐在那,拽都拽不起来。所以刚才我们才喊得那么大声,这监控开着,不信您去看。"瘦子极力辩白,"我们也着急啊。"

我蹲下,想看看那个男人的脸,但他一直努力把脸埋进双腿之间,浑身止不住地发抖,嘴里还在嘟囔:"杀人了,杀人了。"

"喝点水吧,好不好?这里绝对安全。喝点水,和我们说说情况,看看我们能帮你什么。好不好?"我对他说。

胖子把桌上的纸杯端过来,我接过来递到男人面前,但是他看也不看。蹲的时间有点长,腿有点酸,我慢慢站起来,把水杯放回桌上,扭头说:"这屋里留个人,实在不行,找医生来给看看,得让他把情绪稳定下来。给他准备点吃的。要么他身上有事,要么看见什么事了。留点心啊!有事情随时和我汇报。"

两个人各自答应了一声,然后都松了一口气。

8. 肖爱

下午,我又去了一趟医院做产检,自己去的。这次产检很烦琐,但也很顺利,血压、体重、宫底高度、腹围、胎心率、胎位、血常规、尿常规、胎心监护,一系列检查做下来,多半天就耗过去了。中午我在医院餐厅吃了一份三明治,全麦面包夹着鸡蛋、培根、小番茄和生菜,切成一个个精巧三角形,被牙签串起来摆在托盘里,免费提供给来做产检的孕妇。

我已经记不清楚这是第几次来医院做产检,愈到后来,检查就愈发密集。我想,就连这种事都是熟能生巧的。几个月前,我第一次来做产检的那天晚上,我和詹明远躺在床上聊天。床头柜上的母婴监视器里,小蘑菇睡得安稳,小肚子在被子下面忽高忽低。我推推詹明远让他看监视屏幕。平时他看后都会笑一笑,但是那天却死死盯住屏幕,像是第一天才认识那个小人儿一样。

我看出他的异样,问他:"怎么了你?"他回过神,严肃起来,对我说:"肖爱,咱之前说好的,你还记得吧?"

我有点疑惑:"记得什么?说好什么了?"

"咱们当初去接小蘑菇回家的时候,谈好的条件。"

我当然记得那个约定,如果我怀孕,小蘑菇就要送回去。说实话,我没想过我可以这么快就又能怀孕,我也没想到詹明远会在这个当口提起这件事。

"你真舍得把小蘑菇送走吗?"我从床上坐起来。

詹明远不说话,抱着手机,手机已经黑屏,他却一直盯着,屏幕上映出他肿肿的眼泡。眼见着房间里的沉默就要淹没我们,他开口:"不是说好的吗……再说,根本不可能忙得过来啊!而且,这两个,不可能一碗水端平。一个是真的,一个是假的,两个摆在那,反正我心里就有这种区分,你不会有吗?这对小蘑菇公平吗?"他语调平缓,却逻辑严密,从四面八方堵上缝隙,我几乎无法反驳。我很生气,下了床,去了小蘑菇的房间。我站在他的婴儿床旁边,看着他翘起的小鼻子,眼睛就禁不住发酸。我抹了抹眼泪,才想起小床的旁边放着的母婴摄像头,詹明远一定正在隔壁透过屏幕看着我。我把摄像头拿起来,一把关掉。

第十六章　告解

1. 闻以达

我和主编刀哥面对面枯坐在他的办公室里，一人叼着一根烟，像是比赛般地抽。这一早上，我们一直在商量要不要直接去一趟那个保洁阿姨王卉的老家，毕竟我有地址，可以直接扑一次试试。按照经验讲，这种类型的采访，打电话是不靠谱的，如果这阿姨真知道些什么情况，弄不好还会打草惊蛇，再想联系上就难了。

"怎么着？直接去一趟吧。"我把烟头按灭在烟灰缸里。

"去倒也不是不行，这不就是怕白跑一趟吗？但是吧，打电话肯定是没什么用，还有可能起反作用。"他低声念叨，说话慢悠悠的，与其说是回答我的问题，更像是说服自己，"主要是你手里不还有别的活儿呢吗？"

"零碎的选题交给别人去做吧，我又不在乎工作量考核。"

"你不还约了普度集团的创始人吗？"主编抬头。

"咳！那个完全没谱呢，就算答应了，我再赶回来呗。"我说，"跑一趟还是值得的，又没多远，又不贵。"

过了一会儿，他长出一口气说："去一趟吧，摸摸情况，快去快回。"

我回家收拾了几件衣服，拿上手机充电器和电脑，直接去了车站。米雪不在家，我去书房看了看，她的电脑关着。我临出门时给她发了个信息，说我出差几天，她知道我要去找谁，我和她提起过。但她没回。

王卉的老家在东县下辖的一个村，下了车，空气中弥漫一股铁锈味，车站很小，从站台一眼望见站前广场，几个目光阴鸷的中年男人揣着袖子到处看，应该是找活儿的司机。我检票出站，果然被其中两个男人拉住，我站在广场上四处张望了一下，觉得这地方也实在打不到出租车，就和其中一个谈了价钱。从他的眼神判断，他应该要了一个自认为不错的价格，但我也能接受，就懒得再掰扯。上了车，我跟他说："我赶着有事，钱照我们说好的付，你不用特意绕路让我觉得这一趟真的有那么远，抓紧时间。"司机从后视镜里看看我，点点头。15分钟之后，司机靠边停车，指指前面停着的几辆摩托车对我说："大哥，车就只能开到这。前面那段得坐摩托。你放心，我去帮你谈个价。"没等我回答，他就兀自下车，走上前去和几个摩的司机攀谈，三分钟后回到车上，说：没问题了，你就给他20块就行。我给他结账，然后下车，又上摩托。我和司机都没有头盔，看得出他对路况很熟，开得飞快，路又很颠，尘土飞扬不绝，我一路眯着眼，有点狼狈。下车的时候，我的头发已经被风沙固定了形状,脸上都是磨砂手感。他接过钱,对我指指前面的一扇院门,然后调头又扎进尘土里。

等马达声走远,尘埃也都落定,我四处看了看这条街,可能是因为天气转寒,街上并没什么人,偶尔听到狗叫。这时候,旁边一家院门推开,走出来一位老太太,手里拿着一个水盆,警惕地问我:"你找谁啊?"我说:"王卉家是住您隔壁吗?"她点点头,然后把盆里的水泼洒到自家院子门口,水成扇形降落地面,分布颇为均匀。"她最近在家吗?"我又问。老人又点点头,缩回院里。我没着急去敲门,反方向往村口走,我记得刚刚在摩托车上路过了一个小卖部。一个老头在看店,门口堆着几样水果,我问他:"哪种最贵?"老头迷惑地看看我,指指橙子。我挑了一袋,又拿了一把香蕉。

王卉家的大门油漆有些剥落,总体上看还算可以,院墙红砖也都挺新。我敲了几下门,就有女人应声,问我找谁,我报了王卉的名字。门错开一条缝,露出一张皱纹斑驳的脸,眼神狐疑。我把水果提起来,说:"阿姨您好,您还记得曹望吗?医院的,那个产科主任,他委托我来看看您。"我看见她的表情舒展开来,旋即又紧缩回去,有一点惊讶,也有一点怀疑,然后说:"哦——哦——曹主任,记得记得。你是医院的?"我没接茬,说:"我能进去说吗?您给我杯水喝。"

院内倒是干净,一角有个巨大瓦缸,里面养着几条金鱼,水面上还飘着几叶水葫芦。我跟着王卉进屋,她给我倒了杯茶,看着我,有点局促。

"就您一个人啊?"我得说点什么,打破僵局。

"老伴出去了,孩子们都在市里……"她搓了搓双手,又把手夹在两腿之间,缩起肩膀,"你喝水,喝水。"

玻璃杯很烫,又没有把手,我只能捏着杯沿抿了两口,然后听见她说:"没见过你啊,哪个科的?也是曹主任那个科室?"她语气中,相较于质疑,更多的是抱歉。我有点不忍,也觉得都已经进展到这一步,也没必要非得继续糊弄她。我说:"是这样啊,阿姨,我呢,是曹望的一个好朋友,他原本想自己亲自看看您找您聊聊,但是您也知道,医院离不开他,所以就委托我过来看看您。"

"曹主任他……找我有事?"

"您别紧张。您也知道曹望对于医院的感情,对吧?所以,那件孕妇坠楼的事情发生以后,他一直很难过,觉得是不是他自己的某些疏忽造成的。所以他一直在追查这件事,他后来发现,那件事情发生前不久您辞职了。而且他在监控录像里看见您在那个孕妇住进医院之后,有一次从她的病房经过的时候,非常……嗯,非常害怕地向里面瞧。他想问问您是不是看见过一些什么事?"

话说完,屋里突然变得异常安静。这地方原本就比城市安静许多,现在屋里更像抽成了真空,光从玻璃透进来,在我们身上画下格子图案,我看见她低下脑袋,身体愈发缩紧。

过了一会儿,她说:"我就是得照顾照顾家,觉得岁数大了,干不动了,就辞职了。真的,没有别的原因。"她几乎要把头埋进自己身体里。

"阿姨,您应该了解曹望,他不是一个给别人找麻烦的人,他只是想弄清楚到底发生了什么。您也知道,如今一个临产孕妇坠楼是件天大的事,这事情的真相到底怎么样,可能会影响很多人,曹望自己也很担心。"我说。

"会牵连曹主任?"王卉抬起头望着我说。

我没说话,我想,适时的留白或许效果更好。我等着那片空白自己蔓延。

过了一会儿,她喏喏地说:"曹主任是个好人。那会儿,经常照顾我。"

"是啊,现在他的苦恼没办法和任何人讲,所以找了我,想试试能不能请您帮忙。您也知道,他应该没求过谁帮忙。"

她吸了一口气,又长长吐出来,像是终于下定决心,说:"行,看在曹主任的面子上,我说。但是,我不知道该怎么说……这个事情……唉!"

我把手机的录音机功能点开,扣在桌面上,说:"您慢慢讲,您到底看见了什么?是有什么让您害怕的事情吗?"

她调整了一下坐姿,开始讲:"那个孕妇刚住进来的时候,和别人没有任何区别,看着挺年轻的,不像有的人,待产的时候脸上就都已经肿得厉害,她看着气色挺好。她丈夫总来陪着,原本这都很正常。就是有一天,我看见……"

她突然顿住,像在犹豫该如何遣词造句。我说:"您不用担心。"她摇摇头说:"不是担心,是不知道该怎么说,如果你不问起来,我可能觉得自己已经把那件事忘了,或者我已经确定了是我眼花了，看错了，或者那天太累，脑子蒙了，但是你今天问起来，我这一回忆，还是觉得我没看错。"

"你是看见了什么人吗？"我问。

她望着我，点点头，眼神意味深长。我开始能听见自己的心跳，血液击打鼓膜，头脑中嗡嗡作响，我觉得自己终于接近了真相。"什么人？男人还是女人？"我问。她又沉默下来，然后看着我，摇摇头。我有点迷惑。

"不是男人、女人，"她说，"是个孩子。"

我不知道该如何继续对话，这超出了我所有的预判。我说："什么孩子？"她吸了一口气，说："一个差不多两三岁的孩子。当时，我在那女人的病房门口收拾楼道，那天不知道谁洒了什么饮料，被人踩得到处都是，后来干掉了但是地面特别黏，我就只能用墩布一点一点擦。然后，我听见房间里有个孩子的声音，说：'你们为什么不要我了？为什么？'然后，过了一会儿，我就听见那个女人说：'不是妈妈不要你，是实在没办法，妈妈现在怀了小弟弟，没办法照顾你。'那个小孩的声音又说：'你们可以这样扔掉我吗？'那声音变得特别可怕。然后我就听到那个女人哭起来的声音，哭得特别瘆人。那个女人问：'我能怎么办？你要我怎么办？'那个孩子说：'我要你死。'我就慢慢站起来，从门缝往里看，想看看到底怎么回事。结果因为一直跪着擦地，腿有点麻，没支撑稳，膝盖磕在地上了，我疼得叫了一声，一抬头，正好看见那个孩子扭过头。我们互相看见了，也就是一两秒钟，但是那表情实在太可怕了！太可怕了！"

我看见王卉闭着眼睛,像陷入一段噩梦。我问她:"为什么觉得可怕?"她沉默了一会儿,说:"我没什么文化,不太会说。嗯……这么说吧,那个小孩说话的声音听起来奶声奶气的,但是说话的内容、语气就不是一个孩子,完全是一个成年人,刚才我复述的那些话,那怎么会是一个孩子口中能说出来的呢?就是特别……"

"反常?诡异?是吗?"我说。

"嗯,对对!就很别扭,所以才引起我的注意。然后我看见他的时候,就更可怕了,那张脸就是普通孩子的脸,那孩子其实长得很漂亮,大眼睛,长睫毛,鼓脑门,但是那个表情和眼神,那个岁数的孩子怎么可能有那样的眼神呢?"王卉一副大惑不解的神情。

"什么眼神?"我问。

"就是那种阴沉、仇恨、想要杀人的那种。"

房间里又安静下来,这一次轮到我品尝留白默默蔓延的威力。这和我来之前的预判相差太远,像是一个考生背下了所有习题,自以为做足准备,但拿到考卷却发现临时更改了科目。我努力回过神,问:"你确定听见和看见的一切吗?会不会听错了,看错了?"王卉摇摇头,说:"那天晚上我就开始低烧,吓的。我一直说服自己是我看错了,听错了,但是绝对没错。那孩子发现我之后,眼神里冰一样的冷,我后来越想越后怕,就辞职了。没过多久,不就出事了吗?我一听说那女的从楼上掉下去,我吓得魂都没了,我就知道肯定和那个孩子有关系。但是我又不敢说,也不知道和谁说,就算和警察说,也不知道该说什么。你明白吗?这听起来实在是太……"

"太荒谬了。"我说。

"对。人家肯定都以为我是精神病了。"

茶已经彻底冷掉,我还是喝了一口。王卉慌张地站起来说:"我给你添点热水。"我说:"不用,我能抽根烟吗?"她说:"抽吧抽吧。"我掏出烟,点上。尼古丁滤过肺泡,我才慢慢平静下来。我进屋不过一个多小时,却像看过一场情节惊险的电影,波峰波谷跌宕起伏。直到一根烟抽完,这期间我俩都没说话。我把手机揣进兜里,站起来,对她说:"谢谢你啊,真是帮了大忙。"她也站起来,搓着双手说:"也不知道能不能帮得上曹主任。你……你不会觉得我有精神病吧?我说的那些……都是真的……我也知道这好像不合情理,但是这真的发生在我眼前……"我摆摆手:"您说的那些我都相信。"她像是终于踏实下来,定定看我,面色逐渐缓和,脸上透出笑意,对我说:"那就好,那就好。"

王卉要留我吃饭,我执意要走,我不需要吃饭,我需要消化,消化刚刚摄入的那些信息,我已经想到了一些答案,但仍然不敢确定,我需要一段独处的时间印证或者推翻自己。

2. 米雪

上午 9 点半,我正在进行一篇新小说的缩写工作。我开了个头就开始心不在焉,手机放在一旁,拿起来刷几下又按灭,过一会儿又拿起来。实在觉得这样下去不行,我决定把手机扔到卧室去,刚把它放在床头柜上,铃声就响起来。姜彤劈头盖脸地来了一句:"可以见面了。"我有点蒙:"什么见面?"她叹了口气:"不是你要我帮你联系普度集团离职的那个技术总监吗?"我恍然大悟,哦了好几声。我这才想起来,上次我拜托这位前同事通过她老公的关系帮我约见一下普度公司离职的那位技术大牛,没想到还真成了。

姜彤让我赶紧出门,约了上午在一家咖啡馆见面。"请我吃饭啊。我过一段时间就辞职了,趁着我现在还愿意出门。"她挂电话前对我邀功,"等我挑一家贵的。"

那家咖啡馆不太好找,我下了出租车看着导航找了好久,才在一条隐蔽小路的尽头看到它。我找了一个靠窗的位置坐下来。十分钟之后,姜彤的车驶过来,停在不远处,从副驾下来一个男人,瘦却有点肚子,稍稍溜肩,穿一件运动款夹克配一条肥大的牛仔裤和运动鞋。姜彤隔着窗子就看见了我,进门径直朝我走过来。"这是李啸然,著名生物医学科学家,普度公司前技术总监兼……什么来着?哎,我介绍得对吗?你自己介绍吧,渴死我了。你点什么了?"姜彤摆出一副介绍人的样子说,"我马上就得走,坐不住,一会儿你们先聊。"

我站起来和李啸然握手,他一直低着头,握手时也不太用力。我们坐下,点了喝的,蛋糕先上来,姜彤切下一大块送进嘴里,然后拿起水杯喝下几口柠檬水,对我说:"我走了,回头联系。"

店里的音乐声若有若无。我把小瓷杯里的牛奶倒进咖啡里,慢慢搅拌,盯着杯子里的漩涡想怎么打破沉默,却听到李啸然先开口:"其实,我一直想找人聊聊,如果没人聊,我也可能会把我想的和知道的一切写下来,但我不太会写。我原本想过和姜彤说,但是她有点……不太适合,你也知道,她做朋友很称职,但是作为记者就不太……所以,当她和我说起你的时候,我就觉得这可能是一个机会。算是巧了吧,我想说的时候,你想听。"他说完,端起面前的红茶,喝下半杯。

我有点惊讶。其实,我想见李啸然完全是因为想找个渠道了解一些普度公司的内部情况,按照经验来看,离职的员工显然比在职的更没有顾忌,甚至出于某些可以理解的原因,更愿意说出一些我们想知道的情况。但是显然李啸然有别的想法,他能出来见我,不是被动的帮朋友一个忙,他的离职应该有着外界并不知情的重大原因,这一点对我而言是天上掉下来的运气,又或者是我多日孜孜以求的一点回报。

我给他的杯子加了水,说:"我们就随便聊聊,我也是想了解一下普度。这么大的一家公司,到处都是他们的广告,结果发现对它却最陌生。"

他笑起来,说:"其实,我对它也很陌生。"直到这会儿我才发现,这个男人并没有我认为的那么冷漠。

"你是什么时候加入的普度?"我问。

"11年前,我在普度工作了11年。拿到硕士学位回国后,我就直接去了普度,很顺利,当时普度也算风生水起,但也没到后来这种影响力和规模。我读书的时候,我们专业的学生们都知道它，李冬也算生物医学界的一个传奇人物，还给我们学校捐过款，来做过讲座。我就是在一次讲座之后的招待酒会上和他认识的。他谈吐非常好，见识也广，无论聊我们的专业问题还是对其他事情的看法，都非常吸引人。那次酒会之后，他对我们所有人说，欢迎大家毕业后去普度集团工作，如果我们愿意屈就的话，是他的荣幸，大家都笑。临走的时候，他和我握手，对我又说了一遍，欢迎我去他的公司工作，在名片上写下了他的私人号码和邮箱。"李啸然说话时，眼睛一直透过窗子望向远处，有时，不自觉地翘起嘴角。我知道他陷入了一段美好的回忆，那段日子是他昔日荣光的开端。我能想见一个青年才俊对未来翘首以盼的眼神。

我看看窗外，天光比刚才亮了一些，白和灰的云共同作用让光线变得安静。他接着说："一年之后，我毕业回国，没有任何犹豫，直接给普度投了简历。我没有给李冬的私人邮箱发邮件，怎么说呢，算是一点点骄傲和矜持吧。几轮面试都很顺利，最后一轮的时候，我走进房间，看见了李冬，他笑着站起来，和我握手，只说了两个字，欢迎。"

"李冬不只是普度的创始人，还是绝对的精神领袖，员工对他的态度绝对不是普通公司里那种下级对上级的恐惧和服从，而是发自内心的崇拜和尊敬。他是个独裁者，却是那种颇受拥戴的独裁者，一个开明君主。他把公司分成了很多条线，分别有不同的要求和愿景。有些是为了利润，而有些则不。至于我所在的部门，用他的话说，是公司的未来。我所在的实验室一共 15 个人，都是年轻人，我们自视甚高，至少我自己是如此，我们都把自己视作科学家，而不是产品开发者。普度集团的产品和服务范畴涵盖了和生育相关的全链条。"

"有一次公司年会上，李冬说过，他年轻的时候也想做一个纯粹的科学家，但是后来他认识到自己受不了科学家所需要付出的代价，相较于冷清孤独的科研过程，他更享受作为一个成功企业家的感觉，更何况这种身份可以让他支持更多的科学家，这成就感更强。他能否成为一个顶级的科学家，我不清楚，我只看过他年轻时发表过的两三篇论文，才华确实是有的，但他作为企业家绝对是顶级的，为什么这么说呢？他不但在乎短期的利润，更在乎那些目前看起来无法产生利润的东西。只在乎赚钱的人最多就是个商人，成功商人，但是绝对算不上企业家，而李冬的眼光和野心从来不在当下。普度公司的战略构架都是由他自己搭建和调整的，每当一个项目可以进入生产环节，变成稳定的现金流和利润率，李冬就要求必须开发出一个新的项目，花钱的、投入的、不问短期回报的项目。他说，一个项目一旦可以稳定地为公司盈利，它其实就已经没有任何想象力了，必须拿出一个具有想象力的新项目，这样，公司才能真的保持活力。这一点特别令人尊敬。我主持的那个'母亲！'计划就是这样一个新项目。"

他长出一口气，端起杯子喝茶，然后像是突然发现我在他面前一样，一脸歉意地笑笑说："真是不好意思，我一直在说，你先问吧，你找我想知道些什么？"

其实刚刚我一直听得入神。"没关系，您继续说。您说的都是我想听的。"我笑着回答，"其实，我就是想多了解一些普度公司的事,任何事,包括李冬,包括公司,包括现在传闻中遇到的那些麻烦,实验停滞、资金困难之类的。哦对了,李冬为什么给公司起名叫普度啊?我查过,没有解释,是普度众生的意思吗?"

他笑起来,说:"我也不知道,还真的从来没想过,李冬也从没在任何场合提起过。李冬这个人其实很怪,没有谁摸得透他到底在想什么。他在各个领域都能结交很多朋友,但是……我觉得那是他要求自己去做的,而不是他真正想做的。他的内心其实很少对外界敞开。能做到如此成功的人,可能都有类似的特质,我们这些普通人终究没办法和他有精神层面的交流。"

我的手机震动了一下,我拿起来看,是闻以达给我发的信息,说他要出差几天,去采访。我知道,他的主编同意他去那个辞职的保洁阿姨的老家了。我没回复,把手机扣放到桌上,对李啸然说:"抱歉,您继续说。"

他说:"我知道你想了解的是外界传的那些关于'母亲!'项目停滞、资金链断裂的事。我还是从头和你讲吧。我在普度的工作确实非常开心,这个公司的工作环境非常单纯,某种程度上说,是因为大家对于李冬的信任,觉得他会安排好一切,我们需要做的就是完成自己的工作。差不多是我工作到第五年的时候,有一天,我的部门领导通知我下午和他去楼上开会。楼上在我们那其实是个特指,专门指代李冬本人召集的会议,因为他的办公室在顶层嘛!到了那里之后,李冬亲手给我们做了咖啡,然后问了问我这一段工作的状况,就直接切入了主题,他对我说,现在公司运转非常顺畅,一切项目都进入了盈利状态,他想成立一个新的项目组,专注于人造子宫。当时,生育大停滞还没有变得像后来那样风声鹤唳,不得不说,李冬确实是有先见之明的人。那天,在他的办公室里,他说,他清楚这件事会产生争议,伦理的、道德的都会有,但是那绝不会影响我们。我对于那一天的印象太深刻了,我清楚地记得他当时的表情,那种无法形容的骄傲和坚定。他最后对我说,这个项目组命名为'母亲!',由我做组长。"

"我没想到这个新项目会落在我肩上。因为当时我的部门领导还在场,我有点不知所措,就抬头看他。李冬看出来我的意思,对我说,一切都已经安排好了,不会有任何问题,让我放心,我的安排也是他和我的主管商议后的结果。我看见主管笑着对我点头,眼神里都是期许。李冬让我考虑两天,第二周的周一再作答复,他说,这个工作的压力是很大的,但是他也同样相信,这是一次伟大的创造。"

"你肯定会答应下来吧?"我说。

他笑一笑:"人真的很奇怪。说实话,这样的机会我等了很久,我觉得自己能成就大事,但只是一直在寻找机会,但是当机会真的降临的时候,我才知道自己不过就是普通人。相比于兴奋,我更多的是害怕。具体害怕什么也说不清,现在想想,可能就是害怕面对失败。但是我毕竟年轻,即便害怕,最终也都会被自己消化掉,知道这是一次千载难逢的机会。从精神层面来说,无论如何,能带领一群年轻的科学家进行一次足以载入人类史的实验,是极有成就感的事。从物质层面来说,我的薪水会上涨三倍。虚荣心和野心都在催促我答应。"

"'母亲!'这个项目组成立之初,我确实有过一段志得意满的日子,现在回头去看,那或许是我这前半生最高光的时刻。项目前期进展得很快,几乎算得上突飞猛进。我们整个团队都很兴奋,大家都年轻,吃住基本上全在公司。普度的待遇不只体现在薪水,它的免费餐厅 24 小时开放,有健身房、按摩师、淋浴间,还有个小桑拿室,当然还有独立卧室。如果你愿意,你几乎可以住在那栋楼里永远不用出来。某种程度上说,普度就是个小世界,我们在那个小世界里想创造出一个新世界。你能想到那种感受吗?"

我看着他,阳光被浅浅的云滤过,为他的轮廓镶了一层柔和光圈,让他有一种奇异的光彩。我说:"我能理解,觉得自己像造物主是吧?"他笑起来,点点头:"有点那个意思吧。"我说:"后来,多久遇到了麻烦和障碍?我做过功课,一直有传言说你们的项目进行不下去了。"

他转过头,定定地看我,然后慢慢露出笑意,说道:"麻烦和障碍?没有麻烦,也没有障碍。如果非要说有,我就是那个麻烦和障碍。"

原本顺畅的聊天不知道该往哪个方向进展,至少在我这里出现了阻滞。我没想到有这样的转折,就像一直按照路标开车,还窃喜于路况良好,却在前方突然发现了悬崖。

李啸然一直笑着看我,那笑容里绝没有嘲讽,更像是孩子气的得意。"什么意思?"我问。他却岔开话题:"你知道我为什么和你说这么多吗?"我知道这是一句设问,所以我等着。"因为我想让人们知道真相,我觉得人们应该知道真相。"他变得严肃起来。"关于什么的真相?"我越来越迷惑。

他没回答我的问题,把店员叫来点了一份三明治和一份沙拉。我才意识到不知不觉已经中午。他把三明治推到我面前,说:"你尝尝,他家这个三明治很好吃,鸡肉烤得很脆。"然后自顾自拿起一块,大口吃起来。直到他吞下一块三明治,才又重新开口:"我是在那个位置上做到第三年晋升为公司的技术总监的,当时前任总监身体出现了一些状况,公司任命了我,这对我而言又是重要的一个台阶。我得到了更多的薪水,每个月有专门的招待费额度,当然也有更高的权限接触公司的内部事务。如果我有机会重新选择,我真的不会接受那个职位,我也就不会看到后来的那一切。我或许已经完成了'母亲!'计划,现在要么功成身退,要么荣耀加身,哪怕陷入争议,我也算是做出了属于自己的作品。但是现在呢?"

"你辞职不是因为'母亲!'计划无法推进,是因为公司内部别的事情?"我向前探身,差点碰翻了咖啡杯。

他盯着那个被我重新摆正的杯子,点点头。"你们外界总在盯着'母亲!',恕我直言,那是因为大众以及你们媒体的无知。你们总在讨论人造子宫的伦理和道德,真是太可笑了。你们根本没有能力讨论技术和科学,所以才只能揪着伦理和道德这种大而无当的概念没完没了。说实话,中间有一段时间,'母亲!'确实遇到了一些问题,但不过就是一般性的问题,科学实验没有不遇到问题的,如果一切顺利,我们才更应该担心,一定是什么地方我们弄错了,解决问题是我们的工作。到后期,那些问题我已经解决了。但是……我把数据篡改了。"

"什么?你把数据改了?这是什么意思?就是说,原本可以成功的实验,是你故意破坏了?"我实在太惊讶了,声音不自觉地升高。说完,我才意识到自己的失态,我看看周围,幸好没什么人,只有远处一桌有个女孩在对着电脑敲敲打打。我压低声音,说:"你说的到底是什么意思?"

"我想让这家公司停下来。"他说。

"停下来?什么停下来?"

"一切,一切都停下来。"他又开始望向窗外,只是脸色变得阴沉,"我不能再让它这样继续下去。你知道诱导娃娃吗?"

"诱导娃娃?"我觉得自己越来越跟不上李啸然的思路。

"你不知道?到处都有广告推送啊!就是那个仿生的人工智能娃娃,长不大,处在最可爱的年纪,可以按照你喜欢的样子定制。"

他说到一半,我恍然大悟。"哦哦,我想起来了。我看见过那个广告,那个是普度公司生产的?"我问。

他笑起来:"普度集团下辖 37 家子公司,不费尽心思研究财务报表,是看不到这些的,即便研究了,你也未必明白,股权结构太复杂。普度推出这个产品的当年盈利是前三年的总和。就是这笔钱,让李冬有决心和底气开发人造子宫。"

"那个产品怎么了?你觉得有道德和伦理问题?"我问。

"你看,你们能想到的极限就是这些了。"李啸然说,"我从不在乎那些事情，我在乎的是技术本身。不过你说的也不是不对。我产生了一些困惑。还是先说具体的吧，这个产品出问题了，严重的问题。我要你把我所说的好好记录下来，这是一份证词。那个产品的本质是制作一些无法长大的孩子，让这些造物停留在最可爱的阶段，以便诱导人们生发出为人父母的愿望。他们的身体无法长大，最大的也只会停留在四岁的时候，再往后一直会保持四岁的模样和举止。但是，这些智能生物的内心和智力一直在慢慢长大，他们智力成长的速度远远高于真正的儿童，这是系统的一个bug。这些诱导娃娃有些一直在家庭中寄养，有些在收养父母有了自己的孩子后被送回管理中心，但是因为成本考量并没有被销毁。我晋升为普度的技术总监之后，一个偶然的机会，我看到了一份报告。管理中心方面对总部报告声称，他们发现这些智能婴儿中的一些出现了奇怪的表情，成年人才会有的表情，愤恨、厌恶，并说出了一些奇怪的语言。那些语言很有逻辑，绝不是孩子能掌握的，并且有一些孩子出现了攻击行为，其中两个三岁级别的诱导娃娃联手用一个黄铜台灯把管理中心一位工作人员砸成了脑震荡。我把'母亲！'那个项目故意篡改数据停下来的原因就是受到这件事的影响，我得承认，我也被悄悄改变了想法，我觉得一件事情如果过于不符合自然和常规，或许，我们早晚会得到报应。我不知道这算是迷信还是科学，可能只是因为我的懦弱吧。所以，当我看到诱导娃娃出现了这样的问题时，我觉得自己不能再继续人造子宫的工作，我害怕那将会带来更大的灾难。"

他说出这些的时候，一直保持着平缓的语调，语气里没有起伏,但我听得心惊胆战。一切是怎么莫名其妙成了现在这个样子。最初,我不过是想找个内部人士聊聊普度的事,可现在呢?就像是我身心轻松地去池塘边钓鱼,结果发现一头鲨鱼咬了钩。

"听姜彤说你结婚了,有孩子吗?"李啸然改换成聊家常的语气问道。

我摇了摇头。他说:"你们没想过要收养一个诱导娃娃吗?"我又摇摇头,勉强笑笑:"我们连真的都不想要,还要假的吗?"他说:"那你们日子不好过啊,会越来越危险的。"我没说话,我看着他低头从包里拿出来一样东西,放到我面前,说:"这是我刚刚提到的那份报告中的附件,是一段录像。我拷贝下来的,你保存好,可以证明我说的事情。"

我看着那个小小的 U 盘,银灰色,上面还刻着普度公司的 logo。一个高管用公司的 U 盘复制了一份不利于公司的证据,真有意思,我想。

"这件事情李冬清楚吗?"我问。

"不知道清不清楚,可能会上报到他那里,也可能只抵达分管副总那里就被压住。他最近这段时间也是焦头烂额,大部分精力都放在'母亲!'项目上了,他自己的私事可能也对他影响很大,毕竟外部环境越来越严酷,孕妇坠楼那个事情之后,他的处境就更难了。"

他说:"你知道他的伴侣是谁吗?曹望。听说过吗?"

我觉得自己当时的表情几乎算得上瞠目结舌。

我脑子转得飞快,我应该知道这个名字,我肯定听说过,这么熟悉，但那是谁？为什么想不起来？"就是出事那所医院的产科主任。"李啸然悠悠地说，"想起来了吗？"

妈的，我在心里骂了我自己一声。闻以达几乎天天在家里念叨这个名字。我觉得自己是被今天听到的这一切震慑住了。

我重新点了一壶茶，给我和李啸然分别倒上，我慢慢地喝。李啸然沉默下来，像是刚刚漫长的讲述耗尽了力气。云堆积起来遮住太阳，天空重归阴沉，光透过玻璃变成一种接近于灰的蓝。

过了一会儿，他又张口："辞职后的这一段时间，我一直在想，我这些年到底都做了些什么。诱导娃娃我是参与者，'母亲！'的项目我是主导者，一直以来我都为我的工作感到骄傲，我觉得我是在拯救人类，有时，我觉得自己就像神。但是后来，我开始明白，人一旦篡了神的位，就会遭天谴。我终究不是神，我就是个普通人，一个狂妄的普通人。我的辞职其实算是自救，今天和你说这些算是坦白。谢谢你，说完我轻松了很多。你知道，我是个科学家，但是今天，我觉得自己理解了那些去教堂告解的人。"

3. 梁朗

秦梦还要在医院住两天，她的状况在我看来很糟糕，不是住院两天就能解决的。但是曹望对我说，其实秦梦没有看起来那么糟糕，她很快就能适应过来。

探视时间是在下午,我决定在中午之前把卖掉公司的事情谈妥,无论如何都不能再拖延和耽误。自从昨晚看到秦梦躺在病床上的样子,我就下定决心,要尽快把公司卖掉,就算对方的开价再苛刻,也够我们下半生的生活了。我们或许会在南半球找个小岛,买幢房子,养两条狗,让秦梦在花园种花,我每天钓鱼。就这么定了,我想。这不过就是曾经我们想过的日子,但不知道为什么却到了今天的地步,我们也许没有选错方向,只不过我们行进时有人搬动了道岔,我们毫无办法,只能跟着滚落山崖。

我想着这些,没注意信号灯,刚刚好像闯了个红灯,最近总是心神不宁。我拐了个弯,抵达了我们约定的那家酒店。

大堂里,一位小伙子迎上来:"梁总您好,我是张总的秘书。我带您上去。"我点点头,跟着他走。去行政层需要刷客房卡,我俩上了电梯,我看他按下33层的按钮,轿厢稳稳起步。

行政酒廊里灯光昏暗,只有吧台亮着,调酒师身后的墙壁上摆放着上百瓶酒,密密扎扎,射灯照耀之下显出赤橙黄绿。我被带到最里端一个小包房,房间里坐着三个中年男人,年纪最长的是霞光资本的总裁张艺华,旁边两位我并不认识,想必应该是他的手下。寒暄之后,张总开门见山:"前一阵,我公司的人和您谈过,我就不拐弯抹角了。收购您的公司是因为我们要完成自己的全产业链布局,这是我们集团的一种战略考量,您的公司规模、市值和目前的情况恰好是几家比较合适的之一,所以我们很愿意考虑。但是报价上,我们不可能再有任何上涨的空间。这件事情上,我们是买方市场,还有几家同类型公司也在我们的考量之内,这一点您也清楚。具体报价我们给您呈递过邮件。我也知道,您和其他几家基金也见过面,我们的报价应该差不太多,圈子毕竟不大,我们互相也了解一些。"

我点点头。报价的方案我当然记得,对方开出了两套方案供我选择,一是我直接售出,全款分四次在三年内付清,二是我可以作为公司的副总继续参与公司运营,付我三分之一的现金,薪水待遇另外去谈。大致算下来,如果我一直工作到退休,会比第一个方案拿到的多一些。我不可能再去做一个打工者,我卖出公司是为了给自己脱身,不是为了给自己加码。

"价格我答应,不用再谈了。"我说。我看见张总端在嘴边的杯子停顿了一下,他笑一笑,看看周围的两位助手,说:"好,我们马上安排。"

"但是,不能分四次,最多只能分两次付清。"我说。我能感觉到周围的气氛刚刚松弛,现在又凝固。张总放下咖啡杯,停顿了几秒,说:"梁先生,您知道,这不是一个小数目,我们回去议一议再答复您,好吗?"

"好。"我说,"这些年我实在是累了,我只想拿到现金落袋为安,出去休息一段,所以我对拿到的钱数可以妥协,但对于付款周期还是想有些要求。希望你们理解。"

在座的人纷纷点头,我表示了感谢,然后和他们告别。车的风挡玻璃上落了几片枯叶,我把它们扔到地上,在车里坐了一会儿。眼前的景象一切如常,人们奔忙依旧,看不出任何变化,但变化总在生活的缝隙里悄悄滋长。我是个生意人,以前从不伤春悲秋,但现在,我发现自己越来越伤感,我开始承认自己的力量有限,面对强大的外力,我们不过就是个被摆弄的玩具,我想尽快奔跑,但不知道能不能跑得赢。外面有点冷,我在犹豫要不要开点暖风,想了想还是算了,发动了汽车,开车去往医院。

4. 秦梦

我本来以为会做噩梦,但并没有,可能是因为镇静剂的作用,我觉得这一晚睡得极好,醒过来的时候已经上午10点多。窗帘半遮光,外面的光线透过窗帘在房间里呈现出一种恬静的淡蓝色。

我试着稍稍挪动一下身体,发现痛感已经消退了大半。我慢慢把上半身支起来,在腰部垫了一个枕头,平躺太久,头有些晕,我缓了缓,等着头脑慢慢清醒。床头还放着昨天晚上梁朗带来的矿泉水,还剩下多半瓶,我拿起来喝下几口,凉意顺着喉咙慢慢抵达腹部,胃里抽搐了一下,我才感觉到饿。

我看看旁边挂着的输液瓶,还有三分之一的液体在慢慢滴。我按了一下呼唤铃,几分钟后,一位护士走进来,她冲我笑一笑,看了看输液泵,问我:"感觉好些吗?"我点点头,说:"好多了,但是很饿。"她说:"那就好。早上我们查房,看见你还在睡,早餐放在床头柜上,9点多再来发现你还没醒,就把早餐撤了。稍等一会儿,我去给你拿吃的。"护士走出去,软底鞋踏在地面上寂静无声。

过了一会儿,她端来一个塑料餐盘,有一碗米饭、一份蔬菜沙拉、一份烤鸡肉、一份切成块的苹果、一盒牛奶和一杯橙汁。

我吃得很快,牛奶没有动,苹果剩了几块,其他的食物基本全都吃掉了。我扭身拿水,想起一直也没看到自己的手机,翻找了一下,在床头柜的抽屉里找到了,但是因为没电已经自动关机。充电器没在身边,我只得又把它放回原处。过了一会儿,护士来收走了餐盘,又拿来杯子给我倒了水。我问她有没有适合我手机的充电器,她看了看,抱歉地摇摇头,走了。我无事可做,只能继续躺下睡觉。不知道过了多久,感觉我的脸上很痒,我睁眼瞧,发现梁朗站在我的身边。

"你醒了?"他说。他在旁边的椅子上坐下,从塑料袋里拿出一盒草莓,说:"吃吗?"我点点头。他拿出一个喂到我嘴里,酸甜清爽。我对他说:"你扶我起来,我想去洗把脸。"他有点犹豫,但还是伸出了手,我双脚踩住地面试了试,站了起来,也并没有什么大碍。我挪去洗手间,梁朗站在门外盯着我,我关上门,把他挡在外面。

镜子里的那个女人眼眶深陷,嘴唇干裂,头发黏腻,一绺一绺。我低头用凉水洗了几把脸,抬头再看,水珠从她脑门滴滴答答滑落,眼神里有让我都害怕的坚硬决心,我对她说:"你要怀孕,为了你和梁朗。"我听见镜子里的她对我说了同样的话。

5. 曹望

原本以为我和闻以达见面交代了自己的疑惑之后，我会轻松一些，但其实并没有，我心里愈发惦记着这件事。一上午，我一直把手机揣在白大褂的口袋里，用手握住，只要振动一下，我就掏出来看，都是院里发的各种会议通知和一些垃圾短信。我从没有如此盼望一个人的电话和信息。我觉得，闻以达一定会去调查那个线索，他也一定会给我一个反馈。

吃过午饭，回到办公室，我坐在沙发上，把手机拿在手里翻来覆去的摩挲，想着到底要不要给闻以达打个电话或者发个信息，按下号码又消掉，往复几次，最终还是把电话扣在了桌子上。我对自己说，算了，该来的总会来，不来的等不来，我做了该做的事，算了却心愿。闻以达如果没去追那条线索，我等着也没有意义。更何况，也许我自以为有问题的那一切都是我自己的臆想，人家弄不好正在编辑部嘲笑我这个脑子出问题的产科大夫。

我决定睡一会儿，刚刚通知我下午还有临时的主管会议，不上手术的部门主任必须参加，不准请假。我问了院办秘书会议内容到底是什么，对方说院长没通知。我不想在会议上走神，我需要增加一点睡眠以便把其他事情都从脑子里剔除出去。我用手机定了个闹钟，锁了门，落下百叶窗，盖上毯子在沙发上躺下。

想不到一觉黑甜，闹钟没响，我自己醒了，坐起来，觉得浑身清爽。看看时间,距离开会还有半小时。我走去洗手间洗了把脸,回到办公室,安排好下午的预约,拿了笔记本去了会议室。

院长是最后出现的,表情肃穆,并没有和任何人寒暄。周围安静下来,院长环顾四周,说:"好,我们开个短会。"他抬头看看会议室的门,朝着秘书比画了一下,秘书站起来,把门关上。院长继续说:"大家都清楚生育大停滞的状况,现在事态没有任何好转的迹象,更致命的是,在我们这里还发生了孕妇坠楼的诡异案件,事情到现在也没有最终的调查结论。现在外面舆论鼎沸,人心惶惶。我组织这个会是传递一个决议。现在,相关部门要求我们统计一下院内未生育人员的情况,做一次上报。希望大家认真配合,回去之后,给自己部门的员工做好这项工作动员。大家要真实说明情况,因为就算你不真实填写,生育状况也是可以查出来的。收集这项数据信息是为了给《生育促进法案》的修订案做准备。好了,就这样,散会。"

院长起身向门外走去,他一起身,周围所有人都开始交头接耳,有人支持,有人抱怨,有人沉默。心外科主任坐在我旁边,凑到我耳边说:"曹主任,你这怎么办?"我摇摇头没说话。院长刚说完,我就已经感到像吞下一个冰锥。我知道,该来的总会来。

我和李冬都不傻,我们两个的工作又都和当下最敏感的议题相关,这周遭世界脉搏的变化,我们比谁都清楚,更何况李冬在各界有那么多的人脉,谁有了怎样的动议,哪个部门准备做什么决策,他大致都能提前知道。我回到自己的办公室,对助理说了一下会议的要求,让她通知大家查询邮箱,今晚下班前会群发一份表格，请大家如实填写。

过了一会儿，我看见收件箱里躺着一份新邮件。我点开附件，打印了出来，然后把它折起来放进包里。打开门对护士说，开始接待下午的预约吧。

6. 李冬

今天上午是定期的股东大会，我需要向所有股东做出说明，为什么这六个月以来，公司的财务状况突然间陷入了这样的窘境。发言稿就摆在我面前，各位副总、财务总监和我的秘书与我并列一排，对面坐着一众表情严肃的中年男女。

说实话，我没什么心情向他们这一群人汇报工作。一切都很糟糕，工作、生活、未来，一切的一切，我觉得自己周遭混沌不明，后无退路前无正途。我所期待的、热爱的都在崩解，我本以为"母亲！"那个项目会像以前的任何一个项目那样虽然筚路蓝缕但终究能披荆斩棘，但如今荆棘密布，看不见任何出路。我对新项目的投入几乎算得上不计成本，这一点在公司内部人尽皆知，在此之前，我大开大合的打法赢得了巨大的成功，所以无论股东还是员工，对我的决策都深信不疑。成功是甜品也是毒品，让我意气风发也让我得意忘形。我必须承认，这些年我尝到了太多的甜，让我沉溺其中。按照我的设想，"母亲！"会很快进入盈利阶段，覆盖之前的所有投入且让公司再上一个台阶，但资金一直在燃烧，却许久见不到回报。

我看着对面那一排人的嘴唇翕动不止,越来越厌烦,但又无法发作。我只能端起杯子,咽下一口咖啡,咖啡滚烫,像火球一般从我喉头滚落。

我清了清嗓子,等着会议室里慢慢安静下来,然后对大家说:"各位女士先生的话我已经听得很清楚,我也知道目前大家的担忧,而且也很理解。说实话,我也担忧。必须承认,这是普度历史上面临的最大危机,我在想办法化解,我希望大家能在这个时刻和我站在一起。"

会场上没什么反应,大家都沉默不语,我抬起头望向他们,我看到谁,谁就错开眼神低下头。其实,他们刚刚叽叽喳喳的质问并没有什么错,只是我刚才的语气似乎抢占了道德制高点。这时候,一个声音从角落里传出来:"其实,新项目'母亲!'可以及时止损,有机会再重启也不是不可以。只是,我担心的是,此前那些盈利的项目问题更大。"

我抬头向那个方向看过去,见到一个留着络腮胡戴着眼镜的男人,双臂环抱在胸前,眼神望着自己的脚尖。我见过这个人,但是叫不出名字,我问他:"您具体指什么项目?"那个男人抬起头,眼神越过眼镜,迎上我,说:"诱导娃娃。这个项目应该是我们公司盈利占比最高的项目了吧?诱导娃娃的盈利一直稳定,有政府补贴,有特殊渠道采购,而且这项目最初是拿着银行贷款做的,我们自己的前期投入又不多。但是,这个项目现在出了问题,你作为公司董事长不会不知道吧?"

他的声音很轻,但每个字清清楚楚越过人群传到我耳中,会议室里愈发安静,有人咳嗽一两声都显得震耳欲聋。人群里开始有人附和,说:"对啊,那些传言到底是什么情况?不能对我们内部人士也隐瞒啊。"

我其实想尽快结束今天的会议,但现在莫名其妙又扯出了新的议题,我知道他们说的是什么。这件事情最初是由公关部汇报给我的,他们在网络上发现一些舆情,在一些论坛里,有一些零零散散的讨论,这些用户声称,他们家里的诱导娃娃有时候会做出一些匪夷所思的表情,特别像成人,凶狠、冷酷,让人害怕,但几秒钟之后就会恢复如初,有时候甚至让人以为是自己的错觉。最初是一个人发了个这样的帖子,半开玩笑半认真地说了自己家诱导娃娃的情况,但很快,就有不少人跟进,也纷纷表示自己家的娃娃也出现了一模一样的问题,还以为是短暂的故障,是孤例,没想到还有这么多和自己家一样的案例。当时,我听完这些汇报之后,本来想让公关部会同法务部一起处理一下这些耸人听闻的谣言,但后来,公司遇到了更大的危机,加之产妇坠楼事件让整个大环境陡然生变,我和曹望的状态也都备受影响,那件事我已经抛之脑后。不过说真的,他的提醒是对的,这件事我原本没放在心上,众所周知,普度一直伴随着争议,从未间断,对于非议我早就免疫了。但是现在,这件事还是要彻底查清,解决,即便不为应对争议,只是为了赚取利润,这也是需要及时面对的事。

我说:"您提醒得很对。我会好好查一查这件事,毕竟我们必须保住公司最大的盈利点,这一点我的态度是明确的,我们的目标也是一致的。请您放心,这个会议结束之后,我会马上着手进行这件事,尽快形成结论向大家交代,并且让用户放心。"说完,我看看那个男人,他重新变成双臂抱胸的动作,眼神依旧盯着自己的鞋尖。

7. 詹明远

今天上午开例会,局长、副局长都在,布置了接下来的一些重点任务,最近市内要召开一个大型运动会,安保力量必须加强。当然,主要工作由其他部门的同事负责,我们这边的精力还是要放在孕妇梁珊坠楼的这个大案子上。但即便如此,我们这边的警力也得随时备着万一有什么突发事件需要应付。所以,从现在开始,全员取消休假,24小时待岗,而且为了随时出现场,下了一条为期15天的禁酒令,直到运动会结束。

散会后,我夹在人流之中挤挤挨挨往外走,被一个同事踩了鞋后跟,我扭头提鞋,发现身后正是昨天晚上审讯那个奇怪小偷的胖子,我问他:"昨天那个一直嘟囔说'杀人了杀人了'那个小偷怎么样了?什么情况?"

胖子说:"别提了。我们把医生叫来了,判断说是惊吓过度。我们问人家能不能给打一针镇静剂什么的,医生说这种情况不能打,得靠心理安抚。谁安抚啊,只能我们安抚呗。我们折腾到快凌晨2点,他才算平静下来,喝了点水,吃了几口面包。"

我点点头,一边走一边问:"最后吐口了吗?到底什么情况?"胖子摇头:"没有。安静是安静了,就是过于安静了,眼神还是放空,都不聚焦。"

"现在人在哪呢?"我问。

"羁押室呢。"胖子说。

我们已经走到了走廊,干脆出了大门来到院子里,我掏出烟扔给胖子一支。有点风,阴云被吹成絮状,贴在天上,我们各自抽烟,和路过的同事们嘻嘻哈哈打招呼,等烟抽完,我说:"中午吃完饭,我去看看他。你回头把他的资料和卷宗放我桌上吧。"胖子说:"五号羁押室,我跟您去。"我把烟头在垃圾桶上戳灭,说:"不用,我自己去就行。"

我在餐厅随便吃了些东西,起身又去买了点饭菜用外卖盒装好带去了楼上。大多数人吃饭还没回来,楼里空荡荡的,我回了趟办公室,发现卷宗已经摆在桌上,文件夹里只有三页纸。那个小偷叫肖铁,29岁,这次已经是三进宫,此前也一样是因为盗窃被抓。资料上有张照片,一脸不屑,全然不是我见到的那副瑟瑟发抖的样子。审讯记录那栏一片空白。

羁押室在我们的东配楼,走进去,瞬间就变得很安静,那里面没什么人,不像我们的办公楼每天都吵吵嚷嚷,有时候我真想搬到这来办公。门口的警卫给我开了第一道门,我走进去,左右看了看,大多数羁押室都空着,我咳嗽了一声,回声在墙壁上折返几个来回。五号室在左侧最里面,我走到门口,从栅栏门向里望,看见那个男人脸冲着墙,蜷缩在床上。说是床,其实就是砌高的一个水泥板,上面并没有铺盖,男人和衣躺在上面,一动不动。我踢了踢栅栏门,"哐哐哐",声音很大。那个男人慢慢抬起身向我转过来。我举起手里的塑料袋,说:"给你买了点吃的,还热着呢!吃点东西?"他坐起来,很费劲的样子。我示意看守把门打开。我走进去,坐在旁边另一条水泥板上,把饭放到他的面前。我看看他的手腕,示意看守把铐子摘了。看守犹豫了一下,说:"詹队……这,就您一个人,行吗?"我点点头。看守拿着铐子出去了,在栅栏门外,对我说:"我就在旁边,詹队。"我冲他笑笑。

"先吃东西,肖铁。"我把饭朝他推了推,又把水帮他拧开,放在一旁。他犹豫了两分钟,拿起水喝下半瓶,然后开始大口吞着吃饭。

"自我介绍一下啊,我叫詹明远,是刑警大队的队长,负责恶性案件的,说白了都是杀人放火的事,你这种小偷小摸,我不关心。你昨天晚上进来的时候,一直在嘟囔杀人了杀人了,所以我今天特意过来找你。你也不是头一回进来,别的我就不多说了,你也都了解,咱有事说事。"我说完这番话,盯着他看。他眨了眨眼,似乎在掂量我说的话。我掏出烟盒,抽出一支,递过去,他扭身接了,我给他点了烟,也给自己点上一根。这羁押室里有个小窗户,位置很高,窄窄一条,像镶嵌了一盏不太称职的白炽灯。他吐出的烟雾和羸弱的光混在一起,让屋内一片朦胧。我看见他把最后一口烟狠狠吸进嘴里,憋住很长时间,又奋力吐出,然后把烟头扔在脚下踩灭。

他转过身,朝向我,一副欲言又止的样子,最终像下定决心般,说:"我看见有人杀人,但是……"我也把手中的烟头扔掉,对他说:"你看见的事尽管说,如果说的内容重大、属实,你盗窃的事情,完全可以从轻,这一点我可以说了算。"

他摇摇头,皱起眉头:"不是我不交代,是我看见的事情,我现在回忆起来觉得可能是看错了。"我等着他继续,他却停下来。"说,说错了算我的。"我说。

他像下了狠心,说:"昨天晚上,我在东郊那边的一个别墅区下了点货,骑着摩托车往回走。路过一片空地的时候我就听见有人喊,一个男人,喊得很惨的那种。我就赶紧把车停在一个草丛边上,躲在一棵大树后面看。不远处有个院子,看起来很整洁,外面也没有什么牌子,喊叫声是从那里面传出来的。我躲着看,过了一会儿,一个男人从里面跑出来,惊慌失措的,那男的穿着一身医生做手术的时候穿的那种衣服,口罩都甩到脖子一边去了,还有根绳儿挂在耳朵上。他跑出去一段,我往他身后看,突然间看见两个孩子在追他,两个……哎呀……那两个孩子也就三四岁大,但是跑得速度……完全是不可能的那种速度。就像……就像窜出去,动作像运动员一样。"

我看见他的眼神暗下来,双手在膝盖的位置摩挲,使劲抓着裤子。我其实有点蒙,觉得眼前的这个男人是不是精神上有些问题,但看起来又确实不像,这一行干了这么多年,见的人不少,那些脑子有问题的嫌疑人一眼就能分辨出来,但这个不是。我看着他变得越来越紧张,就又扔给他一根烟,给他点了火,把刚才摆在外面的打火机收进衣兜,我觉得还是谨慎一点比较好。他专心抽烟,身体埋在烟雾里。

我问他:"你的意思是,那个男人那么恐惧就是因为两个孩子?"

他点点头:"我没孩子,其实判断不出来一个孩子的岁数,但是那肯定是孩子,最多三四岁。他们怎么可能跑得那么快?而且……"

"而且什么?"

"而且,他们跑到离我比较近的地方时,我看见了他们的表情,两个孩子脸上有那种特别凶狠的表情,就像我在里面见到过的杀人犯的那种表情一样。那不是孩子能做出的表情啊!"

我沉默了一会儿,给自己点了根烟,说:"有没有可能是你看错了?毕竟你也说了,当时天那么黑。"

他摇摇头,没有说话。我说:"然后呢?你说杀人了是什么意思?"他抽了一口烟,说:"我当时特别害怕,但是又特别好奇,就一直盯着看。那个男人跑到一片树影底下的时候,自己绊倒了,俩孩子就追上了,其中一个从旁边捡起一块大石头,朝那个男人脑袋上砸。那个石头和那个小孩的脑袋差不多大,我也不知道他怎么拿得动的。然后,另外一个孩子从身后也捡了一块石头,俩人一人一下轮流打。男人在地上打滚,我吓死了,想跑,一扭身碰了旁边堆着的几根钢筋还是什么东西,哗啦响了一声。我抬头看,发现那俩孩子正盯着我看。我奔着摩托车就窜过去了,那俩孩子也跟着我追过来了,吓得我呀,还好我先上了车,我玩命开,扭头看那俩孩子,一直在追我,我开出去五六分钟之后吧,才把他们甩开。我开到大路上,差点被车给撞了,然后巡逻警车就过来了……"

我愈发觉得他所讲述的一切荒诞不经。我把烟蒂踩灭,对他说:"我问你,你照实回答我。你当天晚上喝酒了吗?"他抬头看看我,摇摇头。我又问:"你吸毒吗?说实话,我们是能查出来的。"他眼睛瞪得更大了,拼命摆手:"绝对没有啊,我刚才就说了,你们不会信我的啊。"

"你说的那些你自己信吗?"

"我也不信啊!"他喊,"但是……"

"但是什么?"

他把头垂下去:"但是我给录下来了啊!"

事情向我意想不到的方向拐了个小弯。"你录下来了?录下来什么了?"我问。

"那俩孩子打那个男人的过程。"他说。

"你用什么录的?"

"手机。"他说。

"你怎么不早说呢?"

"我……"

"你手机呢?"我问。

"让你们收走了啊。"他声音低下来,"和我下的那些货,哦,不是,和我偷的那些东西一起,都让你们收了。"

我站起来往外走,回头问他:"你手机能用密码开机吗?"他点头。"密码多少?"我问。"xt820918"。他低声说。

看守看我出来,也从座位上站起来。我对他说:"看好他啊。"对方诺诺点头。我回到办公楼,径直去了物证室,很快就找到肖铁的个人物品,手机和一堆首饰、手表放在一起封存在一个厚实的透明塑料袋里。我签了字,把手机带回了办公室。手机还有15％的电量,我翻找了一会儿,找到了他所说的那个视频。画面黑乎乎的,但完全可以看得清,拍摄视角在一棵树后面,一个人在地上扭动,两个小男孩用石头一下又一下地向男人砸去,有的砸到胸口、有的砸到后背、有的砸到头上,最后一个画面是两个孩子机警地望向镜头,然后画面里胡乱地出现了几秒钟地面和天空,就断掉了。那应该是肖铁说的,他知道自己被发现了,所以揣起手机开始逃跑的瞬间。我深吸了一口气,又重新看了一遍,视频总长44秒,播放到最后,我按了暂停,那两个孩子的脸出现在镜头里,由于光线原因,他们的脸上有些部位显得很亮,有些则过暗,但这并不影响我看清了他们的表情:凶狠,野蛮,仇恨,冷酷。就像肖铁刚刚和我讲过的那样,那不是孩子会有的表情,绝不是。

有人敲门,我被突如其来的声音吓了一跳,站起来开门,内勤同事来给我送一份材料,我堵在门口,接过了材料,还没等人家把话说完,就急火火把门又关上。我反锁了门,坐下来点了一根烟,想,那视频里拍摄到的一切到底是什么?会不会是肖铁编造出来的东西,某些人做的搞怪视频,或者某个恐怖电影的片段,但看起来又太真实了。我决定先不声张,大致搞清楚视频的真伪再做决定。

我带着手机去了技术部,找到技术部主任刘畅,我进门时他趴在桌子上填写什么文件,抬头看见我,皱起眉头问:"詹队你没事吧?"我愣了一下说:"怎么了?""你脸色怎么这样?又通宵了?"我说:"咳,没有。"他笑起来说:"都没血色啊。"我支吾了几声,转身关好办公室的门,拽了把椅子坐到他对面,对他说:"求你帮个忙啊。我手里呢有个视频,内容有点奇怪,可能是伪造的,也可能是真实的,这决定这个东西到底能不能当证据来用。我想问一问,你们从技术上能不能分析出来这个视频是真实抓拍的,还是人为摆拍像拍电影那样做出来的,或者干脆就是从哪部电影截取的。"

他笑起来,笑容里很暧昧:"什么视频啊?"我也跟着笑了几声,说:"你得给我保密啊,这个事情先不要对外泄露,万一要是弄错了,我就成笑话了。你也知道我最近压力比较大,判断力可能都不准了。""总得给我看看吧?"他说。

我掏出手机,翻出那段视频。刘畅从桌子上翻出一根充电线,连上手机,接过去。他看完,抬头对我说:"是挺邪的哈。"我点点头。他接着说:"我们可以搜索比对,先看这视频是不是在别处出现过,就像你说的是不是从哪摘下来的片段,然后可以用一些技术手段对视频分层扫描,判断出当时的光影是不是人造的。如果类似摄影棚拍摄,大多数情况下是会有痕迹的。我们先试试看吧。"我站起来拍拍他的肩膀,说:"谢谢兄弟,我等你消息。"

8. 肖爱

今天上午,医院给我打来电话,询问我目前的身体状况,我说一切都很好,也没有任何出血。对方问我哪天入院待产,我说我和丈夫商量一下再确认吧,目前看一切正常,所以还想在家中多住几天。

我拖着不去住院,是因为我在等那个通知,通知我可以和我的小蘑菇再见一面。

我怀孕之后,因为要不要送走小蘑菇的事情和詹明远大吵了几次,又接连冷战了将近一个月。说是大吵,其实说实话,是我单方面向詹明远发脾气,每一次他都尽量默不作声,但当我质问他是不是还要送走小蘑菇的时候,他依然默不作声,他用沉默传递自己的固执和坚持。我其实是拗不过他的。后来,渐渐地,我的理性恢复了一些,可能也是因为逐步适应了孕期的荷尔蒙水平。更重要的是,我怀孕后的反应非常大,不只是孕吐,无力、疲惫、极度嗜睡。我自己清楚,我根本不可能有能力再照顾小蘑菇,当我自己的孩子出世之后,更不会像想象的那样去平等看待这两个生命。我知道,詹明远是对的,而我只不过是一厢情愿、脱离实际的赌气。

有一天晚上,我和詹明远吃饭的时候对他说:"快到小蘑菇的生日了,他第一个生日。我给他过完生日,就把他送走。"詹明远愣了几秒钟,问我:"他……生日是哪天?"我把那本厚厚的说明书放到桌上,翻开,里面有个卡片,上面凸版钢印轧出的一行序列号。詹明远笑一笑说:"这不是出厂序列号吗?这个……"我摆摆手:"不用再说了,我就当这是他的生日,而且这也确实就是他的生日。过完生日,我们送他走,我不会再说什么。我知道你是对的,但是这毕竟是一份感情。"詹明远看我很郑重,也就郑重起来,点点头,说:"好吧。"我扭头看看小蘑菇,他正坐在宝宝餐椅上,我刚刚给他喂过了米粉和婴儿三文鱼泥,他正专心致志地吃一块磨牙饼干。发现我正在看他,他就笑起来,冲着我举起自己吃剩半截的饼干,又使劲蹬一蹬小腿,像是炫耀和对我的肯定。詹明远回头看看他,也笑了,他转过头对我说:"其实,我也舍不得,你不要以为我心狠,我也是没办法,咱俩之中总得有人理性一点,所以,我当那个坏人就是了。"

接下来的那几天,我一直在为小蘑菇的生日做准备,我给他买四季衣服,买各式玩具,买他爱吃的不同种类的婴儿肉糜、磨牙饼干。这些事情都是趁着詹明远上班的时间,我一个人去做的,我觉得这对我们两个人都好,对他而言,他可以躲避这些他本就想躲避的,对我来说,也没有他在一旁的巨大压力。我买那些礼物的时候,有时选着选着就哭起来,站在挂满婴儿服装的货架面前,我觉得自己根本不是在筹备生日,更像是筹备忌日。在为我的儿子准备第一个生日之后,我们就注定生离死别。

生日前一天晚上,我对詹明远说:"明天无论发生什么事,你都要准时下班回家,我们给小蘑菇过生日。"可能是我的神色过于严峻,也可能语气不容置疑,詹明远用力点点头,说:"放心。"

生日当天,我的眼睛一秒钟都没有离开小蘑菇。早上,我带他出去晒太阳,然后去了动物园。时值工作日,动物园里没什么游客,我抱着他走过长颈鹿、斑马、猴子和老虎,走过颜色各异的鹦鹉和表情呆滞的羊驼,给他指每一只动物,他有时莫名笑起来,有时看得全神贯注,有时用咿咿呀呀回应我。对他而言,这是崭新的经验,我只是希望能在他终将被清空的经验与记忆之中,多留下一点点关于和我在一起的记忆。在猴山后面的室内馆,有一只特别喜欢和人类互动的猴子,它站在厚厚的玻璃墙后面,望着外面站着的寥寥数人。我把小蘑菇抱起来,放在前面的窄台阶上,扶他站好,那只猴子突然发现了外面这个和自己身高差不多的生物,眼神里闪烁出兴致勃勃的光彩,它敏捷地走过来,站定,小蘑菇嘴里发出呜呜呜的声音,两只手举起来趴在玻璃上,紧接着,那只猴子也做出了同样的动作,他们就隔着玻璃,向彼此致意。我看着那只猴子的眼神慢慢变得哀婉,然后,我看见小蘑菇也开始落泪。我一把把他抱起来,搂在怀里,突然间,那只猴子怒目圆睁开始举起双手使劲拍打玻璃,站在跟前正在拍照的几个人吓得往后退。小蘑菇开始哭起来,哭得像真的有心事那样悲伤,那悲哀来得如此迅猛又真实,以至于我不得不快步把他抱走。过了许久,他才平复下来,我看着他的眼睛,眼眶里还噙着泪水,反射着阳光像小小深潭。我永远也不可能知道他为什么突然变得如此悲伤,更不可能理解他和那只猴子隔着厚厚的玻璃到底引发了彼此怎样的情感共鸣。我只能安慰自己,小蘑菇或许是被动物吓哭的,但我的内心深处知道其实另有原因,或许他的基因有某种对于囚禁的恐惧,我不敢深想。

那天下午,回到家,我把小蘑菇哄睡着,把给他买的所有食物、玩具和衣服都分门别类装进几个大袋子里。看着那些袋子,自己又没出息地落了一次泪,我告诫自己,这是最后一次,一会儿,詹明远就会回家,我要开心地给小蘑菇过生日,我不想詹明远再见到我失态的样子。

詹明远表现得很好,按照承诺,很早就回了家,还买了不少菜和一个蛋糕。进门之后,他抱起小蘑菇,和他玩了一会儿,就去厨房做饭了。詹明远忙活了一个多小时,把菜都摆上桌子,我把小蘑菇的宝宝椅搬到桌子旁边,他看见满桌子食物,伸手去抓,詹明远和我都笑起来,只能把他的椅子又往后拽远一点。我坐下来对他说:"今天是小蘑菇的生日呀,你知不知道?"他定定看我,然后又乐出了声。詹明远说:"我们点蜡烛吧?"我点点头,他站起来关了灯,然后,他掏出打火机点燃了蜡烛。蜡烛只有一支,就插在蛋糕正中,火光莹莹,闪闪烁烁。我们把它端到小蘑菇跟前,然后打开手机的录像功能,我和詹明远对他唱起生日歌,他没有被我们的歌声吸引,却一直盯着那朵小小的火苗,眼神里充满好奇。他笑起来,伸出右手的拇指和食指,作势要去捏,眼见就要烫到他,詹明远一口将火苗吹灭了。灯重新亮起来,我看见小蘑菇脸上的表情,他就像发现了一个新世界。我把他抱在怀里,使劲亲他的脸蛋,他又笑起来。

我们开始吃饭,小蘑菇仍然只能吃那些婴儿食品,詹明远拿着叉子问我:"他能不能吃蛋糕?"我摇摇头说:"我查过,太小了,应该是不行。"他又说:"吃一点点奶油是不是也没事。"我笑起来,说:"好。"我用勺子舀了一点奶油喂到小蘑菇嘴里,他咂咂嘴,冲我张大嘴巴傻笑,发出啊啊啊的声音,我也冲着他傻笑,过了几秒钟,他突然对我喊道:"Ma——Ma——"

房间里突然变得极静。我放下还沾着奶油的塑料叉子,看看詹明远,他也愣住了,显然没有预料到这突如其来的一幕。这一切发生得过于迅疾,以至于我和他都没有任何心理准备,我不知道该如何招架。按理说,我应该手舞足蹈才是,但我却无法控制地落泪,我把小蘑菇的头埋在自己的胸前,听见他又叫了一声:"Ma——Ma——"这让一切确凿无疑,我知道他在表达亲昵,而我为什么心虚得觉得他是在呼救。从我们把他抱回家,我和詹明远就像其他所有父母一样,一直在教他叫妈妈和爸爸,他偏偏就在这个当口,第一次对着我叫出了"妈妈"。

我跑到洗手间去哭,詹明远在外面敲门,我没理他,把水龙头开到最大想盖过哭声。我几乎不可遏制,过了差不多十多分钟,我逐渐平复下来,用冷水洗了脸,做了几次深呼吸。我看着镜中的自己,脸颊浮肿,眼泡通红,鼻翼周围都是血丝,一个悲痛欲绝的孕妇。我对自己说,一切到此为止吧。

我回到客厅,詹明远正背对着我坐在一桌子冷掉的菜旁边,意兴阑珊地吃着一角蛋糕。小蘑菇被他放在了婴儿围栏里,晃晃悠悠地走路,他看见我出来,开心地朝我摇一摇手里的玩具沙锤。詹明远看看他又扭头看我,长出一口气,像下定决心般对我说:

"要不……要不把他留下?"我望着他的眼睛,望了很久,直到他错开目光,然后我说:"我会把他送走。"

第二天起床后,我就觉得不太舒服,原本以为是昨天情绪波动太大,加之睡眠一直不好导致的,但是越来越感觉不太对劲。吃早饭的时候,詹明远给我拿来体温计,才确认我发烧已经接近38度。詹明远非常紧张,一副手足无措的样子,拿起电话要请假在家照顾我。我对他说,我自己心里有数,这不是什么问题,你照常上班下班,我反而不那么情绪紧张。他争执了一会儿,还是答应了,给我切好水果,出门走了。

我歪在沙发上想事情,小蘑菇就在婴儿围栏里玩耍,只要我在他视线范围之内他就不会哭闹。他真是很乖,我想,但我知道,这不过是一种程序设定,书写了易于满足的低需求宝宝的代码。那些动辄哭闹的诱导娃娃是没有人愿意领回家的,更不会激发人们想为人父母的愿望,只有设计成这个样子,才能让我们生出成就感,说到底这不过是一种策略和伎俩,但我们都还是愿意被其蒙蔽。由于我怀着孕,不能吃感冒药,所以只能靠自己硬撑,一直处在一种似睡非睡的边缘状态中,这反而让我抽离于以往习惯了的现实,重新思考眼前的一切。

三天后,我彻底退了烧,开始着手联系送走小蘑菇的事。我不让詹明远插手,我要自己去做,小蘑菇是因为我的坚持而来到我身边的,现在,如果必须要走,也应该是我亲手送走他。

和购买一样,送还诱导娃娃同样有一套预约手续,需要填写一份表格,然后对方会在两个工作日之内和我取得联系,确认退还的原因,询问诱导娃娃的机能状况以及夫妻双方是否为此达成一致等一系列问题。我按照程序回答了所有问题之后,按照对方指导操作,手机上接收到一个验证码,用那个验证码预约具体退还时间。地点还是我们当初领回小蘑菇的那个郊外的院子。

那天早上8点半,我把小蘑菇的衣服、玩具收拾好,装进车的后备厢里,又在后排座位上安装好婴儿座椅,把小蘑菇放进去,扣好安全带。一切都像平时出去玩的时候一样,小蘑菇咿咿呀呀地表达开心,手舞足蹈。我忍着不流泪,只机械地完成这一件件事情。我要上车的时候,詹明远走过来把住车门,说:"还是我开吧,你这……"我摇摇头:"我是怀孕,又不是喝了酒,没什么不能开的。"

一路上,小蘑菇的情绪都很不错,叼着安抚奶嘴开心地哼哼,偶尔我从后视镜里看看他,他就冲我挥舞小手,我只能赶快错开眼神。抵达目的地的时候,比约定时间还早了半个小时,我给联系人打了电话,对方开门出来接我,是一个女人,40多岁,看不出皱纹,人很和蔼,穿着一身修身西装。她帮我打开后面的车门,做鬼脸和小蘑菇打招呼,但是并没有伸手去抱他,而是等我下车后才问我:"您看是您自己抱进去,还是我帮您?"我愣了一下,说:"我来抱吧。我后备厢里有他的衣服和玩具,您能帮我拿上吗?"对方点点头。

大厅里坐着好几对夫妇,表情满是期待和欣喜,就和几个月前的我一样。我们穿过走廊来到后院,在后院坐西朝东的那一面墙正中有一扇大门,我走进去,里面很安静,只有工作人员低头干活。员工中有穿着套装的行政人员,也有穿着白色罩衣的技术人员。我被带到后面的一个小房间,把小蘑菇放在旁边的宝宝椅上,有人核对了我的身份信息之后,又拿出一个扫码枪,对着小蘑菇的颈椎位置扫了一下,一道红光闪过,我听见"滴"的一声,那人坐回去操作了一番电脑,然后等着打印机吐出一张表格,他把那张纸推到我面前,对我说:"好了啊,右下角签字,可以走了。"

我问工作人员:"小蘑菇会怎么……处理……"那人看看我,说:"哦,退还的娃娃我们会清空记忆卡,关闭,再统一进行处理。"

"关闭的意思是……"

那个在门口接我的女人在一旁对我说:"肖女士,是这样,诱导娃娃和寄养父母之间会产生感情这是必然的,所以送还的时候,一些父母可能一时间难以改换自己的角色,产生分离焦虑。所以我们建议还是不要询问我们后续对于娃娃的处理方式。这样说吧,他在您家的时候,您把他当作家庭的一分子,他和您夫妻两人一起度过了一段很幸福的时光,这就够了。至于后续,我们有自己的工作程序,您了解得太多,对自己的心情有影响,您毕竟还有身孕。您说呢?"

我下决心不再追问,扭头看看小蘑菇,他还在吸吮着安抚奶嘴,朝我扬起两只小手,笑了。我走过去,蹲下来,使劲亲亲他的小脸,起身,扭头出门。走出三五步,哭声就穿过薄薄的门板传出来,我站定,深呼吸,狠心继续往前走,但那哭声像绳索般死死将我套住。我转身向回走。

推开门,我看见小蘑菇涨得通红的小脸,看到我之后,他拼尽全力向前倾身，对我伸出手。我开始哭，想去抱他，但被工作人员拦住，他被另一个穿着白色罩衫的工作人员抱起来，走出了房间。我也跟着走出去，眼看着他趴在那个男人肩膀上，越走越远，突然间，他停止了哭泣，楼道里瞬间变得异常安静。我看见小蘑菇的表情慢慢变化，他的五官纠缠起来，嘴角下垂，眉头拧紧，目露凶光。我从未见到过他露出这样的表情，也从未在其他任何一个孩子的脸上见到过这样的表情。楼道里光线很暗，我觉得自己可能产生了错觉，或者是泪水迷了眼睛。最终，小蘑菇消失在走廊尽头的拐角处。

那是我最后一次见到他。

我现在就坐在家里，看着他生日时我们拍下的那段录像，想，我很快就可以再次见到我的小蘑菇了。然后，我将永远忘掉他，在心里，把他替换成它。

第十七章　攻击

1. 闻以达

从王卉的老家回来已经是半夜,房间里一片漆黑,米雪已经睡了,卧室门关着,我蹑手蹑脚地推开门,她听到动静,也没开灯,问我:"回来了?"我说:"你接着睡吧。"她就没了声音。我去冲了个热水澡,寒气终于被驱散,感觉好多了。冰箱里没什么吃的,我找出一包泡面,煮了,厨房里灯光柔和,开水滚沸,水雾裹住灯光,让一切变得熨帖。我喝了一口汤,香得可疑。

这次采访是我多年记者生涯中最离奇的一次,我原本觉得跑这一趟从概率上讲,80%的可能性是扑空或者即便见到人也根本得不到什么信息。因为这一切都是曹望的猜测,我只是不想放弃任何一点线索罢了,没想到却聊出了这样莫名其妙的方向。我不知道这算什么,超现实?一个受教育程度不高的妇女遇到自己无法理解的事之后的个人过度解读?或者是她真的遇到了某些现实经验无法解释的事情?我坐在沙发上慢慢地把那碗面吃完,喝掉最后一口汤,走到窗边,点了一根烟。我迎着窗外的冷风把那根烟抽完,决定先去睡觉,明天一早去办公室和主编聊聊再做决议。

第二天上午,办公室里人并不多,听别的部门同事在一旁聊天说起来,好像有什么地方发生了火灾,火势还不小,有几个记者已经赶去了现场。

刀哥像往常一样还在抽烟,窗户大敞着,房间里冰凉。我坐在沙发上,他扔给我一根烟。我点上,然后说:"没白跑,人是见着了,还聊了挺长时间。就是对方说的那些事情吧,有点离奇。"主编擎着一根烟,等着我继续说。我就把那天王卉对我说的一切都复述了一遍。讲完之后,过了好一阵,他说:"依你判断,这人神志清楚吗?"我点点头。他说:"这事情有点邪,但可能……""可能什么?"我问。他说:"可能只有一种解释……但是,我现在还不能肯定,所以先不说了。你把录音整理出来,然后去找一趟那个坠楼孕妇的丈夫。和他说说这些情况,说不定会有收获。""去找他?"主编点点头,又点了一根烟,不再说话。

我填了报销单,在楼下的一家小饭馆吃了午饭,下午开始整理录音,直到晚饭的时候才回家。我进门的时候,米雪正在煮汤,她把一碗蛤蜊放进水里,又放了盐,盖上锅盖,对我说:"吃饭的时候,和你说个事情。"我把菜端去餐桌,洗了手坐下来等着吃饭。电视里正播放着新闻,不知道是哪个国家的事,一座城市的生活几乎完全陷入停滞,很多地方沦为废墟,楼宇空无一人,藤蔓缠住建筑,一片荒芜景象。米雪走过来,把电视调成静音,坐下来给我盛了一碗汤,然后对我说:"我见到了普度公司离职的技术总监,他给我说了一些事情,惊天新闻。"

我看着她的眼睛,眸子里分明闪烁着一团火焰,我突然预感,我大惑不解的某些东西似乎正在靠近答案。

2. 米雪

一大早起床的时候,闻以达还在呼呼大睡,看得出来,他很累。我给自己泡了咖啡,吃了一片吐司,看见水槽里还放着煮面的锅和一个大碗,里面残存着一点方便面的汤。我把碗和锅刷干净,走去书房。

昨天采访李啸然的时间很长,我觉得差不多需要花费一整天进行梳理。我戴上耳机,开始工作,重新听着那个男人讲述的一切,那感受非常奇妙,他的语调很有魔力,像是让我看了一次沉浸式的电影。

整整一天,我都沉浸在那份录音里,整理完成后,我用不同颜色的笔标记了重点,开始按照李啸然所说的内容,一点点核查比对资料。目前能够看到的所有公开资料更多的只是一些介绍性的内容,关于诱导娃娃的简介、如何被创造出来、何时投入使用等等。有几段广告视频在很多社交媒体上都能见到,我点开看了,柔和光圈下的可爱宝宝,父母慈爱的笑,以及都市夜晚中亮起灯火的家,套路不新,但确实奏效。

我把李啸然给我的那个U盘插进电脑,里面有几份文档和一个视频文件。我先点开文档开始读,里面有很多关于诱导娃娃的具体参数分析,基本上看不大懂,第二份文档是一份报告,报告中声称:从今年夏天开始,维护服务中心的值班技术人员陆续发现了一些难以解释的现象,那些尚未被清空记忆卡和进行物理拆解的诱导娃娃,有一些出现了奇怪的表情,根据面部识别,定义为厌恶、憎恨以及——思考。更重要的是,监控录像拍摄到三个三岁半的诱导娃娃出现了熟练使用工具和相互协作的行为。他们互相帮助,把一个箱子摞在一把椅子上,成功开启装有电子锁的仓库大门之后逃逸,但行至大厅时被值班人员发现,值班人员并未意识到发生了什么,只是以为房门没有关好,诱导娃娃自己跑了出来,随后将三个娃娃抱回房间。其间,诱导娃娃并未出现任何反抗或者其他奇怪举止。事情的转折发生在10月18日晚。当天晚上,中心里大多数员工已经下班,只剩下一位技术人员独自加班,而就在他伏案工作的时候,突然有人用重物击打其后脑,倒地前,他回头看到三个诱导娃娃一起配合着用一个黄铜底座的台灯砸向了自己。他倒地之后,那些孩子继续对他发起攻击,击打他的面部、眼部,其中一个孩子退回去再度去抓那个台灯准备发起攻击的时候,工作人员趁机摆脱了另外两个诱导娃娃爬出了实验室门外,并进行了反锁,最终昏倒在走廊,直到半小时后保安巡逻时才发现了他,叫了救护车将其送往医院。后面有一份该员工的口述记录。看得出,直到他做那份口述的时候,语气里仍然都是惊恐和不解。

我又给自己倒了杯咖啡，点开那份视频文件，视频来自三个摄像头的拍摄，两个在实验室里，一个在楼道走廊的一端。第一个镜头录像是实验室内侧对着工作台的一个摄像头拍摄的。最初，一切都很平静，突然，一个看起来很笨重的台灯砸向那个工作人员的后脑，应该是他看见了映在桌上的影子，本能地侧身躲避了一下，灯座并没有完全击中要害，但仍然砸得不轻。之后，一个诱导娃娃蹿上桌子，他右手擎着灯，低头盯着那个歪倒在一旁的男人，然后他扔下台灯，跳到男人身上，男人滑落到地上，之后的一切超出了这个摄像头的监控范围。第二个摄像头的位置正对着工作台，拍到了接下来的一切：三个孩子分工配合有序，有人骑到那个男人的胸口上，使劲将拳头砸向他的脸，有人负责踩住那个男人的手臂。这三个诱导娃娃看起来很小，只有三岁左右，但他们殴打时的动作却完全不像小孩的样子，那种对肌肉的控制，每一拳的力度，都是成人的形态。我看见那个男人脸部渗出血来，其中一个诱导娃娃向后撤了一步，到处寻找什么东西，然后向着那个刚刚被扔在一边的台灯走去。男人趁着这个当口挣脱了另两个诱导娃娃，开了门踉跄地钻出去。楼道里的摄像头显示，男人反锁了门，诱导娃娃没能及时追出来。男人退缩到另一端，倚靠在墙壁上，能看见他胸腔剧烈的起伏。门内的三个诱导娃娃使劲去拧门把手，发现无果，开始奋力拍打玻璃。这扇门是那种很厚实的钢化玻璃材质，但仍能看见拍打之下的震颤。突然，两个诱导娃娃面对面站好，把手搭在了一起，然后蹲下，另一个娃娃踩着同伴手腕站了上去，被他们托举起来。这种门锁的锁舌在门的顶端,与门框卡住,他们显然是在想办法从锁舌上寻找薄弱环节,但最终发现并没有可能,只能放弃。三个娃娃并排站在门内,死死盯着对面的男人,面无表情。

我盯着那三个矮矮的身影,觉得一股寒意从尾椎周围升起,一点点弥散到全身,手臂上的细小汗毛全都竖了起来。我看着他们的双臂垂在身体两侧,把头齐齐歪向一侧,然后又齐齐歪向另一侧,突然间开始用前额撞击玻璃门板,一下又一下。视频显示这样的行为一直持续了23秒,三个娃娃的脸上渗出血来,血顺着下巴滴到他们身上,又滴到地板上,接着我看见他们三个一起翘起了嘴角,笑了起来,是那种狰狞和威胁的笑,扭曲的表情加上脸上的血,一切阴森得难以言喻。

我感觉浑身发冷,从里到外的冷。我关了视频,走去厨房,给自己泡了一杯热茶,双手捧着茶杯,一小口一小口地喝下去,直到一杯茶全部喝完,才感觉缓解了一些。我看到的一切到底是什么?又意味着什么?我不能在这个房间里继续一个人待下去,我得出去走走,走到人群里去,听听鼎沸的街声。我决定去菜市场,那是生活的热络之地,我要去买菜,自己做一顿饭,让烟火气冲散我头脑中那些挥之不去的阴森寒冷。

闻以达回家的时候,我正在厨房里忙活。他看起来有点惊讶,我很少这么隆重地下厨。我想,他可能察觉出什么异样,但并没有问我。

我俩坐下来吃饭,他很饿的样子,呼噜呼噜地喝汤,像是竭力表达对我手艺的赞赏。我问他:"你采访得怎么样?有收获吗?"

他点点头,说:"有。一会儿给你讲讲,很离奇。"我说:"我看见的东西更离奇。"他抬头看看我说:"哎,你刚才在厨房不是说要对我说什么吗?什么事啊?"我说:"你先吃饭,吃完,我给你看一样东西。"

闻以达坐在电脑前,认认真真地看完了那段视频,没说话,重新又看了一遍,第二遍看完,他转过头,问我:"这是哪来的?"我把我和普度公司前任技术总监李啸然见面的事详详细细地给他讲述了一遍。他低下头,长长出了一口气,对我说:"我明白了。"

"明白什么了?"我问。

他说:"我原本要告诉你的事情,我明白了。"接下来的 20 分钟,轮到我震惊。闻以达把他昨天寻找保洁阿姨的经过和采访内容给我详细讲述了一遍。

我们俩坐在书房里,面对面发呆,从彼此的眼睛里确认了对方的恐惧。我觉得一切都在旋转、破碎、重组,幻化出一个个斑斓图案,像一个万花筒在面前炸裂,在这个小小的房间里,我像是意外找到了一组宏大拼图缺失许久的重要一角,我和闻以达意外地合力将其拼贴完整,然后却看见了一个出人意料的恐怖图景。

闻以达拿出一根烟,点燃,我走过去把窗子打开,也从烟盒里抽出一根,等烟快燃尽的时候,我问他:"你准备怎么办?"他吐出长长一口烟,然后把烟头捻灭在烟灰缸里,说:"我先去找胡博一趟,就是那个坠楼孕妇的丈夫。之后的事情再说吧,这已经不是我们能控制的事情了。我觉得,可能会出大事。哦对了,我会给曹望打个电话,应该给他打一个电话,你说呢?"

我站起来,倚到他怀里说:"以达,我有点害怕。"他把我环腰抱住,没有说话。

3. 梁朗

消息来得比我想象中要快许多,今天上午 10 点半,我就接到了霞光资本总裁办秘书的电话,对方告知我,我出售公司的条件他们同意了,钱款的最后一笔会在一切手续办妥后三个工作日之内到账。我公司的员工,他们会接管,之后是继续留任,还是辞退,由新的管理层决定,我无权参与决策。对方说,如果没问题的话,合同下午派人送到。

挂了电话,我突然觉得有点伤感。我一直努力告诫自己,生意就是生意,不要带入过多的个人感情,但是时间长了,我也开始明白,人终究是情感动物,不可能完全理性地去处理事情。这些员工跟我久了,虽然我和其中大多数并没有什么过深的私交,但是我也了解他们大致的生活,所以他们在我心里就不只是一个个员工,而是一个个具体的人。公司被卖掉后,这些员工会被怎样对待,一部分人会主动辞职,一部分会被辞退,另一部分会惴惴不安地继续维持工作状态伺机而动。总之,这个盘子肯定散了,这些人注定会度过一段动荡的生活,他们的家人会担心,会焦虑,他们中有些人的生活可能会从此走向下坡。

我走出去,有人在打电话,有人在敲电脑,有人在聊天,聊天的人看见我,战战兢兢地和我打招呼,我冲他们所有人微笑,穿过大厅,走去叶菲的办公室,她像往常一样打扮得一丝不苟,抬头看我,然后浅浅一笑。我把门关上,坐在沙发上。她也坐下来,问我:"有什么事啊?"我说:"问问大家的时间,我请大家吃个饭。"她有点惊讶:"全员吗?"

"对,全体一起。"

"团建?年会?"

"什么都不是,最近这段时间大家辛苦。"

她看着我,眼神里意味深长。我有点莫名其妙的心虚,我知道,我卖掉公司的决定根本没有义务对她讲,但我在此刻却本能地担心她猜到真相。她站起来说:"好。我这就安排。"

下午,合同送到了,我细细读了一遍,和此前谈的没有差别,我对霞光资本的人说:"合同先放在我这。给我一点时间,签好后,我亲自送过去。"对方点点头,走了。薄薄几页纸就放在我面前,只要我签上名字,盖上章,这间公司就和我再无瓜葛。我对自己说,不能让其他情绪控制自己,因为我知道,能掌控自己命运的时间不多了。

我翻来覆去地看那几页纸的时候,叶菲进来,问我:"聚餐定在明晚。"我点点头。等她走后,我把合同装进包里,出了公司去往医院。

秦梦的状态比我预计的要好很多,我进门的时候,她正在吃苹果。我问她:"哪来的苹果。"她说:"医院餐配的。"我说:"哦,看着还挺好吃。"她笑起来。这是我最近这段时间第一次看见她笑。

我给她倒了水,坐下来。她已经把最后一口吃完,剩下一个瘦瘦的果核,我把果核接过来,扔进垃圾桶。秦梦坐直,对我说:"我想回家。"我问:"医生怎么说?""曹望主任早上来查房,说我完全可以出院。看我们意愿。""你觉得没问题了吗?"秦梦点点头。我说:"好。我去问问曹主任,如果没问题,我们就回家。"

我和秦梦聊了会儿闲话,给她放平枕头,让她躺下休息,然后我去了曹望的办公室。曹望正在喝咖啡,看我进来,他把杯子放在桌子上,起身和我问好,杯子里还是满的。我说:"打扰您了吧?"他摆摆手,说:"正好要找你。秦梦恢复得很快啊,她可以出院了。"我又问了问大致的情况,确认无虞之后,决定一会儿就去办出院手续。我问曹望:"下一次治疗安排在什么时候?"曹望沉吟了一下,端起杯子喝下几口咖啡,说:"这个要看患者的个人情况,只要在一周内,患者觉得调整好了,就可以提前预约。""痛苦程度还会和第一次一样吗?"我小心翼翼地问。曹望叹了口气,把杯子里的咖啡仰头喝掉,对我说:"这个,要看患者的个人情况,应该……应该会好一点吧。"

秦梦坐在车上,看起来很欣喜。天光渐晚,深秋与初冬交界时的黄昏有一种别样的清冷之美,树已几乎落尽叶子,铺满道路两侧。我问她晚上想吃什么,她说只想回家,在家吃什么都可以。我打了把轮,调头上了快速路。秦梦把自己那侧的车窗降下去,冷风呼地涌进来。"你不冷啊?"我问。她摇摇头说:"想透透气,空气多好啊!"她把视线投向远处,天几乎变成了灰黑色,远处所有高楼上的灯都亮起来,显露出轮廓,普度集团的几个大字亮得像一团火。等秦梦把车窗关好,车里瞬间安静下来,我对她说:"晚上和你说件事。"她扭头看我:"什么事啊?""到家再说。"我打开了广播。

4. 秦梦

梁朗叫了外卖,自己下厨鼓捣着做了一碗汤,闻起来挺香。回家之后,看着这所房子中的一切都有一种恍若隔世的亲昵。我去了阳台,看了看我的花草,它们都自顾自地活着,绿的绿,红的红。一盆紫茉莉竟然还爆出了更多的花蕾。我拿起喷壶灌了水,给几盆花浇水,觉得一切终于又恢复了原状。

过了一会儿,梁朗走过来叫我去吃饭。我们坐下,他给我盛汤,我端起来喝了一口,有点咸,但还是称赞了几句。我说:"我们开瓶酒吧。"梁朗抬起头,有点犹豫,问我:"行吗?"我起身去了厨房,从柜子里拿了一瓶雷司令。我给自己和梁朗每人倒了半杯,我们碰了一下杯,梁朗把酒送到嘴边,眼睛却一直盯着我的酒杯,他说:"还是少喝点。"我笑了笑,喝下两大口。

饭吃到一半,我问他:"你不是有事要和我说?"他愣了一下,走去玄关翻了翻自己的包,拿着一个米黄色的信封走回来。我又喝了一口酒说:"你给我买了保险啊,受益人是你自己?"他笑起来,说:"秦梦,我把公司卖了。"话一出口,我就愣住。梁朗从没和我提起过要卖公司的事,一次也没有。我把那个信封里的东西抽出来看,发现是两份合同,我翻到最后,签章的地方,还是空白。

"为什么啊?"我问他。他给自己倒了半杯酒,喝下一大口,说:"我不想继续了。"

"不想继续什么?不想继续做生意了?"

"一切,一切都不想继续了。"

我等着他说。

"公司、你我的治疗、医院、目前一切生活,这都有什么意思,又有什么意义?"梁朗给自己倒了满满一杯,他喝下几口,眼神焦点已经虚了,看起来很颓唐,"秦梦,我们把公司卖了,然后我们两个走吧。"

"去哪?"

"太平洋上随便找个小岛,卖公司的钱,我们卖房子的钱,也够我们用了。我们这么多年辛辛苦苦是为了要现在这样的生活吗?孩子我们不要了,好不好?好不好?"

"不要恐怕不行,不只是我们这里不行,去哪里可能都不行。"我说。

"总有行的地方,这世界这么大。我只是担心如果现在不走,我们就真的走不掉了。"他说完,又去拿酒,被我按住。我把酒瓶夺过来,放在自己脚边。我望着他,他也望着我,眼白布满血丝。"你为什么不提前和我商量一下?"我问。

"你心情一直不好,心思都在治疗上,我不想给你增加压力,而且,我也怕商量了之后会动摇我的决心。我不想继续耗下去了。有些事情如果突然间砸下来,人们都知道要躲避,要跑开,但是，如果你在沼泽里，当它一点点施加压力，慢慢拉拽你，人们都会产生侥幸心理，觉得一切不至于那么糟糕，有一天，你却发现自己早就被淹到下巴。我们现在挣扎一下还是可以逃脱的。"他说完这些，抓住我的手。

说真的，我也早已经厌倦了，为了要一个孩子，为了怀孕，为了成为一个母亲，我付出的代价难以想象。最初，这一切都是我自愿的，到后来，我已经无法分清那些选择到底是我自愿还是被外力强迫。我被混乱和恐惧一同摄住。

"其实，我们还有别的办法的。"梁朗盯住我看，我接着说，"我们分开，各自再找一个人，马上就能怀孕。你不用卖公司，我也不需要逃。"我终于说出了这个存在于我们家庭中的透明的禁忌。

"这是你更想要的吗？"他问。我没说话。巨大的沉默盘旋在我们的头顶，像有重量。

5. 曹望

上午我查房，一切正常，包括我最担心的秦梦。她恢复的速度比我预计的要快得多，这让我欣慰，至少我的罪恶感可以暂时缓解一些。

中午吃过饭，我想在院子里走走，走着走着就绕到了楼后的事发现场。我停下来远远地看了看，决定走过去，这不是祭奠也不是猎奇，我也不清楚自己想做什么。即便天气已经冷了，但仍然从各处钻出许多草木,这些斜刺乱长的植物让这里更显凋敝,似乎温度都更低几度。我在那站了会儿,远处有医院的保安走过,看见了我,疑惑地和我打招呼,我向他挥挥手示意他没什么事,他犹豫了一下,走了。在这里站着感觉越来越冷,我决定回办公室。

我给自己泡了杯咖啡,翻出一小瓶迷你装的威士忌倒进去,抿了一口,等着身子暖和起来。突然有人敲门,然后梁朗从门缝里探出头,我招呼他进来,等他坐下,我把杯子挪到了一堆文件的后面,我有点心虚怕他闻到酒味。他向我询问了秦梦的身体状况以及下一步的治疗方案,我简单地和他讲了讲,看着他的神情逐渐放松下来,我觉得自己也慢慢松弛下来,不知道是他的缘故还是酒的缘故。

下午例行查房,一切正常,3点半,我被叫去院办参加了一个视频会议,其实算是个简单的远程会诊。会议结束的时候,我刚要往外走,副院长把我叫住,对我说:"曹望,你稍等一会儿,有点事找你。"于是我就只能坐下来。等人都走光,会议室里只剩下我和副院长两人,他站起来,在我旁边的一个座位坐下,沉默了一会儿,对我说:"曹望,你的业务能力有目共睹,在业内也是首屈一指的,这一点我们都很清楚。"

我对他说:"院长,您有什么事可以直接说。是不是因为梁珊坠楼的事,上面对您有压力?"

院长端起杯子,说:"嗯,和那件事也算有关,也算无关吧。前几天开会通知各个部门上报尚未生育者名单,你还记得吧?"我点点头,心里浮上一朵阴云,我有点知道这场谈话的大致方向了。"那个名单,你也报了。现在在逐一核查原因。你的情况,我们是了解的。说实话,此前我们从来没觉得这有什么问题,其实,即便是现在,我们也不认为是什么问题。但是,你也知道,外部情况不一样了,尤其是这一次我们院的坠楼事件之后,很多事原本悬而未决,但是现在看起来一点点在加大压力,舆论氛围毕竟走到这一步,谁也左右不了。你们不好过,我是清楚的,但是我也没办法。"

我说:"您需要我做什么?"

"不需要你做什么,只是需要我按真实情况上报你的未育原因。希望你不要怪我。"副院长说。我抬头看看他,他的眼神一直盯着会议桌的桌面,我沿着他的眼神看过去,棕红色的亮漆桌面上隐约反射着我们两张脸的影子,像两个幽灵。我说:"没关系,我理解,您尽管去做。什么结果都和您没有关系。"他还想张口说些什么,但看到我已经站起来,又把话咽了回去,叹了一口气,我想,他可能觉得说什么都没有意义,解释和不解释都同样徒劳。我也好,他也罢,在这个时刻,这个当口,只不过是两粒微小尘埃,风暴剧烈,我们只能听天由命,一粒尘埃为什么要怪罪另一粒尘埃呢?

我走到会议室门口,刚要出门,听见副院长的声音从身后传来:"我相信,事情终究会过去,一切都会好起来。"我就站在门口,会议室里已经关了灯,光线昏暗,外面楼道里的白炽灯亮得耀眼。我没说话,把门从身后关上。

如果事情要来，躲恐怕是躲不掉的，如果非要去躲，反而徒增狼狈，这一点我很清楚。所以，我想，随便吧。回到办公室之后，我一直在整理新入院病人的档案，全部文书工作做完，已经是晚上8点多。就在我准备下楼回家的时候，电话响了。一个男人说："曹主任，你好，我们明天见一面吧。""抱歉，您是哪位？"话刚出口，我才想起这个声音，是闻以达。我想都没想，就答应了第二天晚上见面的事。电话挂掉之前，我没忍住问他："是不是发现了什么？"电话那端沉默了一会儿，说："是，不在电话里说了，见面再聊。"然后挂掉了。我站在黑暗里，听着忙音嘟嘟地响。我把窗户关好，下楼，已经起风了，树枝被大风吹得来回摆动，有时碰撞在一起，发出凛冽脆响。

6. 李冬

如果不是股东大会上那位股东提起了诱导娃娃出现异状的事，对于那些传闻我已经差不多快忘记了。

今天一早，我就给秘书打电话，要求他们去找当初的那份报告。我到办公室的时候，报告已经放在我的办公桌上。文件袋里只有几页纸，还有一张光盘。文字的大致内容是公关部收集的一些网络上关于诱导娃娃的讨论。一些自称是用户的人发布帖子声称自家的诱导娃娃经常出现一些令人不可思议的表情和动作；有的人报告称，诱导娃娃会做出一些诸如冷笑之类的表情，但那表情转瞬即逝,让人以为是自己的错觉;也有人报告称,意外看见自家的娃娃在找玩具的时候,轻松抬起了一个沙发;还有人说,有一次他妻子半夜醒过来,看见自家娃娃站在床边直勾勾地盯着他们,像是在梦游,他们吓了一跳,哄了很久,娃娃才醒过来。这些发言引发了很多人的担忧,也激起了那些卫道士对我们公司的讨伐。我们公关部用了一些办法,让那些帖子消失了,但是他们觉得这件事情确实值得重视,于是和技术部沟通之后进行了一次内部调查,结果发现了一件更加不可思议的事。报告中讲述了公司销售服务中心的一起诱导娃娃攻击事件,从描述来看,耸人听闻。我打开那张光盘,里面是几段监控录像,重现了之前文字报告中的一切,一个员工被三个诱导娃娃砸成重伤。

我点了一下鼠标,画面静止下来,停在了那位员工逃出实验室靠着墙壁瘫坐下来的那一帧。监控录像是黑白的,但我仍然能知道从那个男人头顶流下来的是血。我泡了杯咖啡,慢慢喝完,想努力理清一些事。这件伤人事件到底是否有人对我汇报过,我有点记不清楚,当初提交报告的时候应该是有人提过,但我可能完全没有在意,也可能底下的人故意说得很含混。另外,这个员工到底怎么样了?有没有赔偿?他又如何看待发生在自己身上的这件事?他现在在哪?是否还在继续工作?又是否会对媒体说出他所遭遇的一切?而这一切背后到底意味着什么?那些诱导娃娃怎么会做出这样的举动?

诱导娃娃的销售服务中心不在公司本部楼内,而是在郊区的一幢院子里,所以如果没有人对我详细汇报那里的事情,我其实不会知道的,更何况,我这一段时间心思很乱,一些事完全顾不上。

我拿起电话,吩咐秘书召集所有副总来我的办公室开会,现在,立刻,马上,不许有任何人缺席。三分钟不到,所有人都到了,大家眼神慌乱,表情惶恐,围坐在沙发上,一个个等待宣判的样子。

我把刚才我看的那些监控视频里的内容用投影仪在幕布上放了一遍。我把播放器关上,环顾一圈,问:"谁先说?"大家的表情都很严肃,有人低头擦眼镜,有人摆弄领带。

"我先说吧。"负责公共关系的副总说,"这份资料是我们之前就提交给您的。除了这个视频,还有一些我们搜集整理的普通用户发布的异常报告。这个视频里的内容,我们已经和销售服务中心那边核实过,真实性没有问题。当时,我们上报提交给您的时候,您在忙别的项目,我们就没有再继续汇报这件事。"

负责诱导娃娃项目的副总接着说:"这件事事发的第二天,我们就接到了报告,而且我也在第一时间赶往了医院,去看望那位受伤的员工。当时医生对我们讲,他是脑后部钝器伤,伤口11厘米,脑蛛网膜下腔轻微出血,颅缝分离骨折。我们到的时候,人注射了镇静剂,在睡觉,并没有生命危险,算是万幸吧。从医院回来,我组织了研发团队的人进驻销售服务中心,查看了那三个诱导娃娃。"

"出事之后,那三个娃娃就被单独安置在了一个小房间里,我们去的时候,发现那三个娃娃和别的普通娃娃一样,没有任何异常，都是我们设定的那个年纪该有的样子。如果不是有摆在眼前的事实佐证，我们任何一个人都不会相信，这几个这种模样的娃娃能做出那种事。"

我问他："你们最后是怎么处理那三个娃娃的？"

他说："我们还是拆解了，然后，研究了三个娃娃的脑神经系统……"

我等着他继续，但他却一直沉默。"然后呢？"我问。

"嗯……然后……然后我们发现了一些意想不到的情况。扫描显示，这三个诱导娃娃的大脑神经系统显示习得能力严重超出常规，按照数据分析，三个人的智力和情商水平应该是17岁左右，而不是他们本身应有的三岁。"

我觉得自己正在被什么冰冷的东西慢慢裹住。我问他："为什么会出现这样的情况？""就是系统bug。"他说。

"什么原因造成的这种bug？"我问。

"这个确实很难说清楚，智能大脑的习得能力本身就是一种极其复杂的算法，它们只是突破了某个阈值，然后开始不受控制。当然，这其中也有一些我们工作上的失误。"

我盯着他。

他继续说："按照规定，回收的诱导娃娃应该进行外部拆解和大脑神经系统的彻底格式化，但是，我们并没有完全按照规定去执行。"

"为什么？"我实在难以克制自己的情绪。

"因为……"他停顿了一下，像下定决心般说，"因为资金。公司把太多的资金都拨付到'母亲！'那个项目上了。我们诱导娃娃这个项目虽然已经运转成熟，但是仍然需要有资金投入才能支撑，越到后来，资金明显捉襟见肘，公司的战略是全力以赴攻下'母亲！'，我们确实没有办法。所以，我们只能自己想办法降低运维成本。诱导娃娃在每个领养家庭里都是被当作真的孩子对待的，被悉心呵护，回收的娃娃极少会出现问题，所以，到后期，我们并没有从物理上毁坏那些回收的娃娃，对于脑部芯片的重置和格式化工作也放松了很多，他们的一些深层记忆并没有完全消失。这可能是他们产生错乱的原因之一。"

每个人都坐在自己的位置上一动不动，似乎连呼吸都小心翼翼。我不知道该说些什么，其实，人家说得对，是我的战略决定和偏执造成了管理盲区，我已经多久没有去关注"母亲！"之外的那些项目了？诱导娃娃现在的规模是多大，资金流转的情况到底如何，这些我有多久没去过问了？出了问题，我能责骂谁呢？

"现在受伤的那个员工情况怎么样了？"我问。

"没什么事了。其实相比于外伤，受到的惊吓更大。我们安抚了好几次，也做了相应的赔偿，他目前心理状况也都稳定下来了。我们也问了他的选择，尊重他的意愿，暂时让他离开实验室，去行政部门工作了。"副总说，"我们也对他讲清楚了关于保密的事，和他签了保密协议。对于维护公司利益就是维护个人利益这一点上，他表示很清楚，没有异议。"

我点点头，对他说："安排一下，我去看看那个员工。这件事的后续一定要处理妥当，要万无一失。还好，这只是孤例和个案，我们及时发现了,人也没有危险,算是不幸中的万幸……"

"李总,其实……"有个声音从角落里传出来,我抬头看,是负责安保的副总,他定定地看着我说,"其实,这不是孤例和个案。还发生过另外一起案件,就在几天前。"

血液泵向我的大脑,鼓膜砰砰作响,我觉得自己像被重物击打过一样,感到一阵阵忽大忽小的嗡鸣环绕着我的头顶。"什么情况?"我问。

他说:"前几天晚上,有两个三岁的诱导娃娃攻击了一个值班保安。保安当时吓坏了,撒腿往外跑,两个娃娃追出去,把他打伤了,身上有些软组织挫伤。保安后来对我们说,是因为当时有人经过附近,吸引了那两个诱导娃娃的注意力,自己才算捡了一条命。那个路过的人骑了一辆摩托车,两个诱导娃娃发现那个人之后,就开始追,趁着这个当口,保安才逃脱了。保安现在已经恢复了。"

"那两个诱导娃娃呢?"我问。

他低着头没说话。

"说话!"我终于还是没忍住拍了桌子。

"没找到。"他低声说。

"没找到?没找到是什么意思?"我问。

"就是……就是跑掉了。"他说,"我们去找了,周围有芦苇荡,高草丛,远处还有一片树林。您也知道,那地方比较荒,那片树林后面还有一片育苗林,植株很密,环境又很暗。诱导娃娃很小,我们找了,确实找不到。"

"如果不是我问起来,你们到底准备什么时候才向我汇报这些事?"我都能感觉到自己的声音一直在抖,"说话！你们准备一直瞒着我吗？"

没有人说话。"我现在就去见那个被打伤的保安和实验室的员工。"我说完,站起来去拿外套。所有参会的副总也都站起来,但谁也不敢动。我说:"所有人都跟我走,去销售服务中心。"

直到车子拐上那条林间小路,我才意识到自己有多久没有来过这里,一切都变得如此陌生。我把全部精力转移到了"母亲！"上,几乎忘记了这里。我觉得自己只需要考虑战略、方向,用这样的理由掩盖了自己的狂妄和失控。是的,我得承认,我对于公司某种程度上失控了。不是谁在褫夺我的权力,是我的偏执腐化了我自己。

我在会议室里见到了那两位受伤的员工,实验室的那位因为事发比较久,所以恢复得很好,脑后的疤痕已经被头发盖住;另一位保安虽然刚刚受伤不久,但好在伤势不是很重,人又年轻,现在看起来也还可以。我和他们寒暄了一阵,向他们表达了关心和歉意,又强调了一下保密义务的事,他们诺诺点头,最后,我嘱咐人事部门从下个月起给他们涨薪15％。等他们走后,我对这里的主管说,我要去看一看实验室和回收站,然后再去那两个诱导娃娃逃脱的地方看看。

看起来,实验室里一切正常,工作人员穿着白色罩衫,低头焊接电路板或者敲打电脑,像什么都未曾发生。回收间和实验室连着,只用一面玻璃幕墙分割,我走过去看,里面有五个诱导娃娃,有三个在一起抓着玩具玩耍,另外两个各自靠在一边发呆。往里是储藏室,整齐码放着被拆除的诱导娃娃的身体零件,手臂、腿、躯干和头被分门别类堆叠整齐。

回到走廊上,我对主管说:"对于已经回收的诱导娃娃要严密监控,实时观察,有出现异常情况的,注意一下,拆解记忆卡之后做分析和记录,同时通知我,我要知道具体情况。没有异常情况的娃娃,对于大脑储存信息必须清零。资金不够的,现在就去写报告,我来特批。"交代完这些,我走出院子,去了保安被攻击的事发地,我站在那看了一会儿,这里距离正门有一段距离,门前的几个摄像头都拍不到这个地方,是个监控死角。周围非常安静,远处是一片树林,叶子铺在地上厚厚一层,留下灰白树干,彼此交错掩映。

我走回正门,院子外停着三辆车,是来这里选购诱导娃娃的夫妻,网上的质疑声终究是被盖住了,暂时还没有影响到太多的生意。我担心的倒不是那些嘈杂的议论,而是那两个走失的娃娃。他们到底去了哪里,又会从哪里出现?

钻进车里,我让司机带我回公司本部。几位副总的车跟在我后面,从原路折返。拐上大路的时候,对向车道迎面驶过一辆银色的半旧雪铁龙,车开得很猛,我的司机吓得本能地向右打轮,还点了一脚刹车,我听见他轻声骂了一句,继续向前开。我扭头看看那辆车,掀起一阵尘土早已经开远了。

7. 詹明远

今天一早，我们技术科主任刘畅就给我发了个信息，让我到他办公室去找他。技术科里只有刘畅自己在，他看我进来，带我进了后面他独立的办公室。他打开电脑，播放了我前几天从那个小偷那拿到的视频。"我分析了，是真实的，没有剪辑和布光的痕迹。另外，根据画面里的环境，我进行了数据库搜索比对，也确定了基本位置。"他指着画面里的一片树林和远处两个耸立的广告牌说，"就在东郊。"

我点点头，这感受很奇怪，我觉得这视频应该是真实的，但又觉得它不可能是真实的。现在一切确凿，我不知道该欣喜于自己准确的预感还是焦虑于即将面对的诡异现实。

"行，我让人去查一下报案记录。"我对刘畅说。

"不用了，我查过了，没有人报案。"

也确实，我想，谁会报案说自己被两个三四岁的孩子殴打。

"这房子是什么建筑？"我指了指画面一角，能隐约看出院墙和房屋。

"地址登记信息是一个什么销售服务中心。"刘畅说完，翻了翻他桌上散乱的纸张，找出一张推到我面前。

"这是属于普度集团的物业？"我有点惊讶。

"对啊。怎么了？"

我摇摇头,没说话。

"这手机视频谁拍的啊?"刘畅一边关了电脑,一边问我。我说:"一个小案子带出来的线索。"他点点头,把拍摄视频用的那个手机交还给我。

我回了自己的办公室,喝了一杯浓茶,坐立不安,干脆下楼去了羁押室。那个拍下视频的盗窃嫌疑人肖铁正在小操场里跑圈放风。我把他叫到一边,问他:"那个视频我看了,你是不是在东郊拍的?"他眼神暗下去,点点头。"那个院子是普度公司的是吗?"我又问。他表情很茫然地说:"什么?我不知道。"我看了看他,他眼神里除了疲倦,只有空洞。

我上楼拿了外套,准备自己去一趟事发地点,我想了想,没开警车,上了自己的车,走了。

我跟着导航一路向东,景色愈发荒凉,但也有别样的苍茫美感。路上开始出现重型卡车,运载巨大的轧钢钢卷,缓慢前行。我小心翼翼地绕开它们,驶上高速,半小时后,从高速驶出,道路两侧都是高大树木,一侧的松树依旧浓绿,另一侧的杨树已经掉光叶子。向前开了一段,导航让我拐上一条小路,我差点错过那个路口,赶紧打了一把轮拐进去,突然看见对向驶来一个车队,最前面的是一辆奔驰,后面跟着四五辆豪华轿车,黑压压一片,我这辆满身划痕的雪铁龙显得有点过于寒酸。路上没铺柏油,四处扬起尘土,我扭头看看,所有车窗都贴了黑色的膜。我继续往前开,觉得周围一切似乎在哪里见过,但又不敢确认。我想不出来自己为什么会觉得这地方如此熟悉,应该没来这边办过案子。又向前开了20分钟,我突然想起了原因,我和肖爱曾经来过这个地方!我们当初去接小蘑菇回家时走的就是这条路,当时,我们还因为周围如此荒凉一直犹豫是不是找错了路。直到把车开到了那幢院子前停好,我终于确认了自己的记忆。

我走下车,在周围转了转。当初,肖爱带着我来这里时,我没留心周围环境,所以也看不出什么变化,只是觉得这里依然安静、神秘,显得独立于世。我走到远处,拿出手机翻出那段视频,对比着找了找角度,确定了事发现场。现场毫无痕迹,很干净。我站定,向更远处望去,只能见到一望无际的树林,有风吹过,传来沙沙响声。树林看起来不远,但真的走到那里还是花了不少时间。周围没有围挡,我从树丛间走进去,仰头去看,树木高大,树枝交叠,遮天蔽日,树林里的温度明显更低,空气潮湿,越向里走就愈发阴冷。

我突然听到什么响动,像有东西从树梢上掠过,我定神去找,并没有发现鸟或者其他什么小动物,又继续向前走了一阵,前面的树看起来越来越密,我转身向后看,也同样像被封住来路,我觉得自己被诱捕到了一个迷宫里,必须及早脱身。我向回走,有时近乎跑,总觉得有什么东西在身后追赶,或者被一双眼睛摄住,但除了偶尔有鸟雀飞过之外,再没有其他生物。直到我跑出那片树林,才终于定下心神。我回头看看那片树林,只是一片树林。

进到大厅才唤起一些更加熟悉的记忆。那些柔软的沙发、浅灰色的墙壁,高大的绿植,我都记得。前台一位服务人员走上来笑着和我打招呼:"先生您好,请问您的预约号码是多少?"

我说:"我没有预约。"

那个女孩说:"先生,我们这里是预约制的。请问您是想来参观吗?如果需要参观,我可以帮您预约接下来几天的时间。"

"我曾经买过……哦,不是,我领养……我家里曾经有过一个诱导娃娃,后来,送回来了。"我突然有点不知道该如何对这个工作人员形容我和小蘑菇的关系。

她笑着说:"哦,那您和您太太应该有自己的宝宝了吧,恭喜您啊。那请问您这次光临,有什么可以帮到您呢?"

"你们的负责人是哪位?我能见一下吗?"

女孩摇摇头:"对不起先生,请问您具体需要什么帮助呢?"

我掏出证件,打开,她盯住看了一会儿,笑容依然没变:"好的,请您稍等。"说完,走了。我坐在沙发上等。茶几上放着宣传册页,我翻了翻,看着上面一个个粉嫩婴儿的笑脸,想起了很多往事。我觉得自己几乎把小蘑菇忘掉了,现在才知道,一切只是被我故意藏在了大脑的某个角落。我可能是有意识地要求自己这样去做,然后,又有意识地要求自己忘掉这种有意识,最终连自己也相信了这套把戏。我看着册页上的那些孩子,突然感觉到了某种抑制不住的痛楚。

我听到有人叫我,抬起头,看见一位中年男人站在我面前,他40多岁,穿着深灰色西装,头发一丝不苟地向后梳起,正在对我微笑。我站起来,那位前台服务人员对着男人介绍说:"这位是詹明远警官。"又对着我说:"这是我们这里的负责人张和刚博士。"我们握手寒暄,我又掏出证件,张博士摆摆手,笑一笑,说:"不必了。"

"有什么可以帮您的?"坐在他的办公室里,张博士问道。他的办公室有差不多40平方米,远端角落里贴墙摆着一张巨大的工作台,上面有拆散的诱导娃娃的手臂,看起来让人有点不适。

"我们查另外一个案子的时候发现了一条线索,和你们有关。今天过来问问情况。"我说完,把手机里的视频调出来,递给他。他看后,问我:"哦,这是我们这里吗?"我接过手机,把视频快进,然后点了暂停:"这个露出来的建筑是你们这个建筑的一角,对吗?"我说。

他没再说话,问:"有人报警吗?"

我笑笑,故意含混地说:"我这警察不是都已经出警了吗?"

他摇摇头:"我不太了解这视频里的事情。我虽然负责管理这里,但我其实是一个科研人员。这里只是公司的一个部门而已。"

"这里属于普度集团对吗?"

"是的。"

"我可以见一下集团的负责人吗?"

他推了推眼镜:"这个需要您去和集团总部那边联络,如果您需要,我倒是可以给您集团总部公共关系部负责人的电话。"说完,他扭身撕了一张便笺,写下一串数字,递给我。我们又寒暄着聊了几句,我起身离开。

外面已经下起了小雨,漫天雨丝,细微到若有若无。我站在院子里,刚刚接待我的那位女士在我身后关上了门,仍然保持着职业微笑。我钻进车里,降下窗子,点了根烟。我来这里,没有任何手续,能问的能做的也只能如此,对此他们心里很清楚。普度是个大公司,不,大公司甚至都不能概括它,它的触角伸到生活最细部的肌理,并且也掌握着最敏感的技术。对于它的任何质疑可能都会引起麻烦,何况要发起调查,更不要说这案情如此难以名状。谨慎,我对自己说。我把烟头扔掉,发动汽车,回了警队。

8. 肖爱

今天是很重要的一天。这段时间以来,我都在为这一天做着准备。

我辗转联系到一个人,对方声称可以让我见到我的小蘑菇。我从一个网络论坛里认识这个人,被一次又一次地试探,在我即将放弃的当口,对方终于答应了我的要求。这是个隐秘的组织,具体有几个人我并不清楚,但我知道他们确实是有着分工,并且也与普度集团内部有着关联。

刚刚把小蘑菇送走的时候,我拼命要求自己忘掉他,但欲盖弥彰。一度,我觉得家中哪里都是他的气味,那种婴儿特有的,混杂着汗味和奶味的柔和气息,我把所有房间里里外外都清洗过一遍,消毒液用掉多半瓶,但仍然没什么用。我也知道,那气味来自我自己的大脑,而不是外部。

最终真正解救我的,不是忘记,反而是沉溺,因为我找到了那个网络论坛,让我发觉自己并不孤单。在那个论坛里聚集着很多人,都是像我一样,无奈送走了娃娃却走不出思念的父母,妈妈居多,爸爸也有一些,占大约10%。大家互相聊天,彼此安慰,上传自家宝宝的照片和视频,相互分享点赞。我们就像个大家庭,和这些人聊天的时候,我会觉得自己的宝宝从未离开。最初,大家也不过只是沉溺于回忆里,这里成了现实生活的一个缓冲地带,让我们得以喘息。我们有时也组织一些线下聚会,本地的十几个人找个咖啡馆坐一坐,谈谈天,说说各自的近况,也没什么特别。直到有一天,有一个妈妈在论坛里说,她知道了一件难以置信的事——我们送还的诱导娃娃,有一些并没有被物理销毁,大脑芯片也并没有被清零。

这条消息刚刚发布出来的时候,大家都嗤之以鼻,甚至有人担心这位妈妈是不是因为思念过度而有些走火入魔,但她言之凿凿。直到有一次线下聚会,她出现了,在那个我们常去的咖啡馆的角落里,她对我们说起了那件事。

她说,她的一位朋友和普度公司的一位小股东是朋友,普度公司正在研发的一个叫作"母亲!"的人造子宫计划,非常烧钱,公司的战略和资金都已经严重倾斜到那个新项目上,造成了内部管理的混乱。外部看起来,这家公司依然稳健、庞大,但实际上远非如此,也正是因为这些,他们公司的诱导娃娃项目被忽视了,资金缺乏,管理松懈,造成了销售服务中心管理废弛,他们会把回收的诱导娃娃大致修整一下,继续二次销售。

我们问她有什么证据。她一副避人耳目的样子说,两天后她会和自己的儿子见面。她伸出手比画:"安排见面,八千块钱。"当时,我们都觉得她遇到了骗子,纷纷劝她,但她根本听不进去,还满脸嘲讽的神情。两天后,她在论坛里发了两个字"团聚"。我们都很惊讶,让她发照片。她回复了几个笑而不语的表情,就没有再继续说话。直到下一次聚会,她俨然成为我们之中的明星,所有人都围着传看她的手机,脸上都是艳羡和不可思议。手机终于传到我手里,我把那些照片一张张划过去,看见那个女人的自拍,她怀里抱着一个肉乎乎圆滚滚的婴儿,两个人都发自肺腑地笑,翻到最后,还有一段视频,小婴儿一下一下亲着妈妈的脸颊,大声喊妈妈。我自己也真是不争气,突然之间,眼泪止不住地流,到后来只能跑去洗手间,实在太尴尬了。等我回来的时候,大家都陷入了一种难以名状的情绪里,怎么说呢,混杂着怅惘、平静以及向往。有人过来安慰我,我笑一笑说没事。她们拍拍我的肩膀说,要注意身体,毕竟还怀着宝宝,这是头等大事。过了一会儿,那个女人凑过来,轻声问我,需要我帮你联系吗?那一瞬间,我觉得这句话几乎像是神明降下的救赎,原本我一直在挣扎,挣扎是否要试一试,我的纠结在于我不知道自己的小蘑菇是否还存在于这世上,也不知道即便他还存在,是否还记得我,他的记忆被清除掉了吗?他是否被其他家庭领走,对着一个陌生女人喊妈妈?我担心自己已经趋于平静的内心再被翻腾起来,我是否能承受新的重压?但我真的听到那个女人问我的时候,我才能正视自己,我早就做出了决定,只不过一直不想面对罢了。

那个女人从中牵线让我认识了一个网名叫"frozenmoon"的

人,这个人的身份很神秘,只接受熟人引荐,经过一次次试探之后,他或者她终于相信了我,我从聊天语气判断,这应该是个男人。钱是需要提前转账的,他建立了一个用后即焚的虚拟账户,我想都没想就转了账,之后,又是漫长等待,直到他定下了最后的时间和地点。我一直在催促他,有时有反馈有时没有。我对他讲,我很快就会入院待产,这是我最后的机会,不久后,他告诉了我今天的时间。

我穿戴整齐,坐在那里,盯着钟表。

9点,我出门打了辆车去了约定地点。那是一个废弃的工业厂区,车停在门口,我自己向里走,两侧建筑的砖石已经呈现黑褐色,窗子只剩窗框,砖缝间杂草丛生,我远远看见那个烟囱。走近,看见了那扇棕色木门,推门进去,里面光线很暗,一个穿着帽衫的男人站在远处,身旁还有个孩子蹲在一旁玩弄一个小石子,像两个剪影。男人向我招手,我走过去,他却向旁边走去,离开了我的视线。

我呆愣地站了一会儿,盯着孩子的背影,他脑袋圆滚滚的,蹲在那里,像一只小青蛙,玩得投入,并没有意识到我的出现。我不能确定这是不是我的小蘑菇,很像,但又大了一圈。我试探着叫:"小蘑菇?"他把手里的石子扔掉,然后去拿另外一个。我又叫了一声。他突然定住,像画面被点击了暂停键。他站起来,转过身,我看见了他那熟悉的表情。

瞬息间万种情绪从他的脸上掠过,然后,他翘起嘴角,清楚无误地喊了一声:"妈——妈——"我用了最大的力气把他搂进怀里,一下又一下亲他的额头和脸蛋,他咯咯咯笑起来,眼睛眯成一条缝,又喊了一声"妈——妈——"我的心碎成千片万片。几个月没见,明显看得出他长大了,比我送走他的时候利落了不少。我掏出零食给他吃,又把带来的一个儿童足球拿出来陪他玩了一会儿。我一扭头,刚刚消失的那个男人出现在我身后,身材瘦削,表情阴郁,脸被挡在兜帽的阴影里。

"我们该走了。"他对我说。

小蘑菇磕磕绊绊追着足球跑去了远处,对面墙壁高处有巨大窗户,光线斜射下来,把小蘑菇笼罩在一个长方形的方框里。我盯着光亮中飞舞的无数尘埃发呆。

"我们该走了。"他又说了一遍。

"小蘑菇现在好吗?"我问。

"你不是看见了吗?很好。"

"他还会被……领养吗?"

"如果有人挑选,会被再次出售。"他语气平静,像个被设定好的程序。

我不知道该继续说什么。小蘑菇从远处一颠一颠地跑过来,从阳光没入黑暗,他抱住我的腿,仰头看我,我把他抱起来,小脸蛋红扑扑的,但贴上去却冰凉。

"我们得走了。"男人又说了一遍。我开始哭,抑制不住地哭,眼泪顺着脸颊流进衣领里。小蘑菇有点迷茫,用小手轻轻拍打我的脸,又用额头顶我的额头。他指指大门,说:"走。"但是那个男人却伸出手,从后面抱住了小蘑菇,我把小蘑菇搂住,但仍然感觉到男人在用力。小蘑菇笑起来,他可能觉得是我们两个在逗他玩,但很快,他的脸色就变了。

"我们必须得走了。"男人说完,用力将孩子拽到了怀里,转身向外走。小蘑菇终于哭起来,他趴在男人的肩头,哭着向我张开胳膊。我站在原地,除了流泪,什么也做不了。我哭得不能自持,做了几次深呼吸,看着男人已经快走到门口,我突然看见小蘑菇的表情开始变化,他止住哭声,向一侧歪过头,闭起嘴唇,皱起眉头,露出愤恨的表情。我突然间回忆起,我将他送还的那一天,在郊外的那个销售服务中心的走廊里,我也看见了这个表情。只是当时,我觉得是自己看花了眼,不敢确认。今天,我清清楚楚又一次看见了一切,没错的,绝对没错的,我的儿子,一个呆萌的幼儿,怎么会露出这样凶恶的神情?

第十八章 K13467

1. 闻以达

明明盖了厚厚的被子,却无端端梦见自己站在冷雨之中四顾茫然,走投无路。我悬停在半空,看着自己穿着一件雨衣瑟瑟发抖,四周是茂密树林。最终挣扎着醒过来,发现自己半边身子露在被子外面,几乎要掉下床去。米雪在一旁睡得很熟。我缩回被子里,缓了半天也没暖和过来,干脆起床。

我泡了杯茶,倚在窗口慢慢喝,路上有清洁工拿着一把巨大扫帚缓慢地扫着一地落叶,地面渐渐露出沥青的颜色,树叶慢慢堆成一个个暗黄色的坟冢。我把最后一口热茶喝进肚子,下了楼。今天上午,我要再去见一次梁珊的丈夫,晚上还约了曹望。我正在把拼图的最后几块完成。

胡博已经搬回了他和梁珊此前居住的房子,房间里很干净,收拾得也整齐,显露出正常日子的轮廓。胡博把我让进屋的时候,我看见他冲我笑了笑,笑容并不勉强。一个男人原本计划好要和妻子一起迎接自己的儿子,突然之间却沦为鳏夫,这境况如果换作我,绝不可能做得比他更好,我想。

他说他现在的工作上一休二,刚下夜班,有什么事尽快聊聊,他得补觉。我点点头,看着他忙乎着烧水给我泡茶,我在房子里四处看看,他也不再忌惮。等他坐下来,点了一根烟,我才对他说:"我找到一点线索,但可能说明不了什么,也可能有一点用处,我想向你核实一下。"我看见他的烟头飞快地亮了一下,又暗下去,火光衍生出一截烟灰,悬而未决。他吐出一口烟,看着我。

我说:"你家里除了你和你妻子,还有别的什么人吗?"

他皱起眉头:"什么意思?"

"你们曾经购买过诱导娃娃吗?"

他背对着窗子面向我,逆光,面部掩在阴影里,但我还是看清了他表情在不断变化,有些难以名状,介乎于惊讶、费解、恐惧之间的微妙地带。"你是说?"他小心翼翼地问。

"购买过吗?"我追问。

他点点头,眉头拧起来:"这之间有什么关系吗?"我看见他指间的烟灰断成几节,掉落到他的裤子上,又散在地面。

"可能会有。"我说,"什么时候购买的?"

眼看着烟头就要烧到过滤嘴,他把烟蒂按灭在烟灰缸里,然后又点上一根,说:"梁珊第一次知道诱导娃娃的时候就很喜欢。说实话,最初,我有点觉得别扭,但是被她拉着去参加过一次那个什么展示活动。那个活动是邀请制的,我妻子拿到的邀请券是她公司年会上的奖品,拿到那个券她特别开心。展示活动是在一个商场的一层,圈起来的一个地方,我记得当天是周末,商场里人特别多,我们去的时候,那个地方围得里三层外三层。梁珊特别有兴致,拉着我向里挤。那是一个临时搭建起来的巨大的玻璃房子,里面有很多小朋友的玩具,从外面看起来,如果不加以说明的话,大多数人会以为是一种淘气堡之类的给小孩玩的设施。房间里很暖和,四面落地玻璃墙,地面铺着粉色地胶,上面有些小兔子之类的卡通图案。几位年轻女孩蹦蹦跳跳地正在逗弄几个小朋友玩。说实话,那些小朋友确实都特别可爱,睫毛很长,胖嘟嘟的,看见陌生人也不哭,还让人们抱。梁珊非常开心,四处和小朋友玩。人嘛,很容易被气氛感染,在里面待了一会儿,我也和那几个小朋友玩起来,说实话,确实挺开心。我知道他们是诱导娃娃,是人工智能,去之前我心里是有一点障碍的,但接触之后,心里的芥蒂突然间就都没有了。医疗保险对诱导娃娃的补贴比例特别高,我们交了申请表,备注栏里又填了备孕的原因,审批很快,我们自己花的钱和买个手机差不多,所以……"

我打断了他,问:"你们家的诱导娃娃到后来有没有什么异常举动?"

"异常举动?什么异常?你具体指什么?"

"嗯……比如说,出现一些成人化的表情,让人感到害怕的那种。"我琢磨着到底该如何遣词造句。

他若有所思地摇摇头,似乎陷在回忆里。我问他:"你还有诱导娃娃的照片吗?"他又点了一根烟,说:"你也看见了。我现在正努力走出来,前几天把房间都收拾了一遍,这需要很大勇气,我是鼓足了力气才去做的。我把我妻子的照片、我们的合影、她的衣服该烧的烧了,该扔的扔了。不是我心冷,是我必须想个办法让生活继续,对不对?"

"照片全部都没有了吗?电脑里,手机里都没有了吗?"我问。

他拿出钱包,递给我,说:"就留了这一张。"我接过来看,照片应该放在里面很久了,边角已经泛白,上面只有他们夫妻俩,似乎靠在一艘船的船舷边,看起来都很年轻,笑得灿烂。

"你家的诱导娃娃后来呢?送回去了?"我问。他点点头,说:"后来我妻子怀孕了,公司是有政策的,诱导娃娃可以回收,我们就送回去了。唉,当时,我们还都挺难过的。但是也没有办法。我妻子的事和这些到底有什么关系?"

我想了想,还是对他讲了我所知道的一切,关于我如何找到梁珊住院时那个楼层的保洁阿姨,以及阿姨看到的情形,还有米雪和我提及的情况。他听后一副震惊的样子,张口结舌了好一会儿,最终却也没有说出任何话。

我问他:"我能在你家随便看看吗?万一找到什么线索。"他有点迷惑地点点头,看起来心不在焉又十分疲倦,似乎刚刚的对话耗尽了他所有的体力。他靠在沙发椅背上,看着窗外,眼神并不聚焦。

我站起来,去了他们的卧室。梳妆台的镜框上还能看见两处贴过照片的痕迹,那两块地方比其他地方颜色更浅;墙壁上挂着两幅画,是两种不知名的花草,颜色过于艳丽;床头浅灰色的墙壁上有个巨大的长方形痕迹,那地方应该曾挂着婚纱照。我坐在梳妆台前环视整个房间,椅子、床、床头柜、衣柜,我盯着衣柜看,两米多高,两扇白色百叶推拉门,顶端边沿露出一个羽毛球拍的柄。我把椅子拽到跟前,踩上去,上面堆着两个羽毛球拍,两个羽毛球,一张装在袋子里的凉席,一个遥控小汽车还有五个鞋盒,都盖满尘土。我把鞋盒一个个抱下来,有两个是空的,另两个里面各放着一双短靴和一双高跟鞋,我打开最后一个,里面是一摞各式收据、发票、洗衣机、冰箱的说明书。在最下面有一个透明的塑料袋,里面有几张梁珊的一寸照片,还有一叠他们家人的合影,我能听到自己心脏跳动的声音,像潮汐般一浪又一浪涌上来。我一张张翻过去,看见那张照片上,男人和女人都笑着,把一个婴儿抱在中间,婴儿穿着一身看起来很柔软的衣服,上面印着长颈鹿,他咧开嘴笑,对着镜头露出两颗小牙。我拿着照片端详了许久,走出了卧室。

男人在厨房,背对着我吃什么东西,听到我走过去,他转过身。我把照片轻轻放在桌子上,没有说话。他嘴里塞着半片面包,看着照片,僵住了,然后他的表情扭曲起来,继而开始流泪,他把面包吐在水槽里,慢慢蹲下,哭得剧烈却毫无声息。我有点不忍,却又无计可施。过了足足十分钟,他才平静下来,走去了洗手间,过了一会儿走回来,拿起照片,平静地说:"对,就是这个娃娃。"

我想了想,说:"你知道这个诱导娃娃的编号吗?"

"K13467"他低声说。

"我能把照片带走吗?"我问。

他点点头,望着窗外出神,不再说话。我想安慰他几句,但又觉得任何话语都显得虚伪,就拿起照片出了门。我在楼下站了一会儿,点了根烟,临近中午,周围很安静,地上铺满落叶,被雨水浸湿,偶尔有麻雀在落叶下一啄一啄翻找食物。我把烟头扔进一个水洼里,决定先回家。

2. 米雪

一大早,闻以达出门后我就开始赶工,尽量要求自己心无旁骛。我毕竟得赚钱养活自己,未来一切都不可知,我心里慌乱得长草,但我明白,很多事情终究有自己的节奏,自己能做的只是把握当下。

在降噪耳机和两杯咖啡的加持之下,到中午的时候,我终于完成了欠下的第一部稿子。正在琢磨着吃点什么的时候,闻以达回家了。

他在玄关换鞋,我走过去问他情况怎么样。他点点头,然后走去厨房咕咚咕咚喝下一杯水,回到客厅,从包里翻出一张照片,拍在茶几上。我拿起来看,是三个人的合影,一对夫妻和一个婴儿。我看看他,他冲我点点头,我们心照不宣彼此的疑问和确认。

"你让那个保洁阿姨确认一下。"我对闻以达说。

他把照片摆正,站起来用手机拍照。然后拨通了电话,寒暄过后,他说:"我拿到一张照片,我给您发过去,您看一下是不是您当初在病房外看到过的那个孩子。"对方应该是有顾虑,闻以达一直在努力劝说。过了几分钟,他挂了电话,给对方发去照片。

我俩并排坐在沙发上,像两个等待公布分数的学生。电话响了,闻以达接起来,开了免提,我听见保洁阿姨王卉急促的声音:"没错,就是这个孩子,比照片上长大了,但是绝对没错。"她又重复了几遍她当初看见那个孩子凶恶狰狞的表情时自己有多么害怕,闻以达安抚了几句,挂了电话。

我们面面相觑,好一阵没有说话。闻以达先打破了僵局,他说:"我晚上要去见曹望,把照片拿给他,看看他有什么反应。"我点点头。已经午后1点半了,我们还没吃饭,我去厨房煮了两碗面,两个人吃得寡淡无味。吃完饭,闻以达坐在沙发上打开他的笔记本电脑开始整理资料,照片就摆在电脑旁边,似乎对于他而言,那像是某种召唤和启发。我戴上耳机,重新投入缩写小说的工作。一直忙碌到傍晚6点钟,我们下楼吃饭,一个小时后,闻以达背上包去见曹望。

3. 梁朗

这半生里,在无数合同上签过名字,有的让我赚钱,有的令我后悔,但不管怎样,我签下那些文件时从未犹豫。这一次,我盯着签字栏却总觉得难以落笔。这是一次不能重来的决定,不像以往,即便后悔,总还会有翻盘的机会,这一回,签下名字就意味着和我前半生奋斗出的事业一刀两断。

我撕下一张台历,用钢笔在上面签了两遍名字试了试,把合同拿过来,签字,盖章,然后推到一边。

有人敲门,叶菲走进来,对我说:"别忘了今晚的团建。"我说:"没问题。我一会儿出去一趟,晚饭前回来。"她笑一笑,关上门走了。

我把合同塞进包里,下楼,开车去了霞光资本的总部。会议室里,我独自坐在会议桌一侧,另一侧坐了六个人,对方老总给我介绍了一下,有法律顾问、人力资源顾问之类的角色,我有点走神也不太关心,最后,我们彼此握手,一拍两散。按照合同规定,我有两周时间处理公司收尾事宜,然后,我就需要撤出。今晚的饭桌上,我要对我的员工宣布这一切。

我在楼下一家餐馆随便吃了午饭,然后开着车满城乱转,我不想回公司,也不想回家,我觉得我需要时间去独自消化这一切。我一直没想通自己为什么对卖掉公司这件事如此介意,现在我绕城转了几圈,在无人的河边,望着静谧河水,我终于可以确认,是因为在我的意识深处认为这样的行为是懦夫,而我一直拒绝接受这样一个自己。多年以来,我一直认为自己是个斗士,披荆斩棘,但现在我才明白,那不过是生意场上营造出的假象与幻影,那些曾经自以为遭遇的困难甚至困境,其实都不过尔尔。现在,我所面临的才是真正无法撼动的东西,它庞大坚固到稍微晃一晃触须,我就已经明白自己的还手终究是自不量力的表演。

晚饭安排在离公司不远的一家星级酒店里,我对大家说:这段时间,经济环境很糟,大家工作辛苦,今晚算是答谢,希望所有人尽兴。我端着酒杯各处敬酒,也应付着一个个过来敬酒的同事,我一杯一杯地喝,无须任何人劝我,从早上我就想喝一杯,直到现在终于如愿以偿。酒精像某种神奇的滤镜,让现实得以微妙地扭曲变形,我和万物之间开始隔开距离,若即若离,这样的情绪让我敢于张口。

我走到几张饭桌中间,扬起手,周遭的喧哗渐渐消散,我听见我用一种自己都感到陌生的声音对大家宣布了我该宣布的事。我语速极快,生怕停下来就会无法继续。说完之后,我找到座位坐下来,周围不再有声音,连餐具碰触碗碟的声音也没有了。几个副总凑到我身边,轻声问我:这是为什么啊?我听见自己的声音变得扭曲,也许是因为酒精也许是因为我哭了。我说,我怕。然后我吐到了地毯上。那是那一晚我记得的最后一件事。

4. 秦梦

今天上午 10 点,我接到一个短信,号码显示虚拟生成,短信写道:尊敬的秦梦女士,您选择接受的基因生物疗法第一次治疗已结束,请您准时于三天后到院进行第二阶段治疗。如有任何情况请及时联系您的主治医师。

我把电话扣在桌上,站起来去露台浇花。天气渐渐冷寒,夜里温度极低,早晨起来,窗子玻璃上都会凝结一层细密水珠。除了一些大型植物留在室外,能搬的,我计划今天都把它们搬到另一个封闭的阳台上过冬。

花盆里缺水,搬起来倒是不算重,我一趟一趟把花盆重新堆在新阳台的角落,有的摆在地上,有的摆上花架。我坐下来喝水,看着那一堆植物,想,明年它们再一次发芽、抽枝、开花的时候,我可能已经不住在这里,会去往哪里我也不知道。

梁朗笃定心思卖掉公司。如果早十年,或许我还会觉得远走高飞里有一种令人悸动的浪漫,但如今,我只觉得这连根拔起的决绝里都是不可言说的悲情。

我想给梁朗打一个电话,但最终还是忍住了。我折腾完花草,已近中午,我从冰箱把昨晚的剩菜拿出来放进微波炉,然后给自己倒了一杯红酒。我看看窗外天空,太阳被云彩含在嘴里,发着淡淡白光,像个劣质的灯泡,我咽下一口酒,并没有觉得此时喝酒太早。对于一个被截断未来的人而言,有什么早晚之分呢?

5. 曹望

不知不觉就忙完一天。晚上,有个同事过生日,临近下班的时候,他过来邀请我一起去吃晚饭,就在医院旁边大家常去的一家餐厅,说是吃过饭几个人还要值班,这人是个年轻的医生,刚刚入职一年,过来和我说话的时候有点战战兢兢,我很不好意思地说:抱歉,晚上和朋友提前有约,你们去玩吧。他好像有点失落又有点如释重负地点点头,把门关上,退了出去。

我准备下楼吃饭,等到时间差不多的时候直接去赴闻以达的约。出了院门,我向自己熟悉的那家小餐馆走,正巧路过一家蛋糕店,我决定去给刚刚邀请我的那个年轻同事买个蛋糕,让店里直接送到他们聚餐的地方。不知道为什么,我总为刚刚的拒绝感到莫名心虚。

吃过饭,我打了辆出租车去了我们约好的那家茶馆。我走进大堂的时候,闻以达已经在里面等我,正抬头研究两根巨大立柱上刻的字。我走过去和他打招呼,然后我们一起上了楼。

我把茶泡好,抬头看他。他从包里掏出一张照片,放到桌子上,推到我面前。我看了看,上面有一男一女抱着一个婴儿,三个人冲着镜头笑。

"你认不出来吗?"闻以达问。

我仔细看了看,觉得女人的眉眼有些熟悉,我刚要说话,就听见闻以达说:"女的就是你们医院那个坠楼的孕妇梁珊。"我点点头:"住在我们医院的时候,她比照片上胖了可能40斤。乍一看确实认不出来了,她丈夫也和照片上不太像啊。"

闻以达把茶倒进杯子,喝了一口,点点头,说:"看看那个孩子。"

我盯着照片,想了想,没有任何思路,我不会记错,当时梁珊待产的是头胎。我听见闻以达开始说话,慢悠悠的。

"曹主任,下面我说的话,可能有点出乎您的意料,"他说,"因为这件事和你认识的一个人有关系。"

"我认识的人?谁啊?"

"照片上的孩子,其实不是孩子。你能明白我的意思吗?"他说。

我突然觉得这谈话的气氛变得异常诡异,我皱起眉头,问他:"你说的是什么意思?"

他又喝下一杯茶,一鼓作气地说道:"这个孩子是个诱导娃娃。我想对于诱导娃娃你应该不会感到陌生吧,因为毕竟你和发明这东西的人生活在一起,我是知道你和李冬的关系的。"

无论如何我都没能预料到事情会向着这个方向转弯,这变化实在太过于迅猛,以至于我都不知道该如何接话。我听见他继续说:"我给你讲一讲这个故事。"

然后,他开始讲,讲他通过我给他的地址和电话联系到那个辞职的保洁阿姨王卉,王卉对他说起事发前的所见,又讲了他的太太米雪如何联系到了普度公司辞职的技术总监,对方讲述了普度出品的诱导娃娃的事故和人造子宫的困境。我听着这一切,感觉周遭都在缓慢旋转,就在差不多一个小时之前,我还一心想着尽快见到闻以达,我以一个旁观者的身份想尽快搞清事情的原委,想不到,事情急转直下,我从旁观者成了半个当事人。我的家人和这件事突然关联到一起。我觉得周遭一切都在破碎,坍塌,卷入漩涡。我抬头看看闻以达,他依然盯着桌面上的一只茶杯说话,嘴唇翕动,我却觉得一切声响都无比遥远。

闻以达似乎发现了我的异样,对我说:"我知道,这个孩子曾经出现在医院里,做出了一些奇怪的表情。我们也知道,诱导娃娃中的一些出现了问题。如果你愿意,你回到医院,去查一下监控,看一看出事当天,这个诱导娃娃是否出现过。在此之前,无论是你,还是警方,即便看到过有孩子出现在监控录像里,也没有人会留意的,因为那里住着的都是产妇,很多并不是第一次生育,家人会带着孩子过来看妈妈。没有人会觉得这有什么值得探究的。所以,一定会忽略。"

我尽量调整自己,深深吸了一口气,点点头。

"李冬和你提起过公司里的诱导娃娃出现状况的事情吗?"闻以达问。

我摇摇头,说:"他不太和我提起他们公司的事情。我只知道他最近在公司里有些不顺心。另外,你也知道,我们的身份……嗯……现在比较艰难。孕妇坠楼这个事情发生后,情况又加剧了,实话讲,我们最近过得并不好。"

闻以达点点头,给我的茶杯里倒了茶。等我喝完,他说:"这件事,你会去询问李冬吧?"

"会的。"我说,"我肯定会和他好好谈一谈,问清楚情况。哦,对了,我可以把这张照片拿走吗?我晚上拿给李冬看。"

"你愿意帮忙协调,让李冬接受我的采访吗?"闻以达问。我没说话,也没抬头。房间里很静。

过了一会儿,闻以达把茶具挪到一旁,把照片在桌子中间摆正,拿起手机拍了一张,然后对我说:"我发给你了,你看一下。这个诱导娃娃的编号是 K13467。"我把手机拿起来,没点开闻以达给我发来的照片,倒是看见李冬发给我的未读信息。我把手机重新扣在桌子上,给闻以达和我各自倒了一杯茶,我的心里一团乱麻,手有点不听使唤,茶杯周围洒了不少水。屋外传来琴声,某种拨弦乐器,弹得铮铮作响。

6. 李冬

我把所有灯都关掉,坐在书房里喝酒,月光从落地窗渗进来,漫在地板上,更显冷寒。我手里捧着一罐盐焗腰果,喝一口酒,吃下两颗坚果,我神经质地保持这样的频率。我不知道自己喝了多少,只觉得没过多久,手里的坚果罐子就空了。我看看桌上的酒瓶,已经消耗掉大半,可杯子里的冰球只瘦下去薄薄一圈。

曹望还没回来,他也没有和我说起今晚有什么约会。最近这段时间,我过得模糊,有时甚至想不起我昨晚吃过什么,上午做过什么,更想不起我和曹望聊过些什么。我给曹望发了条信息,问他什么时候回家。等了好一会儿,也没见他回复。我强撑着站起来,把酒放回酒柜,把杯子丢进水槽,然后从冰箱里找出两块不知什么时候剩下的三明治吃了起来。我需要一点碳水化合物,不然,我会很快醉倒。吞下三明治,喝了半杯热茶之后,我决定去冲个澡。我把水温上调到我能接受的极限,站在喷头下让热流覆盖全身。室温很快上升,蒸汽迷蒙了一切,酒精和热水让我的心脏剧烈跳动。在我就快喘不过气的当口,我一把关上了水龙头,水声消失,周遭瞬间安静下来,我站在镜子前,抹掉镜面上的蒸汽,盯着自己通红的眼睛和鼻尖上破裂的毛细血管出神。我拽过毛巾，胡乱擦干身体，浴室门打开的一瞬，冷空气扑面而来，那种爽快犹如新生。我闭着眼睛深吸一口气，睁开眼，曹望就站在我面前盯着我。

我坐在沙发上，拿着曹望的手机，看里面的一张照片。曹望端着一杯热气腾腾的茶放到我面前，说："你喝了多少酒？"我没接茬，也没抬头，问："这照片里是谁？"

"那女的，就是我们那坠楼的那个产妇。这是以前拍的，和后来不太像。"他说。

我接过茶杯，继续盯着照片看，才想起来，其实我根本不知道那女的长什么样子。我说："你要我看这个干吗？"

"那个孩子，你认得吗？"曹望问。

我摇摇头，吞下一口茶："我怎么会认得？"

"你们公司出产的，编号是 K13467。"曹望说，他的声音很轻，语气没有任何起伏，然后，他开始用这样不疾不徐的音调讲述他所知道的一切。事发后辞职的那个医院保洁阿姨所看见的，他和那个记者的见面和谈话，等等。我觉得像有一把锥子毫无预示地扎进我的心脏，刺痛突如其来，根本无从躲闪。我觉得我头脑里的发条在自动拧紧，碎片在组成图案，然后又崩解成粉末，实验室里的恶性事故，逃跑而不知所踪的两个诱导娃娃，网络上用户们对诱导娃娃各种古怪表情的传闻和揣度……一切的一切都开始像旋涡一样不停旋转，最终将我吞没。

"你从哪拿到的这张照片？"我问

"就是我刚刚说的那个记者给我的。"

"这个记者叫什么名字？哪个媒体的?"我问

"闻以达,《深流》。"

我觉得自己像是被抄了后路,我看过有关他的资料,还认真思索是否要接受他的采访,以便借此化解舆论危机,没承想,他和曹望都已经沟通到如此深入的地步,而我却一无所知。

我提醒自己,不要去想其他,首要任务就是明天一早,让技术部查这个编号为K13467的诱导娃娃的情况。

"我们现在可以确认的是,这个诱导娃娃有问题,但是他和孕妇坠楼之间的关系,我们没办法推断。"曹望说。他说完这些,走进了书房,我也跟着走进去。我看着他从桌上翻找出那几张医院的监控录像,打开电脑,熟练地点开其中一段,认真看起来。我看见一个清洁工在一间病房门口怔住,然后蹲下,之后站起来似乎有点慌张地离开,我曾经偷偷看过这些录像,并未有什么想法,但今天再看,觉得意味全都变了。曹望反反复复地播放那一段,然后又跳到孕妇坠楼前一晚的录像,那段录像中清清楚楚地拍下了那个孩子在楼道中出现的画面,在人群里一闪即逝,如果不事先知道一些什么,没人会在意。曹望把画面定格在一帧梁珊出门的瞬间,问我："你发现什么了吗？"我摇了摇头。他继续说："这个摄像头的角度,拍到那扇门的时候,只能拍摄到一个成年人腰部以上的位置,那个孩子太矮了,从门缝里进出,摄像头根本捕捉不到。"

我看看曹望,许久没有说话,然后做了个深呼吸,对他说:我也给你讲一些事情。我讲了我去公司郊外的销售服务中心的事,也讲了那两个不知去向的逃跑的诱导娃娃。当我再抬头看曹望的时候,只觉得他的面容惨白得像破碎的石膏。他的眉毛一直在抖动,胸口起起伏伏。我起身去厨房,把刚刚剩下的酒重新拿出来,给自己倒了一杯,一饮而尽。

7. 詹明远

"目前,没有人报案?"局长把眼镜拉到鼻尖,眼睛越过镜框上沿定定看我。我摇摇头,说:"还没有。那个小偷因为盗窃被抓了,我是偶然问出来的这样一个线索。我去现场看了,没发现什么。人家对我很客气,但是什么都不说。"

局长把笔扔到桌上的一摞文件上,靠在椅背上闭目养神,过了几秒钟,他对我说:"普度公司的影响力确实很大,但是,你的这个发现既然涉及他们,还是要去查。我只提醒一句,谨慎,再谨慎。你去公司的时候,只说在查其他案件的时候发现了一些线索,探探对方的反应,我们再做下一步打算。如果有什么压力,我来解决。"

我谢过局长,回了自己的办公室。我把自己关在房间里,梳理了一遍思路。首先,这件事从最开始发现线索到后来去郊外的那个诱导娃娃销售服务中心,都是我自己完成的。除了查证录像的时候,我托技术科的同事帮忙之外,这件事在警局内部并没有人知道。其次,这件事目前到底指向什么,还很模糊,那个被吓得半死的小偷喊着杀人了，但谁也无法证实是否真的发生了凶杀案，没有尸体，没人报案。我能做的只是去普度公司查问清楚视频里的那些孩子与他们生产的诱导娃娃之间的关联。

喝下一杯浓茶，我觉得清醒了一些，开始查资料。我对内不想兴师动众，对外不想打草惊蛇。局长交代我要谨慎，我自己更明白这谨慎的道理，我得做足准备，进可攻退可守，毕竟我这一次的对手不同以往，更何况，我根本没有搞清楚到底发生了什么。目前我掌握的一切过于超出常理，超出经验。

在网络上查找一圈，几乎一无所获，即便警方内部资料库中，对普度公司和它的创始人李冬也都没有任何特殊的记载。不得不说，这样的公司公关能力确实太过强大，所有报道一片溢美之词，只找到零星几个人说起自家诱导娃娃出现了一些怪异表情和动作，我点进去看详细内容，发现已经无法显示。

我靠在沙发上抽烟，计划着明天一早自己去一趟普度公司总部。电话响了，我接起来，肖爱在电话里说："明远，你回来一趟，我不太舒服。"我听得出她尽量说得低声，以便显得平静，但我仍然能感觉到她的痛苦。我二话没说，奔下楼，开车回家。

8. 肖爱

早晨起床之后，腹部就有点疼，但我已经没那么大惊小怪。我热了一杯牛奶，喝完之后，感觉缓解了一些，但周身仍然有说不出的别扭,那种感觉从肋骨最下沿开始呈放射性向上延展,让我一阵阵发冷。我慢慢做深呼吸,疼痛在我体内如波浪般起伏不定。

10点多的时候,我忍不住给詹明远打了一个电话。他进家门的时候,我正坐在地板上,后背依靠着沙发扶手。他慢慢把我扶上沙发,问我的情况,看他的表情,好像比我还痛苦。其实,那会儿我的疼痛已经缓解了,只是一直不太敢动,生怕又把那疼招惹回来。

詹明远拿来鞋子和外套,给我穿上,说:"走,去医院。"可能是因为空气比较凉,出门之后,我觉得比刚刚闷在房间里的时候清爽很多。路上没什么人,很快也就到了医院。詹明远提前打过电话,已经有护士等在门口,我被扶到轮床上直接推进诊室。

检查之后,医生对我说,没什么大碍,但是建议我直接入院,毕竟距离预产期还有三天。詹明远和我商量之后,决定听从医生建议。手续很快办好,我在病房躺下,门关着,我听见詹明远在和医生聊天,内容听不清,只知道最后他努力答应着什么,然后门开了,他拿着一堆单据走过来,很狼狈的样子。

他把那堆单据收好,坐下来,笑着对我说:"刚才吓死我了。"我也笑起来,说:"刚才在车上,其实我已经好了。我还对你说我没事了,你是不是都没听见啊。"他说:"完全没印象,我光顾着往医院赶了。"此刻,他已经放松下来,一只手下意识地摆弄被单,过了一会儿才想起给我倒水。看我喝完整整一杯水,他才说:"最近有个案子的线索,我去摸一下,很快的,然后我就把案子移交,过来陪你。放心,宝宝出生时,我一定在你身边。"

我点点头。他眼窝青黑,胡子长出一层也来不及刮,那件夹克很久都没换过。最近他太忙,我又没心思顾这些,现在看到,有点自责。我对他说:"我没事了,你回去换件衣服吧。"他看看自己的衣服,笑一笑说:"我下去给你买点水果。"

第十九章　深流

1. 闻以达

"我们一定会转达您的采访意愿,这一点请您放心。"无论我说什么,那位公关部的女士总是在重复这一句,一副笑盈盈的样子,不生气,不烦躁,显得无懈可击。

"那这样吧。我把这份文件留给你们,是我列的一份新的采访提纲。我想,如果李冬看到,会让你们联系我的。"我把资料递给她,她笑着接过去,然后一副等待着送我出门的样子。我出了门,她跟着我去电梯间,直到电梯门缓缓关闭,我看着她那副笑容消失在两扇门的缝隙间。

被拒绝是意料之中的事,但我仍然需要尽力一试。再说,我觉得那份新提纲递到公司,里面的内容或许会令他们惊讶,至少会引起他们的重视。我不知道结果会怎样,或许我还会再试着问一问曹望愿不愿意帮我说服李冬。

走出电梯门,我一边向外走,一边查手机信息,差点被一个男人撞倒,我扭头冲着他的背影刚要发火,看见他侧身向我扬扬手表示歉意,我突然发现那个侧脸我似乎认识。我原地站定,看他进了电梯,转过身,我才确定那是詹明远,刑警队的队长。我站在旋转门前,愣了一会儿,盘算着这意味着什么。意味着,警方得知了某些线索,线索指向普度集团,而到底是什么线索不得而知,或许是孕妇坠楼的案子,也或许是其他什么事情。我出了写字楼的正门,去停车场转了一圈,没有发现警车,刚刚进去的时候也只有詹明远一个人。我想,这次造访或许不是一次正式的行动。

我钻进车里,打开暖风,把手凑过去,过了很久,才暖和过来。电话响起来,主编刀哥问我:"在哪?"我说:"普度集团楼下,被赶下来了。"他说:"那你回办公室一趟吧。"我开车驶上高架,好像开始下雨,又不像是雨,像无数细小冰针似有似无发射下来。

"你说一下现在的情况。"刀哥抽着烟说。我把情况细细汇报了一遍。他听完,沉默了好一会儿,说:"普度公司那边,等公司的回复,还是要努力说服曹望帮我们搞定李冬的采访。另外,目前这个状况,我觉得应该去找一下警方,联络一下詹明远,和他明确地讲我们掌握的情况。如果他愿意接受采访,当然更好,如果不愿意,也没关系。这件事发展到现在,已经超出了做不做报道,是不是能拿到独家的范畴,事情可能会向着不可预知的方向发展。我们和警方还是早接触为好,双方都需要彼此的信息。我以前和詹明远打过交道,他是个聪明人。"

我点点头,站起来从他桌上抽出一支烟,点上。他说:"还有件事,你要有个心理准备。"我看着他,他指指天花板,说:"上面要求报未生育者的个人信息,我知道你们家的情况,你媳妇米雪已经失去工作,我一直在拖着没有报你的名字,但是现在恐怕扛不住了。你明白我的意思吧?那个《生育促进法案》的修正案随时会出台,最近可能会有动作……"他的声音一点点低下去,眼睛一直没有离开那个堆满烟头的烟灰缸。

我知道有些事情终究躲不过。"好,没事。"我说,我希望我的语气云淡风轻,像根本不在乎的样子。楼旁有所学校,应该是课间休息时间,大喇叭里正在播放音乐,声嘶力竭,一片噪声之中,我却分明听到了刀哥轻轻的叹息。

2. 米雪

小说缩写的最后一部算是完成了,今天中午我约了对方公司的人,他们给我结报酬,然后我请他们吃饭,我们一向现金结算。我想,这对我们双方都有好处。

席间大家照样聊得开心,对方和我说,最近这段收成不错,全靠我。我知道这不过都是奉承,当不得真。餐厅环境很好,桌子排布间隔很大,从落地窗望出去可以看见整座城市的景致,巨大的摩天轮在远处缓慢旋转,阳光打到轿厢身上,发出耀眼光芒。这时候,我觉得自己的生活是正常的,周围是正常的,世界是正常的。人们衣着体面,谈笑风生,男男女女举着酒杯,表情管理恰到好处,但我知道,这一切都是被修饰过的,人们心照不宣维系一种表演性的正常外表，当我回到真实生活，那些褶皱里的真相就会像酸一样侵蚀我自己。说真的，我经常迷惑，到底哪些是真实的？那些让我觉得屈辱的资料审查、对我的歧视，这些肯定是真的，但为什么那么多人对此视而不见，当作什么都没有发生？或许，那些恶意和惩处确实没有真切地降临在他们身上，可他们周围的同事、朋友、亲属只因为不想为人父母就莫名遭受如此的责难，对于这一切，他们真的可以无动于衷吗？定义我们作为人类的除了DNA，还应该有同理心，但这些人真的没有同理心吗？又或者就像那些宣传标语里说的，对不育者的仁慈就是对未来的残忍。是这样吗？我不知道，我只知道，我不想过一种被强迫的生活。

红酒很快见了底，我提议再开一瓶，其他人纷纷阻止，说："你不用上班，我们一会儿还得回公司呢。"大家都笑，我也跟着笑，好像自己真的比他们过得更自由。

结完账，大家一起出了门，对方两位上了出租车，我裹紧围巾，闯进寒风。回到家，走到楼下，我掏出门禁卡刷卡，看见两个上年纪的妇女侧目盯着我看，互相悄声说着什么，我瞪回去，她们和我对望了一会儿，避开了眼神。我开门上楼，走上二楼的时候，我从楼道小窗向下望，发现她们仍在看我。到家之后，钥匙刚刚插进锁孔，我就发现门边的墙上出现了一个星星图案，深灰色，有立体感，边沿清晰，我用手蹭了蹭，应该是印上去的。我扭头看看两户邻居家门前，什么图案都没有。我又掏出纸巾，使劲擦拭了几次，发现没什么作用。我决定先不去管它，进了门，把房门反锁。

3. 梁朗

我去整理自己的办公室。这办公室我用了多少年,自己都有点记不清了。到处都是私人物品,堆得乱七八糟,书柜里有几张镶了相框的照片,那是我几年前去领一个奖项时的现场照,我端着一个银盘子,看起来真是年轻啊,脸上是发自内心的开心,这样的表情有多久没有出现过了。我把照片装进箱子,书柜里的一堆资料夹多年没人动过,塑料封皮都粘在一起。角落里还有半瓶酒。各种文件、购物袋、鞋盒、西装袋还有三件衬衫散落各处,这些年,我也一度把这里当成半个家,经常从这里临时换了正装去参加活动,或者从机场拖着箱子回到这里继续加班。现在回想起来,一切都像梦境。

我把办公桌上的一个杯子和两个小摆件收进箱子里,那是我和秦梦曾经去旅行时买的纪念品,杯子好像是北欧哪个博物馆出品的周边,它一直放在我桌子上被我当作了笔筒。我望着一屋子散乱的琐碎,决定不再收拾,交给后来的人吧,不知道谁会使用这间屋子呢,理论上讲它已经不属于我了。我自己拿出一些钱,交代给财务,分给员工,人人有份,我不清楚这算什么,谢礼或者愧疚,不清楚。算我抽身而退之前,给自己的一点心理安慰吧。

午餐时间,员工陆陆续续离开,我趁着人少,低头出了门。我要去换一本护照,护照还有半年到期,我得把这些准备工作事先做好。

吃过饭,我赶去出入境管理中心,自取了表格,填好,钻进一个小房间里自助拍照。我看见屏幕里的自己头发杂乱,眼袋鼓胀,我拍一拍脸,挺直身板,然后按下确认键。提交所有资料之后,我坐在椅子上等,大厅里的人并不多,但过了半小时,还没有听到叫我的号码。我起身去了问询台,对方说帮我去查,一会儿走出来一位男士,拿着我的旧护照,对我说:"对不起,梁先生,您的生育信息审核不合格,暂时无法为您办理业务。"他一直保持着微笑,那笑容里有一点掩藏不住的蔑视。我应该愤怒,但我却愤怒不起来,更准确地说,那一瞬间我更多的感受是无力、泄气和绝望。

"你们有什么依据这样对待我?"我多少还是提高了音量。

他还保持着一成不变的职业微笑,说:"我们只是执行者。"

"我要投诉你们。"我说。

"这是您的权利。"他指了指桌面。我低头看,桌上放着一块塑料告示牌,蓝白相间,画着一位盘着发髻的女性,有着和眼前这个人一模一样的笑容,左手伸出,手指旁边有一串投诉电话的号码。

我觉得这一切都像个圈套,一场毫无意义的游戏,我像那只被放进迷宫盒子里的老鼠,唯一能保持尊严的方式就是拒绝参与。我抢过护照,走了。

4. 秦梦

我还是去了医院,按照约定的时间。在我是否还要继续去做治疗这件事上,我和梁朗并没有真的商量过,但我觉得我们之间有心照不宣的认识,那就是在我们真的能够离开之前,得暂且按兵不动,让一切按照原样进行,对我们而言这是一种保护。只是我们也说不清危险到底来自何方。

梁朗今天去公司处理一些收尾工作,看得出,他心情一直不好,我也就一直没有和他说话。我得让他有空间去处理自己的情绪,这毕竟是个巨大的变化,对他如此,对我也一样。对于我们的处境,我们能做的选择不多,在旁人看来,彼此分开或许是一种最经济的选择,但我们已经否定了这个选项。那么,现在,梁朗所勾出的选项就是最不差的那一个。

曹望看起来很疲惫,似乎最近我生活中的每个人都很疲惫。他拿着关于我的一摞文件,翻来覆去地看,并不抬头,那些文件成了他的盾牌和障眼法,把自己藏匿其中。

外面天空阴沉,像被覆盖了一层半透明的灰色塑料膜,房间里开着灯,灯管发出细微嗡鸣,持续不断,白光反射到白墙上,显得刺眼又让人困倦。

又过了一会儿,曹望抬起头,对我说:"你确定要参加第二次治疗?"我本能地笑出声:"我有别的选择吗?"曹望没说话,又低头看了看那一摞文件，对我说："你上次治疗中的疼痛感是其中叫作RT-54的药物添加剂造成的，这一次不会让你那么疼的。"他自始至终没有抬头看我，到后来，那语气甚至不像是在和我讲话，更像是下定决心时的自言自语。

我有点疑惑，疑惑于他所说的话，也疑惑于他说话时的状态，我问："那这样的话……可以吗？效果方面……"这一次，换到曹望笑起来，是那种长辈听到一个孩子说出可爱的幼稚话的那种笑。"效果？"他笑着摇摇头，说，"你到现在还不明白吗？还在想着什么效果？"他端起杯子喝水，然后正色道："医生是为了给患者解除病痛，不是增加病痛。如果做不到这一点，是医生的耻辱。你放心地去做治疗吧，其他的事我来处理。"他终于抬头望向我的眼睛，眼神里有坚定和顽皮交杂的神色。

我觉得自己总算领会了他的意思，说："那不会被发现吗？"他又笑起来，说："我是医生。"语气里满是自信。我突然对曹望涌起一些敬意与柔情，特别想告诉他我和梁朗的计划，但我知道，这是个必须保守的秘密。我突然很想问曹望是否有孩子，因为我从未看到他的办公桌上摆放家人的照片。要知道，如今，几乎每个人都恨不得把子女的照片放在最显眼的位置当作护身符。我站起来准备离开，又突然被曹望叫住。我回过头，听到他认真地问我："哎……你和你先生购买过诱导娃娃吗？"我一时没反应过来，想了想，才想起他说的诱导娃娃到底是什么。我见过那些广告，但我和梁朗从未想过要让那样一个人工智能进入家门。我有点拿捏不准曹望突然问起这些的目的，是想向我推介还是其他什么原因。我摇了摇头。他突然间像是放下心来,呼出一口气,自言自语地说:"哦,那就好。"

5. 曹望

昨晚基本上没怎么睡,平时喝了酒就等于吞下安眠药,昨晚我和李冬一杯一杯地吞下酒精,却依然失眠,后来天空已经泛起微光,我才在沙发上倒了一会儿,没过多久,闹钟就响起来。我去冲澡,把水调到滚烫,想让酒精代谢得快一些,但似乎没什么效果,头依然昏昏沉沉,耳朵像被什么堵住,知觉发生迟滞。我关上淋浴,靠在洗手池边大口喘息,滚烫的液体从我脸上滴落到腿上。我倒数了十秒,让自己抖擞起来,吹头发,又找来一件新衬衫,穿戴整齐之后,镜子里的自己看起来似乎也与平日无异,只有我自己知道身体内部有什么东西正在啃噬我。

我四处看了看,书房、卧室都没有人,李冬已经离开了。我知道今天他要面对什么,我也知道他想逃避什么。我们在漆黑的夜晚,混合着酒精进行的谈话,难以在这样的清晨面对阳光的照射,那会让一切显得不可辩驳也无从逃脱。我下楼,坐上驾驶座,打火,才想起酒精根本就没有代谢完,现在开车实在太过危险,就又拧下钥匙,走到大门口打了辆车,驶向医院。

已经多久没有好好看看这周围的风景了,李冬和我刚刚搬到这的时候几乎每晚都会在附近走走,四处山峦,两面山上种着竹子,一到春夏,远远望去,像一片翠色的雾。如今,我们似乎都没了这些兴致。我坐在车上看看四周,竹子绿着一半黄着一半,金翠掩映,在风中摇曳,突然之间,竹林晃动的幅度越来越大,一个两三岁的孩子从缝隙间窜出,小动物般的头身比,圆鼓鼓的身材,脸上却显露凶恶神情。我大惊失色,坐起来,把脸贴住窗玻璃向外看,却发现竹林深处越来越多的地方开始晃动,一个、两个、三个、四个……孩子们一个个从深处钻了出来,在半山腰稳稳站定,慢慢连成一圈,他们环伺我的车,让我感到毛骨悚然。原本,这些孩子都一动不动地站着,过了几分钟,他们像是听到号令一般,一起冲下山坡,沿扇形向我奔来,我慌张得不可遏制,我看看司机,他依然平静地目视前方,我大声呼喊,使劲拍打着窗户,但什么都改变不了。我看见了跑得最快的那个孩子的脸,惨白,向下撇着嘴角,眉毛扭结在一起,他并不减速,而是低头,瞬间撞上了车窗玻璃。

我大叫着醒过来,大口喘气,司机从后视镜里偷偷看我,又偷偷错开眼神。我看看车窗外,慢慢行走的人,焦急鸣笛的车,徒剩枝干的树,我很快就要抵达医院了。

在办公室坐定之后,我开始检查今天约诊患者的资料,我看见秦梦名字的时候,没有任何过渡和犹疑地就已经确定,我不会再让她遭受像上一次那样的痛苦,并且提醒自己得问一问,她有没有买过诱导娃娃。

6. 李冬

天还没完全放亮，我就已经出门了。曹望睡在沙发上，我给他盖了一条毯子。我拿了钥匙，下楼。我喝了不少酒，但非常清醒，是那种近一段时间以来没有过的清醒。我发动汽车，拐了个小弯，溅起一摊雨水，惊起湖边几只栖息的鸟，我从后视镜看着那群鸟，它们在低处盘旋了一小会儿，又落回原处。

那栋写字楼就在我的前方，它高耸入天，周遭晨雾弥漫，楼顶暗红色的灯箱组成"普度集团"几个大字，像永不熄灭的火烛。灰暗晨曦之下，那栋楼有着某种难以名状的肃穆，它像是个生命体，只不过一直保持肖然不动，俯瞰尘世。我一直以为自己是这里的主人，而现在，我第一次感到恐惧，我盯着楼顶的公司标识看了许久，然后把车开进地库。

到办公室后，我给自己做了一杯咖啡，坐在沙发上慢慢喝。从落地窗望出去，路灯还亮着，近乎奄奄一息，地面空旷无人，一片死寂的灰。我办公室的门开着，外面走廊里无声也无光，我觉得自己像是坐在一个巨大黑洞的入口。

我是被秘书叫醒的，从沙发上坐起来，觉得浑身酸痛发冷，宿醉终于还是迟滞着降临了，在我最不想面对它的时候。我让秘书通知几个部门负责人到我的办公室。秘书迟疑了一下，问我："今天有述职会，早就发了通知，您签过字的。我昨天给您发了信息提醒,您是不是……"我摆摆手,说:"会议改期,另行通知。按我说的去把人叫过来。"秘书悻悻地退出去。我端起咖啡杯喝了一口,又冷又苦。

公关部、安保部和技术部的负责人都到了,他们彼此看看,我示意他们把门关上。他们战战兢兢地坐下。我对着技术部的副总监说:"K13467,你去查一下。"他显然有点蒙,茫然地望着我。我说:"今天我说的话,只限于我们几个人。这个编号 K13467 的诱导娃娃出现过异常情况,而且这个娃娃曾经是属于那个坠楼孕妇家里的。"说完之后,他们几个人面面相觑。技术部副总监站起来,说了一句:"我现在去查。"扭头就往外走。

我问安保部总监:"销售服务中心那边的事故查得怎么样了?那两个失踪的诱导娃娃有没有着落?"他低下头,说:"失踪的娃娃……嗯……还没有下落。"

我有点生气:"他们不是有 GPS 装置吗?"

"嗯……是,但是……没有侦测到信号回传。"

我问:"什么叫没侦测到信号?"

"可能是没电了,或者……模块出故障了。这种事情还是存在概率的。那两个诱导娃娃差不多相当于真实的 3 岁孩童,他们跑出去后,不说冻饿,就说随时可能摔倒,跌进河里,从高处摔下去,等等这一类的情况吧,这都存在太大的可能性了。"

我觉得自己胸腔里像有个铅坠拉扯。我脑中闪过万种可能,但其中一种却始终排在首位,无法甩脱。那就是,这不是意外,不是故障,是 GPS 模块被人为关停甚至拆除了。我没敢说出这些想法,也不想说出来,我得承认,我自己被这个念头吓住了。

这时候,公关部总监接起电话,背过身去,努力压低声音,然后抱歉地看看我,焦急地奔出门去。房间里剩下我和安保部总监沉默以对,尴尬渐渐开始氤氲,他正想开口找点什么话题,公关部总监推门回来。我问:"怎么了?"她说:"哦,没什么,就上次想采访您的那个记者,他刚刚过来了,给我一份新提纲。"她手里拿着一叠纸,我对她伸手,她犹豫了一下,递给我。我看见上面写着:闻以达,《深流》,下面是几十个问题。第一个问题直冲冲地写着:"贵公司位于东郊的诱导娃娃销售服务中心出现严重事故……"我觉得眼前的一切都摇晃起来,纸上的字像虫子一样开始扭动。这个叫作闻以达的记者知道的情况比我想象的多得多,他写的这些情形,在昨晚之前,连曹望都不清楚,但他为什么说得如此言之凿凿,犹如亲见。

我做了几次深呼吸,逼迫自己调整状态,把那份采访提纲放到抽屉里,刚要说话,就听见有人敲门,我应了一声,秘书进来,环视了一圈,小心翼翼地说:"有位警察过来,说想见您。"我疑惑着站起来,可能因为起身有点猛,也可能因为尚未代谢的酒精作祟,血都涌上了头顶,我扶着桌子站了一会儿,才往外走。

一个男人正坐在会客区,穿着一件深棕色的皮夹克,一头乱发,面颊有大片青色胡茬,正在翻茶几上的一本宣传册。我把秘书支走,自己走过去和他打招呼。他站起来,比我高半头,身材很宽,我们握手,他向我出示了证件,又递给我一张名片,上面印着:刑警大队大队长,詹明远。

我把他引到旁边一间比较私密的小会议室,倒了水,问他:"有什么需要我做的吗?"他沉吟了一会儿,问我:"东郊的那个销售服务中心是属于你们公司的吧?"我点点头,心脏一直跳得超速,我有点后悔昨晚喝了太多的酒,又后悔早上的那杯过浓的咖啡。"那边出了点事故,你清楚吗?"他继续问。我脑子里飞快地转,然后摇了摇头。他拿出手机,点了两下,摆在我面前。我看见了那个画面,夜晚的黑暗之间,模模糊糊的影子,但完全能看清两个孩子在联手殴打一个成年人,那个人穿着我们公司的工服,我看见了传闻中凶狠的表情。我也终于知道,那两个诱导娃娃逃跑之前,到底发生了什么。一切确凿无疑。在此之前,我对于这个事件其实还有很多疑惑的孔洞未被填补,没想到,今天被一个意外闯入的警察抹平了疑问。那些溢出监控摄像头的内容被这个模糊的视频补齐了。

那段视频摇摇晃晃的,显然是被周围什么人偶然偷拍到的。警察应该是从拍摄者那里拿到的,这个人不是我们公司的人,所以,警察只知道这一件事,而且只知道这一件事中的这一部分,他并不清楚那两个诱导娃娃最终逃走,也不知道实验室内曾经发生过的其他员工被殴打事件。我在头脑中几乎一分钟之内把这一切过了一遍,然后对詹明远说:"我第一次看到这些,谢谢您向我提醒。我肯定会查清楚到底发生了什么事。现在,需要我做些什么吗?"他把手机拿回去。我看得出来,他在想怎么继续这场谈话,这说明我的判断是正确的,他掌握的情况不多。我还有一点时间,我可以处理好一切。我对自己这样说。

"画面里这个被打的人,你认识吗?是你公司的员工吗?"詹明远问。

"我不认识。您知道,我的公司实在太大了,所有员工加起来有三万多人,我不可能都认识。我会吩咐下去查一查的。难道没有人报警吗?"我说。

他绕开我的问题,另起一行般地问道:"那里面的两个孩子是你们公司生产设计的诱导娃娃吧?我想,作为人类,这个年纪的孩子不可能做出这样的动作和表情。那个地方很偏僻,没有其他机构和住宅。"

"我也会一并调查的。"

"我这次过来是了解一下情况。"他边把手机揣进衣兜里边说,"我们肯定还会再进一步调查,还免不了需要您的帮忙与配合,您如果有什么消息,也希望能及时和我联系。"他的语气平和、客气,我当然也能听得出柔和之下的强硬。我站起来和他握手,送他到电梯口。一路上他一直在看走廊里悬挂着的照片,都是公司的一些高光时刻,有几张我和一些大人物的合影。我从他的眼神中没看出什么波澜。

他进了电梯,我们告别,他对我说:"我们盼着这些事只是偶然,对吧?"没等我说话,电梯门缓缓关闭。金色不锈钢的电梯门中映出我自己扭曲的影子。

7. 詹明远

普度集团的 logo 从很远的地方就能看到,那种红色,怎么说呢,我不太会形容,有点发暗,但又不近乎紫。不知道是怎样的高科技制造出的颜色,看起来并不发光却犹如火焰般让人觉得它一直在燃烧和闪耀。

走进普度那幢大厦的时候,我正在给肖爱回信息。她问我在干吗,忙不忙。我回了一条:在外面忙案子的事,下午去看你。我一直低着头看手机,肩膀被人重重地撞了一下。我抬头,看见一个男人也在扭头看我,他 30 来岁,穿着牛仔裤和黑色夹克,斜挎着一个包。周围的人都穿着正装,无论男女都一副一本正经的样子,他的装束不像是这里的员工。

公司前台看了我的证件之后,按了几下电话按键,通过耳麦轻声说了几句,就笑着让我等一会儿。我就坐在一旁的沙发上翻看茶几上摆放的几本杂志。翻了几页才发现,这并不是杂志,而是诱导娃娃的宣传册,最中间是一幅精美的四页拉页,上面印刷着几个粉嫩的婴儿,他们都在欢快地笑,坐在一堆五颜六色的玩具中间,最右侧的角落里有一个男人和一个女人,一脸欣慰地张开双臂。我把那页翻过来,看见上面有醒目大字:"永远驻留在最可爱的时段,永远是你的小宝宝。"下面是有关诱导娃娃的介绍,在宝宝的照片上,不同的位置引出不同的指示线,上面有各种我看不懂的术语,关于眼睛、大脑、皮肤组织等等都采用了什么样的新科技之类的。

我对于这一切并不陌生,曾经,肖爱就拿着这样一沓宣传册对我谈起诱导娃娃,我从抵触、疑惑到松动、妥协,最终把一个诱导娃娃接回了家,他成了我的儿子小蘑菇。曾经的带引号的"儿子",一个"永远驻留在最可爱的时段"的小宝宝。实话讲,那真是一段快乐的日子。现在他在哪里呢?在做什么?会不会也在那个东郊的院子里?

我觉得有人朝我走过来,一抬头,看见一个中年男人正微笑着看我,他穿着一身浅灰色西装,打着一条深棕色领带。我站起来,他伸出手,说:"詹警官吧,我是李冬。"

8. 肖爱

吃过早餐,闲得无聊,我趴在窗口望远,天空铅灰,浅浅的云像素描时用笔尖一点点蹭出的深色,平均涂抹在天边。我抱着一杯滚烫的花草茶慢慢喝,远处能看见环路的主干道和一座高架桥,车一辆辆连在一起,只有仔细注意才能看得到它们在缓缓移动。

我把窗子打开,探出头去透气。楼层很高,让我想起那个坠楼的孕妇,我不但没有害怕,反而有点好奇从这么高的地方向下看是怎样的感受。我把杯子放到一旁,试着向前探身,但肚子实在碍事,只能退身回来。我有点小小的沮丧,摸摸肚子,小家伙在里面给了我激烈的回应,我笑起来,走到床边拿了手机,给詹明远发了条信息,问他是不是在忙,又随便聊了几句。詹明远答应过我,会很快休假,无论那案子进行到什么程度,他都会移交给别人去负责。我听得出,他不是在敷衍我,他自己也很累,他想退出。

有件事,我一直也没告诉过詹明远,我已经想好,等孩子生下来,小名就叫小蘑菇。这对我来说很重要,这算是纪念、补偿,或许更像一种自我安慰和自我解脱的心理疗愈。詹明远不会理解,真的,他或许会认为这是一种病态。我不想解释,更不想争论。但我知道,争论不可避免,到时再说吧。

医生来查房,四五个人,都笑盈盈地看我,问了我几个常规问题,我做了常规回答,他们好像都非常满意,一再点头。最后,护士给了我今日份的维生素,我喝下去,看着他们陆续出门。

第二十章　火光

1. 闻以达

我能做的都已经做了,我只能等着李冬的答复,或许还能再撬动一下曹望,从他那边打开李冬的突破口。手中的这篇长篇报道我已经写了八千多字,我在等待某些答案。

我把文章发给主编刀哥看了,他读后陷入长久的沉默。他照例点起烟,把自己隐藏在烟雾里。房间里关着灯,那团烟雾在灰黑色的背景里显得很白,我突然觉得,他一根根不停地抽烟,只是为了能把自己时刻隐藏在一团似有似无的幕布后面,这让他觉得安全。

他抽完一根烟,对我说:"稿子先放在这,等有了切实结论再说。我先说一件别的事。下午,上面的人会来找你谈话,当然,不只是你,还有其他两位同事,你们的情况有点差别,但是总体上一样。你明白我的意思吧?"

我说:"明白,都是还没有生育的。"

他低下头说:"其他几个人我不担心,你不是还没有生育,你是拒绝生育。这是态度问题。这个情况……不好办。"

我从桌上拿过一根烟,点上,说:"没关系,我自己来处理。你不要为难。"烟雾吞噬我们,让我们避免看见彼此的尴尬。

上面的人组织的谈话在小会议室进行,三个男人,并排坐开,面无表情,眼前放着表格,笔记本电脑,中间的男人显然是管事的,他问,我答。都是能想得到的问题,诸如年龄、病史、没有生育的原因等等。我一一作答,不避讳,不绕弯,没有借口,只说自己不想做父亲。当然,我也没有义务和兴趣对他们做进一步的解释。他们面无表情地记录,有时抬头看看我,表情冷漠又充满审视。完成后,他们示意我可以出去了。我推门离开,开车回家。

到家之后,我和米雪说起约谈的事。她翘起嘴角笑一笑,像是听到一个无关痛痒的小笑话,然后沉默着帮我盛饭。吃饭的中途,她问我普度公司的采访和稿子的进展,我说了说情况,然后对她讲,我准备吃过晚饭,再给曹望打一个电话。"从他那边突破总比从普度公司概率要大。而且,曹望给我的感觉是有可能的。"她听完点点头,没有再说些什么。

2. 米雪

我在家整理我以前的旧文稿,也不为别的,只为自己收拾一下过往。曾经写下的只言片语,评论、小说,现在看起来有些很幼稚,有些也还像样,一行行读下去,真觉得恍如隔世。它们曾经是我的梦想,承载着某种希冀,但后来,一切都破碎成灰。

缩写小说的工作刚刚结束一段,还没有新的工作上门,我也正好修整一小段时间。前一段,事情太多,无聊的谋生工作再加上帮着闻以达调查孕妇坠楼的事情,搞得我非常疲倦。旧文档整理得差不多了,我开始收拾房间,用吸尘器吸过两次地面,又用拖把开始拖地,消毒液的味道飘散在空气中,让我觉得一切都很洁净。收拾到厨房的时候,有人按门铃。我去开门,门口站着三个人,两男一女,穿着深色衣服,女人戴着眼镜,楼道很暗,他们像三道更深的阴影。我问他们:"你们找谁?"

站在中间的那个女人说:"你是米雪吗?"

我预感到一些什么,没点头,也没摇头,等着他们继续。"我们是生育促进委员会的,和你了解一下情况。"她用的是命令的语气,不容置疑,说完,三个人就向里走。我知道自己毫无办法,只能闪身让他们进去。最后一个男人进屋之前,举起手机对准我的门框,我探出头去看,见他正对着墙壁上的那个灰色星星的图案扫码,我听见他的手机"嘀"的一声,然后他看了我一眼,面无表情地进了门。我又看了看那个灰色的星星图标,才明白,这不是谁的涂鸦,而是某种被认定的标记。

他们像主人般自己坐在沙发上,环视我的客厅,我在旁边的单人沙发上坐下。女人翻开一本文件夹,开始提问,更多的时候都是他们直接念出一串关于我的个人信息,然后让我确认对错,我惊讶于他们所知道的信息的细致,但我尽力表现得平静。两个男人一直沉默不语,用一种难以名状的眼神注视我,似乎我随时会对他们造成什么危险一样。过了一会儿,女人合上文件夹,站起身说:"我们还会和你联系。"两个男人也跟着起身,他们自己开了房门,走了。房间里变得空荡荡,我站在客厅里,依然能闻到消毒液的味道,柠檬香压抑着刺激性的气味,只是,那柠檬香气越来越淡。

傍晚,闻以达回家。我做了饭,吃饭的时候,他对我说起,他下午正在和主编谈事情,中途被叫去约谈。他向我转述的时候,一副嘲讽的语气。我知道,他确实觉得这一切搞笑又荒诞,但我也听出了嘲讽之下隐藏着的无奈和恐惧,就像柠檬香精终究压不住消毒水令人呛鼻的气味。我笑了笑,忍住没对他提起今天有人登门,我知道,以他的粗心根本不会留意到门边墙上的那个灰色星标。

他大口吃饭,似乎很饿。我看着他,突然升起一点怜惜。我吃了几口饭,问他:"普度那边的采访怎么样?"他顿了一下,没抬头,说:"没谱呢。我准备一会儿再给曹望打个电话试试。曹望看起来人很正,我觉得从他那边打开突破口的概率要比普度公司高得多。"

3. 梁朗

旧护照的有效期毕竟还有几个月,换不成新的,我还是决定先离开再说。秦梦去住院了,她得先按部就班地进行那些治疗,然后,我们伺机离开,以免动静太大。

我留在家里收拾行装,带一些简单衣物,随身用的钱和一些细软。在衣帽间里折腾了一个多小时,最后收拾进旅行箱的不过还是那几条牛仔裤、运动裤和一些T恤、夹克。我看着那一柜子价值不菲的西装,觉得无比荒诞。当初,我和秦梦去各个国家旅行,买回的衣服,穿一两次,从此扔进衣柜不见天日。那时候,我们聚会频繁,各种场合都成为我们买衣服的借口。如今看来,旧日时光和衣服一起都被封禁于那个充满樟脑味的黑暗空间里了。

四个大号箱子和两个双肩背包,这就是我们这次行程的全部家当了。下一步,还有一件更重要的事,我约了一个人,他答应帮我把我手里的钱弄出去。我卖公司的钱,它们躺在账户上,无法动弹,钱从这里出去,无论到哪里入境,都需要解释,一切会很麻烦。我去往哪里,以后定居哪里,谁也不清楚,取用也是个问题,如今早已不似当年,瑞士银行早就被迫转变了政策,外籍客人的账户审查异常严格,哪里都需要劳动力,哪里都欢迎能创造劳动力的人,而我们,只是消耗和累赘。那个能帮我周转钱款的男人是我的一个生意伙伴推荐给我的,我没和朋友讲真话,只粗略地说有笔款想出境。他对我讲,这个人帮过他好几次,值得信赖。

本来我提议在距离我家不远处的一个咖啡馆见面,但被他拒绝了,他给了我一个从没听说过的地址。我跟着导航,一路开到郊区,又沿着一条无名小河向前,那条路很窄,两边河床上长满高大的芦苇,已经抽出灰黄相间的穗,在风里摇曳,有点孤独。有一只不知名的水鸟,浮在水面上,缩着翅膀一路前行,身后留下一串波纹。

眼前是一座旧厂房,从外边看上去就是一幢遗弃的危楼。我走到门口,面对着两扇锈蚀的大铁门,犹豫着找门铃按钮,这时候,门自己开了一条缝,里面黑洞洞的,我抬头看,发现门廊角落里有一个小小的摄像头。我走进去,门又自动关上。一个男人的声音从旁边传来:"来了?"等眼睛适应了黑暗,我看见了那个人,不太高,瘦削,两只眼睛闪亮。他坐在一张巨大的旧桌子后面,身边环绕着一排电脑屏幕和机箱,红绿相间的显示灯交相闪烁。

我走过去,没有寒暄,他直接对我指指屏幕,给我展示如何"运输"我的钱款。说实话,我看不太懂,只听他讲,这一切都是基于暗网上的一套协同系统,这条系统已经稳定地运转了数十年,甚至更久,是一套地下版本的国际金融系统,这套系统甚至比地上的那一套更加运转自如。我的钱,他会负责周转,进入瑞士银行的合法账户。我对此半信半疑,但并没有什么其他选择,加上朋友的推荐,我只能搏一搏,我给他转了一笔钱,是我出售公司收入的三分之一,付给他的手续费是钱款的 10%。最后,他让我记住一串账号和一个密码。那个虚拟账户就属于我了。但是这一切,我需要离开这里之后才能验证。

办理完这些事,从那座厂房里出来的时候,天色已经暗下来。那条小河边的芦苇映在一片灰色的雾里,像某幅印象派的画作。我开着车,直接去往医院看望秦梦。

4. 秦梦

　　我像上次一样,躺在手术台上。护士们也像上次一样,在我的周围忙碌,金属器具磕碰搪瓷盘的声响让我感到一阵阵发冷。曹望走进来,低头和我打招呼,眼睛藏在帽子和口罩之间。他像一个普通医生对待一个普通患者那样向我问好,眼睛微微眯起来,露出笑意,但我分明看出了那笑意里的心照不宣。我听见他对着护士说:"好了,你们先出去吧。下面的工作我来就可以。"房内安静下来,灯光泛白,我仰躺在那里,被灯光晃得发慌,我干脆闭上眼睛。

　　过了一会儿,我感觉到曹望向我走过来,他在我旁边站定,我睁开眼看他,见到他的眼睛又眯起来,口罩被颧骨顶起来,我知道,他又在冲我笑。我感觉到手肘窝处有点凉,但感觉不到痛,我歪头看,见他把针头放在我的皮肤上,并没有扎入,然后用胶布直接进行了固定。他又笑一笑,扭头望一望墙角,我顺着他的目光看过去,明白他是要我注意那个摄像头。我轻轻地点点头,继续躺着。他按了几个按钮,身后的机器开始运转。然后,他拉上了帘子,把我俩都挡在里面,他摘下口罩对我说:"放心。"语气很郑重,然后又戴好口罩,退了出去。我知道,那机器并未连接任何管线。

　　我也不知道怎么回事,感到莫名的安心,似乎确认了一个可以绝对信任的承诺，竟不知不觉睡了过去。我是被曹望叫醒的。他仍然戴着口罩，仍然透过口罩冲我笑笑，这次的笑里有一点恶作剧得逞的快意。他收拾得当，把机器关掉，然后在病历簿上写写画画。过了一会儿，护士走进来，曹望和他们做了些交代，她们点点头就开始做清理工作。我被另外两人推回病房休息。

梁朗来的时候，天已经黑了。他问我："感觉怎么样？"我凑到他耳边，把今天治疗时发生的事和他说了一遍，他愣了一下，然后笑起来。他去洗了手，坐下来给我削了一个苹果，低声告诉我，他已经找了人把钱转了一部分出去。"我们先离开再说。"他讲。

我问他："那护照到期怎么办？"他没说话，把一块苹果递到我嘴里。我咬下去，果肉在我口中爆裂，爽脆但有点酸。他问我："甜吗？"我笑着点点头。他自己吃了一块，好像很满意的样子。

我靠在床头刷手机，梁朗去卫生间洗手。我喊他给我倒杯水，他拿着毛巾走出来，一边擦手一边到处找冷水壶，四处找了一圈才发现水壶放在床边的小圆桌上，他走过去端起杯子却又愣住。我叫他："你怎么了？"他缓缓扭过头，又指指窗外，说："你看。"

我坐起来，歪过头，透过窗子向外看，这窗子视野很好，能望见很远，我看见远处有一团橘红色的火焰，在天空耀出一圈弧光，火光亮起的地方距离我这里应该很远，所以这火势着实不小。我站起来，走到梁朗身边，挽住他的胳膊，一起盯着那团火。突然间，火光中爆燃出另一团火球，向天空冲去，然后是第二次，第三次，那一片区域的天空被染成白色，然后变得橙红。

5. 曹望

上午10点，行政副院长给我的办公室打了内线电话，叫我过去一趟。我放下电话就上了楼。敲门进去，发现房间里还坐着两个陌生男人，表情严肃，我走到沙发旁坐下来，他们就一直不错眼珠地盯着我，好像我是个被锁定的猎物。那眼神让我很不舒服。但碍于他们是院长的客人，我也没说什么。

院长先开腔，对我介绍说："这两位是生育促进委员会派驻到我们这的工作人员，来了解一下一些员工的个人情况。"他把"个人情况"四个字咬得很重，我一下就明白了这两个人的来意。院长说完站起来，对着他们说："你们聊。"然后就向门外走去，经过我的时候拍了拍我的肩膀。

其中一个男人负责提问，另一个负责沉默。向我核对了一系列个人信息之后，他问我："你未婚？"我点点头。他问："原因？"我沉默下来，我不知道该说些什么，我没有必要和他们讲道理。显然，他们不是来和我交换意见的，我也根本不想和他们谈论我的选择和个人生活。我只感到切实的无力。那个男人又问了我一遍。我看着他，耸了耸肩。这时候那个一直盯着我的男人躬身对着桌上的录音笔说："被访者拒绝回答问题，身体语言：耸肩。"我被这个突然间的举动吓了一跳，他像什么都没发生那样又恢复了此前的姿势和表情。盘问进行了一个多小时，我被告知可以离开之后,回到了办公室。

说实话,这事情并没有过多地影响我的心情,我知道这早晚会来。下午,秦梦被准时推进诊疗室。此前我和她讲过,我不会再让她遭受任何痛苦。我实现了我的承诺,我最后在报告上签字的时候,看到她对我笑起来,有那笑容就足够了。

等大家下班走得差不多了,我才去吃晚饭。在餐厅里走了一圈,食欲莫名其妙地好起来,我拿了不少,又拿了两听碳酸饮料,其实我想喝一点酒,但在这里确实不方便,更何况过一会儿还得开车回家。

吃过饭,我回到办公室收尾一些琐碎的工作,然后回家。路上车不多,天冷下来,一切都显得静谧。我连着手机听广播,最近一直在听一个小说的播客节目,一些名著的缩写版本,原本是为了解闷,但越听越发现,这缩写版别有一番韵味,我一直好奇,是谁重写了它们。

进了家门,我有点迫不及待地给自己倒了杯酒,坐在书房里慢慢喝。喝掉一半的时候,手机震动了一下,我拿起来看,发现是闻以达给我发来信息。"方不方便见一面?我们再聊聊。或者我们通个电话?"我把手机扣在桌子上,继续喝剩下的半杯酒。我边喝边想,现在我到底要如何面对这一切,这一切会给我带来什么样的变化,又会给李冬带来怎样的变化,到底会如何搅扰我们的生活。无论如何,我现在都能明确一件事——目前所遭遇的情况,我们绕不过去,也无法躲避。我不知道多年以后我们将以怎样的面目被时间记住或者洗刷,但无论如何,我希望能留下一版我的诉说。所以,我从内心深处一直希望能和闻以达聊一聊,自从我和他见过几次之后,我对他愈发信任。我知道,我们看起来不同,但在看不见的那部分里,我们有着难以名状的相似。我甚至觉得,李冬也应该和他谈一谈,他一直把自己包裹在一层坚硬又光滑的壳子中,我想让人们知道一个更真实的他。更何况,那些诱导娃娃的怪异事情,他需要有一个自己的解释,而在不知道未来会发生什么的情况下,现在或许是留下辩白的最佳时机。

下午给李冬发的信息,直到现在他都未回复。他昨晚对我说,今天会去公司核实关于坠楼孕妇家那个诱导娃娃的信息。我把杯中酒一饮而尽,做了一个决定,给闻以达发了我家的地址。

一个多小时之后,门铃响起来,我走到玄关看了看门禁监控,闻以达背着包,盯着摄像头,镜头里,他的脸被拉得很宽。

我把他带到书房,问他喝点什么,他审视地看看周围,坐下,说:"什么都可以。"我去厨房,端着两杯威士忌回来,放在桌上,他看了一眼酒杯,又看看我,笑一笑。我们碰杯,我看着他抿了一口之后,我说:"你想问什么都可以,我知道的都会告诉你。但是,有些事情,其实我也不清楚,比如孕妇梁珊坠楼这件事到底是怎么回事,我也好奇。我有一些猜测,我想,你也有一些猜测,但是你可以依靠那些猜测去验证,但是我不能回应那些猜测。"

他看看我,说:"你怎么决定接受采访了?"

我喝了一口酒,说:"不是决定接受采访。只是在我还能讲话的时候,留下一些记录吧。我想和你达成个协议。"他看着我。我继续说,"我说的这些供你记录和参考,现在不去发表,这一切有更合适的时机让人们读到。"他低头沉默了一会儿,端着酒杯笑起来说:"为什么相信我?"我说:"说不清。"他把杯子放到桌上,打开笔记本电脑,说:"我们开始吧。"

他问了我关于梁珊坠楼那天的事,我把我抵达现场之后的事都说了,我只描述事实,不掺杂任何情感与推断。问完这个案子之后,他又开始询问我和李冬的关系。我并没有做任何隐瞒,我聊起我们的过往,聊着聊着我发现自己变得很开心,已经很久没有如此畅快地和旁人聊起这些。我陷在回忆里,那些回忆远比我身处的当下要闪亮。我们坐在昏黄的灯下,客厅里的音乐似有似无,窗外一片漆黑,湖水像墨,路灯照射之下,偶尔能看见水花。不知不觉我们聊了一个小时,直到房门响起开锁的声音,我才从回忆中抽身回来。我走到客厅,李冬看着我,面色惨白,然后他向我身后望去,闻以达从书房里慢慢走出来。我清了清嗓子,做了介绍。闻以达走过去,作势要和他握手。李冬却愣住一动不动。我以为他生气了,但我渐渐看到他的眉毛纠结到一处,眼中露出难以置信的神色。我顺着他的眼睛从窗子望出去,看见远处的天空映出熊熊火光。

我们三个人,在黑暗的客厅里站成一排,看着大火渐渐把天空照亮。

6. 李冬

昨天,我让技术部去调取关于 K13467 号诱导娃娃的数据记录。会议开到一半的时候,一个警察来访,把会议打断了。此后,一些闲杂事务不断涌进来,我心里烦躁,但也没有办法。一直折腾到深夜,我索性没回家,睡在了办公室里面的套间内。

今天上午,早会结束,我刚回到办公室,秘书就来通报,说技术部副总监要来见我。过了一会儿,他抱着一台笔记本电脑到了我的办公室,他站在那,一副手足无措的样子。

"怎么了?"我问。他看起来想说话,吸了一口气,却没说出什么,又缓缓地把那口气吐了出去。我让他坐下,拿起遥控器把窗子的百叶窗都放下,开了投影仪。他有点犹豫,但还是打开了电脑,我看见他击打键盘的手指有点发抖。不好的预感开始在我心里升腾,我觉得胃里生出一股难以名状的绞痛,然后慢慢上行,沿着胸骨抵达心脏,又蔓延至头部,凝结在后脑。我抓抓头发,想驱散这种感觉,但不太奏效。

他摆弄了一阵,向后靠住沙发椅背,低头盯着地面,似乎地上有什么奇异的图案。我一把将电脑屏幕转过来,敲下回车键。

屏幕上整齐排列着无数个文件,每个文件都以日期命名,我向下滑动鼠标查找日期。技术部副总监把电脑拽过去,熟练地找到了一份文档,对我说:"这是 K13467 号诱导娃娃的 GPS 记录。"

他把文件打开,指着那个亮点说:"产妇坠楼的当天,K13467 出现在……第一中心医院。"我感觉到周身发冷,房屋四壁一点点向我挤压过来,我松开领带,解开两颗衬衣的扣子,问他:"那会儿,K13467 不是已经被回收了吗? 怎么出去的?"

他摇摇头:"不清楚,也许是自己跑出去的,也许是……有人带出去的。一直有一些传闻……"

"什么传闻?"我问。

"嗯……有些购买过诱导娃娃的家庭,在女主人怀孕之后选择把诱导娃娃送还回收。但是,有些人舍不得,会通过贿赂工作人员的方式,重新和他们的诱导娃娃见面……所以……"

我站起来,给自己倒了杯酒,喝下一口。我问:"记忆卡的内容导出来了吗?"他点点头,在键盘上敲了几下,大屏幕亮了起来。我盯着那块屏幕,它渐渐变成一个巨大的漩涡和黑洞,将我慢慢吞噬、摇晃、撕扯。此前,其实我有某些预感,尤其是在曹望对我讲起坠楼孕妇一家曾经购买了这个诱导娃娃之后,那些不好的预感影影绰绰,我一直企图和自己辩驳,但现在,一切都无从否认。

K13467 号,那个头身比 1:4 的小家伙眼中的世界清晰地呈现在我的面前。他的视角很低,齐平成人的膝盖,他在医院的楼道里来回寻找,直到走进那个产妇的病房门口,那个女人蹲下来,我看见她的惊喜与笑容,然后视角慢慢变高,他被抱了起来。我听见那个女人奶声奶气地和他讲话,一些无意义的逗弄小孩的言辞,然后看见一个橘子出现在面前,视角变低,女人的腿向窗子移动,娃娃抬头,女人在推开窗子,转过身,低头看他,视角聚焦地面,然后是女人的脚,然后一双小手握住女人的脚踝,我看见脚掌离地,悬空,仰高……窗子前变得空空如也。我隐约听到了女人的喊叫,极其短促,旋即消失。我想,她几乎没有时间来得及恐惧,更多的是不解和惊讶。最终,视角挪到一把椅子上,椅子挪动到窗前,视角升高,俯瞰,晨曦微茫之中,轻薄雾气之下,女人以一种伸展的姿势躺在地面。跑动,持续的跑动,楼梯,院子,街道,树林,然后,一切突然静止,信号消失了。

"GPS的踪迹记录到此为止,记忆卡此后的记录都是无效的乱码。我们也不知道为什么会这样。"技术部副总监低声说。我看着他,觉得声音离我很远。

我问:"这个诱导娃娃现在在哪里?"

"不知道。没有人察觉到他的离开和未归,那边的管理实在是……而且,说实话,也不会有人想到一个诱导娃娃会……变成这样,所以没有人会提前做出防范。"

我不知道我自己在办公室待了多久,更不记得我一路上是如何开车回到家里。我只记得,头脑中有个声音在对我说:"在一切结束之前,我要见到曹望。"

我打开房门,曹望从书房走过来,然后,我看见另一个男人出现在他身后。曹望对我说:"这是闻以达,《深流》的记者。"我不知道该如何处理眼前的信息,客厅只开了角落里的一盏落地灯,大多数地方陷在黑暗里。我突然觉得余光里有一团光亮跳动,我扭头,透过窗子,望见远处那团冲天的火焰。我盯着那团火看了许久,从底部向上,依次显现出红色、橙色和接近于白的一种耀眼的火光,在火苗的最顶端,我看见了那四个猩红大字,被火苗缠绕、吞噬——普度集团。那硕大的字从这个距离看起来显得如此渺小。火苗向上蔓延,吞噬了那个名字,属于我的名字,那几个字陆续炸裂,像雷电、像烟花。

我呆呆地站在一片黑暗里,我说不清那是一种怎样的感受,极度的恐惧与惊悸像迅速冷凝的液体,灌注全身,然后这冰冷却慢慢消退,变成了一种难以名状的放松与踏实,我觉得自己被温热的暖流包裹,或许那是一种解脱。

过了好一会儿,我才意识到,曹望在使劲摇晃我的肩膀,我的手机在口袋里疯狂地响。我摸索着拿出来,一个男人在电话那头失声地喊叫:"他们跑了,都跑了,是他们放的火。公司总部,郊区的销售服务中心,都毁了。我们没办法控制,那些诱导娃娃,我们没办法控制……"

我把电话挂掉,静静地望着远处燃烧的高楼。曹望和闻以达站在两侧看着我。我开始笑,难以遏制地笑。

7. 詹明远

我给死者梁珊的丈夫胡博打了个电话,那一端听起来乱糟糟的。我大声介绍我的身份,过了一会儿,听筒里安静下来。我说:"我得问你一个情况,你家里是不是曾经购买过诱导娃娃?"

胡博在那端说:"是的,你们是查出什么了吗?上次,那个记者也问起过。"

我说:"什么记者?"

"就是《深流》的那个记者,叫闻以达。他也问起过这些,还从我家找到一张娃娃的照片。我不知道是什么原因。你们到底查出了什么?那个娃娃,梁珊怀孕后我们就按照规定送还了。"

"没什么,只是确认一下可能性和线索。你那个娃娃的编号是多少?"

"K13467"他说。

我挂断电话。这案子的卷宗就在我眼前,我翻开细细看过每一页,家庭成员和社会关系中都没有提及诱导娃娃。没错,谁也不会把那个小小的人工智能宝宝列入这样郑重的记录。我们的调查从未想过这样的方向。这不是谁的疏漏。就算是现在,我仍然也不敢确定我所知道的一切到底意味着什么。但是无论我怎么去想,都有些障碍挡在线索与线索之间,我无法把一切联结成逻辑。或者说,我不敢把一切联结成逻辑。

我要厘清一切:产妇坠楼,有可能自杀,也可能他杀,自杀的动机没有发现,我必须考虑他杀的可能。和那个女人有相关性的人都被一一排除了,除非还有隐藏得更深的,尚且没有被发现的人。然后,在我调查这个案件的时候,发现了奇怪的事,郊外发生伤人案件,视频显示作案人是两个孩子,而事发地点是诱导娃娃的销售服务中心,这个销售点属于商业巨头普度集团。坠楼产妇家中曾经购买过诱导娃娃,怀孕后,被照例送回。我开始查找关于诱导娃娃的线索和资料,发现网络上一直有传言讨论关于他们购买的诱导娃娃出现了一些异状。所以,我现在应该得出怎样的结论?我到底能不能在坠楼产妇和诱导娃娃之间画上关联符号?还有,那个叫作闻以达的记者,我模糊地记得这个名字,从案件发生开始,他不止一次地给我打过电话,发过信息,要求采访,我都拒绝了,后来干脆把他的号码拉进了黑名单。他到底掌握什么情况?我是否需要和他联络一下。我按开手机,点了一下"拦截信息"栏,在一串广告短信中间躺着闻以达的信息:"詹明远队长你好,我是《深流》的记者闻以达。你的电话无法接通,我想你应该是把我拉黑了。这次找你,并不是采访请求,而是和你分享一些信息,它们可能对你很有用。如果愿意,请回我电话。谢谢。"

我盯着屏幕,想,到底要不要回电话,我决定考虑一下。烟抽得太多,办公室里雾蒙蒙的,我把窗子全都推开,准备去洗手间洗把脸。人都走得差不多了,楼道里很空,只有值班室里的灯亮着。冷水浸过皮肤,确实清醒了不少。我抽了两张纸把脸上的水珠擦干,看看镜子中的自己,在心里说,无论如何这案子要交给别人去破了,肖爱的预产期在三天之后,我必须陪在她的身边。无论对她还是对我,这都是最重要的事。我把洗手间里的几个隔间的门依次推开,确认没有人之后,我倚在窗口给肖爱打了个电话。

忙音响了八九次,电话才接通。我问:"在干吗?"肖爱说:"刚刚在洗手间。你还在忙吗?"

"是。"我顿了一下,说,"明天一早,我就去请假,交接工作,然后去医院陪你。我都安排好了。"

我听见听筒那边传来肖爱喝水的声音,然后她说:"我这边没什么事,照顾得太好了,我已经受不了了。"然后她笑起来。我摸摸兜,从夹克口袋里掏出烟盒,弹出一根衔在嘴里,刚要点燃,想起刚刚还在告诫自己烟抽得太多,就把打火机放回了口袋。肖爱在电话那头说:"你是不是又在抽烟?"我愣住,笑起来,说:"没有没有。"她说:"你叼着烟,说话的声音就不一样了,还说没有。"

洗手间里的吸顶灯可能是因为旧了,灯罩变得不那么透亮,明明是白光却始终有点混沌,在这光下待一会儿,就觉得困倦。由于这是五层,对面也没有任何建筑物,洗手间的窗子上半部分是完全透明的玻璃,我隐约觉得窗外有什么东西在闪闪发光。我望出去,发现远处的那幢高楼燃起了火焰,火势越来越猛。肖爱在电话里喊我的名字,问我:"你在干吗呢?"我说:"好像有地方着火了,你那能看到吗?"肖爱说:"啊?我下床看看。"过了一分钟,她在那边大喊:"好像是啊!我这边能看见,好像是普度集团的那栋楼。"

我的电话开始提示有来电进入,我对肖爱说:"有电话进来,先挂了啊。"电话顶进来,是值班室:"詹队,普度集团大楼着火了,得出警。"我说:"这不是火警的事吗?"刚说完,我心里一惊。对方说:"同时有别的警情。"

"什么情况?"我一边问,一边在心里祈祷,不要是我想的那样,千万不要是我想的那样。

"普度集团的人报警,他们的诱导娃娃销售服务中心出事了。他们说……嗯……那些人工智能的诱导娃娃都疯了,这是他们的原话,说是诱导娃娃放的火,联合起来砸烂了办公室,全都跑了。

普度总部的火也是诱导娃娃放的。我们已经接到十几个普度集团员工的报警电话了。"

我觉得我不愿、不敢去联系的那些线索,现在都自动连接到了一起,在我眼前慢慢排布。我跑回办公室,拿了钥匙和配枪,冲进院子。院子里的车都在陆续向外驶去,警笛大作。

我开着车在路上狂奔,掠过惊慌的行人、干枯的树,天空开始飘起最细密的雪,混杂着雨点,落向地面。一片杏黄路灯之下,雨滴和雪片映出梦幻般的背景,让远处的大火看起来犹如虚幻。车开到近处,消防队员正在升云梯,但由于写字楼太高,操作起来非常困难。雨和雪一点也没有让火势减弱,反而看起来愈发旺盛。所有警车围成扇形停在楼前,人没有办法入内。整栋大楼里自动亮起了应急灯。窗子里透出冷色灯光,我仰望着那栋楼,不一会儿,很多窗子里开始出现人影,小小的人影,一个,两个,三个,四个……越来越多的落地窗前映出了那些诱导娃娃的身影,他们一动不动地站在那里,让人毛骨悚然。

站在楼前的所有人都面面相觑,在阴冷的雨雪之中不知道该做些什么。这时候,我的电话响了,我接起来,一位同事气喘吁吁地对我说:"快来医院,快来!"我非常疑惑,但一秒钟之后突然意识到什么,转身上车,奔向医院,一路上,我握着方向盘的手一直在抖。

第一中心医院门口一片狼藉,有人在向外跑,满脸悚然。门口的保安已经不知去向,我看见几个同事站在楼前疏散人群,我把车停在一旁。同事看见我之后,脸色陡然变化,我想冲上楼,但被他们死死拽住,我扭头,看见另外两个同事从楼后跑过来,我脑中有个声音响起来。我推开人群,开始向楼后跑去,远处,已经有警方人员支起了灯架,有人在用高音喇叭冲着楼上喊话,我看见地面上横七竖八躺着许多人,一动不动,周围拉起警戒线。我大喊起来,值守的警察扭头看见我,一起向我涌过来,他们将我按在地上,我听见有人喊:"詹队,不要过去!——不要过去!——不要过去!"

我被按在地上,动弹不得,脸紧贴着地面,冰冷滑腻,我从人们小腿的缝隙间,看见了肖爱的脸,像我一样,同样紧贴着地面,眼睛微张,表情凝固,一摊深色液体在她脑袋下洇开一片。

8. 肖爱

这几天,詹明远倒是每天都来医院和我说说话,有时候是下午,有时候是晚上。我知道他忙,我知道他放不下那个案子,这么多年了,这不需要说明,我都懂。我也知道,他对我说他要把案子做交接,过来专心陪我,也是真话。我从他的眼神中,看见了他的疲倦。

最近我所做的事无非就是吃吃睡睡,下楼在医院配套的那个小花园溜达,周围都是和我一样挺着肚子的准妈妈,互相微笑打量。

今天上午我照例做了检查,午饭吃得很饱,下午在花园坐了一会儿。一些产妇已经是第二次、第三次当妈妈,孩子来看她们,她们挺着肚子坐在椅子上,看着长大的孩子荡秋千,画面很温馨。

下午3点多,我上楼睡觉,一直睡到晚饭的时候。嗜睡其实已经缓解了很多,有时候觉得并不困,但就是清醒不过来,起床后却又觉得比睡前更疲倦。

吃过晚饭,我想再下楼走走,但走到门口,觉得天气太冷,就没出去。空气里湿漉漉的,要下雪的样子,我裹紧衣服,慢慢爬楼梯回病房。医生嘱咐我这几天要适当爬楼,这样有利于生产,虽然很累,但我还是尽量坚持。回到房间,我活动了一下身体就上了床,百无聊赖地刷手机。过了一会儿,詹明远的电话打过来。我接起来和他聊天,他的声音听起来很空旷,听筒里有轻微风声,我知道他又倚在窗边抽烟了。过了一阵,詹明远对我说,他明天就会去办案子的交接,他都已经安排妥当,明天下午就可以过来专心陪我。他说这话时,声音突然低下去,像怕被谁听到一样。我觉得有点好笑,他就是这样,不太好意思流露感情。

我们闲聊着,我一直在说话,却听不到他的声音,我大声叫他的名字,他才似乎回过神,语气里满是疑惑地问:"好像着火了,你那边能看得见吗?"好奇心把我从床上推起来,我歪过头向窗外看,窗框挡住一半,但还是能看到那栋燃起火光的大楼,我每天在窗口望远的时候都会看到那栋楼,楼顶上伫立着"普度集团"的巨大灯箱,四个字背向我。我对詹明远说:"好像是普度集团的那栋楼哎。"他沉吟了几秒钟,说:"我有电话进来了,先挂了啊。"电话里只剩下急促的忙音。

我把电话放到床上,站起来走到窗口,我侧过身子,从窗口望过去,火苗像个巨大的橘红色帽子,罩在灰黑色的细长楼体顶端,楼身每一层的四周都有闪烁的呼吸灯,那是用来提示飞机注意的,那些灯一闪一灭,节奏稳健,过了一小会儿,它们全部熄灭了。窗玻璃上有下雨留下的污迹,又隔着一层纱窗,终究遮挡视线,我打开两层窗子,盯着那一团火光,冷风吹进来,卷带着一点雨点和雪花。我站在那看得出神,却听到身后楼道里乱成一团。

我走回去,打开门,楼道里的人们都在向楼梯的方向跑,有人哭喊,有人摔倒,有大着肚子的女人无助地坐在墙边,我不知道发生了什么,只觉得害怕,扭头却发现一个小小的身影站在暗影里定定地看着我。我仔细看,惊讶地发现竟然是我的小蘑菇。楼道里兵荒马乱,我担心别人撞到他,赶紧招呼他过来。他仍然盯着我,开始迈步,他步伐稳健,毫无害怕的神色,在我身前站定,仰头看我,却一脸阴鸷。我把他拽进房间,一把关上门,锁好。我挺着肚子,没办法蹲下,只能坐到窗边的椅子上,捧着他的脸,问他:"怎么回事?你怎么来了,宝宝?"他不说话,依然阴鸷地盯着我看,那眼神让我有点害怕。窗子开着,有冷风吹进来,我听见窗外远处发出巨大的爆裂声,我站起来扭头去看,只见到"普度集团"那几个大字轰然倒塌,巨大的碎片砸向地面。我用手捂住嘴,探出身子想去关窗,却感觉脚腕被一双手死死钳住,然后莫名其妙失去了平衡。我大声尖叫,身体在空中扭转,那个瞬间,我看见小蘑菇从窗口探出了头,露出邪魅一笑。这是我记住的最后一件事。

终章

我叫闻以达,我是个记者。

我想,如果有机会,我会再写一本书,记下我所见证的一切,那本书就叫作《人偶》。

一切急转直下就在那场大火之后。那场火灾吞噬了普度集团的总部和它旗下所有分公司的建筑,死亡240余人,伤者超过千人。那些诱导娃娃的行为震惊了世人,在和警方的对峙中,其中一些被击毁,其余的悉数逃脱。战斗刚刚开始的时候,一些年轻警察被那些诱导娃娃的外表蒙蔽,觉得他们呆萌又无辜,在举起枪的当口总会本能地迟疑和犹豫,而正是利用这份迟疑,那些凶狠的孩子致使不少警察死伤。他们最终逃出城市,藏进山林。

《生育促进法案》的修正案在僵持、扭捏了许久之后,在这场诱导娃娃的引发的战争逼催之下,终于毫无悬念地通过了:不育和拒绝生育入刑。似乎那些政策制定者们都在等待类似这样的一个机会、一个理由、一个借口,用以排除所有人的疑虑,以证明法案升级的必要性。

由于过于震惊,公众对于惩处不育者和拒绝生育者普遍没有异议。但人们仍然要面对一个紧急和危险的情况——那些逃窜出去的具有极大攻击性的诱导娃娃到底如何抓捕。

调查已经确认,纵火就是诱导娃娃们的联合行动,他们已经超越了被设计之初所设定的幼儿的心智与力量,发展出了难以想象的超越普通成年人的智力水平与协同能力。换句话说,这些诱导娃娃其实一直在长大,但是,设定将他们困在了一个永远长不大的、幼儿的躯壳里,这样的扭曲与压抑,导致了他们大规模的报复行动。相关部门的安全评估认为,诱导娃娃极端危险,基本上就是一群长着娃娃脸、有着幼儿身形的恐怖分子。

最终,人们想出了一个"绝妙"的决议,决定让那些因为无法生育、拒绝生育而被关进监狱的人们去抓捕和消灭那些诱导娃娃,这个行动被称为"猎婴"。猎婴计划甫一出台,就被普遍认可,因为公众觉得我们这些人都是无用的资源,即便在行动中死掉也不足惜,而其他人就不一样了,他们都是宝贵的,不应该莽撞地与那些残暴的诱导娃娃短兵相接。

我和米雪就这样被送进了培训营。

没有人知道被送进营地的人数到底有多少,我只知道,男女是被分开的,女性负责后勤,男性要上前线。自从进入培训营,我再没有见到过米雪,但我在这里却见到了另外的熟人。曹望和我被分配在同一组,住同一间号房,而詹明远是我们这一组的教官长。我们的训练很累、很苦,体能、力量、武器的使用、野外生存知识,一切都需要从头学起,学员和教官冲突不断,还发生过几次学员和教官之间的暴力冲突,冲突之后,那些学员就不知去向。渐渐的,我们知道,靠这样的方式是改变不了什么的。于是,大家就都认命般地不再折腾。我渐渐适应了这样的生活,按时起居,定时吃饭,刻苦训练,及时睡觉,不再去想任何其他的事。只等待着把我们派上战场的那天。

忘了那是第几次培训讲座。我们这些戴罪之身的男人们都齐刷刷地坐在下面,工作人员命令大家安静,麦克风发出尖锐回响,所有人都本能地低头捂住耳朵。等我抬头看向台上的时候,看见了一个熟悉的身影,正坐在讲桌后面。那个男人清瘦、个子不高、头发灰白、剪得很短,戴着一副眼镜,低着头。从穿着判断,他也是培训营中的学员,和我们一样穿着灰色的马甲。我看着他的轮廓琢磨着到底曾经在哪里见过他,他抬起头的瞬间,我才意识到,这不就是李冬吗?只是瘦下去一圈,又全然没有了往日的气度。我扭过头偷偷看坐在后排的曹望,他不错眼珠地盯着台上,眼眶紧绷,努力遏制着不做出表情。突然间,我鼻子有点发酸。

并没有人介绍台上的人是谁,什么身份,灯暗下去,李冬把PPT投在大屏幕上,开始讲课。他讲述了诱导娃娃的原理,注意事项,又播放了几段关于诱导娃娃在实验室里殴打工作人员的视频,以便让大家对于将要面临的状况有足够清醒的认识。实话说,对于我们即将面对的实战,并没有什么价值,只是那些视频显然吓住了在座的很多人,从灯亮起后大家的表情里就能确认这些。我明白,对于诱导娃娃后来的觉醒和突变,即便作为造物者的李冬也始料不及,并不存在某种魔法或者某个总开关就能瞬间终结这一切。对此,他也无计可施。从他的神情里,我能看出,对于被抓进培训营这件事,他很平静,也许他认为如今的一切都是自己造成的,自己罪有应得,他现在不过是在赎罪。

回号房的路上,大家比平时都安静许多,人挨人窸窸窣窣地走着,没有人说话,也不需要警卫呵斥。回到房间,去洗漱的时候,我拍了拍曹望的肩膀,他扭头看看我,点了点头。站在喷头之下,热水氤氲雾气浓重,我看见曹望把额头顶在墙壁上,哭得一抖一抖。

讲座之后的第三天,我们被要求整装出发,具体地点不详。我们先上了一辆军用卡车,坐斗四周蒙着绿色帆布,然后上了一架小飞机,最后又是汽车上的一路颠簸。下车后,我们看见了茫茫森林。

我们被告知,这里临近边境。有大约20个诱导娃娃被逼到这片树林里,我们所要做的,就是找到并消灭它们。这支小队一共15人,带队教官是詹明远,突击组里有五个人,大壮和小鸟。这是我们给他们起的外号,不知道谁先叫起来,大家觉得对体型描述倒是准确,就一直这样叫下来,甚至没人记得他们的名字。除此之外,还有我、曹望以及一个叫梁朗的男人,曹望对我说过,梁朗曾是他的病人,好像是一种免疫性的不孕症。我没多打听,没什么意义,反正我们现在是战友,要做的是合作一心找到诱导娃娃,除掉它们,其余的我不太关心。我只知道如果我想回家,唯一能做的就是在这里立功。

培训的时候,李冬讲过,无论这些诱导娃娃如何进化,由于它们都是严格仿照"人类幼崽"制造的,所以它们必然遵循一些不可更改的规律,比如,它们必须依赖水源。

　　我们突击组一直沿着一条小溪行进,这里的天气阴晴不定,常常下雨,溪边到处都是烂泥,我已经滑倒不知道多少次,我的衣服上沾满泥巴,速干裤都来不及挥发水分,一直湿乎乎地贴在我的腿上。在溪水边,我们确实发现了一些诱导娃娃的脚印,能看得出,这组脚印来源于三个人,它们并排行走,很有规律。"真他妈是群居动物啊。"大壮嘟囔了一句,他用登山杖抽打着旁边的野草。我看看他,又看着那组脚印,心里隐隐有点担忧。虽然我早就在视频里见识过他们的协同能力,但第一次亲眼见到它们并排整齐的小脚印,还是有点毛骨悚然。脚印持续到一棵树下,我们抬头看,树上还有零星三五个绿色的果实,其余的果实都被摘掉了,仍能看见果实切断根茎后鲜嫩的茬。

　　"他们会爬树啊?"小鸟仰着头说。

　　"也可能是一个踩着一个的肩膀去摘的果子。你没看录像吗?"大壮没好气地说。我们绕着树找了好几圈,一个脚印都没再发现,好像他们走到这里就突然消失了。大家都很气馁。教官詹明远喊我们集合吃饭。

　　我们生了火,尽量靠近火堆烤衣服,湿气被火焰催逼到半空,蒸气让一切看起来有些浮动。大壮掏出压缩饼干,使劲啃了几口,咕咚咕咚喝水。他吃什么都能吃得这么香,真让人羡慕。我拿着一袋牛肉干撕下一小条,慢慢咀嚼,几个人都沉默不语,看着眼前的火堆发呆,所有人脸上都有污渍且冻得通红。大家都累了,再加上恐惧,每个人都显得颓唐。小鸟从背包里掏出口琴,轻轻吹奏一首曲子,我不知道那曲子的名字,但我好几次听他吹起,一首布鲁斯,哀怨,忧伤,十分适合这暮色四合的黄昏。小鸟此前好像有一家自己的录音棚,和一些挺有名的歌手都有合作。我没问过他到底为什么会落得这步田地,有什么必要去问呢?我们彼此间的那些"罪名"又有什么差别呢?

有人碰碰我的肩膀,我转头看,是詹明远,他正冲着我举起一个扁酒壶。我看看他,他却不看我,望着火堆说:"喝了暖和。"我没说话,接过来喝下一小口。酒精在喉头炸开,带着一路火花滚进胃里,周身变得熨帖许多。我把酒壶还给他,他冲我抬抬下巴,示意我往下传,大壮看看我又看看他,也接过去喝了一口,又递给小鸟,然后是曹望,最后传到梁朗。火光噼噼剥剥,映出每个人的脸。

大壮先开腔:"詹教官,你为什么申请这个任务啊?按理说你不用来啊,多危险啊!"我朝火堆扔了根树枝,对大壮说:"你看看火。"我是想岔开话题,但他似乎根本没领会我的意思,接着说:"你的情况,我们大概知道一点……你说你老婆已经……回头你再……"我踹了他一脚,他看看我,想要发火,又突然刹住。

"我要亲手宰了这帮畸形的变态玩意儿,一个一个全都宰了。"詹明远突然说了这么一句,嗓音嘶哑。我们吓了一跳。我扭过头,看见他扬脖灌下好几口酒。我瞪了大壮一眼,他似乎意识到自己失语,不再说话,失神地望着火堆。我们轮流睡觉,但我太累,又喝了酒,还烤着火,暖意和酒精一起作用,一觉睡过去,睁开眼,天都蒙蒙亮了。詹明远一直没有叫我,独自撑了多半宿,正在一旁用战术刀削着一根木棍。

很多天过去了,别说是诱导娃娃,连娃娃的头发我们都没找到。除了时隐时现的脚印,什么都没有。这地方的温差极大,中午溽热,太阳落山之后一下雨就冷得要命,湿度又大,身上一直黏糊糊的,体力消耗太快,大家情绪低到极点。原本要求按组集体行动的队伍,逐渐走得稀稀拉拉。作为教官,詹明远最初还想整饬纪律,到后来,他自己也渐渐放弃了。

那天下午,临近傍晚的时候,我们沿着一条比较隐秘的小溪意兴阑珊地走着,突然间,詹明远手里的探测器开始发出嘀嘀的警报声,我们涣散了许久的精神突然间紧绷起来,所有人都同时蹲下,警惕地望着周围又互相注视。詹明远看看仪器,举起拳头,意思是让我们稳住不动,然后他伸出右手食指,指向不远处的草丛。

草丛很高,最高的地方能没过我的头顶,小鸟这样的矮个子在草丛里走得很狼狈,其他人也好不到哪去。过了一会儿,我们终于穿过草丛,来到一片空地,前面有一棵大树,树干四五人联手环抱不过来,树冠上已经生出不少气根又扎入地下,看起来很古老。我们凑过去,看见树前空地上摆放着很多石子,黑色、灰色、白色,从大到小,按照颜色、规格明晰分类,成扇形排布。扇形的中心点摆放着一个用干草精心铺起来的坐垫一样的东西。我们几个人端着枪分别检视几个方向,没有任何动静。我们慢慢靠近那棵大树,那些气根上和高处的树梢上,悬挂着很多不同颜色的穗状物,我仔细摸了摸,都是各种植物的茎和杆编织成的,这些干枯的植物穗系着复杂的扣。太阳渐渐沉下去,雾气涌上大地,我看着眼前的一切,觉得心里有着难以言说的恐惧。

"这他妈的都是什么玩意?"大壮一脚踢飞了眼前的几颗石子。

"领袖。"一直很少说话的梁朗在一旁搭腔。

"什么?"大壮皱起眉头。

"这些诱导娃娃开始有了等级,有领袖,有服从。"梁朗说。

"行了。"詹明远发话了,"保持这里不动,我们撤离。找地方扎营,休整。"

大家开始撤,我走在最后,周围很静,只有各种叫不上名字的鸟虫鸣叫,但我总觉得有人在我背后盯着我,弄得我时不时神经质地回头,但回过头,除了雾气笼罩的树林之外,别无他物。

我们在一处相对隐秘的地方扎下帐篷,点起篝火,大家情绪低沉地吃饭。因为刚刚看到的那一幕让大家的恐惧感再度鼓胀起来,所以所有人都下意识地围拢成一个小圈,好互相照应。吃过饭,大家坐在地上整理各自的装备和补给,小鸟站起来,说了一句:"我去撒尿。"然后就向着身后的树林走过去。我本想叫住他,反正就这么几个老爷们,荒郊野外,没必要走那么远,但话还没出口,他就走进了树林。过了好几分钟也没见他回来,詹明远有点坐不住,站起来,说:"我去看看。"我也站起来,跟他一起往树林里走。他看看我,也没阻拦。

我们走进树林不远,在月光之下,就看见了小鸟。一片银白色的光辉之中,映出他瘦小的身影,他背对我们,双手垂在身体两侧,一动不动。我觉得他姿势奇怪,轻轻叫了他一声:"小鸟。"他没有反应。詹明远冲我摆摆手,俯身慢慢往前走,我和他平行,相距三米左右,也跟着往前。距离小鸟近了之后,视线越过他的肩膀,我看见了那个小小的娃娃。

那个诱导娃娃的身高差不多到我膝盖,身上的衣服已经污脏,撕出了好几道口子,他的脸蛋看起来仍然胖嘟嘟的,大眼睛、小鼻子、薄薄的嘴唇,两个食指绞在一起,无辜地盯着小鸟。小鸟像是被摄走魂魄,定定地望着他,眼睛里反射着月光的银白,却失去焦点。

我走到小鸟旁边,拽拽他的袖子,压低声音说:"你在干什么。"我扭头,看见詹明远已经慢慢举起了枪。

"别动。"小鸟突然转过头冲着詹明远说道,我从没见过性格软糯的小鸟有如此决绝的语气。詹明远的脸上闪过一丝不可置信的表情,他看看我,我也十分惊讶,我低声对小鸟说:"你没带武器,你慢慢向后退,回到营地,我们来处理。快走!快!"他根本不看我,一直盯着詹明远,说:"能不能别杀他?你看他多可爱。这一个这么小,不会有什么攻击性的。真的。"

我说:"你是不是疯了?啊?你忘了看过的那些视频吗?"他扭过头,恶狠狠地说:"那是我们把他们逼成那个样子的。是制造诱导娃娃的那些人的错,为什么要让这些小孩承担代价?"

"他们不是小孩。"我听见詹明远咬牙切齿地对小鸟说,"你现在马上回到营地,你再捣乱,我连你一起收拾。"

小鸟一副毫不在乎的样子,慢慢向前走去,走到离诱导娃娃五六米远的地方停下,转身朝向我们,说:"那你就来吧。"詹明远的枪口越抬越高,眼神里一片虚无。这时候,梁朗、曹望和大壮也都从草丛里钻了过来,他们显然被眼前的一幕吓呆了。很快,曹望就反应过来是怎么回事,他冲着小鸟喊:"你不要被诱导娃娃骗了,它们没有看起来的那么无害。那都是假象,那些可爱的样子本身就是武器,你赶快躲开。"他想压低声音,又怕小鸟听不到,嗓音听起来很奇怪。小鸟看看他,露出轻蔑一笑。大壮喊了一声:"闪开,要不然,我就开枪,我可没那么好的脾气。"小鸟突然笑起来,他笑得越来越邪魅,让我觉得后背发凉:"我早就够了,这样的生活什么时候到头?你们以为我们杀了诱导娃娃,我们就能回到正常生活吗?开枪吧!"他开始喊叫。

我听见拉动枪栓的声音,同时又听到梁朗在身后大喊:"小心脚下。"突然之间,我看见小鸟的脚下出现了一条藤蔓编成的绳索,从厚厚的落叶堆里显露出来,猛地锁住他的脚踝,迅速把他拽离了地面,他头朝下升到半空,在黑暗里来回晃动。大家乱成一团,纷纷喊叫着提醒其他人趴在地上。我抬头看,一支箭从暗处射来,毫不费力地穿透了小鸟的胸膛,血顺着他的头发滴到地上。我定睛看,才发现,那支箭是一根削尖的粗树枝。

周围安静下来,在小鸟摇摇晃晃的尸体背后,那个诱导娃娃竟然还站在原地,只不过脸上的表情变成了难以名状的狞笑。"去他妈的。"我听见大壮的声音,然后看见他高大的身影冲上前去，詹明远本能地站起来想要拦他，却被他带得一个趔趄，就在大壮瞄准的当口，又一批箭从暗处射来，空气里嗖嗖的声音来自四面八方，让人头皮发麻。接着我听到大壮痛苦的呻吟。我和其他几个人开始拼命开火，但根本不知道该指向哪里。我们站起来向前冲，突然间从周围飞来被绳索系住的巨大石块，我看见前面的人应声倒地。我趴在地面，紧紧握着武器，一动不敢动。枪声、烟雾、尘土慢慢散尽，刚刚站在那里的那个诱导娃娃也不见踪影。我喘着粗气，身体抑制不住地发抖。天开始下起雨来，我匍匐着向前，用手贴到每一个人的颈动脉上，我摇晃着梁朗、大壮和曹望，他们都一动不动。我又挪到詹明远身边，把他的头夹在我臂弯里，血从他的嘴角淌下来，冒着泡，三支箭穿透了他的身体，他看着我说："我们……输……了……是吧？"然后，头就耷拉下去。

我不知道事情怎么突然就成了这样。我也不知道我到底该做些什么。我把其他人的弹药装进自己的包里，开始向树林深处走。我不知道要走向哪里，也不知道能回到哪里。方向已经不再重要。

雨还在下。天空晦暗。

我站在密林深处，到处都是树，高大的树。我已经无法辨别方向，方向也不再具有意义。我穿着雨衣，这雨衣由一种用于野外战斗的特殊面料制成，原本应该透气又轻薄，但此刻我只觉得黏腻、湿冷、滞重，雨滴从我的兜帽边沿慢慢滴落，掉进脚下的泥土，和无数雨点汇聚在一起，发出沙沙的声响。

雨雾蒙蒙中，我觉得眼前的一切都似真似幻，但我能听到一切，清晰无比。孩子们就在我的周围。一定是这样。他们都藏在那片树林后面,藏在那片雨雾后面。他们都在看着我,等着我倦怠,等着我放弃,等着我露出破绽,然后,他们会完成伏击。我在明处,他们在暗处,永远如此。孩子们在交头接耳,他们在笑,在叫,在闹,声音断断续续,犹如这飘摇雨雾,那是婴儿特有的呆萌的奶声奶气,而后瞬间变得凄厉。像兽。我迅速扭头,只看见一片虚无,只有雨雾和密林。一切突然变得静谧,只有雨水的沙沙声以及我的喘息和心跳声。突然,又传出了孩子的笑,欢闹搅拌着狰狞。我右手使劲攥住雨衣下面的长柄战斗斧,CR-2级轻型钢材质,很轻,但用力挥舞足以砍断一棵大腿粗细的树干,我吸了一口气,做足一切准备,再次尽可能迅猛地转身……

我仰躺在地上,能望见遥远的树梢,能看见无数雨点像子弹一样朝我的眼睛飞射而来。我的脑袋嗡嗡作响,我还记得钝器和我额头碰撞时的声响。那个碰触的瞬间,让我恐慌失措,但没有痛感,只有轰鸣,口鼻里有一股生冷的气息,像铁锈味,涩、苦,犹如咬碎杏仁,一点点咸腥慢慢涌上来。我被呛住了,剧烈的咳嗽让我弹起来,随后又重重地摔落在地。我睁开眼,看见孩子的脸。肉嘟嘟的脸蛋,弯翘的小鼻子,一头蜷曲的头发已经被雨水打湿,紧紧贴着头皮,即便是黑夜,我仍然能看到孩子的眼睛闪烁,好奇、呆萌、不知所措,但突然,他皱了眉头,抖动着一侧的唇角,脸变得凶恶又扭曲。"你们为什么要杀我们?为什么?"他张口说道,奶声奶气的音色伴随着成年人的语气,"是你们制造了我们,现在为什么又要杀了我们?为什么?!"

天空闪过一道闪电,照亮万物又旋即让万物掩进黑暗。我看见闪电消失时那一瞬的光耀在斧头刃上,我看见孩子狰狞的表情,我看见斧头落下,伴随着所有雨滴一起,向我落下……

* * * *

我醒过来的时候躺在病床上,床很软,我像是陷在里面,被子干燥、暖和。我嗓子发干,眼眶生疼,我抬起手,发现手背上扎着点滴的针头。我扭过头,看见窗子旁站着一个人,我想喊,却说不出话,可能是听到我发出的声音,那个人转过身,走到我床边坐下。我的眼神慢慢聚焦,认出了米雪的脸。我不知道这是梦境还是什么。我挣扎着起身,她笑着扶住我的胳膊,然后给我倒了一杯水,举到我嘴边,我喝了一口就呛起来,咳了半天,然后把一杯水全都喝掉。嗓子逐渐可以说话,我看着她,说:"米雪,我们这是在哪?"她笑着说:"在医院,在医院,都结束了。"

"诱导娃娃?它们……"我问。

米雪拿起遥控器,对着电视按了一下,声音大了起来。我听着主持人以一种夸张的昂扬语气说着战役和胜利,技术战胜了技术云云。画面上,一群一群的诱导娃娃从山崖上慢慢向前行进,犹如没有大脑的行尸,接连堕入大海与山谷。无人机在空中盘旋拍下这些画面,太阳照在海面上,映出数不清的金色涟漪,那些诱导娃娃变成一个个微小的水花,然后消失不见。

"怎么做到的?"我问。

"普度的李冬解决的这一切。他最了解这些诱导娃娃,他找到了一个系统漏洞,重新编写了代码,远程植入了。"米雪笑着说,"还有我的功劳。你还记得那个当初从普度辞职的技术总监李啸然吗?我说服了他和李冬一起合作的。那时候,我还在培训营。"

"培训营呢?"

"都解散了。"米雪说,"《生育促进法案》也废止了。你昏迷的这15天里,发生了太多事。以后慢慢再和你讲吧。"

我才知道自己昏迷了这么久。我想下床走走,但躺了太久,腿使不上力,我挪上轮椅,米雪把我推到窗边。我向下望去,街上有很多人,人们举着旗帜走来走去,齐声呼喊,有年轻的男女在街头拥吻。墙壁上那些充满恐吓气味的促进生育的标语被人喷上了红色的×。我看了很久,觉得一切恍若隔世。我抬头看看天空,一种近似于浅灰色的蓝,没有云,阳光并不耀眼,却能在街上映出明亮光斑。

米雪从身后抱住我的脖子,脸颊贴紧我的脸颊:"想不到吧?一切还是会回到该有的样子,我早就说过。"她说,语气里有一种我熟悉又久违的骄傲。

我把轮椅转了个方向,抬起头望着她,光在她身上镶嵌了一道神秘的金边,有些耀眼又有些虚幻,犹如梦境。她笑着看我,眼睛里溢出难以名状的光彩,我沉默了好一会儿,也笑起来,对她伸出双手。她俯下身,抱住我,我抚过她的头发和面颊,和她四目相对,然后吻上她的嘴唇。

图书在版编目(CIP)数据

人偶 / 杨时旸著. — 南京：南京大学出版社，2022.7
ISBN 978-7-305-23894-9

Ⅰ.①人… Ⅱ.①杨… Ⅲ.①幻想小说－中国－当代 Ⅳ.①I247.5

中国版本图书馆 CIP 数据核字(2021)第 238754 号

出版发行	南京大学出版社
社　　址	南京市汉口路 22 号　邮　编　210093
出 版 人	金鑫荣
书　　名	人　偶
著　　者	杨时旸
责任编辑	陈　卓
书籍设计	周伟伟
印　　刷	江苏凤凰通达印刷有限公司
开　　本	880×1230　1/32　印张 14　字数 311 千
版　　次	2022 年 7 月第 1 版　2022 年 7 月第 1 次印刷
ISBN	978-7-305-23894-9
定　　价	68.00 元

电子邮箱　Press@NjupCo.com
网　　址　http://www.njupco.com
官方微博　http://weibo.com/njupco
官方微信　njupress
销售热线　025-83594756

版权所有，侵权必究
凡购买南大版图书，如有印装质量问题，请与所购图书销售部门联系调换